Poses e posturas

Poses e posturas

Performances de gênero e sexualidade
na literatura brasileira (1850-1950)

César Braga-Pinto

alameda

Grafia atualizada segundo o Acordo Ortográfico da Língua Portuguesa de 1990, que entrou em vigor no Brasil em 2009.

Edição: Haroldo Ceravolo Sereza e Joana Monteleone
Projeto gráfico, diagramação e capa: Ana Júlia Ribeiro
Assistente acadêmica: Tamara Santos
Preparação do texto: Fábio Weintraub
Revisão: Alexandra Colontini
Imagem da capa: Arthur Timótheo da Costa. *Carnaval*, 1913 (O dia seguinte). Óleo sobre tela. Coleção Particular.

CIP-BRASIL. CATALOGAÇÃO NA PUBLICAÇÃO
SINDICATO NACIONAL DOS EDITORES DE LIVROS, RJ

B795P

Braga-Pinto, César
Poses e posturas : performances de gênero e sexualidade na literatura brasileira (1850-1950) / César Braga-Pinto. - 1. ed. - São Paulo : Alameda, 2023.
322 p. ; 23 cm.

Inclui bibliografia
ISBN 978-65-5966-199-2

1. Literatura brasileira - História e crítica. 2. Identidade de gênero na literatura I. Título

23-85654 CDD: 869.09
CDU: 821.134.3(81).09

Meri Gleice Rodrigues de Souza - Bibliotecária - CRB-7/6439

ALAMEDA CASA EDITORIAL
Rua 13 de Maio, 353 – Bela Vista
CEP 01327-000 – São Paulo, SP
Tel. (11) 3012-2403
www.alamedaeditorial.com.br

Sumário

Introdução

> *"[...] A pose remete ao mencionado, a algo cuja inscrição é constituída pela própria pose: portanto, a pose* representa, *é uma* postura *significante. [...]* [o] *não mencionado, uma vez inscrito e feito visível, é descartado como "pose"; a pose continua representando (agora no sentido teatral do termo), mas como* impostura *significante. Dito de maneira mais simples: a pose diz que se é algo; mas dizer que é, não é ser, é posar, é dizer."*
>
> Sylvia Molloy, *La política de la pose*

Como o título indica, *Poses e posturas: performances de gênero e sexualidade na literatura brasileira* (1850-1950) inspira-se, em parte, no que Sylvia Molloy (1938-2022) chamou de "epistemologia da pose", conceito sintetizado na epígrafe de abertura, e afim, mas não idêntico, ao de "epistemologia do armário", de Eve Kosofsky Sedgwick (1990). Molloy mostra como a instabilidade e ambivalência do termo "pose" – às vezes remetendo à noção de "postura", outras, à de "impostura", como em "fazer pose", ou quando se diz "posar" para uma foto, ou ainda, conforme exemplo dado pelo Dicionário Houaiss, "ele posa de rico, mas não tem onde cair morto" – tornou-se particularmente significativa na passagem do século XIX para o XX. De fato, enquanto os dicionários associam a postura com a certeza, a norma, a estabilidade (do corpo, da opinião) e a exibição da identidade, a impostura por sua vez remete à mentira, ao disfarce, ao artifício, à vaidade, à presunção e ao exibicionismo, em suma, a um sujeito impostor. E se a pose está quase sempre relacionada com noções de identidade ou *performances* de gênero, na virada do século ela adquire um significado mais amplo, associado também à cultura e à identidade nacionais, seja no que diz respeito ao desejo de imitação (cosmopolita), seja na angústia que este desejo provoca. Da ambivalência do "travestimento" enquanto disfarce na obra de Joaquim Manuel de Macedo à construção e desconstrução do armário em torno da figura de Mário de Andrade, os ensaios aqui reunidos tratam, de uma maneira ou de outra, desta instabilidade que caracteriza as identidades e identificações de gênero, sexualidade e cultura (em particular, a literária), durante os cem anos em que se procurou definir a nação brasileira e o tipo nacional, sobretudo do homem brasileiro. Não por acaso, na virada do século tal procura pela autenticidade (viril) da nação levaria também à emergência de uma série de atitudes e tipos (ou melhor, estereótipos) do sujeito inautêntico ou afeminado: o figurino, o pernóstico, o cabotino, o rastaquera e o bovarista. Em outras palavras, o que Molloy demonstrou, talvez melhor do que ninguém na América Latina, é como os estudos de gênero e sexualidade não podem ser dissociados do estudo da cultura e, especificamente, da identidade nacional.

Com efeito: hoje me dou conta de que sempre que procurei escrever sobre (homo)sexualidade na literatura brasileira, acabei sendo levado a tratar de outros assuntos. Por exemplo, o *Bom Crioulo* (1895), de Adolfo Caminha, primeiramente chamou minha atenção, como a de vários críticos antes e depois de mim, pelo fato de ser um romance do século XIX que tratou abertamente da relação sexual e interracial entre dois homens. Ao mesmo tempo, por mais extraordinário que seja, o que na época me incomodava nessa recepção do romance era o fato de alguns críticos alegavam que, *apesar de* racista, o romance teria sido transgressor em sua época, e mesmo ainda hoje, no que diz respeito à sexualidade. Em meu ensaio (de 2014) sobre o romance, mais tarde reescrito e incluído em *A violência das letras*: amizade e inimizade na literatura brasileira (1888-1940), publicado em 2018 pela editora da Uerj, um dos meus objetivos foi tentar demonstrar que, sobretudo no final do século XIX, representações de raça e sexualidade, estão intimamente ligadas e não podem ser relativizadas com a ajuda de um "apesar de". Confesso que vez por outra tive dúvidas se o argumento não teria pendido para o extremo oposto, supervalorizando a tendência racializante da obra e sua função disciplinar. Em todo caso, mais do que oferecer outra leitura sobre o desejo homossexual na obra de Caminha, interessou-me rastrear a introdução da criminologia lombrosiana e a recepção das várias versões de *Otelo* no Brasil para melhor analisar o discurso pós-abolição em que não mais o escravizado, mas sim o homem negro passara a ser objeto das preocupações da elite nacional – tanto a mais liberal quanto a mais conservadora. De forma semelhante, o capítulo daquele livro dedicado a Gilberto Freyre e José Lins do Rego procurou demonstrar como a presença, não só da heterossexualidade, mas também da homossexualidade em suas obras faz parte do discurso do branqueamento e de uma hierarquização nas formas de sociabilidade (e masculinidade) de diferentes segmentos socioeconômicos. Este *A violência das letras* termina onde começa *Poses e posturas*, ou seja, fazendo referência a escritores de ascendência parcialmente africana, dois deles reputadamente homossexuais: João do Rio e Mário de Andrade. Se aqui o estudo da representação do gênero e sexualidade é mais explícito (inclusive no subtítulo), quero enfatizar que estes continuam a ser apenas o ponto de partida para outras questões, que envolvem história e historiografia literária, cultura e identidade nacional, raça e racismo, a democratização da imprensa, a modernidade e o cosmopolitismo.

Organizados mais ou menos segundo a cronologia das obras e dos autores estudados, os ensaios aqui reunidos foram escritos e reescritos em diferentes momentos e sob diferentes perspectivas teóricas, mas sempre calcados em um compromisso rigoroso com a pesquisa de arquivo. No primeiro capítulo, de cunho historiográfico, proponho que o romance *Mulheres de mantilha* (1870), de Joaquim Manuel de Macedo, revela os efeitos da Guerra da Tríplice Aliança (conhecida também como Guerra do Paraguai) nos modos de se representar a masculinidade e, logo, a nação. Divergindo daqueles que leram o romance sobretudo como um dos primeiros exemplos de homoerotismo feminino, sugiro que, ao introduzir a figura da filha virtuosa atraída por outra mulher (na verdade, um homem disfarçado de mulher), Macedo renovava as noções de honra masculina e virtude feminina e, portanto, propunha uma nova imagem para a família nacional.

No segundo capítulo, com base na análise de obras de Coelho Neto subestimadas e pouco conhecidas, examina-se como no *fin de siècle* carioca a figura do "andrógino" muitas vezes remete a realidades e corporalidades heterogêneas. Nessas obras o autor trata de questões de gênero e sexualidade usando habilmente a profissionalização e democratização da imprensa para articular reações às mudanças de comportamento e a fluidez das categorias de gênero introduzidas com a modernidade.

O terceiro capítulo procura intervir na historiografia literária a partir de uma comunidade imaginada, em que dissidências de sexualidade são associadas, literal ou figurativamente, à figura do "suicida". Assim, considera-se primeiramente um grupo heterogêneo e muitas vezes ilegível de escritores brasileiros do *fin de siècle*, entre eles parnasianos, simbolistas e decadentes, artistas que se imaginavam parte de um movimento cosmopolita e transnacional, e que se apresentavam como extravagantes, virando as costas tanto para os sentimentos nacionalistas emergentes quanto para as questões sociais urgentes de seu tempo. Proponho ainda que uma retórica afirmativa sobre a esperança é insuficiente para se entender ou lidar com figuras negativas, ou seja, aqueles que se afastaram da vida social, da comunicação e, em última instância, do futuro. O capítulo parte de dois escritores do *fin de siècle* que se suicidaram, e cuja sexualidade era frequentemente posta em questão: Raul Pompeia (1863-95) e o dramaturgo Roberto Gomes (1882-1922), e propõe um arquivo de "suicidas" brasileiros que possa fornecer novos caminhos de leitura não só daqueles escritores finisseculares, mas também de outros que resistem à linearidade homogênea da historiografia literária e da genealogia da cultura nacional dominante. Além disso, sugere um impasse ético e hermenêutico: como saber se a postura do "suicida" é sincera ou simplesmente uma pose?

Baseado em dois artigos mais longos, o quarto capítulo explora, com base em ideias propostas por Molloy, a recepção e circulação das obras e da figura de Oscar Wilde entre escritores brasileiros na virada do século, inclusive os comentários sobre sua sexualidade e as notícias em torno de seu julgamento e prisão. Ao contrário das leituras de renomados críticos brasileiros que reduzem o impacto de Wilde a uma mística, eu rastreio o rápido processo de tradução e disseminação da obra de Wilde entre escritores brasileiros, especialmente João do Rio, o mais famoso tradutor, emulador e discípulo brasileiro do escritor irlandês. Embora o desejo homossexual já estivesse presente na literatura brasileira desde a virada do século, somente no início do século XX – quando o esteticismo de Wilde e dos decadentistas foi introduzido e começou a circular no Brasil (ou pelo menos no Rio de Janeiro) – as figuras do homossexual e de outros dissidentes sexuais se tornaram objeto de interesse literário e científico e, ocasionalmente, de imitação. João do Rio e outros escritores da época associam essas identidades, práticas e estilos de vida emergentes a um termo recorrente: *extravagância*. Assim, o capítulo procura ampliar, recontextualizar e testar os limites de aplicabilidade dos *insights* de Sylvia Molloy sobre a recepção de Wilde na América Latina, a fim de tornar visíveis (ou legíveis) as posturas e imposturas de alguns dos mais renomados tradutores e emuladores de Wilde no Brasil. Ressalta-se também o papel modelar do autor de *O retrato de Dorian Gray* para diversos escritores brasileiros, fornecendo-lhes uma linguagem para legitimar o gesto de imitação cosmopolita em um momento de crescente exigência de autenticidade, originalidade e identidade, sobretudo na cultura letrada. Por fim, considero a disseminação do Decadentismo no Brasil, processo que se apresentou como aristocrático, mas possivelmente diferente do processo que Molloy descreve na América hispânica, em que a perversão era "mais nominal do que real e logo estritamente obediente aos costumes heterossexuais" (MOLLOY, p. 192).[1] No Brasil, sujeitos e sexualidades dissidentes, muitas vezes racializados, manipularam estrategicamente a exibição de seus próprios corpos (e obras), no que proponho ser um forte contraste, tanto em relação à psicopatologia criminal do século XIX, quanto com as várias formas de nacionalismo que começavam a se articular na virada do século.

O capítulo 5, sobre o romance *O moleque Ricardo* (1935), de José Lins do Rego, é de certo modo uma provocação. Defendo que, apesar de ainda apreciada por grande parte do público e da crítica, a obra de José Lins hoje está exposta a limites estéticos e ideológicos. Para dizer de modo mais simples, proponho que o romance de 1935 poderia ser muito melhor do que de fato é. Poucos romances da década de 1930 apresentam um momento histórico, com sua vida política e cultural, com tanta força e detalhe quanto este que chegou a ser considerado um romance proletário. Por outro lado, a atitude paternalista do narrador, e possivelmente do autor, já não encontra espaço no gosto do leitor contemporâneo. Minha ambivalência em relação à obra daquele escritor paraibano em geral, e a esse romance em particular,

1 MOLLOY, Sylvia. Too Wilde for Comfort: Desire and Ideology in Fin-de-Siecle Spanish America. *Social Text*, n. 31/32, 1992, p. 187-201.

há muito tempo me despertou o desejo de resgatá-lo de seu próprio fracasso. Na verdade, sempre achei que o livro oferecia matéria para um grande filme ou minissérie, o que discuti muitas vezes com o roteirista e cineasta Hilton Lacerda (na época em que namorávamos). Como Hilton nunca se animou a realizá-lo, escrevi esse ensaio em que imagino um filme em que a pose ousada e extravagante de *Tatuagem* substituísse a postura condescendente de *O moleque Ricardo* e da primeira parte de *Usina*.

Dentre os autores estudados aqui, Mário de Andrade é o terceiro que considero parte da Santa Trindade *Queer* da Literatura Brasileira, ao lado de Raul Pompeia e João do Rio. Eles são os primeiros, e certamente os mais importantes escritores que, ao contrário de Adolfo Caminha ou José Lins do Rego, não se esquivaram em tratar da sexualidade e do afeto entre homens em suas obras, e ao mesmo tempo tiveram a própria sexualidade posta em questão e exposta em especulações, boatos e até mesmo insultos. Alguém poderá querer incluir também as figuras de Olavo Bilac, ou do dramaturgo Roberto Gomes (estudado aqui no terceiro capítulo da primeira parte), cuja suposta homossexualidade também era insinuada por seus contemporâneos. Porém, no caso da obra destes últimos, a referência ao desejo homossexual está praticamente ausente. Além disso, a sexualidade dos autores nunca interferiu na recepção e circulação de seus livros.

A segunda parte do volume reúne três ensaios em torno da "sexualidade" de Mário de Andrade e em sua obra. Contudo, interessou-me menos identificar sua verdadeira orientação sexual do que compreender as motivações e consequências dos gestos daqueles que insistiram em dissimular qualquer sinal de homossexualidade na obra ou na vida desse autor. Por outro lado, quis questionar também o valor e o significado do movimento oposto, ou seja, o desejo de "tirá-lo do armário". Assim, interessa-me menos falar sobre a homossexualidade de Mário do que compreender sua forma complexa e sutil de representar – literariamente, teatralmente, socialmente – novas possibilidades de se expressar o desejo e a masculinidade.

Poses e posturas está sendo lançado simultaneamente à antologia de contos *O homem que passou por baixo do arco-íris e outras histórias sobre sexualidades, gênero e dissidência entre 1880 e 1950*, também pela Alameda Casa Editorial. A antologia vem ilustrar e complementar os ensaios aqui reunidos, apresentando um panorama do conto brasileiro sob o prisma da dissidência. Ela inclui obras produzidas durante um período caracterizado por uma política de crescente estigmatização e normalização de comportamentos e identidades. Da mesma forma que no presente livro, ali a dissidência é entendida como a gama de comportamentos sociais e *performances* de gênero que durante décadas foram tachadas de heterodoxas, anormais, doentias e, em muitos casos, simplesmente esquisitas, excêntricas ou extravagantes. Espero que, junto aos ensaios desse volume, a antologia contribua para a releitura da historiografia literária para além do paradigma do modernismo, do nacionalismo e da nacionalidade.

Todas as obras em língua estrangeira citadas em português no presente trabalho foram traduzidas por mim, salvo indicação em contrário. Nas citações, itálicos e destaques em geral, se tiverem sido acrescentados, virão com a indicação "grifo nosso". Quando não houver tal indicação, é porque o grifo faz parte do texto original. Ainda nas citações, palavras ou frases em um idioma distinto daquele em que o texto tiver sido escrito, que não foram traduzidas no original estrangeiro, serão mantidas dessa forma na tradução para o português. Por fim, textos antigos, citados a partir de fontes do século XIX e mesmo posteriores, tiveram a ortografia atualizada conforme o padrão ora vigente.

Finalmente, quero agradecer aos editores que autorizaram a republicação dos ensaios aqui reunidos (a maioria em versões modificadas ou expandidas): a revista *Via Atlântica*, onde publiquei o ensaio sobre Joaquim Manuel de Macedo; a *Novos Estudos*, pelo capítulo sobre Coelho Neto; o *Journal of Lusophone Studies*, por onde saiu o capítulo terceiro, primeiramente em inglês e posteriormente no volume *Dissidências de gênero e sexualidade*: percepções da crítica literária brasileira (2021), em tradução de Hailey Kaas. Trechos do quarto capítulo apareceram em várias formas, em inglês e português, nas seguintes publicações: *Journal of Latin American Cultural Studies, Comparative Literature Studies, Revista Associação Brasileira de Literatura Comparada (Abralic)*, e, mais recentemente, em *João do Rio plural*: centenário de um acervo luso-brasileiro (2022). O capítulo cinco foi publicado recentemente em *As cidades de Zé Lins* – um passeio crítico pela geografia sentimental do autor paraibano (CEPE, 2022). Finalmente, os três capítulos sobre Mário de Andrade que compõem a segunda parte foram publicados em *Modernismos*: 1922-2022 (Companhia das Letras, 2022); na revista *Santa Barbara Portuguese Studies* e na *Iberic@l*: Revue d'études ibériques et ibéro-américaines.

Agradeço ainda a Nathalie Bouzaglo, que me apresentou Sylvia Molloy; a todos colegas que transitam pelo universo *queer* e/ou finissecular na literatura: Maite Conde, Orna Messer Levin, Denilson Lopes, Alejandra Uslenghi, Leonardo Mendes, Javier Guerrero, Helder Thiago Maia, Anna Klobucka, Fernando Curopos, Mário César Lugarinho, Eliane Robert Moraes, Graciela Montaldo, Carlos Minchillo, João Carlos Rodrigues, Luiz Morando, e muito mais gente. E aos nossos mestres, entre eles: João Silvério Trevisan, Flora Süssekind, Silviano Santiago e Francisco Foot Hardman. Muitíssimo obrigado também a Fabio Weintraub, amigo, além de primeiro e melhor leitor desse livro.

***

Dedico esse livro a Wallace D. Best, que é todo o meu desejo e alegria de viver; à saúde e vigor de minha mãe, Zélia; a minhas irmãs Célia e Valéria; e a Clélia e nossas "meninas", Nheletie e Donatella.

Publicações precedentes dos textos deste volume

Mulheres de bigode: masculinidades, gênero e a Guerra da Tríplice Aliança na ficção de Joaquim Manuel de Macedo. *Via Atlântica*, [S. l.], v. 1, n. 43, p. 392-422, 2023.

O imaginário intersexual de Coelho Neto. *Novos Estudos* CEBRAP, v. 122, maio 2022.

Between *Christmas Day* (1895) and *New Year's Eve* (1922): *Queer* Suicide and the Brazilian Long Fin-de-siècle. *Journal of Lusophone Studies* 4(1), 2019, p. 87-109.

Literatura e suicídio. Trad.: Hailey Kaas. In: MAIA, Helder Thiago e SILVA, Samuel Lima da. *Dissidências de gênero e sexualidade*: percepções da crítica literária brasileira. Salvador/ BA: Ed. Devires, 2021, p. 213-236.

Eccentrics, Extravagants, and Deviants in the Brazilian Belle Époque; or How João do Rio emulated Oscar Wilde. *Journal of Latin American Cultural Studies*, v. 28, n. 3, 2019, p. 353-376.

The Pleasures of Imitation: Gabriel Tarde, Oscar Wilde and João do Rio in Brazil's Long Fin de siècle. *Comparative Literature Studies*, v. 56, n. 1, 2019, p. 153-189.

Sexualidades extra-vagantes: João do Rio, emulador de Oscar Wilde. *Revista da Associação Brasileira de Literatura Comparada* (Abralic), n. 35, dez. 2018, p. 88-100. Republicado como A Europa e o corpo extravagante de João do Rio. In: LEVIN, Orna e SANTOS, Gilda (org.). *João do Rio Plural*: centenário de um acervo luso-brasileiro. Rio de Janeiro: 7Letras, 2022. p. 211-236.

Recifessexualizando José Lins: um roteiro para *Moleque Ricardo*. In:. *As cidades de Zé Lins*: um passeio crítico pela geografia sentimental do autor paraibano. Recife: Companhia Editora de Pernambuco (Cepe)/ empresa Paraibana de Comunicação (EPC): Recife, 2022, p. 95-147.

A sexualidade de Mário de Andrade: a prova dos nove. In: ANDRADE, Gênese (org.). e SCHWARTZ, Jorge (cons.). *Modernismos*: 1922-2022. São Paulo: Companhia das Letras, 2022, p. 507-545.

A sexualidade de Mário de Andrade: "ninguém o saberá jamais". In: MARQUES, Ivan (org.) Modernismo: 100 anos. *Santa Barbara Portuguese Studies*, v. 10, n. especial, 2022.

A sexualidade de Mário de Andrade: menos velocidade, mais paciência. *Iberic@l: Revue d'études ibériques et ibéro-américaines*, n. 22. Paris: Institut d'Études Hispaniques/ Sorbonne Université, Automne 2022. ISSN: 2260-2534.

I. Do disfarce à pose

MULHERES DE BIGODE
Joaquim Manuel de Macedo e a Guerra do Paraguai

Em obra pioneira sobre mulheres masculinizadas, Walnice Nogueira Galvão (1997, 2002) define e ilustra com uma série de exemplos, literários e históricos, a figura da "donzela guerreira", também conhecida em inglês como "lady knight". Segundo Galvão, o paradigma brasileiro dessa figura é Diadorim, uma das principais personagens de *Grande sertão: veredas* (1956), de João Guimarães Rosa, que se faz passar por homem para vingar o pai – embora um exemplo semelhante, mas muito anterior, seja encontrado na protagonista do romance *Maria, ou A menina roubada* (1852-1853), de Antônio Gonçalves Teixeira e Sousa (1812-1861). A "donzela-guerreira" é quase sempre a filha solteira ou a primogênita de um pai solteiro ou viúvo. Ela é casta e, portanto, não tem filhos; usa cabelo curto, suas roupas são convencionalmente masculinas e rejeita toda a "fraqueza" tradicionalmente associada às mulheres, como "faceirice, esquivanças, sustos" (GALVÃO, 1997, p. 11). Em vez disso, demonstra virilidade, destemor e determinação, e decide fazer justiça ou mesmo ir para a guerra. Muitas vezes, seu destino é a morte, real ou simbólica e, só quando morre, seu sexo é revelado. Ainda de acordo com Galvão, a "donzela guerreira" difere de outras figuras femininas tradicionais cuja sexualidade não corresponde às normas de gênero, como a bruxa, a freira e a prostituta, embora, às vezes, ela compartilhe com elas algumas de suas características (GALVÃO, 1997, p. 31). Em todos os sentidos, acrescenta Galvão, nem sempre fica claro até que ponto essa figura canônica corresponde a uma fantasia feminina de apropriação de papéis masculinos ou, melhor, a uma fantasia predominantemente masculina (GALVÃO, 1997, p. 115).[1] Por fim, Galvão aponta uma assimetria significativa (pelo menos em termos de representações culturais) e pergunta: "Mas por que tantas mulheres, sem deixar de ser mulheres, se disfarçam de homem e por que tão poucos homens, sem deixar de ser homens, se disfarçam de mulher? É difícil eludir nessa assimetria mais uma prova da opressão feminina?" (GALVÃO, 1997, p. 117). Da mesma forma, a crítica estadunidense Marjorie Garber ecoa as palavras de Robert Stoller ao fazer a seguinte pergunta retórica: "Mulheres que usam roupas masculinas realmente querem *ser* homens – e, nesta sociedade, quem pode recriminá-las?" (GARBER, 1992, p. 45).[2]

Críticos como Judith Kegan Gardiner apontaram que a noção de "masculinidade feminina", articulada por Judith Butler e Jack Halberstam, per-

1 Galvão expande o estudo para outros tipos, como as mulheres mandonas e aquelas que exercem liderança política, as quais se apropriam de espaços tradicionalmente ocupados por homens. Entre estas, segundo Galvão, o caso mais significativo da literatura brasileira é *Dona Guidinha do Poço* (1952), de Manuel de Oliveira Paiva, cuja protagonista é descrita pelo narrador como uma daquelas mulheres "pouco damas e muito fêmeas" (apud GALVÃO, 1997, p. 212). O livro de Galvão tem uma agenda feminista clara, ilustrada, aliás, com o legado das chamadas "donzelas guerreiras" dos anos 1960, como Patricia Hearst, Jane Fonda e Angela Davis. No século XX, Galvão destaca Simone Weil por sua inteligência e ativismo político, por priorizar sua missão histórica sobre o amor romântico, por ter lutado na Guerra Civil Espanhola, e "por usar roupas masculinas" (GALVÃO, 1997, p. 16). Acontece que tudo indica que as roupas ditas "masculinas" desta última estavam condicionadas pelo contexto de uso, ou seja, eram uniformes de fábrica e roupas para a guerra, e não expressão da personalidade individual. Por mais úteis que sejam, a lista e as definições de Galvão parecem, em certa medida, vagas, pois a fronteira entre figuras históricas, mitológicas e literárias é com frequência incerta. Tal ambivalência é ainda mais nítida no último ensaio, em que a a crítica parece interessada em desafiar estereótipos de gênero, embora acabe por reforçá-los, associando masculinidade com poder e força.

2 O trabalho de Walnice Nogueira Galvão tem sido desenvolvido criticamente por estudiosos brasileiros. Helder Thiago Maia, por exemplo, faz um bom apanhado dessas críticas, propondo por sua vez "queerizar a leitura sobre as donzelas-guerreiras", ou seja, "fazer fracassar a crítica literária sobre essas personagens exatamente naquilo que ela tem de autoritária, de colonizadora, de binária e de patologizante." (MAIA 2018, p. 99). Ver também OLIVEIRA, 2005.

manece "um conceito elusivo e inerentemente paradoxal" (GARDINER, 2012, p. 584), alertando para o risco de reproduzir as premissas clássicas do psiquiatra Robert Stoller (1924-1991), autor de, entre outros, *Splitting: A Case of Female Masculinity* (1973), especialmente as implicações misóginas que resultam da associação do conceito de masculinidade ao poder fálico (do homem branco). Ainda assim, vale a pena preservar, pelo menos provisoriamente, a proposta de Galvão de que o travestimento masculino e feminino na literatura e na historiografia, e talvez na vida social, sejam, de fato, assimétricos. Segundo Galvão, enquanto as mulheres podem ser forçadas a ocupar posições e papéis atribuídos ao sexo oposto, os homens devem evitar fazê-lo, exceto em períodos de exceção, como o Carnaval, quando o travestimento é aceito como brincadeira (GALVÃO, 2002, p. 24) ou seja, como pose insignificante. Além disso, ela resgata um estudo interessante de Roger Bastide ("O homem disfarçado em mulher") no qual o sociólogo francês argumenta que, pelo menos no contexto do Carnaval, o travestimento produz diferentes significados para diferentes gêneros: enquanto mulheres vestidas de homem tendem a ser erotizadas, homens vestidos de mulheres tendem a ser paródicos e caricatos. Ou seja, ao contrário das mulheres, para os homens as representações culturais e percepções do travestimento geralmente não teriam a intenção de esconder, e sim a de acentuar a própria masculinidade de modo a reforçar as regras de gênero em vez de romper com elas (BASTIDE, 1943, p. 64).

Galvão evita associar qualquer forma de masculinidade feminina à homossexualidade, o que é compreensível dado que sua "donzela guerreira" tem marcas de gênero, mas é supostamente assexuada. No entanto, parece impressionante que a sexualidade e o desejo por pessoas do mesmo sexo, seja o desejo da própria mulher travestida ou aquele originado da confusão que ela provoca em seus parceiros masculinos, estejam completamente ausentes desse estudo, embora sejam fundamentais, por exemplo, em *Grande sertão*, entre outras obras que incluem as chamadas "donzelas guerreiras". Em contrapartida, em trabalho igualmente pioneiro, *Lesbianismo no Brasil* (1987), o antropólogo Luiz Mott tende a equiparar todas as formas de travestimento de mulheres com a homossexualidade. Ele arrola vários casos de desejo homoerótico bem como um número igual de "inversões" na categoria de "lesbianismo", que define a atitude de mulheres que "manifestaram oposto comportamento ou preferências opostas" aos papéis de gênero convencionais (MOTT, 1987, p. 15). Muitas dessas mulheres poderiam ser consideradas donzelas guerreiras ou mulheres masculinas, como Maria Quitéria de Jesus Medeiros (1792-1853), Maria Úrsula de Abreu e Lancastre (1682-1730) e, hoje a mais famosa de todas, Jovita Alves Feitosa (1848-1867).

Por mais de um século, escritores e historiadores têm sido fascinados pela figura de Jovita que, embora provavelmente heterossexual, em um excepcional exemplo de patriotismo, cortou o cabelo, deixou a cidade de Teresina, no norte do Estado do Piauí, e tentou se passar por homem a fim de se juntar ao exército de *Voluntários da Pátria*, que estava marchando para a guerra contra o Paraguai.[3] Sob uma política de incentivos estabelecida por D. Pedro II em 7 de janeiro de 1865, o recrutamento de voluntários procurou incitar o sentimento nacionalista, fortalecer o exército e defender a honra nacional contra o Paraguai. Um poema de Machado de Assis, por exemplo, louva a virilidade da nação diante do ataque do Paraguai: "De pé – Quando o inimigo invade/ Ergue-se o povo inteiro; e a espada em punho" (*apud* CARVALHO, 2019, p. 49). Não só homens, mas também mulheres participaram da campanha; geralmente, eram incorporadas como enfermeiras, companheiras, empregadas domésticas e prostitutas (FLORES, 2010, p. 33-60; CARVALHO, 2019, p.41-58; BEATTIE, 2001, p. 42-45) ou simplesmente encorajavam os filhos e maridos a se alistar. Como sugeriu Wiebke Ipsen, essas voluntárias "emulavam os ideais de cidadania masculina promovida à época, a qual vinculava a cidadania ao serviço militar" e, ao mesmo tempo, "ao expressar a intenção de participar da luta armada, as mulheres voluntárias desafiaram as noções de patriotismo de então, condicionadas pelo gênero, regras segundo as quais era dever dos homens lutar pela nação e das mulheres cuidar dos feridos" (IPSEN, 2012, p. 310). No entanto, Jovita, aos 17 anos, apresentou-se como soldado com o nome de Antônio Alves Feitosa (e, aparentemente, não foi a única a fazê-lo). Sua primeira biografia, escrita já em 1868, relata: "Logo que chegou a Teresina, capital do Piauí, tomou trajes grosseiros de homem, cortou os cabelos com uma faca, tomou um chapéu de couro, e assim vestida dirigiu-se ao Palácio da Independência, pedindo para ser alistada *voluntário da pátria*" (CARVALHO, 2019, p. 19). Embora sua identidade tenha sido rapidamente descoberta (presumivelmente durante o exame médico), Jovita pôde viajar com os recrutas para o Rio de Janeiro onde, uma semana após

3 Ver FLORES, 2010, p. 33-37.

sua chegada, o exército lhe negou o direito de se alistar como soldado. Em seu favor, ela alegou que, se fosse para fazer o trabalho de uma mulher, não havia sentido em ir para a guerra (CARVALHO, 2019, p. 63).[4]

Mas como a guerra durou mais do que o previsto, com várias derrotas brasileiras, o entusiasmo inicial criado pelos incentivos da Coroa não perdurou. O suposto prestígio dos voluntários logo começou a desaparecer e, após 1866, o governo recorreu ao recrutamento compulsório. Alguns homens ricos contrataram homens livres para substituí-los, e às vezes homens pobres substituíam um parente ou amigo mais ou menos voluntariamente. Na verdade, como Peter Beattie aponta, "enquanto alguns marcharam para a frente em um êxtase de fervor patriótico, a maioria teve que ser pressionada ou forçada a cooperar com ordens imperiais, fazendo os homens fugir para as florestas" (BEATTIE, 2001, p. 45), de modo que a noção de "voluntariado" veio esconder o que muitas vezes era recrutamento à força. Além disso, Beattie acrescenta: "a ridicularização baseada em gênero, comum para mobilizar esforços em outros lugares, parece curiosamente ausente na maioria das crônicas brasileiras" (BEATTIE, 2001, p. 46); ao contrário, parece haver uma "simpatia generalizada por esquivar-se do recrutamento à força nas crônicas brasileiras" (BEATTIE, *id.*, *ibid.*).[5] Uma das razões desse desdém pelo alistamento militar foi sua crescente associação ao servilismo, donde as reivindicações dos homens livres para se distinguir daqueles que não eram.

4 Ver também HERTZMAN (2015, p. 4) e IPSEN (2012, p. 310-11). Em um contexto histórico e geográfico diferente, Christine Arce examina no século XX o que ele chama de "o paradoxo da invisibilidade" das "soldaderas" da Revolução Mexicana: enquanto permanecem marginalizadas nas histórias oficiais mexicanas, as "soldaderas" são uma figura recorrente nas representações culturais; primeiro de forma estereotipada, seja como prostitutas ou esposas altruístas e mães, mais tarde reapropriadas por artistas mexicano-estadunidenses (ver ARCE, 2017). Outro exemplo fascinante é o caso de Catalina de Erauso, que, segundo sua autobiografia, em 1600 escapou de um convento espanhol e, vestida de homem, lutou no exército espanhol e rumou para a América do Sul, onde atuou como soldado em várias batalhas, matou seu próprio irmão em um duelo e por fim tornou-se uma celebridade espanhola. No contexto dos Estados Unidos, cumpre destacar o caso de Jefferson Davis, presidente dos Estados Confederados da América, que estava vestido de mulher quando foi capturado por soldados da União (ver GREENBERG, 1997, p. 26-50).

5 Ver também IZECKSOHN (2013).

Assim "a falta dessa excepcional fé nacionalista impediu a maioria dos homens 'honrados' de se voluntariar" (BEATTIE, 2001, p. 47). Portanto, a feminização, que poderia estar associada às tentativas de fugir do serviço militar e da guerra, não parece ter sido uma preocupação, especialmente entre os homens das classes mais altas. E, de fato, parece que, ao contrário de Jovita, que se alistou voluntariamente no exército, há evidências de que muitos homens fugiram para as florestas e alguns até se disfarçaram de mulheres para evitar o recrutamento forçado.[6]

Nas páginas seguintes, proponho ler o impacto da guerra em figurações de gênero e do travestimento em algumas obras de ficção do escritor romântico Joaquim Manuel de Macedo (1820-1882). Em particular, sigo a sugestão de Garber (1992, p. 187) de que a mania de não olhar para o "travestismo", mas *através* dele, dificulta enormemente compreendê-lo como intervenção na literatura e na cultura. Assim, proponho considerar a ficção de Macedo como uma resposta à redistribuição dos papéis de gênero e à representação de gênero que ocorreu na segunda metade do século XIX no Brasil. Mais especificamente, quero sugerir que a evocação que o escritor faz da Guerra da Tríplice Aliança (1864-1870), quando o Brasil uniu forças com a Argentina e o Uruguai contra o Paraguai e, particularmente, o apelo aos voluntários feito pelo governo, desempenhou importante papel prescritivo, desestabilizando e finalmente reformulando categorias de gênero.[7]

---

6 Ver ANTONIO (1928, p. 31): "Fatos interessantes aconteceram então em S. Paulo. 1867. Começava o recrutamento para a guerra do Paraguai. Alguns moços que não queriam partir trancaram-se em casa. Mas chegaram as novenas do Carmo, veio a Semana Santa, e a vontade de se divertirem os fez sair à rua. Não traziam as roupas comuns. Vestindo saias de seda preta servia-lhes de disfarce a mantilha. Os encarregados do recrutamento foram avisados. Sairam-lhes ao encalço, mas o disfarce era perfeito". Ver também SANTOS (1997, p. 176).

7 Correndo o risco de repetir o que os historiadores consideraram um nome inadequado, em alguns pontos deste ensaio, manterei o nome "Guerra do Paraguai" para ser coerente com os textos aqui citados e analisados. Para um relatório sucinto e muito informativo da Guerra, especialmente sobre como isso afetou a vida daqueles que permaneceram longe do campo de batalha, ver IZECKSOHN (2008) e BEATTIE (2001).

Gênero melodramático

Enredos, confusão de identidades e travestimento[8] são dispositivos comuns no melodrama e na comédia do século XIX, e a obra de Macedo não é exceção. Um de seus primeiros romances, *O moço loiro* (1845), inteiramente baseado em objetos e identidades ocultas, é verdadeiramente exemplar. Uma cena em especial, envolvendo personagens coadjuvantes, usa identidades de gênero (ocultas) para o desenvolvimento da trama e, finalmente, para alcançar efeito cômico. Em uma série de reviravoltas complicada e pouco plausível, uma das personagens (Manduca) é convencida a se vestir de mulher a fim de sequestrar a protagonista, Honorina, de quem ele é um dos muitos pretendentes. Ele (e o leitor) mais tarde descobrem que a pretendida vítima, a mulher mascarada, sentada a seu lado na carruagem, não era Honorina, mas outro pretendente (Brás-mimoso) que, por sua vez, em virtude de um tortuoso plano, disfarçou-se de mulher. Além disso, este último também supõe ser Honorina o passageiro a seu lado. O resultado é uma sequência de ambiguidades que, embora não façam muito sentido, são, no entanto, significativas:

> Mais uma vez os pés das moças se tocaram: a companheira de Manduca estremeceu toda. Que bom sinal!... que delicioso estremecer!... era sem dúvida o efeito do pejo, e daí a pouco, oh glória!... Manduca recebe um beliscão na perna... não houve dúvida, pagou-lhe com outro; vem um segundo mais forte, Manduca não hesita, não quer ficar devendo nada, e desta vez o aplica um pouco menos brando: recebe um terceiro tão terrível, que quase o obriga a gritar; Manduca paga-o imediatamente com uma unhada de mestre: ouve um surdo gemido: e temendo ter ofendido a bela companheira, toma-lhe a mão, e beija.... Oh!... como achou tão macia aquela mãozinha de querubim!...
> Já estavam as duas a beijar mutuamente as mãos...já uma vez por outra tinha havido seu abraço respeitoso quando a sege parou; era o momento decisivo: ambas as viajadoras estremeceram (MACEDO, v. 2, 1845, p. 258-259).

8 Para uma discussão sobre o romance de Macedo como um documento importante para a moda feminina no século XIX, ver CINTRA (2019). Para uma discussão (bastante datada) sobre gênero e moda em Macedo, ver CAMPOS (2010).

A cena representa ao menos três possibilidades eróticas: o desejo presente nos pares feminino-feminino, masculino-feminino e, no final, masculino-masculino. O desejo homossexual masculino é sugerido, mas por fim rasurado, com manifestações de rivalidade e pânico: "Eu... eu beijar a mão deste tratante!" (MACEDO, v. 2, 1845, p. 262). Ou melhor, com aquilo que Garber denomina, ainda depois de Adler, o "protesto masculino": "*apesar* do nome e das roupas femininas, o travesti masculino afirma sua masculinidade" (GARBER, 1992, p. 96). Enfim, como no Carnaval, qualquer sugestão de desejo entre homens é descartada pelo efeito cômico da situação e pelo consequente retorno à normalidade cotidiana.

Assim, os romances de Macedo, especialmente *O moço loiro*, estão constantemente preocupados em analisar e, às vezes, brincar com os limites e transformações das categorias de gênero. Como sugere Rodrigo Soares Cerqueira, "*O moço loiro* se estrutura, portanto, sobre uma tensão entre duas temporalidades, uma mais moderna, ilustrada, crítica à tradição; outra passadista, abertamente reacionária, que despreza toda a linguagem política liberal" (CERQUEIRA, 2019, p. 539). No entanto, para o crítico, apesar dessa tensão, o romance se inclina para a conciliação e não para uma transformação real:

> O romance que promete antagonizar neto e avó – e nesse sentido, as respectivas visões de mundo que incorporam – se desenvolve em outra chave, contrária a essa, mais de acordo com o conservadorismo nacional, que é a da recomposição da família patriarcal, outrora ameaçada por certos arroubos modernizantes (CERQUEIRA, 2019, p. 540).

Embora se possa realmente identificar um contraste ou uma tensão entre o comportamento e os padrões esperados para homens de diferentes gerações, também pode-se argumentar que nesta conjuntura Macedo está menos interessado em reafirmar ou desafiar formas tradicionais de masculinidade do que em prescrever a moralidade e o comportamento femininos. De fato, o desdobramento macediano da inversão (e muitas vezes reversão) dos papéis de gênero sempre tem um propósito pedagógico e não pode ser reduzido ao cumprimento de convenções narrativas melodramáticas ou cômicas. Por exemplo, em um manual escrito para professoras, intitulado *Mulheres célebres*, em que arrola mulheres exemplares ao redor do mundo, Macedo condena as práticas de travestimento, mas acaba elogiando a virtude e a castidade de Dona Maria Úrsula de Abreu e Lencastro que, segundo ele, escapou da casa de seu pai vestida de homem e embarcou para Lisboa, onde, sob o nome de Balthazar do Couto Cardoso, serviu como soldado (MACEDO, 1878, p. 122).

Além disso, como em grande parte da ficção de Macedo, o narrador de *O moço loiro* alega falar em nome das mulheres e contra a opressão masculina. Dedicado às "Senhoras Brasileiras", o romance trata em grande parte da honra e da virtude femininas, como o nome da protagonista deixa mais do que explícito. Na maioria das vezes, isso significa uma defesa do direito de escolher o amor em vez das restrições impostas pelo casamento de conveniência – "[...] ninguém deve exigir da mulher o sacrifício de seu amor" (MACEDO, v. 2, 1845, p. 130) – certamente um lugar-comum na ficção do início do século XIX. É também isso que o tio e protetor de Honorina afirma contra a opinião de sua mãe antiquada: "[...] quero, que ela tome uma resolução definitiva, sim; mas quero também, que o faça livremente: trata-se da felicidade ou da desgraça da sua vida, e já que a seu pai não é dado ler no futuro, faça-se ela feliz ou desgraçada por suas próprias mãos" (*id., ibid.*, p. 161-162). No entanto, essa suposta liberdade de escolha está a serviço de manter a harmonia da ordem patriarcal, que permanece firmemente no lugar: "[...] porque enfim é necessário que a mulher ame a seu marido; para que possa ser esposa feliz, e mãe estremosa" (*id., ibid.*, p. 131). Assim, ao mesmo tempo que a ficção de Macedo defende uma maior intervenção feminina em questões de família e casamento, as mulheres permanecem presas ao ideal aceito de "anjo do lar", que Sandra Gilbert e Susan Gubar definiram como detentor das "virtudes da modéstia, da graça, pureza, delicadeza, docilidade, reserva, castidade, afabilidade, polidez." (GILBERT e GUBAR, 1979, p. 23).

No entanto, como sugeri no início deste ensaio, a Guerra do Paraguai e a campanha nacional para *voluntários* revestiram as noções burguesas de virtude e responsabilidade femininas de uma nova dimensão, relacionada aos sentimentos patrióticos. Para dizer a verdade, o patriotismo já estava presente nas obras escritas por Macedo antes da guerra, como a peça *Amor e pátria* (1860), composta para as comemorações oficiais da

Independência do Brasil.[9] No entanto, só na guerra (ou seja, após 1864) o patriotismo foi associado a uma mudança nas categorias de gênero. O romance *O culto do dever* (1865) – cuja protagonista feminina é chamada de Angelina – ilustra claramente essa evolução, pois prescreve inequivocamente identidades de gênero e distingue entre formas aceitáveis e inaceitáveis de apresentação correspondentes a cada gênero:

> A cada sexo seu caráter próprio. Um homem efeminado é uma caricatura insuportável. Uma senhora varonil é exceção que às vezes se admira com os olhos, mas que nunca se aplaude com o coração. Perdoa-se tanto em uma mulher o terror ainda mesmo infantil, como no homem a bravura temerária e inconsiderada (MACEDO, 1865, p. 26).

De acordo com Tania Serra, esse romance inaugura uma segunda fase, "adulta", na ficção de Macedo (SERRA, 1994, p. 26). É significativo que ele tenha sido publicado não apenas durante o primeiro ano da Guerra da Tríplice Aliança – que o narrador define como uma injúria infligida pelo "inimigo estrangeiro e selvagem" (MACEDO, 1865, p. 179) –, mas também que sua ação transcorra entre a derrota do Paraguai na Batalha de Riachuelo, em 11 de junho de 1865, e as consequências da invasão do Rio Grande do Sul, ocorridas cerca de um mês mais tarde.

A fim de estabelecer os termos da honra nacional, o narrador define a população brasileira (masculina) por sua frieza e passividade habituais, que, segundo ele, não devem ser confundidas com efeminação. Na verdade, a descrição do homem brasileiro nesse romance é inerentemente fálica, sua virilidade latente esconde um heroísmo que evoca uma ereção sempre iminente: "frieza [...] do guerreiro heroico que dorme tranquilo durante a paz, e se levanta impávido ao primeiro grito de guerra; é a lealdade que não se anuncia em manifestações inúteis, e que espontânea e fervorosa se demonstra no dia do perigo e na hora dos sacrifícios" (MACEDO, 1865, p. 187-188). Assim, o romance encena a guerra como o teste final de coragem, patriotismo e, portanto, de masculinidade. Como afir-

9 A peça termina com as seguintes palavras: "Terra de amor, terra de liberdade, terra de futuro e de glória! Brasil querido! Aceita em mim um filho dedicado!" (MACEDO, v. 1, 1863, p. 301). Ver também SERRA (1994, p. 101-103).

ma Teófilo, o protagonista masculino, no início, "quem, pois, é brasileiro e capaz de levar ao ombro uma espingarda, deve ir bater-se pela honra da pátria, a menos que prefira receber a marca da covardia [...]" (MACEDO, 1865, p. 248). Assim como os homens devem ser responsáveis por proteger a honra de suas esposas e famílias e, ao mesmo tempo, demonstrar lealdade ao soberano, eles também devem defender a honra da nação, concebida como feminina (terra natal) e masculina (pátria).[10] A analogia de Teófilo diz explicitamente: "O filho que não acode à mãe a quem ultrajam é um infame: que será o cidadão que se conserva indiferente ou inerte, quando a pátria clama por desafronta ou socorro?" (MACEDO, 1865, p. 249).

O modelo de honra e virilidade do romance é representado pelos membros masculinos da família real – especificamente, o Imperador, D. Pedro II, e seus dois genros, o Príncipe e o Duque da Saxônia, e o Conde D'Eu – que se voluntariam para se juntar às tropas do sul do Brasil em defesa da honra nacional, substituindo assim o Duque de Caixas, quando este deixa o comando. No entanto, o romance apresenta a personagem feminina, Angelina, em vez de seu futuro marido, Teófilo, como o verdadeiro guardião masculino (e, portanto, nacional) da honra. Antes de morrer e deixar Angelina na pobreza, seu pai, Domiciano, que foi o mais alto exemplo de honradez, escreveu-lhe uma longa carta na qual, segundo o narrador, demonstra sua "probidade sem mancha" e sua "consciência do dever" (MACEDO, 1865, p.163); na verdade, o título desta carta, conhecida como "livro de honra", é o mesmo do romance: *O culto do dever* (MACEDO, 1865, p. 164). Torna-se, assim, dever das mulheres continuar o legado do pai e garantir que os homens cumpram seu próprio dever de servir à nação e, assim, sejam verdadeiros heróis que protegerão sua terra natal. A última prova de honradez ocorre quando Teófilo retorna de Portugal, onde havia passado dois meses. Esperava-se que, ao retornar Teófilo se casasse com Angelina, tirando-a da pobreza. A jovem enfrenta um dilema complicado: ela deve sacrificar seu amor e sua própria felicidade em nome do sentimento patriótico e da honra de seu futuro marido? Ou, em vez disso, deve usar o casamento para livrar seu noivo do recruta-

10 Para a definição instável da República como uma associação paternal, materna e fraternal, ver EISENBERG (2005).

mento forçado, sob o risco de manchar a honra da família? De início, Angelina vê a nação como sua rival pessoal: "a noiva teve ciúmes da pátria" (MACEDO, 1865, p. 261). Por sua vez, Teófilo hesita entre, por um lado, seu amor por Angelina e seu dever com ela, e, por outro, seu amor e seu dever com a nação. Finalmente, em uma demonstração de fraqueza, Teófilo concorda em deixar a decisão final nas mãos de sua mãe (com quem ele e o narrador conspiram de antemão), que, de fato, os aconselha a se casar e solicitar a dispensa. No entanto, em uma demonstração definitiva de honra, Angelina se recusa a desposar Teófilo antes do fim da guerra.

No final, o romance confirma a premissa colocada no início: perante homens cuja hombridade parece deficiente, justifica-se que, em circunstâncias excepcionais, as mulheres abandonem sua passividade natural e tomem a iniciativa, mesmo que isso signifique sacrificar o amor pela honra de seus maridos e filhos e, consequentemente, para proteger a honra nacional: "Mas Deus que fez a mulher tão fraca, permitiu que na grandeza da abnegação a mulher pudesse tocar à sublimidade" (MACEDO, 1865, p. 261-262). Assim, Angelina ilustra o que Ipsen chama de "cidadania delicada, que combinava os ideais de elite da vida das mulheres com a participação cívica" (IPSEN, 2012, p. 313). Que o dever das mulheres deve prevalecer sobre seus direitos é expresso inequivocamente nas últimas linhas do romance: "Angelina representa o culto do dever. Tem-se falado; fala-se muito em direitos. E é justo. Mas é indispensável que também se fale no dever; que se compreenda, que se cumpra o dever" (MACEDO, 1865, p. 311). Em suma, enquanto *O moço loiro* defende o direito das mulheres de escolher o amor em vez das imposições de conveniência, em *O culto do dever* as mulheres são as portadoras do dever e, portanto, devem estar dispostas a sacrificar o amor – não por interesse econômico, mas para incutir sentimento patriótico em uma comunidade de homens desalentados.

O gênero, velado e revelado

Enquanto *O culto do dever* foi publicado logo após o início da guerra, *As mulheres de mantilha* é um dos cinco romances que o prolífico Macedo publicou em 1870,[11] após a derrota do Paraguai e durante um período de crescente debate em torno da reforma das leis de recrutamento. Apresenta-

11 O primeiro volume. O segundo e último sairia no ano seguinte.

do como romance histórico, *As mulheres* é antes um híbrido de melodrama e romance regionalista de costumes. O contexto histórico geral, explicado nas primeiras páginas do livro, é o breve (de 1763 a 1767) e controvertido vice-reinado de Dom Antonio Álvarez da Cunha, ou Conde da Cunha, que, segundo o autor, se destacou por uma série de medidas arbitrárias e violentas.[12] No entanto, embora a narrativa se desenvolva nesse período, quando a capital do Brasil tinha acabado de ser transferida de Salvador para o Rio de Janeiro (1763), sugiro que o romance tenha sido interpretado de modo inevitável, ainda que não intencional, como crônica das recentes políticas de recrutamento compulsório e dispensa implementadas durante a recém-terminada (mas não inteiramente resolvida) Guerra da Tríplice Aliança, ou Guerra do Paraguai, como foi chamada à época.[13]

Conforme indica o narrador, o Conde da Cunha era conhecido precisamente por suas tentativas de organizar um exército mediante o recrutamento forçado

> que deixava mães viúvas e irmãs órfãs ao desamparo, filhos sem pais e esposas sem maridos, os atentados contra a propriedade, e contra a liberdade individual, privando-os em proveito das obras públicas os senhores dos serviços de seus escravos, e coagindo-se homens livres, sob o pretexto de que eram vadios, a ir trabalhar nas obras do rei (MACEDO, 1870, p. 9).

Mais importante ainda, o narrador acrescenta que a ameaça do serviço militar causou pânico em toda uma geração de jovens: "o alistamento e o recrutamento levaram o susto e o terror aos moços de todas as paróquias da capitania" (*id.*, *ibid.*, p. 116). Essa atmosfera de medo e repúdio é precisamente o que caracteriza a experiência de homens de diferentes estratos sociais durante a Guerra da Tríplice Aliança, mas especialmente a daqueles considerados desprotegidos.

---

12 Para as políticas de recrutamento do Conde da Cunha, ver MELLO (2004).

13 Os críticos contemporâneos de Macedo, no entanto, aceitaram a definição do autor da obra como "romance histórico". No entanto, exceto por algumas breves notas não assinadas na imprensa, como a do *Diário do Rio de Janeiro* (17 jun. 1871), o romance foi recebido com certo silêncio. Para críticas mais recentes, ver LINHARES (1958) e PROENÇA (1971).

Sem embargo, o vilão do romance não é o vice-rei déspota, mas seu secretário, Alexandre Cardoso de Meneses, que defende o recrutamento forçado dos vagabundos e se comporta como uma espécie de Don Juan, ofendendo "a inocência de donzelas, a honestidade de esposas, e o recato de viúvas" (*id.*, *ibid.*, p. 9). Na verdade, ele é o motor de diversos núcleos e subtramas narrativas cujo alvo são mulheres de diferentes classes sociais: a) sua concubina, ciumenta e vingativa, mas bem-nascida e, por fim, simpática cortesã chamada "Maria de..."; b) a família pobre do carpinteiro Marcos Fulgêncio, cuja filha mulata, Emiliana, de vinte anos, Alexandre estupra durante um incêndio que ele mesmo provoca (a honra dela só é restaurada no fim do romance, quando se casa com um homem mais velho prestes a morrer); c) a família exemplar, próspera e virtuosa do imigrante português Jerônimo Lírio, constituída por sua esposa brasileira e duas filhas ("os dois lírios"), a mais velha, Irene, de 17 anos, e sua irmã, Ignês, de 15, por quem Alexandre é obcecado, perseguindo-a incansavelmente.

Enquanto a brutalidade e a falta de escrúpulos de Alexandre Cardoso fazem dele um protótipo de velhas e censuráveis formas de masculinidade, caracterizadas pela violência e pelo uso excessivo da força, a representação dos personagens secundários também contribui para testar e regular o nível desejado da masculinidade burguesa moderna. Assim, Ângelo – o belo e jovem ex-amante, protegido de Maria, que ela manipula com facilidade – não pode ser modelo de masculinidade, da qual parece carecer:

> Era um homem de estatura regular e tão bem-feito de formas, como desejaria sê-lo uma mulher... o rosto oval ostentava encanto e graças demais para o seu sexo: longe de ser um tipo de beleza varonil, dir-se-ia um erro da natureza que lhe dera formosura feminina e sexo masculino (MACEDO, 1870, p. 80-81).

Em um *ranking* de masculinidades, o romance prescreve as características do homem honrado moderno que deve triunfar e substituir a antiga ordem heterossexual do *pater familias*, encarnado por Jerônimo. Embora seja um exemplo de retidão e honradez, Jerônimo representa os modos tradicionais da geração anterior; sua teimosia e seu "ciúme mouro" fazem dele um modelo imperfeito a ser emulado, assim como sua masculinidade conservadora e hegemônica, que condena as mulheres "à escravidão do zelo brutal" (MACEDO, 1871, p. 114). Desnecessário dizer que servos e homens escravizados estão na rabeira, ou melhor, estão excluídos desse *ranking* de masculinidades possíveis por serem considerados carentes não só de masculinidade, mas também de humanidade: "[Cunha], impressionado pelas nobres maneiras do velho negociante português [Jerônimo], compreendeu que a seus olhos tinha um homem e não um escravo" (MACEDO, 1870, p. 175).

Ironicamente, para argumentar em favor da masculinidade hegemônica moderna (branca), a trama se concentra, em grande medida, em um caso de travestimento ligado ao recrutamento forçado. Um dia, uma bela jovem chamada Isidora, que esconde o rosto sob uma mantilha, visita a casa de Jerônimo Lírio: "sem dúvida tinha alvo rosto, pois que branca e fina foi a mão que mostrou fora da mantilha [...]" (MACEDO, 1870, p. 133). Após ler a carta do pai de Isidora, um bom amigo e cliente leal, que explicava ter sido a jovem foi assediada e ameaçada pelo filho mais velho de um certo maioral da região onde moravam, Jerônimo acolhe Isidora em sua casa, em um quarto separado. As duas filhas de Jerônimo, até então escondidas da vista de todo o mundo, divertem-se observando os trajes, os modos e o comportamento dessa visitante peculiar e misteriosa:

> [...] esbelta, porém não bem-feita de corpo [...] seu pescoço era mais grosso que fino, e suas mãos brancas, pequenas e bonitas, como deviam ser seus pés. [...] Em uma palavra, Isidora era bela, mas desajeitada; brilhante bruto apanhado no leito da corrente do deserto, precisava que a moda, lapidando-o, fizesse ostentar o seu elevado e natural valor" (MACEDO, 1870, p. 156-157).

Que Isidora tivesse um "buço" não punha em questão sua identidade de gênero, já que Ignês também lamentava ter uma suave penugem – "lastimava-se de um buçozinho" (MACEDO, 1870, p. 67). Na verdade, é possível que na época o pelo facial fosse considerado atraente e até mesmo um sinal de sexualidade feminina.[14] Mais importante, suas mãos e "pés mimo-

14 Veja, por exemplo, a seguinte expressão em um folhetim , em que uma mulher lamenta não ter buço: " – Ah, se eu tivesse olhos bem pretos! [...] E um buçozinho!".

sos" eram a prova definitiva de sua feminilidade e, além disso, o indicador por excelência da mulher brasileira (branca) (MACEDO, 1870, p. 28-29). No entanto, como fica claro mais tarde no romance, em uma sociedade onde o trabalho manual era considerado indigno, as delicadas mãos dos homens também podem ser um indicador de raça e classe.[15]

Como indica o título, *As mulheres de mantilha* usa o xale/véu como recurso narrativo central, que serve tanto para disfarçar a identidade quanto para revelá-la (FERRAZ, GENS e OLIVEIRA, 1988, p. 15). Na verdade, a mantilha foi um elemento usado de modo recorrente tanto para expor quanto para esconder identidades na ficção de meados do século XIX, desde as comédias de Martins Pena (*Os irmãos das almas,* 1847) até os romances de José de Alencar (*As minas de prata,* 1865). Por exemplo, o narrador de *Memórias de um sargento de milícias* (1852-1853), de Manuel Antônio de Almeida, define-a como um "observatório da vida alheia", cuja principal vantagem é permitir que as mulheres vejam sem serem vistas (ALMEIDA, 1854, p. 44). Mas, embora possa oferecer às mulheres um poder relativo e a oportunidade de olhar para os outros, a mantilha muitas vezes transforma as próprias mulheres em objeto de escrutínio e especulação. Assim, ela é frequentemente associada à impostura, sobretudo à de gênero. Macedo já havia brincado com essa possibilidade em um romance anterior, de 1848, em uma cena na qual dois homens se perguntam se determinada personagem de rosto encoberto é uma mulher ou um homem:

> – Sim; o andar era majestoso e engraçado... aquela mulher nunca tinha usado de mantilha [...] Porque envolvia-se nela como em um xale: mas o andar, que era majestoso e engraçado, era ao mesmo tempo tão delicado, as passadas tão curtas e ligeiras, que não podia deixar de ser o andar de uma mulher.
> – Bem; e depois?

(FRAGILIDADES, 1878, p. 1). Segundo Chéry, pelo menos no final do século XVIII, no discurso médico "pensava-se que uma mulher com pelos faciais visíveis era dotada de um clitóris imponente e uma libido proporcional a ele" (CHÉRY, 2018, p. 220).

15 Gilberto Freyre, por exemplo, é obcecado por pés e mãos como indicadores de diferença racial. Ver *Casa grande & senzala* (1995, p. 428-429).

> [...]
> – Tirou debaixo da mantilha e estendeu para fora um lindo braço, e com formosa mão... (MACEDO, 1887, v. 2, p. 188).

No caso de *As mulheres de mantilha*, a cortesã Maria também esconde seu rosto sob o véu quando surpreende seu amante insultando-a diante de outra mulher (MACEDO, 1870, p. 95); um tenente beija à força uma mulher velada, apenas para descobrir que ela é, na verdade, uma velha (*id.*, *ibid.*,p. 54); durante uma feira de rua, dois poetas improvisam versos contra a igreja e o governo disfarçados como mulheres de véu, sendo em verdade dois seminaristas (*id.*, *ibid.*, p. 32-37). Mais importante que os exemplos precedentes, Isidora, a misteriosa convidada da casa dos Lírio, acaba por se revelar um homem, chamado Isidoro, que se passou por mulher para fugir do recrutamento militar compulsório. Presumivelmente, o leitor só descobrirá sua verdadeira identidade no final, de modo que ao longo do romance o disfarce continua a causar ambiguidades de gênero e situações que os críticos têm interpretado como representações de homoerotismo, homoafetividade (PAVANELO, 2018, p. 166-168) ou lesbianidade (MOTT, 1987, p. 71). Em ensaio recente, Amara Moira compara essa ambiguidade causada pelo disfarce de Isidora com o de Diadorim de *Grande Sertão*, guardando, é claro, as devidas diferenças, já que no caso do último não se sabe em que medida a personagem mulher pudesse ter reivindicado, ou talvez desejado ocupar uma identidade masculina, enquanto no romance de Macedo o retorno à identidade de homem cisgênero é reafirmada (MOIRA, 2018).

De fato, as cenas de suposto desejo lésbico entre duas mulheres ligeiramente bigodudas tornam-se cada vez mais intrigantes, até ousadas. Quando, a pedido da família, Isidora passa a dar aulas de música para as filhas de Jerônimo, Ignês começa a rejeitar as normas de gênero tradicionais e expressa seu desejo por um modelo de masculinidade mais suave, supostamente mais feminino: "Quisera casar-me com um moço que tivesse o rosto, a voz, a bondade e a graça de Isidora" (MACEDO, 1871, p. 119). Além disso, Ignês sente-se cada vez mais atraída pela hóspede, mesmo sem entender perfeitamente seus sentimentos por alguém do mesmo sexo. Quando sua irmã Irene lhe pergunta: "De que te serve gostar de uma moça como nós?...," ela admite: "– Eu sei! o que dizes é muito acertado; mas Isidora me encanta ... não é por minha vontade, não entendo o que sinto; mas já duas vezes tenho visto em sonhos um moço com o rosto de Isidora" (*id.*, *ibid.*, p. 121). Por fim, Ignês se apaixona por Isidora, que corresponde a esse amor, mas Irene continua a questioná-la: "que amor é este entre pessoas que não se podem casar?" (*id.*, *ibid.*, p. 124). Somente no fim do romance, quando a família é vítima de um ataque e Isidora é forçada a reagir "como um homem", "manejando a espada com braço varonil", "espada hábil de valente amazona" (*id.*, *ibid.*, p. 139-140), sua identidade de gênero, na verdade, seu falo, será revelada. Assim, a ordem heterossexual é restaurada: Alexandre é punido, Ignês e Isidoro se casam e ele se beneficia de um edital real que ordenava aos homens em "idade varonil" que se casassem, caso contrário poderiam ser submetidos ao recrutamento forçado (*id.*, *ibid.*, p. 179). Este edital e outro subsequente, que condenava a perder os cargos todos os oficiais solteiros que se negassem a contrair núpcias imediatamente (*id.*, *ibid.*, p. 195), foram populares sobretudo entre as mulheres, provocando "uma revolução súbita na opinião pública feminina. [...] as jovens solteiras com particularidade entusiasmaram-se pelo velho Vice-Rei" (*id.*, *ibid.*, p. 179-180). Assim, a política de recrutamento forçado muitas vezes andava de mãos dadas com a imposição da heterossexualidade compulsória.

Que o romance tenha intenções moralizadoras, certamente pedagógicas, não surpreende. O que, no entanto, tem intrigado os críticos nos últimos anos é a forma como a encenação do desejo homoerótico entre Ignês e Isidora parece não estar de acordo com essas intenções. E talvez os críticos não estejam errados em reconhecer em *As mulheres de mantilha* certo impulso transgressor, ainda que momentâneo. Ferraz, Gens e Oliveira, por exemplo, destacam o papel do desejo no romance como "ameaçador de estruturas", "desagregador e anárquico", mesmo que restrito a períodos de exceção, especificamente, festividades carnavalescas (entrudo) que, de fato, ocupam 25 dos 49 capítulos (FERRAZ, GENS e OLIVEIRA, 1988, p. 10-11). De acordo com essas pesquisadoras, o Carnaval cumpre um papel normalizador que acaba por conter a explosão do desejo e a subversão dos papéis de gênero. Assim, pode-se dizer que, ao dar *origem* à influência e ao desejo femininos, com personagens fortes como a cortesã de origem nobre que, ao menos até certo ponto, determina o desenvolvimento da trama, o romance pode ser lido como uma crítica da opressão masculina contra as mulheres. Ainda assim, no final o que prevalece e é recompensado é o tipo de mulher desejável para o casamento e de cavalheiro pronto a defender sua honra.

Reformando o homem de família

Como mostrado anteriormente, muita coisa parece ter mudado entre a publicação de *O culto do dever* (1865) – em que o dever patriótico prevalece sobre o casamento e o amor romântico – e *As mulheres de mantilha* (1870), em que, ao menos para determinados homens, o casamento se torna uma desculpa legítima, capaz de eximi-los do serviço militar sem prejuízo da honradez. De fato, parece haver uma distância considerável entre, por um lado, a pátria ferida e o consequente pedido de honra encarnado nas figuras masculinas da realeza e, por outro, uma monarquia corrupta e forças armadas desacreditadas que representam uma ameaça à família heterossexual burguesa.

Anos mais tarde, de uma perspectiva totalmente diferente, Macedo volta ao tema das masculinidades no que se refere à Guerra da Tríplice Aliança no seu último romance publicado em vida, *A baronesa do amor* (1876), considerado por Tânia Serra o trabalho mais feminista do autor (SERRA, 1994, p. 205). Publicada após a promulgação da Lei de Recrutamento de 1874, concebida para modernizar e "civilizar" as forças armadas, e das tentativas de implementá-la no ano seguinte, *A baronesa* apresenta um modelo renovado de masculinidade e honradez, encarnado na figura de Brasílio de Amoreira, capitão e veterano da Guerra do Paraguai. Conhecido como Capitão *Avante*, sua renomada coragem se evidencia tanto nas cicatrizes que lhe desfiguram o rosto quanto nas medalhas que cobrem seu uniforme. As feições, a biografia e o próprio nome, Brasílio de Amoreira, não deixam dúvidas sobre seu caráter impecável, sua masculinidade e seu patriotismo:

> O que afeava o jovem, aformoseava o soldado [...] filho de benemérito baiano que se ilustrara na guerra da independência da pátria [...] trocara o nome português da família da qual provinha pelo de uma árvore do próprio país. Brasílio de Amoreira, exaltado por natureza e ainda mais pelas lições e exemplo de seu pai, mostrou-se desde os quinze anos de excelente índole; mas de ânimo ardente e impetuoso: tendo

> desejado ser médico, foi nos cursos de humanidades e depois no primeiro ano da escola de medicina da Bahia um pouco vadio nas aulas, admirador de Byron, romanesco, fervoroso patriota, notabilidade incorrigível em todas as ruidosas travessuras de estudantes, dedicado aos amigos, generoso, muitas vezes turbulento, e sempre que teve ocasiões de prová-lo, tão valente como temerário. Tinha coração angélico e gênio endemoninhado.
> Brasílio de Amoreira contava dezoito anos de idade e ia matricular-se no segundo ano do curso médico em 1865, quando se publicou o decreto, convocando *voluntários da pátria* para a guerra do Paraguai [...] Brasílio de Amoreira alistou-se logo com o honroso e brilhante posto de *soldado raso* voluntário da pátria. [...] A farda aumentou-lhe a presunção de valentia, e os melindres do ponto de honra (MACEDO, v. 1, 1876, p. 21-22, 24).

A Lei de Recrutamento de 1874 instituiu um sorteio em substituição ao recrutamento forçado. Ela exigia que todos os homens entre 18 e 35 anos se registrassem para o sorteio, o que muitos deles, especialmente os conservadores, viam como uma forma de irmanar "todas as classes e regiões da sociedade brasileira sob um sistema disciplinar uniforme e equitativo" (BEATTIE, 2001, p. 74). Embora a limitasse, a nova lei não eliminou a dispensa (pecuniária, por casamento, ou para estudantes universitários e seminaristas), nem as substituições. Além disso, o primeiro artigo da Lei estabeleceu o alistamento voluntário como principal forma de recrutamento (BRASIL, 1874, p. 64). Ao evocar a figura do "voluntário" que entra na guerra como um indivíduo particular e é recompensado com honras, o romance de Macedo soma-se aos esforços da época para celebrar a vitória contra o Paraguai, o heroísmo dos soldados, proclamando a ideologia da integração nacional do exército.[16] Além disso, o narrador

16 A Guerra da Tríplice Aliança também fez reviver no Brasil o gênero da pintura de guerra: Victor Meirelles (1832-1903) apresentou as telas *Combate Naval de Riachuelo* em 1872, *Batalha de Guararapes*, em 1879 e, mais tarde, *Passagem de Humaitá*, em 1886; Pedro Américo (1843-1905), que após a guerra pintara *Batalha de Campo Grande* (1871), voltou ao tema com *A batalha do Avaí*, realizada entre 1874 e 1877.

estabelece uma genealogia da nacionalidade desracializada, cuja origem remonta ao movimento pela Independência, e enfatiza o serviço militar como forma de mobilidade e distinção social. Os traços físicos e o temperamento de Brasílio contrastam com os de Alexandre, o capitão brutal, e de Ângelo, o "bonitão" de *As mulheres de mantilha*. Embora não seja boa-pinta e subserviente como Ângelo, ele ainda tem um "coração angelical", é também generoso, sensível, fiel aos amigos, e cultiva o gosto pela poesia romântica. Acima de tudo, é corajoso, leal à nação, pela qual está disposto a se sacrificar, e não se vale da condição de estudante de medicina para reivindicar isenção do serviço militar.[17] Brasílio de Amoreira, cuja honra vem de seus atos corajosos mais que de títulos nobiliárquicos, pode ser considerado o protótipo do novo homem republicano.

Pelo restante de sua carreira, Macedo não evocará novamente a guerra de modo explícito em sua obra de ficção. Porém, anos após a publicação de *As mulheres de mantilha*, ele revisita o argumento do romance em uma comédia intitulada *Antonica da Silva*. A peça estreou no Teatro Fênix Dramática durante a temporada de carnaval, entre 29 de janeiro e 14 de fevereiro de 1880. Situada no mesmo período do romance, ou seja, durante o vice-reinado do Conde de Cunha (1763-1767), desta vez, qualquer alusão ao Paraguai parece remota. Ao mesmo tempo, evita-se agora toda aquela ambiguidade de gênero explorada anteriormente no romance. Assim, a identidade da personagem masculina travestida é revelada ao espectador desde o início, permanecendo diegeticamente oculta até o meio da peça apenas para as personagens femininas. Para ser exato, o texto publicado apresenta a personagem principal como Benjamin, descrito como "vestido de mulher e de mantilha" (MACEDO, 1880, p. 2). Quando a peça foi encenada, o papel de Benjamin foi interpretado por Francisco Correa Vasques, um ator cômico mulato extremamente popular, que mais de uma vez representou papéis de homens travestidos.[18]

Na peça, Peres, o chefe da família, grato a um amigo que salvou sua vida em uma batalha na África, aceita que o filho desse amigo, Benjamin, disfarçado de Antonica da Silva, fique em sua casa por alguns dias. Mas

---

17 De fato, havia casos de voluntários da faculdade de medicina que não pediram dispensa valendo-se de seu *status* como estudantes. Ver CERQUEIRA (1910, p. 59, 160, 231, 381, 294).

18 Ver, por exemplo, o trecho final de *O Sr. Anselmo apaixonado pelo Alcazar* (1863).

por ter largos quadris, buço e um apetite incomum, Benjamin mal pode se passar por mulher. Embora Peres diga à família que a razão pela qual ele acolhe a menina Antonica da Silva tem que ver com um casamento desfeito por desaprovação do pai dela, o público logo se inteira de que "a menina" é um sacristão condenado ao serviço militar por ter agredido um capitão. Enquanto isso, a presença de Antonica provoca o ciúme da esposa de Peres e, como no romance, inspira o amor de Inês (interpretada por Rosa Villiot). No entanto, neste caso, qualquer indício de desejo homoerótico rapidamente se dissipa, pois logo as mulheres descobrem que Antonica é, na realidade, um "varão do sexo masculino" (MACEDO, 1880, p. 10) e aceitam, a fim de protegê-lo, acobertar seu "disfarce sexual". Mais tarde, a peça adiciona uma segunda situação simétrica de travestimento: para salvar o rapaz, Inês se disfarça de Benjamin e se rende às autoridades. No entanto, uma vez no quartel, ela não consegue se adaptar convincentemente ao papel de soldado. Enquanto isso, Benjamin é capturado por padres franciscanos e Peres ameaça enviar ao convento a filha desobediente. Benjamin foge do convento, se rende ao exército e consegue escapar novamente. Ainda que a trama não faça alusões à guerra do Paraguai, há nela uma associação entre o serviço militar e a punição. O confinamento religioso, tanto quanto recrutamento, também é percebido como um castigo.

Enquanto o romance de 1870 não pareça ter tido muita repercussão, a comédia dos anos 1880 (denominada "burletta") foi bastante popular (em parte, por causa da fama de Vasques), suscitando também críticas e controvérsias. Primeiro, foi acusada de ser uma cópia de *Les amours du chevalier de Faublas* (1787-1790), de Louvet de Couvray (GAZETILHA, 1880, p. 1) obra com cenas semelhantes de travestimento e confusão de gênero anunciada nos jornais da época como "livro só para homens". Outros críticos consideraram a peça uma "indecência teatral" (LINO, 1880, p. 3), não por causa das reviravoltas que levam à sequência quiasmática que subverte papéis de gênero – os "dois andróginos" ou "dois hermafroditários", conforme foi chamada a dupla de personagens travestidos (LAET, 1880, p. 1) – mas por mostrar um homem dormindo em um quarto, ao lado mulheres virtuosas que, conforme argumento utilizado mais tarde por Macedo em defesa da obra, desconheciam seu gênero; ou talvez por apresentar uma mulher (embora disfarçada de homem) entre os soldados. Em cada um dos quatro atos, a peça encena uma sequência complicada de configurações de gênero ligadas à indumentária. Simulam-se cenas de ocultamento e revelação de identidade em que o par romântico está, sucessivamente: (1) trajado como duas mulheres; (2) trajado como duas mulheres, uma das quais é sabidamente um homem disfarçado; (3) trajado à maneira masculina, Inês disfarçada de soldado e Benjamin como um noviço franciscano; (4) trajado convencionalmente, com Inês finalmente usando um "vestido do seu sexo" (MACEDO, 1880, p. 26) e Benjamin em uniforme militar. Neste caso, as reviravoltas relacionadas à subversão de gênero das roupas evocam menos *As mulheres de mantilha*, cuja trama a peça retoma, do que a cena bufa de *O moço loiro*, analisada no início deste ensaio. Uma vez que a veste "apropriada" é reatribuída a cada gênero, a peça termina com o perdão do pai, o fim do confinamento religioso de Benjamin e Inês, o anúncio do futuro matrimônio do casal heterossexual e, consequentemente, a dispensa de Benjamin do serviço militar; em outras palavras, a restauração da ordem burguesa.

Conclusão

Em seu prefácio para a tradução inglesa das memórias de Catalina de Euraso, Garber afirma que "o aparecimento de uma figura travestida no texto [...] era quase invariavelmente sinal de uma categoria em crise em *outros lugares*: não, ou não apenas, nos domínios de gênero e sexualidade, mas também, e não menos importante, nos campos da política, da economia, da história e do gênero literário" (EURASO, 1997, p. vx). Ao longo deste ensaio, afirmei, principalmente, que a obra de ficção de Macedo, tanto seus romances quanto suas peças, permite entender como a Guerra da Tríplice Aliança foi um período crítico na redefinição das categorias de gênero e, principalmente, de masculinidade no Brasil oitocentista. Considerando a diferença entre as obras e, ao mesmo tempo, o caráter híbrido de textos que compartilham traços de comédia e melodrama, a instabilidade de papéis de gênero neles presentes tem distintos objetivos: enquanto a comédia tende a reforçar as convenções de gênero, o melodrama, embora com igual pendor pedagógico, almeja muitas vezes desafiar os papéis de gênero, modificá-los e, em última instância, reformá-los. Ademais, ao repropor e redirecionar o objeto e o valor da honra, as masculinidades do século XIX foram frequentemente reconceitualizadas em relação às mulheres, por um lado, e ao Estado-nação, por outro. Em sua oposição ao povo paraguaio, muitas vezes retratado como bárbaro, as novas representações culturais da masculinidade em conflito tinham um propósito civilizatório que imaginava a transformação das forças armadas e, por fim, o desaparecimento do monarca e a ascensão do republicanismo.

Agora, mesmo que se possa vislumbrar novas configurações de desejo homoerótico ou a emergência de travestis simultaneamente como sujeitos e objetos de desejo, deve-se reiterar que as cenas aqui discutidas referem-se exclusivamente ao *travestimento como disfarce* e, na maioria dos casos, dizem respeito principalmente às definições e redefinições das masculinidades hegemônicas, cuja natureza está de fato sempre mudando. No contexto dos modos de apresentação de gênero pós-1980, Eric Anderson afirmou, com otimismo, que "à medida que a *homo-histeria* cultural diminui significativamente, a forma hegemônica de masculinidade conservadora perderá a predominância, dando lugar a masculinidades mais sutis, já não controladas pelo estigma social. Assim, duas formas preponderantes (mas não dominantes) de masculinidade coexistirão, uma ortodoxa e outra inclusiva" (ANDERSON, 2009, p. 96). No entanto, embora noções rivais de masculinidade, ainda que brancas e burguesas, possam coexistir, especialmente em tempos de crise e rápida transformação social, essas noções modernas, em oposição a outras, mais "ortodoxas", podem, no melhor dos casos, ser consideradas "inclusivas" apenas relativamente. Decerto os padrões hegemônicos da masculinidade ocidental e seus limites estão sempre sendo revistos, reformulados, talvez expandidos, com graus de inclusão mutáveis, mas também de misoginia, homofobia, medo da desvirilização, de modo que essas hierarquias mutáveis da masculinidade seguem sendo excludentes.

Referências

ALMEIDA, Manuel Antônio de. *Memórias de um sargento de milicias*, v. 1. Rio de Janeiro: Tipographia Brasiliense de Maximiano Gomes Ribeiro, 1854, 2 v.

ANDERSON, Eric. *Inclusive Masculinity*: The Changing Nature of Masculinities. New York: Routledge, 2009.

ANTONIO, Pedro. "Vida". *O arlequim: revista de atualidades*, n. 20, 7 de jun. 1928, p. 31.

ARCE, B. Christine. *México's Nobodies*: the Cultural Legacy of the Soldadera and Afro-Mexican Women. Albany: State University of New York Press Press, 2017.

BASTIDE, Roger. O homem disfarçado em mulher. In: *Rumo*. Rio de Janeiro, v. 1, n. 3-4, jun. 1943, p. 17-22.

BEATTIE, Peter. *The Tribute of Blood*: Army, Honor, Race, and Nation in Brazil (1864-1945). Durham: Duke University Press, 2001.

BEATTIE, Peter M. e IZECKSOHN, Vitor. The Brazilian Home Front during the War of the Triple Alliance, 1864-1870. In: SANTONI, Pedro (org.). *Daily Lives of Civilians in Wartime Latin America*: From the Wars of Independence to the Central American Civil Wars. Westerport: Greenwood Press, 2008, p. 123-146.

BRASIL. Lei n. 2.556, de 26 de setembro de 1874. *Coleção de Leis do Império do Brasil – 1874*, v. 1, pt. II, p. 64.

CARVALHO, José Murilo de. *Jovita Alves Feitosa*: Voluntária da pátria, voluntária da morte. São Paulo: Chão, 2019.

CERQUEIRA, Dionísio. *Reminiscências da campanha do Paraguai*. Tours: Imprimerie E. Arrault, 1910.

CERQUEIRA, Rodrigo Soares. Um caso raro: *O moço loiro* e a formação do acervo comum do romance brasileiro. *Tempo*, Niterói, v. 25, n. 3, set./dez. 2019, p. 535-554.

CHÉRY, Aurore. Shades of Facial Hariness at the French Court: The Case of Marie-Joséphine of Savoy, Countess of Provence. In: EVANS, Jennifer e WITHEY, Alun (org.). *New Perspectives on the History of Facial Hair*. London: Palgrave Macmillan, 2018, p. 213-233.

CINTRA, Mariana de Paula. Em busca de um padrão: moda, beleza e vida social na obra de Joaquim Manuel de Macedo. *Intellectus*, Rio de Janeiro, v. 18, n. 1, 2019, p. 96-114.

EISENBERG, José. Patriotism and Gender in the Tradition of Modern Political Thought. *Contributions to the History of Concepts*. Rio de Janeiro, v. 1, n. 1, mar., 2005, p. 63-81.

EURASO, Catalina de. *Lieutenant Nun*: Memoir of a Basque Transvestite in the New World. Trad. Michele Stepto y Gabri Stepto, prólogo de Marjorie Garber. Boston: Beacon Press, 1996.

FERRAZ, Maria Cristina Franco, GENS, Rosa Maria de Carvalho e OLIVEIRA, Ana Lúcia Machado de Oliveira. Entre véus, sombras e desejos (prólogo). In: MACEDO, Joaquim Manuel de. *As mulheres de mantilha*. Rio de Janeiro: Secretaria Municipal de Cultura, 1988, p. 9-16.

FLORES, Hilda Agnes Hübner. *Mulheres na guerra do Paraguai*. Porto Alegre: EDIPUCRS, 2010.

FRAGILIDADES (folhetim). *Jornal do Comércio*, ano 57, n. 15, 15 jan. 1878, p. 1.

FREYRE, Gilberto. *Casa grande & senzala*. Rio de Janeiro: Record, 1995.

GALVÃO, Walnice Nogueira. *A donzela-guerreira: um estudo de gênero*. São Paulo: SENAC, 1997.

GALVÃO, Walnice Nogueira. Metamorfoses da donzela-guerreira. *Dialogia*, São Paulo, v. 1, out. 2002, p. 21-25.

GARBER, Marjorie. *Vested Interests*: Cross-dressing and Cultural Anxiety. New York: Routledge, 1992.

GARDINER, Judith Kegan. Female Masculinity and Phallic Women – Unruly Concepts. *Feminist Studies*, Maryland, v. 38, n. 3, fall, 2012, p. 584–611.

GAZETILHA (Fênix Dramática). *Jornal do Comércio*, Rio de Janeiro, ano 59, n. 31, 31 jan. 1880, p. 1.

GILBERT, Sandra e GUBAR, Susan. *The Madwoman in the Attic*. New Haven: Yale University Press, 1979.

GREENBERG, Kenneth. *Honor and Slavery*. New Jersey: Princeton University Press, 1997.

GUIMARÃES ROSA, João. *Grande sertão*: veredas. Rio de Janeiro: José Olympio, 1956.

HERTZMAN, Marc. Where's the Empire in Brazilian Empire? Race, Gender and Imperial Nostalgia in Brazil: An Essay Dedicated to Wiebke Ipsen. *Luso-Brazilian Review*, Wisconsin, v. 52, n. 1, 2015, p. 1-20.

IPSEN, Wiebke. *Patrícias,* Patriarchy, and Popular Demobilization: Gender and Elite Hegemony in Brazil at the End of the Paraguayan War. *Hispanic American Historical Review,* Durham, v. 92, n. 2, 2012, p. 303-330.

IZECKSOHN, Vitor. Quando era perigoso ser homem. Recrutamento compulsório, condição masculina e classificação social no Brasil. In: DEL PRIORI, Mary e AMANTINO, Marcia (org.). *História dos homens no Brasil.* São Paulo: Editora UNESP, 2013, p. 267-297.

LAET, Carlos de. Microcosmo (Crônica semanal), *Jornal do Comércio,* Rio de Janeiro, ano 59, n. 32, 1 de fev. 1880, p. 1.

CAMPOS, Humberto de. As modas e os modos nos romances de Macedo. *Antologia da Revista da Academia Brasileira de Letras.* Rio de Janeiro: Academia Brasileira de Letras, p. 19-57.

LINHARES, Temístocles. Macedo e o romance brasileiro. *Revista do livro,* Rio de Janeiro, n. 10, p. 111-117, jun. 1958.

LINO, A. de. Resenha Teatral. *Revista Ilustrada,* Rio de Janeiro, ano 5, n. 193, 31 jan. 1880, Rio de Janeiro, p. 3.

MACEDO, Joaquim Manuel de. Amor e pátria. *Teatro do doutor Joaquim Manoel de Macedo,* v. 1. Rio de Janeiro: B. L. Garnier, Livreiro-Editor 1863, 3 v.

MACEDO, Joaquim Manuel de. *A baronesa de amor.* Rio de Janeiro: Tipografia Nacional, 1876. 2 v.

MACEDO, Joaquim Manuel de. *As mulheres de mantilha*: romance histórico, v. 1. Rio de Janeiro: B. L. Garnier, Livreiro-Editor 1870.

MACEDO, Joaquim Manuel de. *As mulheres de mantilha*: romance histórico, v. 2. Rio de Janeiro: B. L. Garnier, Livreiro-Editor 1871.

MACEDO, Joaquim Manuel de. *Antonica da Silva*: burleta em 4 atos. Rio de Janeiro: Tipografia da Escola, 1880.

MACEDO, Joaquim Manuel de. *Mulheres célebres.* Rio de Janeiro: B. L. Garnier, Livreiro-Editor 1878.

MACEDO, Joaquim Manuel de. *O culto do dever.* Rio de Janeiro: Casa Domingos José Gomes Brandão, 1865.

MACEDO, Joaquim Manuel de. *Os dois amores*. Rio de Janeiro: B. L. Garnier, Livreiro-Editor 1887. 2 v.

MACEDO, Joaquim Manuel de. *O moço loiro*. Rio de Janeiro: Tipografia Carlos Haring, 1845. 2 v.

MAIA, Helder Thiago. Transgressões canônicas: queerizando a donzela--guerreira. *Cadernos de literatura comparada*, n. 39, p. 91-108, 2018.

MELLO, Christiane. Guerra e sociedade: A situação militar do Rio de Janeiro no vice-reinado do Conde da Cunha, 1763-1767. *Topoi*, Rio de Janeiro, v. 5, n. 9, 2004, p. 54-81.

MOIRA, AMARA. Sobre aquele "monstruoso corpo de delito": personagens transexuais na literatura brasileira. *Suplemento de Pernambuco*, n. 154, 10, dez. 2018.

MOTT, Luiz. *O lesbianismo no Brasil*. Porto Alegre: Mercado Aberto, 1987.

OLIVEIRA, Valdeci Batista de Melo. *Figurações da donzela-guerreira*: Luzia-Homem e Dona Guidinha do Poço. São Paulo: Annablume, 2005.

PAVANELO, Luciene Marie. As contradições entre um narrador moralista e uma narrativa (quase) imoral em *As mulheres de mantilha*, de Joaquim Manuel de Macedo. In: TOLOMEI, Cristiane Navarrete e BENFATTI, Flávia Andrea Rodrigues (org.). *Gênero, raça e sexualidade na literatura*. São Luís: Edufma, 2018, p. 153-173.

PROENÇA, Manuel Cavalcanti. Joaquim Manuel de Macedo (1820-1882). *Estudos literários*. Rio de Janeiro: José Olympio, 1971, p. 14-28.

PUBLICAÇÕES (*As mulheres de mantilha*). *Diário do Rio de Janeiro*, Rio de Janeiro, ano 54, n. 166, 17 jun. 1871, p. 2.

SERRA, Tania Rebelo Costa. *Joaquim Manuel de Macedo ou os dois Macedos*: a luneta mágica do II Reinado. Rio de Janeiro: Ed. do Departamento Nacional do Livro/ Fundação Biblioteca Nacional, 1994.

VASQUES, Francisco Correa. *O Sr. Anselmo apaixonado pelo Alcazar*. Rio de Janeiro: Tipografia Popular de Azeredo Leite, 1863, p. 1-10.

ANDRÓGINOS
Coelho Neto e a imprensa

Transformada em símbolo do "passadismo" pelos modernistas de São Paulo, a vasta obra (mais de 120 volumes publicados) do maranhense Henrique Maximiano Coelho Neto (1864-1934) foi extremamente popular e respeitada, ainda que em sua época tenha contado com notórios detratores (José Veríssimo e Lima Barreto).[1] Entre o elogio do documental e a crítica ao ornamental, desde a década de 1940 a obra conheceria renovados esforços de reavaliação, seletiva e hesitante que fosse, seja para relativizar a importância da Semana de 22, seja para recuperar os aspectos mais realistas da obra desse autor, seja para revistar a produção do período então chamado "pré-modernista", dentro do esforço do fim do século XX. Mas ainda hoje permanece relativamente pouco lida ou reeditada e, como já se disse, relegada ao "purgatório da crítica" (LOPES, 1997). Mestiço, filho de mãe indígena, Coelho Neto destaca-se pelo pendor para o duelo, tendo combatido com Luiz Carlos Soromenho em 1889 e desafiado, sem levar a proposta adiante, Valentim Magalhães, que havia criticado um de seus primeiros contos, chamando seu conteúdo de "pueril" e seu estilo de "espanta boiadas" (MAGALHÃES, 1928, p. 53). Na Faculdade de Direito de São Paulo, foi colega de Raul Pompeia, com quem dividia o quarto e sobre quem mais tarde afirmaria, maldosamente,

1 Sobre Coelho Neto e os modernistas, ver MORAES (2004). Para um perfil biográfico recente, ver BORDIGNON (2020).

que "de saias... fugia como o diabo foge da cruz" (NETO, 1926, p. 62). Um dos fundadores e, em 1926, presidente da Academia Brasileira de Letras, eleito em 1928 "Príncipe dos Prosadores Brasileiros" pela revista carioca *O Malho*, Coelho Neto foi um dos raros escritores brasileiros de sua época que podiam gabar-se de viver exclusivamente "da própria pena". Machado de Assis, seu grande admirador, descreveu-o como "um trabalhador que acha meio de descansar carregando pedra" (ASSIS, 1895, p. 1).

Um aspecto surpreendente de sua obra é sua obsessão pelo erótico e pelas ditas "perversões" sexuais, seja por herança do Naturalismo, seja em consonância com a literatura de sensação das primeiras décadas do século xx. Essa "faceta de autor licencioso" foi estudada por Leonardo Mendes, mais especificamente a produção escrita sob o pseudônimo "Caliban" nos anos 1897-1898, em parte reunida em seis tomos no Álbum de Caliban (1897-1898), cujos temas abarcavam "o anticlericalismo, o voyeurismo, o nivelamento social pelo sexo, o lesbianismo, o falocentrismo (ou a 'ode ao pênis'), a prostituta como personagem paradigmático" (MENDES, 2017, p. 215). Como Caliban, Coelho Neto escreveu textos curtos como: "Mlle", em que se configura uma relação erótica entre uma mulher e sua criada (CALIBAN, 1891, p. 2); "O fetichismo" (CALIBAN, 1895c, p. 7), em que um homem confessa sua "fúria amorosa" por "um palmo de perna"; "Ladra" (CALIBAN, 1895b, p. 2), que Mendes qualifica como uma "ode ao pênis" (MENDES, 2017, p. 219); e uma "Ode sáfica", em que o "eu" feminino declara seu amor a uma mulher (BRAGA-PINTO e MAIA, 2021, p. 164-166).

O erotismo e a licenciosidade estão presentes não só nas obras assinadas por Caliban, mas também naquelas que levam o nome do autor ou outros pseudônimos. No romance *Inverno em flor* (1912), publicado originalmente em 1897, ele descreve a fantasia masculina de um momento erótico entre duas mulheres. O conto "Viúvas", do volume *Água de juventa* (1925), cuja primeira edição é de 1904, é mais um caso de "boudoir" em que duas mulheres se acariciam. Às vezes, o autor escrevia dois ou mais contos com o mesmo título. Por exemplo, "Confissão", de Caliban (CALIBAN, 1892, p. 1), sugere um diálogo em que uma penitente confessa um pecado, que nunca se revela. Mais tarde, é Coelho Neto quem assina "Confissão", incluído em *Vida mundana* (1919), em que um homem confessa suas perversões a um amigo: primeiramente, masoquismo; depois, o estar "loucamente apaixonado por uma tuberculosa" (NETO, 1919, p. 59). Outro caso curioso é o do conto "Gêmeos" (CALIBAN, 1895a, p. 2), sobre as escapadas do marido ao quarto da criada, que amamentará os filhos dos dois relacionamentos; outro "Gêmeos" apareceria depois em *Fabulário* (1907), texto que, apesar do desfecho alegórico, está repleto de insinuações homoeróticas: o dono de uma estalagem recebe "dois jovens, lindos ambos", e fica paralisado com a "beleza e o *donaire* dos mancebos" (NETO, 1907, p. 163), que insistem em dormir no mesmo quarto, despertando-lhe a curiosidade de "saber quem eram os dois jovens, tão lindos! que lá estavam no lindo quarto, juntos no mesmo leito." (*id.*, *ibid.*, p. 168).

Apesar de terem consequências diretas sobre a forma como a sexualidade é representada ou insinuada, é menos a representação do sexo propriamente dito do que as figurações não hegemônicas de gênero que caracterizam algumas de suas obras mais intrigantes. A seguir discuto três dessas obras e o contexto em que foram escritas, em especial as que tratam dos chamados andróginos ou hermafroditas, ou de representações ambíguas de gênero, que hoje definiríamos como não binárias.

"Ode fescenina" (1895)[2]

No dia 14 de março de 1895, o jornal carioca *O País* anunciava a exibição de um retrato de certa Madame Pires, "que durante os dias de Carnaval foi muito apreciada em S. Paulo pelo seu fino espírito, que muito concorreu para o sucesso do préstito dos Tenentes de Plutão" (MADAME PIRES, 1895a, p. 1). O clube carnavalesco paulistano era conhecido em todo o país, desde sua fundação em 1889, por seus majestosos desfiles a cavalo e carros alegóricos (ou "carros de ideias") na avenida 15 de Novembro (em 1890, um deles representava um açougue, em alusão ao romance *A carne*, de Júlio Ribeiro). A notícia tinha a intenção de criar suspense em torno da identidade da misteriosa senhora paulista: "Tenham paciência, leitoras e leitores, amanhã saberão quem é Mme Pires". Para aumentar a curiosidade, a edição do dia seguinte corrige, dizendo que a dita Madame era na verdade *Mademoiselle* Pires. (MADAME PIRES, 1895b, p. 2) No número seguinte, do dia 16, o jornal volta ao assunto, comentando que muitos homens se apaixonaram pela senhorita, enquanto mulheres "achavam-lhe

2 Agradeço a indicação desse texto a Gilberto Araújo.

defeitos e os apontavam: lábios muito grossos, olhos pequeninos, fisionomia atrevida [...]". Finalmente, o cronista revela que a tal Madame ou Mademoiselle era na verdade um "distintíssimo jovem paulista, o Sr. José Pires Filho, que se fantasiou de mulher e obteve um esplêndido sucesso no Carnaval" (MADAME PIRES, 1895c, p. 1).

O caso em si, de um homem fantasiado de mulher durante o Carnaval carioca, nada tem de extraordinário. Aliás, durante a década de 1880, sociedades francesas do Rio de Janeiro promoviam regularmente bailes a fantasia, ou os chamados "bailes travestis" (GAZETA DE NOTÍCIAS, 1884, p. 4). Mas a exposição do retrato na redação do jornal sugere certa curiosidade em torno da fluidez da apresentação dos gêneros por parte da elite letrada. Com efeito, o cronista chama a atenção para a arbitrariedade dos padrões de beleza masculina e feminina, desnaturalizando assim a norma segundo a qual os sexos opostos se atraem. Pois enquanto homens são atraídos (mesmo sem saber) pelo retrato de um outro homem, as mulheres julgam sua masculinidade repulsiva.

Mais curioso é o fato de Coelho Neto buscar na notícia a matéria para um de seus poemas em prosa. Na mesma página em que o jornal corrigira *Madame* por *Mademoiselle*, Caliban assina uma "Ode fescenina (Diante de um retrato de Mme Pires)", dedicada a Olavo Bilac. Dias depois, já revelada a identidade do rapaz, o próprio Bilac, sob o pseudônimo Fantasio, comenta:

> [...] passam-se agora nesta cidade coisas estupendas, verdadeiros sinais do tempo. *O País* acaba de expor o retrato de um moço paulista, o Sr. Pires, tão parecido com um retrato de moça, que *Caliban não hesitou em lhe dedicar uma ode fescenina, quente como uma fornalha, misteriosa como uma furna inexplorada. O sr. Pires é positivamente o Andrógino do sar Peladan...* (FANTASIO, 1895, p. 1)

Como se sabe, a figura do andrógino (por vezes confundido com a do hermafrodita) é recorrente em culturas do Ocidente e do Oriente, desde a Antiguidade e para além do *fin de siècle.* Em linhas gerais, trata-se de uma forma primordial e perfeita dos seres, cuja divisão posterior teria significado uma degradação, simbolizando também o desejo de síntese ou totalidade. O Andrógino a que Bilac se refere é o título de uma obra, hoje esquecida, de um escritor ocultista, o francês Joséphin Peladan

(1858-1918). Fundador da ordem Rosacruz do Templo e do Graal na França, em 1890, quando se autoproclamara Sâr (título babilônico que corresponderia a "mago"), Peladan influenciou a prosa e a poesia simbolista de autores brasileiros como Alphonsus de Guimarães, Cruz e Sousa e Dario Veloso (MOISÉS, 1967, p. 104-5). *L'Androgyne*, publicado em 1891, é o oitavo volume de uma série de romances denominados *La Décadence Latine*. Aliás, sua segunda esposa, Christiana-Pauline Taylor, era brasileira, filha de uma família inglesa (CHAVALET, 2013, p. 68) e cheia de dinheiro, segundo João do Rio, que comenta que o acompanhara a uma conferência em Paris (RIO, 1909). Na apresentação, Peladan define o livro como uma "monografia da puberdade" ou "monografia de toda a feminilidade de aspecto e nervos compatíveis com o macho positivo" (PELADAN, 1891a, p. xvii). Coelho Neto, assinando como Caliban, usa como epígrafe, em francês, o seguinte trecho, aqui traduzido:

> Verdadeiros anjos do verdadeiro céu, serafins e querubins abstratizantes. Em posse dos tronos de Javé. Senhorio e essência Deiforme. Príncipe do Septário, que ora comanda, ora obedece. Ó sexo original, sexo definitivo, absoluto do amor, absoluto da forma, sexo que nega o sexo, sexo da eternidade! Loa a ti, Andrógino (CALIBAN, 1895d, p. 2).

A epígrafe é extraída do último parágrafo do "Hino ao andrógino", que compõe o segundo capítulo do romance de Peladan, em que um jovem rapaz ou uma rapariga é descrito como dualidade, harmonia de contrários, perfeição da forma, Eros intangível, "momento indeciso do corpo como da alma" etc. Acontece que, se a princípio Peladan usa o termo indistintamente para referir-se a homens femininos e mulheres masculinas, é a figura do jovem efebo adolescente, em transição entre a presumida delicadeza juvenil e a virilidade adulta, que caracteriza o seu andrógino. No volume seguinte, *La Gynandre*, publicado no mesmo ano, o autor voltará a definir o andrógino como "o adolescente virgem e ainda feminino", enquanto a "ginandra", cujo sentido pare ele é negativo, seria a mulher que finge masculinidade (*mâleté*), uma "usurpadora sexual", caracterizada por toda e qualquer tendência a se fazer passar por homem, enfim, a mulher que, em contraste com o aspecto virginal do andrógino, manifesta sua sexualidade ativamente (PELADAN, 1891b, p. 43). O andrógino de Peladan é desprovido de desejo, dessexualizado pela própria beleza, virgem de todo pecado, sem deixar de ser sedutor e objeto do desejo de homens e mulheres. A consumação sexual é, finalmente, a morte do andrógino.

Presume-se que, quando escreveu sua ode, Coelho Neto ainda não tivesse ciência da verdadeira identidade da madame cujo retrato contemplava. Seu andrógino tem "corpo misto, corpo primordial", "corpo duplo", ou seja, partilha de características do que se considerava feminino e masculino. Apesar de casto, corporifica o amor pelo mesmo sexo, dito "socrático". Se os homens o admiram e as mulheres o invejam, também desperta o amor homossexual de um Córidon (pastor cujo amor pelo efebo Aléxis é descrito por Virgílio na segunda de suas éclogas) e de uma Safo, a cujos lamentos e queixas ele responde. No final, a descrição inclina-se para a figura do andrógino enquanto jovem efebo: "E sorris, forte na tua estupenda beleza cheia de graça e de virilidade" (CALIBAN, 1895d, p. 2). O andrógino de Caliban tem aspectos classicizantes, mitológicos e abstratos, mas, ao mesmo tempo, tem algo de empírico, tanto pela circunstância que mobilizou a ode como pelo título, de intenções declaradamente licenciosas.

A figura do andrógino não era desconhecida dos leitores da época, mas curiosamente começava a ser cada vez mais associada a fatos verídicos divulgados pela imprensa. Meses depois do episódio que deu origem à ode de Coelho Neto, referindo-se a um caso recentemente divulgado, um cronista se propõe a escrever sobre um caso "*quase* mitológico de androginismo" (grifo meu), do qual o Rio de Janeiro oferecia "um estranho exemplar". No final da notícia, o autor remete à obra de Peladan: "Salve ginandro! Salve Tamus!" (C. D., 1895, p. 1). Dois dias depois, outra nota comenta: "Ou o homem é homem, ou é andrógino. Ou a mulher é mulher, ou é ginandra" (X. Y., 1895, p. 1). O caso, revelado pelo *Jornal do Brasil* no dia 5 de maio, diz respeito a uma mulher que, depois de dezenove anos de casada, pede anulação do casamento por ter descoberto que o "pseudomarido" era um "andrógino" (CAUSA célebre, 1895, p. 3). O libelo pedindo anulação do casamento afirma que o marido tinha "rosto imberbe, bacia ampla, coxas, pernas e braços grossos, mãos e pés pequenos e voz fina", o que punha em dúvida o seu sexo, apesar de "simular aparência de virilidade". O casamento foi anulado em outubro, mas parece ter ficado na memória, e não apenas do Rio de Janeiro. No ano seguinte, entre

7 e 11 de janeiro, *A República* de Curitiba publica uma série de artigos, denominada "drama cômico", sob o título "Escândalo! Casamento de um Andrógino!", em que finalmente se revela o nome do casal Zélia Cardoso e Eduardo Pacheco da Silva. A essas alturas o termo "andrógino" remete não mais a uma pessoa, que hoje poderíamos chamar de "intersexual", ou "ser duplo" como se dizia na época, mas a uma mulher que se faz passar por homem. Em todo caso, o vocábulo aqui está longe do sentido mítico que anteriormente carregara, aproximando-se do empírico e, por certo, do criminal ou patológico. Porém, permanecia como objeto de fascinação da elite letrada: naquele mesmo ano, os jornais anunciam a publicação de um "romance de escândalo", ora sob o título *O hermafrodita*, ora sob o título *Homem-Mulher*, de autoria do médico Guimarães de Athayde, pela editora Rodrigues de Paiva & C.

Ainda em 1895, o próprio Coelho Neto republica sua ode, agora sob a assinatura de Anselmo Ribas, substituindo "Diante de um retrato de Mme Pires" por "Diante do retrato de um efebo", no volume *Fruto proibido*, cujas intenções licenciosas são evidenciadas pelo título e confirmadas por Machado de Assis:

> Em vez de permitir o uso de toda a fruta do paraíso, menos a da árvore da ciência do bem e do mal, Coelho Neto encheu o paraíso de frutos proibidos, e disse aos homens, mais ou menos, isto: – Dou-vos aqui um jardim, de cujas árvores não podeis comer um só fruto; mas, como é preciso que vos alimenteis, untei cada fruto com o mel do meu estilo, e ele só bastará para nutrir-vos (ASSIS, 1895, p. 1).

A "Ode fescenina" parece ter sido particularmente estimada por Coelho Neto, que a publicaria novamente na revista carioca *A Maçã* (RIBAS, 1927, p. 18), agora sem o subtítulo ou a dedicatória. Antes disso, porém, o tema do andrógino e do hermafrodita, por vezes intercambiáveis, retornaria em diferentes versões, como se verá adiante.

Esfinge (1908)

Cerca de dez anos mais tarde, Coelho Neto retorna ao tema no romance *Esfinge*, agora em chave fantástica. A narrativa se passa em uma pensão, administrada pela inglesa Miss Barkley, onde vivem, além do narrador e de uma diversificada galeria de personagens, um estranho morador, o "formoso e excêntrico James Marian" (NETO, 1920, p. 13), "apolíneo" e "formoso mancebo" que causava estranheza pelo contraste, pois o "atleta magnífico" tinha "um rosto de feminina e suave beleza [...], implantando a cabeça de Vênus sobre as espáduas robustíssimas de Marte" (*id.*, *ibid.*, p. 14). Seu aspecto ambíguo e o ar de indiferença incomodam os moradores, provocando comentários maldosos de uns e revolta de outros: para o comendador Bernaz, estrangeiro de origem indefinida, ele parece um "Boneco" (*id.*, *ibid.*); para Basílio, sarcástico guarda-livros, ele possui "cara de manequim de cabeleireiro" (*id.*, *ibid.*), o que o faz sentir-se "indignado contra a beleza de James, com a revolta escandalizada de um puritano diante de uma torpeza obscena" (*id.*, *ibid.*, p. 117); Décio, estudante de medicina e poeta alexandrino, ora o considera "a mais formosa cabeça de mulher sobre o tronco formidável de um Hércules de circo" (*id.*, *ibid.*, p. 15), ora um "Apolo Bretão" (*id.*, *ibid.*, p. 38), mas no final expressa seu interesse entre o científico e o erótico: "beleza como aquela em homem... Ali há mistério! Feliz daquele que o puder penetrar!" (*id.*, *ibid.*, p. 200). O professor de piano, Frederico Brandt, primeiramente o defende, pois o julga simplesmente tímido e romântico, mas finalmente o considera um "excêntrico" (*id.*, *ibid.*, p. 22) com seu "rosto de esfinge" (*id.*, *ibid.*, p. 29); Péricles de Sá, viúvo, patriota e fotógrafo aos domingos, com ambições de criminologista ou sexólogo, lamenta não ter podido perpetuar a entrada de James na sala em um instantâneo, e mais tarde comenta que seria "um doente d'alma" (*id.*, *ibid.*, p. 22). Miss Barkley, a dona da pensão, justifica que "o inglês é assim, tem nevoeiros na alma" (*id.*, *ibid.*, p. 19). Apenas Miss Fanny, professora inglesa de origem escocesa, o adora (*id.*, *ibid.*, p. 22), mas acaba por falecer de tuberculose, possivelmente vítima do "vampirismo espiritual" do inglês (*id.*, *ibid.*, p. 207).

Já o narrador, cujo nome não se menciona, quando encontra James Marian pela primeira vez, encanta-se com sua "meiguice feminina" (*id.*, *ibid.*, p. 20) e acaba por aproximar-se dele, que, por sua vez, acaricia-o "com blandícies de amante" e sorri-lhe com um sorriso "enamorado" (*id.*, *ibid.*, p. 49). Ao sentir-se estranhamente atraído por James, procura, pudicamente, aplacar ou justificar seu desejo, e se pergunta se a alma daquele visitante inglês "não seria... para que dizer?" (*id.*, p. 49). Se, por um lado, a resposta, presume-se, é de que Marian teria uma alma feminina – possível alusão à sexologia moderna e da, ainda em processo, "invenção" do homossexual, definido, como sugere Foucault, por uma espécie de "androgenia interior, hermafroditismo da alma" (FOUCAULT, 1999, p. 43) –, as reticências abrem possibilidades não somente sobre o desejo do outro, mas também sobre o desejo pelo corpo do andrógino. Essa questão retornará de forma complexa, e de certo modo confusa, no final do romance.

Conforme progride a amizade entre os dois, James pede ao narrador que traduza um manuscrito – "uma espécie de novela... Uma extravagância" (NETO, 1920, p. 34) – que contém o relato de sua vida, mas em que, avisa, ainda falta o último capítulo. A partir daí os diálogos e acontecimentos na pensão intercalam-se com a narrativa de sua infância e adolescência em um país oriental indeterminado, sob os cuidados de Arhat, seu protetor-criador, autor de um livro misterioso, e sua mulher, Dorka. A dualidade de gênero de James Marian revela-se através de traços místicos, ocultistas: um dia, aos catorze anos, depois da morte de Dorka, acorda, diante das figuras mitológicas de Maya, que "de olhos azuis trazia os cabelos louros em trança larga e frouxa [...] saia curta, de seda", e Siva, "guapo moço, senhoril e forte" (*id.*, *ibid.*, p. 76), e descobre sua "alma indecisa e vária, ora inclinada, com mais afeto, a Siva, ora votada inteiramente a Maya"; ora "reclamando o mancebo", ora buscando "a donzela" (*id.*, *ibid.*, p. 100-101). Finalmente, guiado por Maya, depara-se com o vulto de Arhat, que lhe revela o mistério de sua história e de seu corpo: quando vivia em Londres, o místico usara sua "Magna Ciência" para reconstituir em uma só pessoa dois corpos mutilados, vítimas de um atropelamento: a cabeça de uma menina, cujo corpo fora esmagado, e o corpo de um menino, que fora decapitado. A explicação, que mistura hinduísmo com ficção científica, é obviamente absurda, mas não deixa de ser curiosa:

> Valendo-me das noções da Magna Ciência, como ainda encontrasse vestígios, ou melhor: manifestações da presença dos sete princípios, retive a força de jiva, ou princípio vital, fazendo com que ele atraísse os restantes que circulavam, em aura, em torno da carne e, com a pressa que urgia, aproveitei dos corpos o que não fora atingido. Tomando a cabeça da menina e adaptando-a ao corpo do menino restabeleci a circulação, reavivei os fluidos e assim rebatendo os princípios, desde o Atma, que é a própria

> essência divina, refiz uma vida, em um corpo de homem, que és tu (NETO, 1920, p. 167-168).

"Resolvido" o problema do corpo, restou-lhe, porém, descobrir o que fazer com as duas almas que pairavam ao redor dos destroços: "Qual delas seria a vitoriosa – a do menino ou a da menina" (*id.*, *ibid.*, p. 171). Por mais que insistisse em direcioná-la com a presença binária e sexuada de Siva e Maya, a natureza (sexual) de sua alma (logo, de seu desejo) jamais se manifestava: "Nunca demonstraste predileção, e a carne conservou-se impassível na presença quer dum, quer doutra, ainda que o olhar, por vezes, se exaltasse [...]" (*id.*, *ibid.*, p. 172). Projeta-se assim o seu destino: se no jovem viesse a predominar a alma feminina (no corpo masculino), seria "um monstro", ou seja, dentro do sistema binário de gêneros, a figura (monstruosa) do homossexual, sobre a qual, como se viu anteriormente, o narrador prefere calar-se. Mas se predominasse o espírito do homem, resultaria na própria imagem do efebo andrógino e, logo, ele se tornaria "ímã da lascívia" (*id.*, *ibid.*, p. 173), ou seja, objeto de desejo de outros homens. Curiosamente, na profecia do mestre, nenhum dos destinos (desejo feminino no corpo de homem, objeto de desejo de outros homens) parece excluir de todo a felicidade. No entanto, se sobre o corpo bissexuado "as duas almas que pairavam sobre a carne rediviva lograram insinuar-se", ele estava condenado a ser infeliz, "como ainda não houve outro no mundo":

> [...] a discórdia andará contigo como a sombra acompanha o corpo. Amado, terás ciúme e nojo de ti mesmo. Serás anomalia incoerente: querendo com o coração e detestando com a cabeça e vice-versa. A tua mão direita declarará guerra à sinistra, uma das tuas faces incendiar-se-á de vergonha e asco quando a outra inflamar-se no pudor que é a florescência do desejo. Viverás entre dois inimigos encarniçados (*id.*, *ibid.*, p. 173).

Antes de partir, Arhat entrega-lhe um livro em que estaria depositado o segredo (de sua alma, de seu desejo) e, a seguir, apresenta-o a Sullivan, "loiro, de suíças ralas", que seria seu guia em sua jornada a Londres, onde recuperaria a fortuna deixada pelo mestre, momento em que entraria na "vida real". Em Londres, ainda indeciso, James é objeto da lascívia de homens e do olhar escandaloso das mulheres, ao mesmo tempo que presencia a "libertinagem solta em que se rojavam mulheres e mancebos" (*id.*, *ibid.*, p. 183). Ele decide então viajar pelo mundo. Ao ser acolhido por uma família em Estocolmo, é objeto da paixão da irmã donzela, mas se apaixona pelo irmão mancebo, dividido entre o medo e culpa, "detestando-o e execrando-me a mim mesmo", "infeliz daquele amor vedado" (*id.*, *ibid.*, p. 187). Sem encontrar resposta, conclui: "O absurdo, a incongruência, o inconcebível – sou eu" (*id.*, *ibid.*, p. 188).

Como já se notou, o diálogo do romance com a literatura de língua inglesa – seja o *Frankenstein* (1818), de Mary Shelley (CAUSO, 2003, p. 113), o *Drácula* (1897), de Bram Stoker (GINWAY, 2010, p. 45), ou o *Retrato de Dorian Gray* (1890), de Oscar Wilde (MENEGUSSO, 2012) – são evidentes. Aliás, *Esfinge* é também o título de um conhecido poema dramático publicado em 1894 por Wilde, cuja *Salomé* fora traduzida pouco antes, em 1905, e cujo *Dorian Gray* seria traduzido pouco depois, em 1911, ambos por João do Rio. Também não há como negar a presença do que se chamou de "um misticismo oriental reencarnacionista que comunica muito bem com o espiritismo, muito presente no Brasil dessa época" (CAUSO, 2003, p. 113-114). Mas o que de fato interessa no romance, tanto na época em que foi lançado como hoje, são as questões de gênero (híbrido) e sexualidade (o "amor vedado") que ele explora de forma praticamente inaudita.

Há quem tenha visto no romance "uma reflexão simpática e eficaz [...] sobre a transexualidade e o homossexualismo" (CAUSO, 2003, p. 115). Mary Elizabeth Ginway insere-o em uma tradição brasileira de literatura que trata do "transexualismo" ou "*transgendering*" (GINWAY, 2010, p. 41), e afirma que o autor explora "os efeitos psicológicos de um transgênero nos residentes de uma pensão" e sua "bissexualidade latente" (*id.*, *ibid.*, p. 47). A confusão terminológica é de certo modo compreensível, mas a generalização e descontextualização dos termos me parecem mais problemáticas. Como na seção anterior, em que discuti a relação entre a "Ode fescenina" e as circunstâncias da publicação, interessa-me aqui rastrear justamente como a literatura da virada do século dialoga com a instabilidade semântica do vocabulário utilizado para lidar com realidades ou identificações de gênero e sexualidade, até então mais ou menos invisíveis, ou ao menos inarticuladas.

Em abril de 1908, ano em que *Esfinge* foi publicado, *O País* estampava, em primeira página, uma notícia intitulada "Homem ou mulher?", sobre um "caso estranho" ocorrido no bar da Franciscana, na avenida Central (futura Rio Branco), e que causara grande alvoroço. O motivo era a presença de um homem cujo corpo robusto contrastava com o rosto "de uma beleza perturbadora", com "encantos de uma rara beleza feminina", e que criara fervoroso debate: "Será homem ou mulher?". O sujeito tornara-se vítima da hostilidade dos presentes e teve de se retirar sob a vaia da multidão (HOMEM ou mulher? 1908a, p. 1). No dia seguinte, o jornal publicou uma carta de certo Frederico Brandt em defesa da vítima, que supostamente morava na pensão Barkley, onde ele também vivia. O autor lamentava a imagem de país incivilizado que o estrangeiro haveria de levar para a Europa (BRANDT1908, p. 1). A seguir, é Coelho Neto quem escreve ao jornal, dizendo que ele mesmo tinha consigo algumas anotações sobre a vítima, as quais oferecia ao periódico para publicação. E explica: "James Marian (este é o nome do famoso andrógino) é um caso que pede atenção aguda dos fisiologistas e dos metafísicos. Trata-se de um 'duplo', no qual ora predomina a vontade máscula, ora governam os caprichos femininos" (NETO, 1908b, p. 2). No dia seguinte, aludindo aos "escândalos de Berlim",[3] uma nota no mesmo jornal diz tratar-se de um "caso de *monossexualismo* na acepção moderna do termo, perversão fisiológica que na capital alemã tomou foros de coisa corrente, tendo até aparecido livros de propaganda dessa revoltante inversão sexual. Mas não é disso absolutamente que se trata. James Marian é um caso raro e estranho de duplicidade sexual [...]" (HOMEM ou mulher? 1908c, p. 1). Na edição seguinte, o jornal publica uma carta assinada pela dona da pensão, a própria Elizabeth W. Barkley: "James Marian é homem, ainda que o rosto, em verdade lindo – e não são raros os lindos rostos na Inglaterra – o faça parecer mulher". E afirma que Coelho Neto o conhecia bem, já tendo com ele jantado (BARKLEY, 1908, p. 2).

O assunto deu o que falar. Carmem Dolores (Emília M. Bandeira de Melo, 1852-1910), por exemplo, preferiu não especular se a caracterização de James Marian era pura fantasia de Coelho Neto ou se de fato desvendava "algum mistério perturbador". Em todo caso, confirma e comenta o

3 Trata-se do escândalo de Harden-Eulenburg (1907-09), envolvendo membros do gabinete de Guilherme II da Alemanha: o jornalista Maximillian Harden acusou o príncipe Philipp zu Eulenburg-Hertefeld, amigo íntimo do Kaiser, de manter relações sexuais com o general Kuno von Moltke. O caso foi amplamente divulgado na imprensa brasileira.

"escandaloso incidente ocorrido a propósito de um formoso estrangeiro, que bebia serenamente o seu *chopp* ao Bar da Avenida". Segundo ela, o caso dizia mais sobre a sociedade carioca que o vaiara do que sobre o viajante: "É o que tem o povo, o ignorante e abelhudo povo, com as formas mais ou menos redondas do seu corpo? É um ser ambíguo? Trata-se de um *duplo*, como disse Coelho Neto?". E termina por perguntar-se como não seria a reação da provinciana sociedade carioca se a conhecida escritora e arqueóloga Mme Jane Dieulafoy, "que só se veste de homem", visitasse o Rio de Janeiro (DOLORES, 1908a, p. 1).

Dias depois, uma nota no mesmo jornal revelava que o caso não passara de "uma inocente *reclame* ao romance *Esfinge*, que Coelho Neto acaba de escrever", acompanhada de uma carta do autor, em que este explica o caso das duas almas em luta no coração do "infeliz James", "cuja vida, lindamente narrada, V. S. encontrará na autobiografia de James" (NETO, 1908a, p. 1). Depois de esclarecida a blague, Carmem Dolores volta ao assunto, afirmando que o próprio Coelho Neto lhe havia falado do caso anteriormente, afirmando que, se ela quisesse, ele poderia apresentá-lo, pois costumava frequentar sua casa. Em todo caso, continua Dolores, não seria improvável que "um estrangeiro bonito, e de formas ambíguas", recebesse no Rio de Janeiro "alguma manifestação grosseira da pulhice curiosa" (DOLORES, 1908b, p. 4). *Esfinge* aparece finalmente em folhetins entre 12 maio e 6 de julho de 1908, com dedicatória ao médico José Martins Fontes (1884-1937), que trabalhava no Hospital dos Alienados. No fim do ano, foi revisado e lançado em livro.

Notícia do lançamento do folhetim de Coelho Neto em *O País*, 11 de maio de 1908.

O episódio demonstra antes de mais nada o talento de Coelho Neto em manipular seu público, assim como a extraordinária capacidade do jornal, e especialmente de *O País*, de criar sensação e curiosidade (como já fizera no caso de Mme Pires) em uma moderníssima estratégia de *marketing*. Além disso, o caso mobiliza uma série de apreensões, mas também possibilidades que começavam a se articular em um período em que definições e identificações de gênero estavam em curso. Por isso, como insiste Carmem Dolores, pouco importa se o caso é verídico ou não, pois o fato é que, se as vaias na avenida Central nunca aconteceram, poderiam muito bem ter acontecido.

Assim, retornando ao enredo do romance, vemos que, também entre os moradores da pensão, o que interessa é menos a realidade do sexualmente ambíguo estrangeiro do que a maneira pela qual cada um reagiu à sua figura. Se a tarefa do narrador consistia em traduzir "as palavras rútilas do maravilhoso original nos dizeres pobres d'uma versão mesquinha" (NETO, 1920, p. 190), no final o manuscrito original desaparece, e especula-se que talvez nunca tenha existido. Quando o estudante Décio, que o julga vítima de alucinações, o intima a mostrá-lo, o narrador dirige-se ao seu quarto, onde encontra Marian (talvez seu espectro ou seu corpo transmigrado), que pede que o manuscrito lhe seja restituído, pois estava de partida para a Inglaterra. Ao ouvir que o original tinha sido devolvido, Décio desconsidera a existência do manuscrito: "Que importa a origem? [...] Senta-te, abre essa pasta e encanta-me" (*id.*, *ibid.*, p. 212). Por sua vez, o narrador, perturbado ao descobrir que Marian partira dias antes daquela visita ao seu aposento, perde os sentidos e acorda em um "hospital de loucos" (*id.*, *ibid.*, p. 228). Quando volta à consciência, pergunta ao estudante se tudo fora um sonho, ao que este responde que "a existência do homem, não", mas o encontro com ele no quarto, talvez uma "uma crise, um mergulho no azul" (*id.*, *ibid.*, p. 230-231). Por fim, o narrador, resignado, conclui: "já agora tenho o meu estigma" (*id.*, *ibid.*, p. 232). Mesmo que indiretamente associado à androginia do personagem, o estigma do narrador (a loucura) pode ser tanto uma punição por seu interesse pelo andrógino como um efeito dos desafios apresentados por sua dificuldade em assimilar expressões modernas de gênero e sexualidade.

O patinho torto (1918)

Passados outros dez anos, Coelho Neto retorna ao tema do andrógino em *O patinho torto*, comédia publicada em quatro partes no jornal carioca *A Política* (15, 22 e 29 de novembro de 1918). Com a primeira parte, o jornal – dirigido pelo próprio Coelho Neto – assim anuncia a publicação:

> Tomando por tema o escandaloso caso do andrógino de Belo Horizonte que, tendo vivido, até aos dezoito anos, de saias e entre saias, descobriu, nessa perigosa idade, que o seu verdadeiro sexo exigia calças, e vestiu-as, com o que tudo nele se transformou, desde o aspecto até os hábitos, o comediógrafo fez um trabalho ligeiro, visando apenas o conselho rabelaisiano do "*Mieulx est de ris...*".

> O assunto, apesar de crespo, foi habilmente alisado pela pena, podendo a comédia, que se destina a um dos nossos teatros, ser lida até nas celas dos conventos, se a irmã rodeira não for tão ranzinza que se lhe oponha a entrada.
> A vida não é imoral, e se o fato, que constitui a fábula da comédia, andou pelos jornais, com o retrato do protagonista, por que o havemos de cobrir com a capa com que os filhos de Noé velaram o corpo paterno?
> Deixemo-lo tal como apareceu em público, aproveitando-o como motivo de riso.
> E aos leitores dizemos com o alegre padre de Meudon:
> *Et le lisant ne vous scandalisez.*
> *Il ne contien mal ni infection* (A POLÍTICA, 1918, p. 5).

Como fizera anteriormente, o autor do anúncio (certamente o próprio Coelho Neto) utiliza o termo "andrógino" de maneira bastante vaga para denotar toda e qualquer configuração de gênero que transite, mesmo que provisoriamente, como é aqui o caso, entre os extremos do binarismo normativo. Além disso, anuncia uma das questões de que a peça tratará, questão amplamente discutida na imprensa da época e que diz respeito aos efeitos da modernização (o cinema, o telefone, a aviação etc.), e que se confunde às vezes com o "progresso" (NETO, 1924, p. 20)[4], outras com a "evolução" ou o "aperfeiçoamento da raça" (*id.*, *ibid.*), ou seja, a noção da masculinização da mulher, da feminização do homem e, mais especificamente, a maneira como elas eram refletidas na moda. Já na primeira cena, por exemplo, moda e evolução estão associadas quando se discute a decência da cauda, que era "natural" nos vestidos das mulheres, e o "rabo" da casaca dos homens, que, como o do macaco, começa a desaparecer por "seleção natural", porque "tudo se aperfeiçoa na vida" (*id.*, p. 15-6). Mas é a dicotomia entre "calças" e "saias" que estrutura a narrativa. Assim, apesar de a nota no jornal naturalizar a relação entre o vestuário (calças) "exigido" pelo gênero (masculino), alguma ambiguidade permanece

---

4 As citações de trechos da peça feita a seguir toma por base não a publicação original, de 1918, mas a edição em livro, de 1924, que contém pequenas alterações em relação ao texto veiculado no jornal.

em sua concepção, pois o próprio gênero se transforma com a troca de roupas, "desde os aspectos até os hábitos". Ou seja, o gênero se revela necessariamente instável.

Para além dos casos escandalosos de troca de identidades divulgados pelo menos desde a década de 1880, ou do travestimento permitido apenas nos palcos ou durante o Carnaval – mesmo se desde a década de 1850 fosse ocasionalmente mencionado em notícias vindas de Nova York sobre a moda da chamada *bloomer*, que "propende cada vez mais a assemelhar a mulher com o homem" (L.A, 1856, p. 1) –, o uso generalizado de calças pelas mulheres começaria a ser debatido no Brasil somente a partir de 1911, quando os jornais discutiam as transformações na moda feminina e a introdução das chamadas "jupes-culottes", "jupes-pantalons", "saias-calção" ou "calças-bombachas" – criação do francês Paul Poiret (1879-1944) que causara grande sensação em Paris em 1911. Dias antes de Hermínia Gonçalves, dona da loja *Au Paradis des Dames*, aparecer no hipódromo de São Paulo usando uma *jupe-culotte* (VIANA e ITALIANO, 2021, p. 393), no Rio de Janeiro, no dia 15 de março, uma "jovem galante" era vaiada na rua Sete de Setembro por trajar uma saia-calção, tendo que refugiar-se na Confeitaria Colombo (O ESCÂNDALO, , p. 1); no dia seguinte, Mme Lespinasse, que ficaria conhecida como tendo introduzido a moda no Brasil, causou uma aglomeração na porta de sua Casa Raunier (AINDA "JUPE-CULOTTE", 1911, p. 1) ao tentar sair vestindo um de seus modelos. O assunto foi exibido no cinejornal do Cinema Pathé (GAZETA DE NOTÍCIAS, 1911a, p. 8). A seguir, Maria Handro Leite, cujo ateliê se encontrava na rua do Rosário, n. 174, desfilou pelas ruas da cidade exibindo uma de suas criações, agora sem criar maior escândalo (JUPE-CULOTTE, 1911, p. 3). Uma matéria na revista *Fon-Fon!* defendeu a nova moda com veemência: "Modernamente, a pantalona é um traje que se impôs à mulher; o feminismo assim o exige [...] Médicas, advogadas, farmacêuticas, aviadoras, estafetas de saias, são antagonismos que ofendem o bom senso" (NOTAS, 1911, p. 15); enquanto outra seria da opinião de que "saias calções" eram uma "invenção diabólica", de uma "masculinidade vasta" (FLÁVIO, 1911, p. 18). Os jornais cariocas *A Gazeta de Notícias* e o *Correio da Manhã* (assim como a *Ilustração Paulista* em São Paulo) chegaram a criar plebiscitos sobre a adoção ou condenação da *jupe-culotte* pelas brasileiras. Uma leitora a reprova por considerar que a exibição das formas que ela proporciona faria da mulher o objeto da "malícia" típica do homem brasileiro; outra a defende justamente por considerar que a moda "foi inventada para atrair o homem, e quanto mais corresponder aos seus fins, melhor para a mulher"; já outra a reprova por questões de "elegância" e "higiene" (CORREIO DA MANHÃ, 1911, p. 3), e houve até uma leitora, Paulina Silva, que respondeu em versos:

> Ao plebiscito do *Correio*
> Vou responder num instante;
> Quem não há de tomar parte
> Nesse assunto palpitante?
>
> Sendo moça um tanto chic,
> Voto em *culotte* também,
> Desde qu'ela sempre tenha
> Toda a moral que hoje tem.
>
> Maridos, papais e manos,
> Calções nos deixai usar,
> Pois em vez de feias sogras,
> Tereis sogras a fartar.

João do Rio, por sua vez, lamenta num artigo intitulado "A jupe-culotte": "Vê-la abandonar essa arte para enfiar numas bombachas que lembram serralhos, o sultão, a escravidão da mulher oriental, vê-la reduzida a não estar em relevo e aplaudir era não ter mais fibra da arte e renegar ao sangue latino" (RIO, 1911, p. 3). Nos meses seguintes a "jupe-culotte" seria ainda o tema de uma valsa de Carlos F. de Carvalho e de pelo menos três comédias: a burleta *Saia calção*, "original da *divette* Cinira Polônio" (O FLUMINENSE, 1911, p. 2); com o mesmo título, o "vaudeville opereta" de Gastão Bousquet, exibido com sucesso no Cinema-Teatro Chantecler em meados de maio, anunciado como peça em que "Adelaide, Panchita e Julinha" são "vaiadas na Avenida por aparecerem de saia-calção!" (GAZETA DE NOTÍCIAS, 1911b, p. 8); e outra, aparentemente não encenada, mas impressa na íntegra na revista *A Estação Teatral* (15, 22, 29 de julho e 5 de agosto de 1911), de autoria de Arthur Victor, intitulada *Jup-Lotte*, em que Irene, uma entusiasta das últimas novidades, causa estranheza ao adotar a moda "revolucionária" – óbvia referência aos *sans-culottes* da Revolução Francesa. No fim daquele mesmo ano, já ninguém falava de saias-calção ou *jupes-culottes*, como fora anunciado nas revistas da época: "O reino da saia-calção passou, como de todos os outros caprichos" (A SAIA, 1911, p. 7). Porém, o assunto da mulher de calças voltaria a ser discutido em diferentes contextos e ocasiões.

Notícia sobre a aglomeração causada pela *jupe-culotte* usada por Mme Lespinasse (*Gazeta de Notícias*, 17 de março de 1911).

A partir de 1916 começam a aparecer nas revistas cariocas imagens de inglesas vestindo calças quando, em razão da guerra, as mulheres substituíram os homens nas fábricas e em outras profissões, como as de bombeiro e barbeiro. O próprio Coelho Neto pronunciou uma conferência no Clube Militar intitulada "A mulher e a guerra", em que discute o papel da mulher "na Cruz Vermelha, nos hospitais, nas fábricas de munições; e nos campos e nas cidades, substituindo os homens em todos os misteres, enquanto eles se batem pela Pátria" (NETO, 1916, p. 1). Em meados de 1918, meses antes de Coelho Neto começar a publicar sua comédia no jornal, uma matéria de Max Nordau intitulada "A mulher de calças: uma moda ou uma revolução?" comenta o uso de calças nos Estados Unidos pelas operárias que entraram no mercado por causa da guerra, e prenuncia: "A adoção da calça pela mulher restabelecerá o tipo uniforme de traje para os dois sexos e porá termo a uma anomalia. Porque é uma anomalia a desigualdade entre o atavio masculino e o feminino" (NORDAU1918, p. 4). Com efeito, a Primeira Guerra é o contexto a que a peça de Coelho Neto explicitamente se refere, mesmo se breve e laconicamente: "Esta guerra... esta guerra! Nem sei! Enfim..." (NETO, 1924, p. 17).

Como anunciado, *O patinho torto* estrutura-se em torno dessa dicotomia entre "saia de mulheres" e "calças de homem", em uma série de sinais trocados e trocadilhos. Eufêmia, a protagonista, é uma jovem de dezoito anos, órfã de pai e insatisfeita com seu nome e com o gênero que lhe fora atribuído, e encontra-se tomada por uma "vontade danada de fazer escândalo" (*id.*, p. 34). Fuma, costuma frequentar os treinos de futebol do Fluminense, apesar de sua mãe, Custódia, achar que mulher não deve se meter com "bolas": "Mulher é mulher! Deixe as bolas com os homens, cuide do que lhe compete" (ibid., p. 20). Prometida a Bibi, filho de seu padrinho, Clemente, sonha em alistar-se para poder ir à guerra, não com a Cruz Vermelha, como era o caso de muitas mulheres europeias, mas na aviação. Enquanto os trajes de sua mãe são como ditam a convenção – veste a "*matinée*" quando apropriado, usa a "cauda" por ser decente, mas rejeita as "anquinhas", por achar que não necessita –, Eufêmia sente-se presa em seus trajes como "Prometeu amarrado ao Cáucaso", envenenada em sua "túnica de Nessus, estes sapatinhos de salto alto, caiada de pó de arroz" (*id.*, p. 30). Ao mesmo tempo, a retórica do corpo masculino contido pela roupa feminina traduz-se na de uma alma presa no próprio corpo, evocando a linguagem do feminismo: "Sinto que uma força reage em minh'alma impelindo-me de sair de mim mesma [...] para a vida! para a luta! para a independência! para a Liberdade!" (*id.*, *ibid.*, p. 13).

É nessa ambiguidade entre a suposta imutabilidade do "sexo" que se oculta sob as roupas e a instabilidade das convenções de gênero no mundo moderno que a comédia transita. O padrinho Clemente, por exemplo, censura Eufêmia por não agir conforme seu "sexo", mas, ao ser questionado por ela sobre o que isso significa, não sabe responder: "Sei lá! Sexo é um mistério!" (*id.*, *ibid.*, p. 28). Já Bibi, seu noivo, acredita que a "doença" de Eufêmia é o cinema (*id.*, *ibid.*, p. 59). Em todo caso, estamos longe de qualquer noção de "inversão" ou da patologização naturalista das sexualidades dissidentes. Tudo é armado de forma ligeira, e o que importa em última instância é, com humor, jogar com a fluidez das categorias de gênero, novamente remetendo ao clássico motivo do "andrógino", que se confunde com a realidade do então chamado "hermafrodita". Assim, quando Eufêmia solicita uma consulta em particular com o médico que fora chamado para tratar de sua indisposição, Custódia, sua mãe, não quer deixá-la a sós com um homem; ao que ele responde que não era homem, pois "o verdadeiro médico não tem sexo: é neutro" (*id.*, *ibid.*, p. 45). Bibi, o noivo de Eufêmia, é por sua vez feminizado e, aos olhos de Custódia, "nem parece homem" (*id.*, *ibid.*, p. 49). Quando o padrinho telefona do consultório médico para casa, pedindo um pijama e um terno do filho para Eufêmia, o próprio traje de dormir não deixa de ser ambíguo, já que outra novidade da moda era o "pijama feminino" (IMADA, 2021, p. 83), que permitia às mulheres usarem calças na intimidade do lar. Com efeito, a comédia distribui meticulosamente as práticas sociais na instável fronteira entre o público e o privado, conforme as transformações no guarda-roupa.

Quando finalmente se revela que Eufêmia era na verdade "Eumacho", há ambiguidade quanto à origem e consequências do equívoco. Para Bibi, "Eufêmia é um erro da natureza que nos enganou a todos" (*id.*, *ibid.*, p. 66). Quando uma amiga da família, Augusta, vem trazer-lhes o enxoval de Eufêmia, pergunta se a transformação teria sido resultado de uma promessa ou loucura. Já Clemente explica a sua filha que, por um capricho da mãe, Eufêmia crescera "certa de que era menina, não só pela educação mimosa que lhe davam como também pelos vestidos" (*id.*, *ibid.*, p. 129). Já a preocupação imediata da mãe não diz respeito à repentina mudança de gênero (ou de sexo) da filha, mas sim ao vestuário: "Que vou eu fazer de toda essa roupa que ela tem aí?" (*id.*, *ibid.*, p. 68).

As convenções da moda e do vestuário na conformação do gênero incluem também o penteado e o corte de cabelo. Ao voltar para casa, já vestindo terno, Eufêmia pede para chamarem o barbeiro para lhe cortar o cabelo, "corrente que ainda me prende à outra vida" (*id.*, *ibid.*, p. 81). No final, as categorias de gênero são atribuídas menos à biologia do que ao costume e à gramática, e todos, inclusive Eufêmia, continuam utilizando o pronome feminino para referir-se a "ele". Assim, habitar o próprio sexo não depende da natureza, mas exige esforço, vontade e um longo processo de aprendizagem: "No princípio é natural que me atrapalhe um pouco, mas hei de aprender, descanse. Tudo se consegue com o verbo querer, e eu quero" (*id.*, *ibid.*, p. 108). E é justamente o vestuário que o demonstra, pois Eufêmia custa a se acostumar com as calças, ao que a mãe insiste: "Afinal, deixa lá! São dezoito anos de saias, a gente habitua-se" (*id.*, *ibid.*, p. 111). Custódia, preocupada em manter as aparências, pede à filha que, por conveniência, deixe tudo como antes, ou seja, que ignore seu sexo biológico, aceite o gênero feminino que lhe fora atribuído no nascimento e se case com Bibi. Curiosamente, Eufêmia concorda em continuar sendo mulher, ou vestindo-se como tal, "mas só na intimidade" (*id.*, *ibid.*, p. 112). Ou seja, como o vestuário, as normas de comportamento na rua não precisam ser respeitadas em casa. Ao mesmo tempo, há sempre a possibilidade da evolução da moda vir a permitir que o traje que antes era restrito à esfera doméstica, como a "smoking jacket" dos homens e as calças de pijama das mulheres, venham a ocupar as ruas.

Mas se a questão do gênero se resolvia na redistribuição entre a esfera do público e a do privado, restava solucionar a questão da sexualidade e do casamento. Custódia é a primeira a insistir que Eufêmia leve adiante o casamento com Bibi. Mas, a Bibi, Eufêmia insiste que os dois são incompatíveis, que "[d]ois bicudos não se beijam" (*id.*, *ibid.*, p. 109), que "duro com duro não faz muro" (*id.*, *ibid.*, p. 109). E explica-lhe que, como o cisne da fábula (que dá nome à comédia), crescera pensando que sua diferença (em relação às outras meninas) era inferioridade, tendo sido vítima de comentários, risos e insultos. E que agora que se transformara de "pato, ou pata, a cisne", o casamento tornara-se "impossível" (*id.*, *ibid.*, p. 100.) Do ponta de vista do padrinho, uma vez assumida a identidade masculina, um novo problema se apresenta, pois o agora o rapaz teria compartilhado da intimidade de sua filha e, por isso, os dois teriam de se casar. Caso contrário, que mantivesse o casamento com o filho, Bibi. Novamente, o problema do gênero é uma questão de costume e decisões, materializada pelo vestuário: "Deem-me tempo, que diabo! Eu não tenho prática. Se ainda não me ajeito nas roupas, quanto mais... Tenham paciência [...] querem que eu jogue numa posição que eu não conheço" (*id.*, *ibid.*, p. 118-9). Finalmente o padrinho concorda que faça o treinamento necessário, desde que no final, quando, por assim dizer, decidir em que time joga, case-se seja com um, seja com a outra, dando-lhe o prazo de um ano para que "estude a matéria", até que a questão se decida. E à filha, que se mostra confusa com a mudança, tenta esclarecer: "é a mesma; mudou apenas de roupa" (*id.*, *ibid.*, p. 137). Logo, não só o binarismo de gênero se faz instável, como também se complica a distinção entre homossexualidade e heterossexualidade.

Para aumentar a confusão da família, Eufêmia aparece no final "vestindo *peignoir* branco e fumando a grandes baforadas" (*id.*, *ibid.*, p. 10) e explica: "Que remédio! Ainda não estou prevenido. Bibi tem de ir à cidade e pediu-me a roupa e eu, à falta de outra, meti-me, de novo, nesta frandulagem em que andei tanto tempo amortalhado" (*id.*, *ibid.*, p. 141). Se na intimidade é permitido que a mulher moderna vista calças de pijamas, por que não haveria de poder o homem, no âmbito do privado, vestir um peignoir? Porém, quando a mãe pede novamente que Eufêmia continue em trajes femininos, *pelo menos em casa*, o padrinho reage: "É preciso firmar-se em um sexo, mas de uma vez! Saias de manhã, calças à noite, não! Não serve" (*id.*, *ibid.*, p. 141). E a comédia encerra com a criada que entra com o resultado do jogo do bicho e revela: "Que bicho havia de ser? Foi o galo" (*id.*, *ibid.*, p. 147). A designação do gênero do indivíduo parece ser tão aleatória quanto um jogo de loteria.

Até aqui insisti na maneira como Coelho Neto associa as mudanças da moda com a instabilidade das categorias de gênero e sexualidade. Porém, deve-se lembrar que, como indicado no anúncio do jornal anteriormente reproduzido, a comédia foi inspirada no caso verídico do "andrógino" ocorrido em Belo Horizonte e amplamente divulgado pela imprensa de vários estados do Brasil. Quando posteriormente recolhida no sexto volume da obra teatral do autor (NETO, 1924), uma nota introdutória é acrescentada, em que se esclarece que o assunto viera à luz em uma matéria publicada pela *Gazeta de Notícias*, em 16 de outubro de 1917, da qual se reproduzem alguns excertos. Trata-se do caso de Emília Soares, filha de um alto funcionário público em Belo Horizonte, órfã de mãe, e cujo aspecto era então considerado demasiado masculino ou masculinizado: "Voz de virago, desnalgada, despeitorada, grandes dedos nodosos na larga mão macilenta, o pomo de Adão a espetar o comprido pescoço, como um esporão, e grandes pés a sustentarem toda essa ossatura antifeminina" (EMÍLIA é homem! 1917, p. 1). Segundo o jornal, a pedido da filha, que aos dezenove anos era cada vez mais ridicularizada e estigmatizada pelas colegas, o sr. Antônio Soares levara-a para ser examinada pelo conhecido dr. David Rabelo, que finalmente revelaria: "Emília é homem...Não tenho a menor dúvida. É um caso de hipospádias. Não é um hermafrodita, porque o hermafroditismo verdadeiro não existe" (*id.*, *ibid.*). E passa-lhe um atestado, afirmando que possuía "todos os atributos de sexualidade masculina". Ambos transferem-se para o Rio de Janeiro, onde Emília poderia começar uma nova vida, com o nome de David. Conforme a própria vítima teria contado ao jornalista, o equívoco acontecera quando nasceu, pois, por causa de "uma anomalia" que presumidamente desapareceria mais tarde, designou-se que era decididamente uma mulher. Mais tarde, ao ler em um capítulo de uma obra de Moreau sobre "as anormalidades de certos órgãos", viria a reconhecer sua própria condição. Uma vez corrigido o equívoco, declara sua intenção de retornar a Belo Horizonte, estudar medicina e escrever um livro que se intitularia *As minhas impressões de dezenove anos de mulher*.

Foto de David Soares, ex-Emília Soares (*Gazeta de Notícias*, 16 de outubro de 1917).

O caso da "mudança de sexo" (em rigor, redesignação do gênero atribuído no nascimento) seria objeto de comentários e poemas satíricos na imprensa de Minas Gerais (MORANDO, 2013a, p. 96-7) e causou grande sensação na imprensa carioca. Celso Vieira, por exemplo, em nota em *O País* intitulada "Indecisões", imagina "o esbelto adolescente" diante do espelho, "como se errasse ainda na obscuridade genésica das formas indistintas", a perguntar-se: "Serei homem? Serei mulher?" – a que a ciência teria respondido: "Virgem não és, mas varão imperfeito" (VIEIRA, 1917, p. 1). Luiz Morando, que teve acesso à tese para a Faculdade de Medicina de Belo Horizonte de David Correa Rabello, o médico responsável pelo exame e pela intervenção cirúrgica no rapaz (cujo verdadeiro nome é David Queiroga), reproduz a forma como o médico narrou seu primeiro encontro com Emília, cujo aspecto exterior era "nitidamente masculino" e que, em "trajes femininos, dá logo a ideia de estar em *travesti*" (*apud*

MORANDO, 2013a, p. 97). O médico relata ainda a "incongruência das inclinações psíquicas" do paciente (*id., ibid.*, p. 98). Finalmente, explica em detalhe a "hipospádia" diagnosticada: "Em lugar de se apresentar como um canal fechado indo da bexiga à extremidade do pênis, apresenta-se como um canal aberto, antes como uma longa goteira de abertura inferior, em toda a extensão do pênis, e em parte do períneo anterior" (*id., ibid.*, p. 156).

A despeito da explicação médica da variação genital do personagem e da necessidade de "corrigi-la",[5] a repercussão do caso do "varão imperfeito" suscitou a recuperação da figura clássica do andrógino e as formas como ela serviu para articular expressões de gênero e sexualidade dissidentes. Coelho Neto aproveita a notícia para parodiar, sem portanto moralizar, as transformações da moda e os costumes introduzidos pela modernidade. Como referido acima, já na apresentação da peça o autor previne: "A vida não é imoral, e se o fato, que constitui a fábula da comédia, andou pelos jornais, com o retrato do protagonista, por que o havemos de cobrir com a capa com que os filhos de Noé velaram o corpo paterno?" (A POLÍTICA, 1918, p. 5). Ao mesmo tempo, não é a intenção do autor simplesmente documentar o caso, como sugere a epígrafe da comédia, tirada da famosa *Arte poética* (1674) de Boileau: "Le vrai peut quelque fois n'être pas vraisemblable" – ou seja, de forma irônica, Coelho Neto parece querer dizer que o caso noticiado, por verdadeiro que seja, pode parecer inverossímil. E, aludindo ao princípio clássico, sugere que a comédia precisa lançar mão de outros recursos e alusões, para além do estampado nos jornais, para parecer verossímil. Como sugere Morando, "o tema seria pouco afeito ao tratamento literário, colocando o autor em uma fronteira entre a recriação artística e a repetição do dado como real" (MORANDO, 2013a, p. 94).

Considerações finais

Em sua introdução a *Herculin Barbin: diário de um hermafrodita*, Foucault explica que durante muito tempo não era norma a exigência de se definir "o verdadeiro sexo" do indivíduo, e que o "hermafrodita" era

5 Para uma crítica *queer* à necessidade de "correção" cirúrgica da hipospádia, ver GRIFFITHS (2021).

definido pela convivência, em diferentes graus, dos dois sexos em um mesmo corpo (FOUCAULT, 1982, p. 1). O sexo definitivo era resultado de uma escolha, primeiramente dos pais, e mais tarde do próprio indivíduo. A medicina e a jurisprudência moderna introduziram a necessidade de se decifrar no "hermafrodita" o "verdadeiro sexo que se apresenta sob aparências confusas" (id., ibid., p. 2), de modo que não haveria mais tolerância para o que então passa a ser considerado "um engano". Como se viu, nas últimas décadas do século XIX os jornais não se cansavam em denunciar tais casos de "falsa identidade". No entanto, a fantasia do hermafrodita ou do andrógino continua a habitar a imaginação, mesmo se considerada transitória ou, como sugere Foucault, "pertencendo ao mundo das quimeras", "ficções involuntárias ou complacentes", mas inúteis, destinadas a serem dissipadas (id. obid., p.4).

Em "Ode fescenina" e *Esfinge*, Coelho Neto recorre ao tema clássico do andrógino para, a partir de circunstâncias reais ou imaginadas, explorar as fronteiras nas definições modernas de gênero e sexualidade. Em ambas, revela-se uma fascinação pelo personagem ambíguo, meio adolescente – e necessariamente branco – cujo gênero não se deixa definir. Ao mesmo tempo, em ambos é a figura do homem feminino que prevalece enquanto objeto do desejo e, no segundo caso, enquanto vítima de estigma. Já o terceiro caso parte da apresentação de uma mulher masculina, faz alusões à mulher moderna e feminista, para no final questionar e embaralhar as convenções de gênero ditadas pela moda. Nos três casos, a homossexualidade é evocada, seja de forma idealizada, seja com compaixão, seja de forma ligeira e cômica, mas com quase nenhuma intenção moralizante. Nos três casos, a literatura inspira-se em notícias tiradas das páginas dos jornais. Se no primeiro, a realidade que inspirou a ode não era o que parecia (pois a mulher se revelara homem), a revelação do "verdadeiro sexo" por traz do disfarce é quase decepcionante, deixando uma nota de nostalgia pelo que antes era indefinido e indefinível; já no caso do romance, ficção e realidade voltam a mobilizar a fascinação pelo enigma da indefinição sexual, mas a revelação do mistério restringe a convivência de dois sexos no mesmo corpo ao mundo da fantasia e da ficção; ao mesmo tempo, a notícia de jornal (as vaias e a estigmatização do homem feminino) revela-se pura ficção, mas que, no entanto, poderia ter acontecido. Já no terceiro caso, a notícia de jornal era verdadeira, mas, por ser inacreditável, poderia ser ficção. Enquanto a imprensa insistia a dissipar qualquer sombra de dúvida quanto ao verdadeiro sexo do indivíduo, a obra ficcional oscila entre a necessidade e a arbitrariedade de uma "decisão", já que o gênero pode ser tão transitório como a própria moda.

A obra de Coelho Neto se revela tão moderna quanto retrógrada. Uma leitura que se disponha a atravessar o matagal de vocábulos espalhados em livros, revistas e jornais pode revelar um autor que, embora considerado artificial, classicizante, superficial, possuía um talento extraordinário em explorar o alcance da imprensa e do novo jornalismo e além disso encontrava-se bastante sintonizado com o seu tempo e sensível às circunstâncias e costumes introduzidos com a modernidade. Em Coelho Neto podemos vislumbrar um Rio de Janeiro dividido entre o provincialismo e a pretensão à modernidade; uma sociedade ao mesmo tempo receptiva a mudanças e, todavia, preconceituosa.

Referências

A POLÍTICA, Rio de Janeiro, ano 1, n. 29, 15 nov. 1918, p. 5.

A SAIA calção e a saia partida. *A faceira*, Rio de Janeiro, ano 1, n. 2, maio-jun. 1911, p. 7.

AINDA "JUPE-CULOTTE". *Gazeta de Notícias*, Rio de Janeiro, ano 26, n. 76, 17 mar. de 1911, p. 1.

ASSIS, Machado de. A semana. *Gazeta de Notícias*, Rio de Janeiro, ano 21, n. 117, 28 abr. 1895, p. 1.

BARKLEY, Elizabeth W [pseud.]. Homem ou mulher?. *O País*, Rio de Janeiro, ano 24, n. 8.613, 3 maio 1908.

BORDIGNON, Rodrigo da Rosa. Coelho Neto, o 'homem com profissão'. *Tempo Social*, v. 32, n. 2, 2020, p. 70-100.

BRAGA-PINTO, César; MAIA, Helder Thiago (org.). *Dissidências de gênero e sexualidade na literatura brasileira*, v. 1: *Desejos*; v. 2: *Performances*. Lisboa/Salvador: Index/Devires, 2021.

BRANDT, Frederico [pseud.]. Homem ou mulher? *O País*, Rio de Janeiro, ano 24, n. 8.610, 30 abr. 1908.

C. D. Frases. *Cidade do Rio*, Rio de Janeiro, ano 10, n. 289, 9 maio 1895, p. 1.

CALIBAN [Coelho Neto]. Confissão. *O País*, Rio de Janeiro, ano 7, n. 3.785, 11 set. 1892, p.1.

CALIBAN [Coelho Neto]. Gêmeos. *Gutenberg*, ano 14, n. 79, Maceió, 7 de abril de 1895a, p.2.

CALIBAN [Coelho Neto]. Ladra. *República*, ano 6, n. 99, Florianópolis, 3 maio 1895b. p. 2.

CALIBAN [Coelho Neto]. Mlle. *Pequeno Jornal*, Bahia, ano 2, n. 461, 5 set. 1891, p.2.

CALIBAN. O fetichismo. *A Cigarra*, ano 1, n. 4, Rio de Janeiro, 30 maio 1895c, p. 7.

CALIBAN [Coelho Neto]. Ode fescenina (Diante de um retrato de Mme Pires). *O País*, Rio de Janeiro, ano 11, n. 3.817, 15 mar. 1895d, p. 2.

CAUSA célebre. Homem-mulher: a nulidade de um casamento. *Jornal do Brasil*, ano 5, n. 125, 5 maio 1895, p. 3.

CAUSO, Roberto de Sousa. *Ficção científica, fantasia e horror no Brasil (1875-1950)*. Belo Horizonte/MG: Editora UFMG, 2003.

CHAVALET, Robert. Un illustre inconnu: Le Sâr Peladan. *Memoires de l'académie de Nîmes*, v. 86, 2012, p. 51-70.

EMÍLIA é homem! *Gazeta de notícias*, ano 42, n. 288, 16 out. 1917, p. 1.

DOLORES, Carmen [Emília M. Bandeira de Melo]. A Semana. *O País*. Rio de Janeiro, ano 24, n. 8.613, 3 maio 1908a, p. 1.

DOLORES, Carmen [Emília M. Bandeira de Melo]. A Semana. *O País*. Rio de Janeiro, ano 24, n. 8.620, 10 maio 1908b, p. 4.

FANTASIO [Olavo Bilac]. Ocultismo utilitário. *Gazeta de Notícias*, Rio de Janeiro, ano 21, n. 79, 20 mar. 1895, p. 1.

FLÁVIO. Cartas a Cora. *Fon-fon!*, Rio de Janeiro, ano 5, n. 13, 1 abr. 1911, p. 18.

FOUCAULT, Michel. *História da sexualidade I:* A vontade de saber. Trad.: Maria Thereza da Costa Albuquerque e J. A. Guilhon Albuquerque. Rio de Janeiro: Graal, 1999.

FOUCAULT, Michel. O verdadeiro sexo. In: *Herculine Barbin: o diário de um hermafrodita.* Trad. Irley Franco. Rio de Janeiro: Francisco Alves, 1982.

GAZETA DE NOTÍCIAS, Rio de Janeiro, ano 10, n. 54, 23 fev. 1884. .

GAZETA DE NOTÍCIAS, Rio de Janeiro, ano 36, n. 77, 18 mar. 1911a, p. 8.

GAZETA DE NOTÍCIAS, Rio de Janeiro, ano 36, n. 134, 15 maio 1911b, p. 8.

GINWAY, Mary Elizabeth. Transgendering in Luso-Brazilian Speculative Fiction from Machado de Assis to the Present. *Luso-Brazilian Review*, v. 47, n. 1, 2010, p. 40-60.

GRIFFITHS, David Andrews. "Queering the Moment of Hypospadias 'Repair". *GLQ*: A Journal of Lesbian and Gay Studies, v. 27, n. 4, 2021, p. 499-523.

HOMEM ou mulher? *O País*. Rio de Janeiro, ano 24, 8.609, 29 abr. 1908a, p. 1.

HOMEM ou mulher? *O País*. Rio de Janeiro, ano 24, 8.609, 1 maio 1908b, p. 2.

HOMEM ou mulher? *O País*, Rio de Janeiro, ano 24, n. 8.612, 2 maio 1908c, p. 1.

IMADA, Heloísa Leite. *Crônica, moda e imaginário urbano: a construção literária da sociabilidade mundana na escrita de João do Rio*. Dissertação (mestrado em teoria e história literária). Campinas: Universidade Estadual de Campinas, 2021.

JUPE-CULOTTE. Continuam as opiniões femininas sobre a saia da moda. *Correio da manhã*, Rio de Janeiro, ano 10, n. 3.537, 25 mar. 1911, p. 3.

L. A. Folhetim (Livro de domingo). *Diário do Rio de Janeiro*, ano 36, n. 159, 8 jun. 1856, p. 1.

LOPES, Marcos Aparecido. *No purgatório da crítica*: Coelho Neto e o seu lugar na história da literatura brasileira. Dissertação (mestrado em teoria e história literária). Campinas: Universidade Estadual de Campinas, 1997.

MAGALHÃES, Valentim. Coelho Neto: O príncipe dos prosadores brasileiros. *Vida doméstica*, Rio de Janeiro, n. 123 jun. 1928.

MENEGUSSO, Gustavo. *O duplo narciso*: o herói da modernidade em *O retrato de Dorian Gray*, de Oscar Wilde, e *Esfinge*, de Coelho Neto. Dissertação (mestrado em letras). Erechim: Universidade Regional Integrada do Alto Uruguai e das Missões, 2012.

MADAME PIRES. *O País*, ano 11, n. 3.816, Rio de Janeiro, 14 mar. 1895a.

MADAME PIRES. *O País*, ano 11, n. 3.817, Rio de Janeiro, 15 mar. 1895b.

MADAME PIRES. *O País*, ano 11, n. 3.818, Rio de Janeiro, 16 mar. 1895c.

MENDES, Leonardo. Álbum de Caliban: Coelho Neto e a literatura pornográfica na Primeira República. *O eixo e a roda*, Belo Horizonte/MG, v. 26, n. 3, 2017, p. 205-28.

MOISÉS, Massaud. *O simbolismo*. São Paulo: Cultrix, 1967.

MORAES, Marco Antônio de. Coelho Neto entre Modernistas. *Literatura e Sociedade*, v. 9, n. 7, 2004, p. 102-19.

MORANDO, Luiz. "Ecce homo! O engano do sexo em *O patinho torto*, de Coelho Neto. In: COSTA, Adriane Vidal; BARBO, Daniel (org.). *História, literatura e homossexualidade*. Belo Horizonte/MG: Fino Traço, 2013a, p. 85-106.

MORANDO, Luiz. "'Miloca que virou David': intersexualidade em Belo Horizonte". *Bagoas – Estudos Gays: Gêneros e Sexualidades*, v. 6, n. 8, 2013b, p. 147-70.

NETO, Coelho. A esfinge: homem ou mulher? *O País*, Rio de Janeiro, ano 24, n. 8.618, 8 maio 1908a.

NETO, Coelho. A mulher e a guerra. *Gazeta de Notícias*, Rio de Janeiro, ano 41, n. 256, 13 set. 1916.

NETO, Coelho. *Álbum de Caliban*. Rio de Janeiro: Livraria Laemmert, 1897-1898.

NETO, Coelho. "Confissão". In: *Vida mundana*. Porto: Chardron, 1919, p. 35-8.

NETO, Coelho. *Esfinge*. 2. ed. Porto: Chardron, 1920 [1908].

NETO, Coelho. "Gêmeos". In: *Fabulário*. Porto: Chardron, 1907, p. 161-168.

NETO, Coelho. Homem ou mulher? *O País*, Rio de Janeiro, ano 24, n. 8.611, 1 de maio 1908b.

NETO, Coelho. *Inverno em flor*. Porto: Chardron, 1912 [1897].

NETO, Coelho. Ode fescenina: diante do retrato de um efebo. In: *Fruto proibido*. Rio de Janeiro, Ed. de Domingos de Magalhães, 1895, p. 164-170.

NETO, Coelho. *Teatro VI*. Porto: Chardron, 1924 [1918].

NETO, Coelho. *Viúvas*. *Água de juventa*. Porto: Chardron, 1925 [1904], p. 247-254.

NETO, Coelho. O patinho torto (parte I). *A Política*, Rio de Janeiro, ano 1, n. 29, 15 de novembro de 1918a.

NETO, Coelho. O patinho torto (parte II). *A Política*, Rio de Janeiro, ano 1, n. 30, 22 de novembro de 1918b.

NETO, Coelho. O patinho torto (parte III). *A Política*, Rio de Janeiro, ano 1, n. 31, 29 de novembro de 1918c.

NETO, Coelho. *Revista da Academia Brasileira de Letras*, n. 49, 1926, p. 62-64.

NORDAU, Max. A mulher de calças: uma moda ou uma revolução? *O Imparcial*, Rio de Janeiro, ano 7, n. 1.029, 28 jul. 1918.

NOTAS mundanas. *Fon-fon!*, Rio de Janeiro, ano 5, n. 10, 11 mar. 1911, p. 15.

O ESCÂNDALO de ontem. Lançamento das "jupes-culotte". *A Imprensa*, Rio de Janeiro, ano 8, n. 1.180, 16 mar. 1911.

O FLUMINENSE, ano 34, n. 8.050, 11 de abril de 1911.

PELADAN, Joséphin. *L'Androgyne*. Paris: E. Dentu, 1891a.

PELADAN, Joséphin. *La Gynandre*. Paris: E. Dentu, 1891b.

RIBAS, Anselmo [Coelho Neto]. Ode fescenina. *A Maçã*, ano 5, n. 257, 8 jan. 1927.

RIBEIRO, Júlio. *A carne.* Rio de Janeiro: Teixeira & Irmão, 1888.

RIO, João do. [Paulo Barreto]. A jupe-culotte. *A Notícia*, Rio de Janeiro, ano 18, n. 142, 17-18 jun. de 1911.

RIO, João do. [Paulo Barreto]. Conferências e conferencistas. *A Notícia*, Rio de Janeiro, ano 16, n. 234, 9 out de 1909, p. 3.

VIANA, Fausto; ITALIANO, Isabel Cristina. "É Vossa Excelência pela adoção da *jupe-culotte*?: Escândalo e modelagem em 1911". *Dobras*, n. 31, 2021.

VIEIRA, Celso. Indecisões. *O País*, Rio de Janeiro, ano 34, n. 12.063. 19 out. 1917.

X.Y. Nota diária. *Cidade do Rio*, Rio de Janeiro, ano 10, n. 291, 11 maio 1895.

SUICIDAS
Raul Pompeia e seus herdeiros

Acho que é por isso que eu olho tanto pro vermelho que ele pintou aqui no álbum. Pra ver se eu entendo. Pra ver se eu entendo por que que tem gente que se mata.

Lygia Bojunga, *O meu amigo pintor*

Sua fuga foi resultado do seu fracasso. De certo modo, ele se matou para sumir do seu campo de visão, para deixar de se ver.

Bernardo Carvalho, *Nove noites*

O que é a vida senão uma sucessão de suicídios?

Ray Cruz

Nas próximas páginas, proponho revisitar um grupo heterogêneo e supostamente ilegível de escritores do *fin de siècle,* que inclui parnasianistas, simbolistas e decadentes. Embora escrevessem no Brasil, esses artistas se imaginavam como parte de um movimento cosmopolita e transnacional que se apresentava como excêntrico ou extravagante. Como tais, eles habitaram o que Elisa Glick chamou de "lugares *queer* de produção cultural que ajudaram a definir a modernidade, tanto literária quanto sexual" (GLICK, 2014, p. 325). Glick nos lembra que a decadência europeia e o esteticismo (britânico) "buscaram criar um modo *queer* de ser no mundo, ampliando a consciência ao abraçar as sensações transitórias do movimento inquieto da vida" (*id*, p. 326). E talvez porque, segundo Paul Bourget, "as literaturas dos períodos decadentes... não têm um amanhã" (*apud* GLICK, 2014, p. 326), grande parte dos escritos dessa literatura tornaram-se ilegíveis para a sensibilidade contemporânea. No texto a seguir, tratarei de autores que se afastaram da vida e dos problemas urgentes da sociedade brasileira, autores que não deixaram herdeiros ou legados. Minha abordagem de seus escritos se assemelha ao que Heather Love chamou de "um encontro com o ilegível" (LOVE, 2009, p. 747). Considerarei seu suposto "distanciamento" relacionando-o às ideias de cosmopolitismo e exílio existencial. Investigarei ainda seu nexo com a experiência e a subjetividade moderna e *queer*, em uma nação na qual a modernidade se mostrou bastante elusiva. Em seguida, discorrerei sobre a legibilidade ilegível dos decadentes, ou seja, o legado do seu não-legado. Chamarei esses escritores sem herdeiros de "suicidas".

O longo *fin de siècle* brasileiro

Na literatura brasileira, os anos que precederam 1922 foram chamados, de diversas formas: pré-modernismo, pós-romantismo, *Belle Époque* e Primeira República. Tais termos foram cunhados por ou associados a críticos como Tristão de Athaíde (Alceu Amoroso Lima), Antonio Candido, Brito Broca e Nicolau Sevcenko, respectivamente. Desde meados da década de 1980, acadêmicos como Flora Süssekind e Francisco Foot Hardman têm prestado renovada atenção a esse período complexo, mostrando a heterogeneidade e contradição desse suposto momento de transição (SÜSSEKIND, 1987; HARDMAN, 2002, p. 115). De fato, a virada do século englobou uma gama de estilos, gêneros e ideologias que variou do naturalismo e parnasianismo tardios até às tendências e movimentos nomeados como decadismo ou decadentismo, simbolismo, penumbrismo, crepuscularismo, boêmia, impressionismo, espiritualismo, francofilia, mundanismo, regionalismo pitoresco e anarquismo. Isso sem falar dos romances populares semipornográficos recuperados por Alessandra El Far (EL FAR, 2004) e conhecidos como "romances de sensação" e "livros para homens", ou seja, livros "a serem lidos usando só uma mão" (GOULEMOT, 1991). O período também presenciou uma proliferação de memórias, reportagens, revistas de histórias em quadrinhos e outras assim chamadas frivolidades, assim como inúmeros artigos e monografias escritos por ultranacionalistas, positivistas e outros.

Por um tempo considerável do século XX, essa literatura foi interpretada principalmente sob a rubrica do fracasso ou da irrealização. Uma história oficial da literatura brasileira chama os parnasianos de "alienados da pátria" e de uma "ilha dentro da ilha" (STEGAGNO PICCHIO, 1997, p. 317). Em 1950, no ensaio "Literatura e cultura de 1900 a 1945",[1] Antonio Candido argumentou que os escritores da época – em um contraste desfavorável em relação aos escritores românticos e modernistas – fracassaram em atingir aquilo que ele considerou o equilíbrio ideal entre o nacionalismo e o cosmopolitismo, ou a forma europeia e a substância local (CANDIDO, 1980a, p. 110). Candido chama 1922 de o começo da literatura do século XX, e caracteriza as duas décadas anteriores como um "amaciamento do diálogo e a consequente atenuação da rebeldia" (*id.*, *ibid.*, p. 112). Segundo ele, tais anos produziram uma "literatura de permanência", ou seja, "uma literatura satisfeita, sem angústia formal, sem rebelião nem abismos." Para ele, os autores daquela época careceram de originalidade e imitaram sobretudo ideais metropolitanos: "[...] sua única mágoa é não parecer todo europeia; seu esforço mais tenaz é conseguir pela cópia o equilíbrio e a harmonia, ou seja, o academismo" (*id.*, *ibid.*, p. 113). Candido, inclusive, não vê nenhum ou quase nenhum impacto político ou estético no autoproclamado espírito de renovação do pós Segunda Guerra; em vez disso, conforme os pós-simbolistas ou penumbristas continuaram buscando "estados inefáveis, por meio de tonalidades raras ou delicadas", somente revelaram sua "anemia afetiva." Ele conclui, de forma depreciativa, que "[...] as letras, o público burguês e o mundo oficial se entrosavam numa harmoniosa mediania" (*id.*, *ibid.*, p. 119), embora não deixe de mencionar algumas exceções importantes, como Alphonsus de Guimarães (1870-1921), Augusto dos Anjos (1884-1914), Euclides da Cunha (1866-1909) e Lima Barreto (1881-1922). Em outras palavras, comparados à "literatura interessada" (*id.*, *ibid.*, p. 135) que ocorreu antes e depois deles, os escritores do *fin de siècle* careciam de interesse pela nação e pelo mundo à sua volta. E porque estavam tão *desinteressados*, eles se tornaram *desinteressantes*.

Para ser justo, Candido de fato recupera, em outros trabalhos, um grupo – ainda que limitado – de escritores desse período. Ele os chama de "radicais de ocasião", uma categoria de artistas sem qualquer

1 Incluído no volume *Literatura e sociedade*, publicado originalmente em 1965, o ensaio foi escrito em 1950, como adverte o autor em nota no início do artigo.

comprometimento real com mudanças sociais e que, não obstante, ocasionalmente e de modo isolado, conseguiu se comportar de uma maneira condizente com os ideais revolucionários: "[...] por isso é atraente investigar os atos discordantes dos conformistas, os atos radicais dos conservadores, as lutas passageiras dos apáticos" (CANDIDO, 1980b, p. 84). Entre esses "radicais de ocasião", Candido destaca os primeiros trabalhos de João do Rio (pseudônimo de Paulo Barreto, 1881-1921) que imitou Oscar Wilde e tinha, em comum com esse, a capacidade de demonstrar em "momentos raros e fortes" (*id.*, *ibid.*, p. 94) uma profunda (apesar de transitória) preocupação com a justiça social, "um átimo de sentimento radical" (*id.*, *ibid.*, p. 92), a "revolta humanitária" (*id.*, p. 93), e, às vezes, mesmo uma "solidariedade intensa em relação ao operário" (*id.*, *ibid.*). Com um linguajar que remonta à terminologia jurídica e psicopatológica do *fin de siècle,* quase lombrosiana – [delinquentes] "de ocasião" x "natos" – Candido mapeia as produções culturais da época em relação aos vários níveis de interesse e comprometimento social dos autores ou seja, aquelas qualidades suas para definir uma nacionalidade autêntica.[2] Em decorrência dessa análise, Candido termina por desconsiderar a maior parte da obra de João do Rio, um dos escritores-jornalistas mais férteis e enigmáticos do começo do século XX.

De forma semelhante, Antonio Arnoni Prado, um dos críticos mais renomados da literatura brasileira *fin de siècle* , reposiciona os "radicais de ocasião" de Candido como os primeiros exemplos do que ele chama de "falsa vanguarda". Para Prado, os anos anteriores ao modernismo brasileiro refletiram apenas os gostos da burguesia pela novidade e pelo consumismo, uma vez que a profissionalização do escritor se transformou em pura "oficialidade", e o nacionalismo e o cosmopolitismo se tornaram duas faces do mesmo "projeto reformista". Conforme esse projeto reformista sucumbiu à crise, "a rebeldia dos insubmissos dará um matiz refinado ao exibicionismo dessa falsa vanguarda" (PRADO, 1993, p. 601). Já em rela-

2 Em outros momentos, a abordagem de Candido se apresenta mais matizada, dando espaço para escritores que se isolam da realidade. Por exemplo, ele sugere de forma sucinta em um artigo importante que o trabalho da crítica é identificar os mecanismos pelos quais uma obra literária não só reorganiza as realidades internas e externas, como também as transforma, desfigura ou as *rejeita* (CANDIDO, 2004, p. 105, grifo meu).

ção a João do Rio, Prado desconsidera a aparente não conformidade desse autor ao explicá-la como produto de seu elitismo, senso de superioridade, "desprezo pelo atraso cultural" e "adesão a um projeto de reconstrução desvinculado das necessidades reais do país" (*id.*, p. 608). Prado vê uma incongruência entre a posição subjetiva do escritor e o papel que o incentivaram a assumir para resolver os problemas mais sérios de sua época: "o projeto de João do Rio é no entanto um projeto de concepção linear que não se ajusta às tensões mais agudas da época senão a partir de seus privilégios de classe" (*id.*, *ibid.*, p. 610). O crítico ainda compara esse projeto à posição aristocrática de alguns de seus protagonistas: "personagem curinga, saída da aristocracia, que vê o mundo de cima e atravessa as suas vicissitudes sem cruzar com o rosto desconhecido da plebe" (*id.*, *ibid.*). Por fim, Prado contrasta escritores aristocratas como João do Rio a Lima Barreto (1881-1922), este mais autêntico, sub-representado e também mestiço: "a revolta intelectual do mulato pobre do subúrbio que se recusa a reproduzir o estilo afetado dos literatos da época, em nome de uma solidariedade de classe que o aproxima dos oprimidos de toda sorte" (*id.*, *ibid.*, p. 611).

Outros críticos adotaram abordagens diferentes em relação a João do Rio, Lima Barreto e os grupos que esses vieram a representar. Antonio Dimas separa os escritores do *fin de siècle* em dois grupos: os jecas e os janotas, e denomina João do Rio como protótipo de janota (DIMAS, 1993, p. 537). Dimas também considera Lima Barreto (com Euclides da Cunha) uma exceção entre seus contemporâneos: "Lima Barreto criava seu próprio caminho ao se voltar para as classes humildes e ao investigar o espaço urbano periférico do Rio de Janeiro" (*id.*, *ibid.*, 561). Contudo, Luciana Stegagno Picchio nos lembra que os parnasianos, "apesar de sua estética alienada, não eram alienados, se é verdade que lhes cabe o mérito de terem reorganizado a vida intelectual do país em formas mais prestigiosas, também sob o ângulo social" (STEGAGNO PICCHIO, 1997, p. 334). E crê que os simbolistas eram quase sempre tão participantes quanto os parnasianos, ou até mais: "revoltados e incompreendidos num país de oposição e interação racial, social e cultural" (*id.*, *ibid.*, 347). Sobre João do Rio, Stegagno Picchio o classifica entre aqueles que Lúcia Miguel Pereira certa vez chamou de "sorridentes". Já o escritor argentino-brasileiro Raúl Antelo resumiu os paradoxos da modernidade de João do Rio – ou, nas palavras de Mariano Siskind (2014), seus "desejos cosmopolitas" – da seguinte forma: "Submisso ao *establishment* do qual, até certo ponto é sócio, não deixa, entretanto, de julgar-se superior ao Mercado, de que afinal depende" (ANTELO, 2008, p. 14).

Em vez de redimi-los, quero conferir um interesse renovado a alguns desses escritores malsucedidos ou desinteressados ao reconsiderar as possíveis relevâncias e potencialidades do seu suposto distanciamento das demandas sócio-políticas. Para começar, remeto ao trabalho de Gerard Aching sobre obras do *modernismo* hispano-americano escritas entre o fim do século XIX e o começo de XX , trabalho o qual – não obstante as diferenças importantes nos textos, contextos e viagens daqueles escritores – oferece algumas pistas para a uma revisão das contradições críticas e dos becos sem saída que caracterizam a época que estou chamando de longo *fin de siècle* brasileiro. Aching desafia as alegações simplistas sobre o escapismo ou distanciamento evasivodos modernismo, e as convicções de que eles "se distanciaram das expressões autóctones e da cultura popular" para se isolar no "reino ou espaço interno" da "torre de marfim" (ACHING, 1997, p. 22). O crítico lança mão de estudos como o famoso texto *Desencuentros de la modernidad en América Latina*, de Julio Ramos, o qual argumenta que os modernistas expressaram uma "voluntad de autonomia" em reação às demandas do mercado.[3] Aching concebe o "distanciamento como um envolvimento assertivo, quer dizer, como a vontade de ornamentar a partir de um lugar discursivo e cultural definido" (ACHING, 1997, p. 3). Para ele, "esses artistas e intelectuais cultivaram seus estilos literários extraordinários justamente para estabelecer com seus leitores uma relação de reciprocidade [...] eles proporcionaram às classes dominantes hispano-americanas obras que comportaram e promoveram alianças utópicas cuja utilidade fora afirmar ou transcender as fronteiras nacionais" (*id.*, *ibid.*, p. 18-19). Isso fez parte de um projeto para "forjar uma cultura" (*id.*, *ibid.*, p. 154) por meio da invocação de um "significado cultural puro e autônomo" (*id.*, *ibid.*, p. 158) o qual, reconhece, não estava desprovido de elitismo ou racismo.[4] Embora o estudo de

3 Em 1989, mesmo ano que Ramos lançou *Desencuentros de la modernidad en América Latina*, Raúl Antelo publicou uma obra seminal sobre João do Rio. De modo semelhante ao livro de Ramos, Antelo trata da profissionalização da escrita; da crônica e da natureza cosmopolita da *Belle Époque* no Rio de Janeiro.

4 Isso torna urgente a leitura, por exemplo, da prosa nacionalista de Olavo Bilac rente a sua poesia parnasiana, ou seja, seu caráter político rente àquilo que agradava

Aching – publicado pela primeira vez em 1997 – não trate explicitamente das questões da sexualidade, seu argumento antecipa algumas das principais preocupações da teoria *queer* durante a última década, a saber, as noções de distanciamento e utopismo *queer*. De fato, o interesse de Aching pela "asserção de uma solidariedade coletiva no sentido de Frederic Jameson" (*apud* ACHING, 1997, p. 22), como uma maneira de reconsiderar a competência política dos escritos modernistas, lembra alguns debates mais recentes sobre o utopismo *queer*, principalmente conforme formulado por críticos como José Esteban Muñoz em *Cruising Utopia.*

Recentemente, críticos anglófonos têm, de forma intermitente, associado a ideia de distanciamento com o decadentismo, com *queer* e, eventualmente, com ambos.[5] Esses críticos procuram reavaliar a importância política do distanciamento *fin de siècle* ao destacar os momentos nos quais este opera como uma forma de resistência contra a modernidade capitalista. Em *The Powers of Distance* (2001), por exemplo, Amanda Anderson argumenta que o distanciamento crítico ou cultivado pode funcionar como ameaça tanto quanto como promessa, oferecendo em alguns casos formas específicas de participação na vida comum e até mesmo levando a imaginar comunidades externas à nação. Em *Feeling Backward*, Heather Love por sua vez considera a recusa e outras "formas de fracasso que estão menos intimamente ligadas à ação" (LOVE, 2007, p. 161). Conforme mencionado anteriormente, o relato conciso e elucidativo de Glick mapeia vários desafios importantes à suposta falta de comprometimento político dos movimentos decadentista e *fin de siècle*, desafios estes que levam em conta seu relacionamento contraditório com a modernidade capitalista. Glick remete a Walter Benjamin, para quem "o *slogan l'art pour l'art* diz respeito à tentativa de isolar a arte da tecnologia e da *comodificação* criada pelo capital" (GLICK, 2014, p. 332). Ela também remete a Theodor Adorno, o qual acreditava que "em um mundo onde a vida é cruel e oprimida, a decadência se torna o refúgio em uma vida potencialmente melhor pela renúncia da lealdade a esse mundo, sua cultura, brutalidade e sublimidade" (*apud* GLICK, 2014, p. 338). Por fim, Glick cita ainda Pierre Bourdieu,

---

ao público, não obstante as afirmações de que sua estética tinha a marca da torre de marfim e da arte pela arte.

5 Para um relato dessa tendência, ver PRICE (2015).

que "caracteriza os decadentes franceses como artistas comprometidos e politicamente radicais, sem dinheiro, *status* social nem capital acadêmico" (*id.*, *ibid.*, p. 328). Como Jameson demonstrou, esses esteticistas "empregaram a beleza como arma política contra uma sociedade burguesa, vitoriana, materialista e complacente" (*apud* GLICK, 2014, p. 334). Glick também observa que críticos como Mathew Potolsky têm sugerido nos últimos tempos que, como "um método para imaginar uma comunidade do futuro", a decadência estava profundamente enraizada na política (*apud* GLICK, p. 328). Em suma, o relato de Glick sobre a cultura *fin de siècle* coincide com aquilo que Antelo, Ramos e Aching entendem como desejo modernista pela autonomia: "Apesar disso, os seguidores do movimento da *art pour l'art* estão presos entre abraçar a ideia moderna de arte como autônoma e separada do 'mundo real', e querer transformar o mundo (desafiar o materialismo) concedendo uma dimensão utópica ao seu projeto" (*id.*, *ibid.*, p. 332). Assim, Glick conclui:

> A extravagância luxuosa da decadência recusa a racionalização e o utilitarismo da economia limitada do capitalismo, criando uma convergência de estéticas e sexualidade inextricavelmente ligada ao mercado, mas nunca completamente contida por ele... A negatividade da decadência não é simplesmente um pessimismo ou niilismo; seu universo reificado contém nele mesmo uma possibilidade utópica (*id., ibid.,* p. 338).

No entanto, críticos têm se mostrado incapazes de reconciliar a dimensão política com a dimensão antissocial e niilista da ideia de decadência *queer*. Enquanto alguns, como Muñoz (2009), evidenciam o impulso utópico em ação na decadência, outros, como Edelman (2004), continuam impressionados pelo seu niilismo antissocial. Embora estando hoje mais propenso à negatividade de Edelman do que ao otimismo de Muñoz não deixam de me interessar as insinuações afirmativas e por vezes alegres da interpretação utópica. A seguir, discuto a obra de Raul Pompeia e Roberto Gomes, dois escritores do longo *fin de siècle* brasileiro, ambos associados a diferentes tipos e níveis de distanciamento político e/ou estético. Não tenho a intenção de minimizar os riscos políticos que envolvem a tentativa de reavaliar suas obras. Ao considerar não somente gestos de distanciamento, ou mesmo desapego, completo ou parcial – recusa, fracasso, alienação, distância ou absenteísmo – mas também "uma política que permite danos" (LOVE, 2007, p. 162), desejo recuperar um *corpus* de poses e posturas cuja importância tem sido negada pela violência do arquivo da Nação que, por definição, homogeneiza as diferenças. Interessam-me especialmente as perspectivas que rejeitamqualquer forma de esperança e, desse modo, se aproximam da expressão mais radical – e talvez mais ilegível – do distanciamento (*queer*): o pensamento suicida.

Distanciamento radical

Ao iniciar seu artigo de uma maneira que considero ao mesmo reconfortante e perturbadora, Heather Love ousa escrever o que eu jamais escreveria em um artigo acadêmico, exceto na forma de uma citação: "Antigamente, eu conversava sobre minha vergonha ou sentimento de humilhação por ser *gay* apenas com meus amigos – e assim mesmo, só com meus amigos próximos. Essa vergonha assumia muitas formas, mas se apresentava quase sempre como uma ambivalência sobre mim e 'outros como eu'" (LOVE, 2010, p. 257). Love descreve essa ambivalência pessoal e coletiva como uma "sucessão de sentimentos que vão e voltam", e se identifica com um grupo de pesquisadores que, há pouco mais de dez anos, começaram a considerar o potencial produtivo da vergonha ou, nas palavras de outro pesquisador, a articular as "coletividades dos humilhados [*shamed*]" (Douglas Crimp *apud* LOVE, 2010, p. 257). A diferenciação que Love faz entre "instituições à prova de humilhação" e os grupos ou sujeitos "propensos à vergonha" é particularmente útil, assim como é a forma pela qual ela, a partir de Eve Sedgwick, tenta compreender o potencial e as limitações (políticas, entre outras) da "incontrolável relacionalidade da vergonha" sentida e causada: pois "nem todos os aspectos da experiência *queer* são produtivos", e não se deve subestimar o "potencial da humilhação para ferir e silenciar". Logo, propõe que entendamos a vergonha como uma "série de emoções negativas geradas pela experiência da exclusão social: auto-ódio, raiva, tristeza, medo, sentimento de fracasso, inveja, desespero, falta, solidão – ou resistência à comunidade como um todo" (*id.*, *ibid.*, p. 258). Love nos recomenda cautela na tentativa de resgatarmos o passado (*gay*) para que sejamos resgatados por ele. Segundo ela, devemos tomar cuidado para não pensar que ouvimos aquilo que "sujeitos *queer* querem ouvir de seus ancestrais imaginados", e estar cientes da "vulnerabilidade dos contatos transculturais" (*id.*, *ibid.*, p. 260), lembrando que "as relações que atravessam o tempo são ou podem ser moldadas a partir do medo e de aflições eróticas" (*id.*, *ibid.*, p. 261). É no contexto dessas "emoções negativas", e invocando o que Ann Cvetkovich chamou de "um arquivo de sentimentos", que proponho considerar os suicidas e os pensamentos suicidas em relação à humilhação e a outras formas se sentir esquisito/a, ou *queer*. Para além do fato de que tais pensamentos possam ser atributos comuns (embora não determinantes) das vidas *queer*, quero analisar a esquisitice (*queerness*) fundamental do suicídio enquanto um gesto radical de negação da lógica (re)produtivista. Apesar de sugerir uma relação potencial entre o suicídio e os sentimentos de humilhação e vergonha, quero deixar claro que não acredito em um nexo de tipo determinista, de causalidade entre eles.

Em meu livro anterior, *A violência das letras* (2018), dedico alguns capítulos ao papel da vergonha, da reputação e da honra na vida e obra de Raul Pompeia, um escritor que tem sido caracterizado pela "inquietação e desejo de álibi-fuga, de transfiguração simbólica" e cujo trabalho tem sido definido pela "remitência" (STEGAGNO PICCHIO, 1997, p. 424). Defendi então que *O Ateneu* (1888), de Raul Pompeia, não configura um *Bildungsroman*, como tem sido tradicionalmente lido (porque, afinal, o que há de edificante em por uma narrativa movida por um acirrado desejo de vingança que termina com a destruição da instituição literário-pedagógica?). Em minha leitura, *O Ateneu* trata sobretudo da vergonha e da humilhação. O romance destaca uma forma tipicamente moderna de vulnerabilidade, cuja origem se encontra na profissionalização da escrita e da democratização da imprensa. Com efeito, a cultura letrada se tornara cada vez mais violenta durante a vida de Raul Pompeia, e isso afetava as reputações, principalmente as de figuras públicas como a do próprio escritor, cujo temperamento e mesmo a sexualidade eram considerados dissidentes, esquisitos, enfim, *queer*. As teorias que relacionam raça e sexualidade a psicopatologia, comportamentos criminais e teorias evolucionistas estigmatizaram ainda mais essas figuras, dando embasamento a ameaças de humilhação pública. Pompeia retorna constantemente às questões da reputação e da vulnerabilidade em textos publicados em alguns dos jornais mais importantes do Rio de Janeiro. Alvo de escrutínio e difamação em diversas ocasiões, ele foi obrigado a lutar para manter ou recuperar sua reputação ao longo de sucessivos ataques. Tais ataques incluíram: comentários maldosos de Coelho Neto sobre sua assim chamada "ginofobia"; a insistência de supostos amigos sobre sua personalidade instável – "acessos de ciclotímico," nas palavras de Capistrano de Abreu (ABREU, 1977, p. 202), e "exagerada suscetibilidade mórbida," nas de Rodrigo Octávio (OCTÁVIO, 1936, p. 264) –; debates inflamados com outros jornalistas; seu duelo mal resolvido com Olavo Bilac, que o acusou publicamente de ser um masturbador; as alegações de que seu nacionalismo fervoroso e sua defesa de Floriano Peixoto eram patológicos. Em uma carta de 2 de março de 1936, endereçada a José Olympio, e que hoje se encontra no Arquivo do Centro de Estudos Afrânio Coutinho, no Rio de Janeiro, Octávio afirmou que o próprio médico de Pompeia atestou que seus órgãos genitais eram mal formados devido a uma "atrofia testicular dupla" (OCTAVIO, 1936b). Finalmente, como se sabe, Raul Pompeia deu um tiro no peito no Natal de 1895, deixando um bilhete, reproduzindo nos jornais da época, que é um verdadeiro ato de fala: "À Notícia e ao Brasil declaro que sou um homem de honra." Embora sua morte não possa ser encarada exclusivamente como fruto de uma personalidade instável, ela tampouco pode ser vista como decorrência direta da humilhação e da calúnia públicas. O derradeiro gesto de Pompeia pode ser lido como uma autoconstrução, uma *performance* da masculinidade que se ancora nas ideias clássicas de suicídio pela honra.

Durante a década de 1890 no Brasil, assim como na Europa, o suicídio foi objeto de preocupação e curiosidade. Em *O suicídio na capital federal* (1894), o criminólogo Francisco Viveiros de Castro criou quatro categorias fluidas e intangíveis de suicídios sem relação com categorias de gênero e raça: degeneração, desgostos domésticos, embriaguez e paixões. A partir delas, classificou 633 suicídios e 925 tentativas de suicídio (VIVEIROS DE CASTRO 1894, p. 85). Entre os escritores, o suicídio (como a masturbação) era associado à degeneração ou à "morbidez", e a morte de Pompeia apenas confirmou as suspeitas de muitos de seus contemporâneos. Contudo, houve quem perguntasse, em desconsolo, o que pode levar alguém a um tal ato de extremo distanciamento e desapego. Sobre a morte de Pompeia, Machado de Assis observou a insistência da ilegibilidade perturbadora do suicídio: "Este velho tema renasce sempre que um homem dá cabo de si, mas é logo enterrado com ele, para renascer com outro. Velha questão, velha dúvida." (ASSIS, 1997, p. 692). Aliás, o próprio Pompeia escrevera várias vezes sobre o assunto:

> Como a razão íntima dos suicídios em geral. O suicida deixa uma carta. Disfarçando-se em explicações elucidativas, a carta pode bem ser o testamento cerrado de um segredo que ninguém descoserá. Então, quando expira sem mais, sem uma satisfação de respeito por essa miséria de humanidade, que talvez não o compreendesse... Por que suicidou-se Joseph Cailteau? [...] Que trágica irritação fervia dentro daquelas aparências de calma? (POMPEIA, 1888, p. 2).

Tal ilegibilidade tanto do ato, quanto do agente/vítima do suicídio evoca à formulação freudiana da melancolia. Freud observou que "a inibição do melancólico parece um enigma para nós porque não podemos ver o que o está absorvendo de forma tão completa" (FREUD, 1964, p. 244). Segundo Freud, não só é difícil ou impossível ler as causas da melancolia para quem está fora, como também o próprio melancólico não consegue lê-las, não consegue identificar a origem da "diminuição de sua autoestima" (*id.*, *ibid.*, p. 246) que causa um "profundo e doloroso desalento, interrupção do interesse pelo mundo externo, perda da capacidade de amar, inibição de toda atividade e a diminuição dos sentimentos de autoestima em um grau que encontra expressão na autocensura e no autoinsulto, e resulta em uma expectativa de punição delirante" (*id.*, *ibid.*, p. 244). Darcy C. Buerkle sugeriu que "Freud e seus seguidores... não discutiram a respeito da evitabilidade da melancolia, mas somente em relação à mitigação de seus efeitos." E, por isso, "aprendemos – ou podemos inferir – com a psicanálise, que o suicídio, sob tais circunstâncias, não deve, não precisa e não pode identificar suas causas" (BUERKLE, 2013, p.134). E, no entanto, mesmo que esses sentimentos pessoais pareçam se assemelhar ao profundo sentimento de humilhação, segundo Freud, "sentimentos de vergonha perante outras pessoas... estão ausentes no melancólico, ou pelo menos não são proeminentes." Na realidade, escreve Freud, "poderíamos ressaltar a presença de um traço quase contrário, de persistência da qualidade comunicativa, que encontra satisfação na autoexposição" (FREUD, 1964, p. 247).

Tanto Machado quanto Pompeia estavam mais interessados nos aspectos filosóficos e existenciais do suicídio do que nas suas motivações. Para Pompeia, pensar sobre a morte oferece um certo prazer sexual, talvez até mesmo de *jouissance*: "A ideia da morte é um afrodisíaco poderoso. Observa-se, nas grandes cidades, que as meninas das vizinhanças dos cemitérios são as mais atiradas ao namoro." (*apud* STEGAGNO PICCHIO, 1997, p. 425). Em outro momento ele pergunta: "Homens que lutais pela vida, quereis gozar? Quereis viver intensamente pelo estômago, pelo amor? Fúnebre ambição de suicidas!" (POMPEIA, 1983, p. 10). Assim, Pompeia vira as teorias de Charles Darwin e de Max Nordau de ponta-cabeça, submetendo as noções de luta pela existência, instinto de autopreservação (o estômago) e instinto de preservação da espécie (amor) ao princípio do suicídio. Logo, associa tanto o desejo como a autonomia com o poder de autoextinção.

Não podemos deixar de ler a morte de Raul Pompeia no dia de Natal como parte de uma *performance* planejada que converte a humilhação e a vergonha em uma demonstração exemplar e espetacular de honra e que inaugura, no Brasil, uma linhagem moderna de escritores-suicidas. Segundo Magalhães Júnior, o suicídio, aos vinte e quator anos, do escritor e aspirante a militar do exército, o gaúcho Pery Mello (1889-1913), autor do poema em prosa *Exaltação do silêncio* (1912), teria sido uma espécie de emulação da morte de Pompeia, a quem admirava fervorosamente (MAGALHÃES Jr., 1934, p. 2). Aliás, um dos capítulos de seu *Livro póstumo* (1914) descreve sua visita ao túmulo de Pompeia, a quem chamava "Esteta supremo", e outro é intitulado "Raul Pompeia: o homem, a vida, a obra".

Quase trinta anos depois da morte de Raul Pompeia, outro escritor brasileiro, Roberto Luís Eduardo Ribeiro Gomes (nascido em 12 de janeiro de 1882) se mataria de um modo bastante parecido: ele também atirou no próprio peito, mas nesse caso na véspera de Ano Novo, em 1922. Sobre sua morte, a revista *Para Todos* escreveria: "Roberto Gomes, tão fino, tão bom, que realizou na vida aquela pobre verdade de La Fontaine: 'Os delicados são infelizes...' e que, com um tiro no coração, pôs termo ao seu destino na última noite do ano velho" (PARA TODOS, 1923, p. 20).

O *Réveillon* de Roberto Gomes

Deparei-me pela primeira vez com o nome de Roberto Gomes ao ler as memórias do pintor (presumidamente heterossexual) Emilio di Cavalcanti, em que ele descreve como fora introduzido à cultura literária por meio de um amigo da família, homossexual: "minha mãe, que era amiga de todos os intelectuais de sua época, apresentou-me, para que me guiasse, a Roberto Gomes, homem finíssimo, educado na Europa, meio francês. Verdadeiro tipo de literatura *fin de siècle* e homossexual". De acordo com o pintor, Gomes "suicidou-se com a calma de um grego da decadência." (CAVALCANTI, 1955, p. 75). Pesquisando a vida e obra de Gomes, descobri que, embora pouca coisa tenha sido escrita sobre ele, era um jovem dramaturgo muito respeitado durante a *Belle Époque* brasileira, ficando atrás talvez só de João do Rio.[6] Sua mãe, Blanche Ribeiro Gomes, era francesa, e ele cresceu em Paris. Posteriormente, ele escreveu e encenou várias obras em francês.[7]

6 Entre os poucos trabalhos críticos recentes sobre Gomes, tenho conhecimento dos de Medeiros (2011), Costa (2003), e Borges (2015).

7 Roberto Luís Eduardo Ribeiro Gomes (12 jan. 1882– 31 dez. 1922) era filho de Luiz Gomes Ribeiro e Blanche Ribeiro Gomes. Estudou humanidades no Lycée Jaison de Sally. Quando tinha quinze anos, ele e seus pais voltaram ao Brasil. Ele escreveu sobre música e teatro para os jornais cariocas *A Notícia*, *A Gazeta de Notícias* e *O Imparcial*, algumas vezes sob os pseudônimos Sem e Bemol. Ele também escreveu contos, como "Os camundongos", sobre duas mulheres que pertencem a um "grupo imenso das criaturas que não têm amigos nem inimigos, e que nascem, sem deixar nesta terra vestígios da sua passagem" (GOMES, 1915, p. 11).

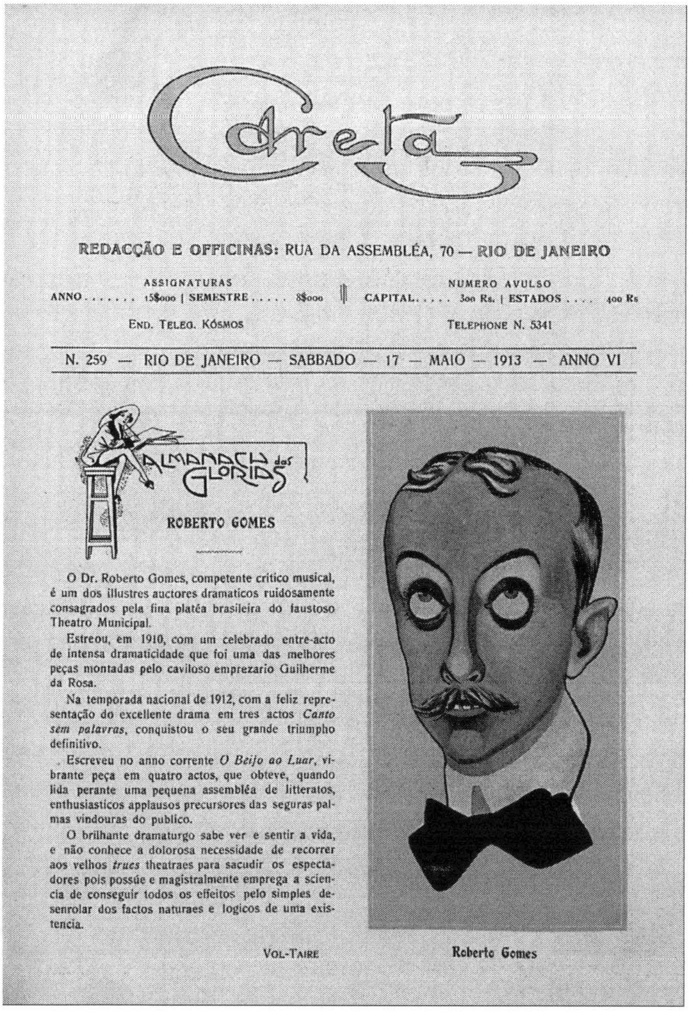

Careta

REDACÇÃO E OFFICINAS: RUA DA ASSEMBLÉA, 70 — RIO DE JANEIRO

ASSIGNATURAS
ANNO....... 15$000 | SEMESTRE..... 8$000 || NUMERO AVULSO
CAPITAL..... 300 Rs. | ESTADOS.... 400 Rs

END. TELEG. KÓSMOS — TELEPHONE N. 5341

N. 259 — RIO DE JANEIRO — SABBADO — 17 — MAIO — 1913 — ANNO VI

ALMANACH dos GLORIAS

ROBERTO GOMES

O Dr. Roberto Gomes, competente critico musical, é um dos illustres auctores dramaticos ruidosamente consagrados pela fina platéa brasileira do faustoso Theatro Municipal.

Estreou, em 1910, com um celebrado entre-acto de intensa dramaticidade que foi uma das melhores peças montadas pelo caviloso emprezario Guilherme da Rosa.

Na temporada nacional de 1912, com a feliz representação do excellente drama em tres actos *Canto sem palavras*, conquistou o seu grande triumpho definitivo.

Escreveu no anno corrente *O Beijo ao Luar*, vibrante peça em quatro actos, que obteve, quando lida perante uma pequena assembléa de litteratos, enthusiasticos applausos precursores das seguras palmas vindouras do publico.

O brilhante dramaturgo sabe ver e sentir a vida, e não conhece a dolorosa necessidade de recorrer aos velhos *trucs* theatraes para sacudir os espectadores pois possúe e magistralmente emprega a sciencia de conseguir todos os effeitos pelo simples desenrolar dos factos naturaes e logicos de uma existencia.

VOL-TAIRE

Roberto Gomes

Nota biográfica sobre Roberto Gomes na revista *Careta*. Rio de Janeiro, ano 5, n. 259, 17 de maio de 1913.

Das peças de Gomes, as mais conhecidas foram *Ao declinar do dia* (1910), *Canto sem palavras* (1912), *Inocência* (1915, encenada pela primeira vez em 1921, baseada no romance homônimo de Alfredo d'Escragnolle Taunay) e *Berenice* (c. 1916-18). Esta última foi encenada pela primeira vez em Paris, em 1923, depois da morte do dramaturgo, e em português apenas nos anos 1940, tendo sido adaptada em 1979 para a série "Palco", da Rede Globo, com Tereza Rachel no papel de Berenice. Os contemporâneos de Gomes o descreveram em termos quase idênticos àqueles com que descreveram Raul Pompeia. Segundo Afonso Arinos, "parecia entregue a certo descontrole nervoso, que se manifestava por intensa agitação [...] Tudo aquilo se me afigurava esquisito, opressivo, doentio." Mais recentemente, um estudioso do teatro simbolista observou que seus colegas o chamavam de "adepto de gostos socráticos" (FRAGA, 1992, p. 173). Já o próprio Gomes expressava uma notável afinidade por João do Rio, tendo nascido no mesmo ano que este e morrido um ano antes. Sobre *Psicologia urbana* (1911), Gomes escreveu: "Não penso que seja uma extravagância afirmar-se que a beleza dos livros reside em grande parte no espírito daqueles que os leem. E, quanto à Verdade por que não viria a ser, afinal, um colossal novelo de ilusões"? (GOMES, 1912, p. 3). E sobre seu autor, comenta: "Porque a inocente fraqueza do sr. João do Rio é querer, à força, que se lhe atribua uma alma perversa e nerônica. Se o dissesse, sei que lhe causaria indizível prazer e que ele me ficaria querendo bem durante dois dias pelo menos" (id. ibid, p. 3). Gomes era também conhecido, e por vezes ridicularizado, por sua afinidade com os animais – foi vice-presidente da Sociedade Brasileira Protetora dos Animais – principalmente os cães, sobre os quais discursou em suas célebres palestras, afirmando que "[q]uanto mais conheço os homens, mais amo os cães". E explica que amava o silêncio expressivo dos cães porque "[...] nós só falamos quando não temos nada que dizer."[8] Do mesmo modo, no começo de *Berenice*, uma personagem condena eloquentemente os maus tratos contra animais.

As obras de Gomes lidam com o silêncio, a solidão, amores impossíveis e a falta de fé, tanto na humanidade quanto no futuro. *Ao declinar do dia*, por exemplo, trata de uma mulher cujo filho morrera, e que não aceita a obstinada proposta de casamento do amante, mesmo quando seu marido esta prestes a morrer. O protagonista de *O canto sem palavras*, ao perceber que está apaixonado por sua enteada, a qual está noiva de outro homem, foge para a Europa. Algumas de suas peças têm um enredo ain-

8 Segundo o *Correio Paulistano*, Gomes proferiu o discurso "Os cachorros e o amor canino" no Instituto Nacional de Música em 29 de agosto de 1907 (CONFERÊNCIA, 1907, p. 2). O discurso foi publicado posteriormente em *A Evolução*: Revista de Ciências e Artes. (GOMES, 1911). Em 12 de junho de 1919, ele proferiu outro discurso sobre cães, "Nossos irmãos, os cães," na Associação dos empregados no comércio, em nome da Sociedade Brasileira Protetora dos Animais.

da mais frágil: *A bela tarde* gira em torno de uma jovem e seu tio, que lamentam uma história em comum de rejeição e abandono. *O sonho de uma noite de luar*: noturno em um ato (1916), sua peça mais etérea, diz respeito a um homem obcecado pela fotografia da amante, e que no entanto a ignora quando ela aparece diante dele. Em *O jardim silencioso*, uma família se reúne para discutir boatos sobre a mãe adúltera; no final da peça, o amante atira nela. Como no romance de Taunay de 1872, a protagonista feminina de *Inocência* está noiva e para se casar, mas se apaixona por outro homem; o noivo mata o amante e, então, ela também morre, mas seu nome permanece vivo, pois é dado a uma borboleta rara e exótica recém-descoberta. Quando Berenice, protagonista da peça homônima de Gomes, a última escrita por ele, é traída pelo amante muito mais novo, e a quem sustentou financeiramente, ela se suicida. Em suma, as peças de Gomes são essencialmente literárias: nada de mais acontece, nada de mais é dito. São sombrias e oníricas, caracteristicamente decadentes no estilo, e tipicamente seus personagens caracterizam-se pela frivolidade.

Não é minha intenção resgatar Roberto Gomes de seu silêncio, tentá-lo certamente seria inútil. Talvez pudesse tentar extrair algum significado utópico e *queer* de citações isoladas de algumas de suas peças, tais como: "Laura, os preconceitos antigos que nos separavam outrora já não existem hoje... não existirão amanhã." (*Ao declinar*. GOMES, 1983, p. 59). Mas, no geral, é como se hoje as obras de Gomes se recusassem a simplemente evocar o silêncio para, ao contrário, descrevê-lo como a única experiência que valeria a pena compartilhar: "Vivíamos num jardim silencioso, onde ninguém ousava falar... Oh! Esse mundo de silêncio que todos carregam em si!" (*O jardim silencioso*, p. 201).[9] Com efeito, são perso-

9 Além dos discursos, poemas e contos de Gomes, os jornais da época também citam várias outras peças: *Le papillon* (1897-98), *Alanguissement, Le soir dans la chambre, Le promeneur solitaire* (FRAGA, 1992, p. 18), *O beijo ao luar* (CARETA, 1913, p.19, e VOLTAIRE, 1913, p. 7), *Ao léu das ondas* (R. T., 1918, p. 28). Gomes também tocava piano e atuava. Sábato Magaldi inclui Gomes no capítulo "Sensibilidades crepusculares" (MAGALDI, 2014, p. 179-80), junto a Goulart de Andrade (1881-1936), João do Rio (1881-1921) e Paulo Gonçalves (1897-1927). Sobre a obra *O canto sem palavras*, Magaldi é um tanto quanto generoso em sua avaliação que ela "se iguala aos melhores momentos dos romances de Machado de Assis" (*id.*, p. 187). Segundo Eudinyr Fraga, a obra-prima de Gomes é *A bela tarde* (FRAGA, 1992, p. 154).

nagens muitas vezes endinheiradas, sem esperança de uma comunidade ou de qualquer futuro.

Ao abordar essas peças (em sua maioria ilegíveis, mesmo insuportáveis), é importante lembrar da advertência de Heather Love quanto à interpretação do silêncio de obras esquecidas como um pedido de socorro do passado *queer* ou de uma página obliterada. É necessário fugir da armadilha que se configura no extremo oposto ao canto da sereia que atormentava Ulisses, ou seja, ali onde se destapam os ouvidos para melhor ouvir o que quiçá seja um *canto sem palavras*, como sugere o título de uma de suas peças, ou sem melodia, e mesmo sem encanto e sem sereia. O canto de Gomes talvez já não queira nos seduzir, por mais que desejemos nos seduza; ele não nos oferece qualquer genealogia positiva que nos redima ou que possa ser recuperada, nenhuma comunicação, nenhuma comunidade, nenhum futuro. Com Love, seria necessário perguntar: "e se alguns textos históricos expressassem resistência aos futuros leitores e à própria ideia de comunidade?" (LOVE, 2010, p. 262). Dito de outra forma, essas peças não nos dão nenhuma oportunidade para nos aproximarmos do autor morto, exceto se compartilhamos com ele uma qualquer promessa-recusa de distanciamento e desapego. Porém – e mesmo que eu mesmo não compartilhe das afinidades raciais e de classe que Gomes por vezes expressa – não seria o caso de desistir de resgatar, sem deixar de ao mesmo tempo rechaçar, o arquivo silencioso de sua obra. Trata-se de um arquivo silencioso e silenciado, arquivo suicida, desses que costumam inflamar feridas ou intensificar aproximações nocivas com o passado (BROWN, 1993). Conforme Love conclui com Foucault, "o que acontece no arquivo é um encontro com a violência histórica, a qual inclui tanto ferimentos físicos quanto a violência da obscuridade ou a aniquilação da memória" (LOVE, 2010, p. 271). Por isso, quero sugerir que ouvir o silêncio de Gomes se faz possível apenas por meio de uma "experiência compartilhada de violência social" (*id.*, *ibid.*, p. 274), pois qualquer encontro com o arquivo *queer* precisa ser lido nas regiões semiescondidas e obscuras do passado, principalmente aquelas que refletem o que Pompeia chamou de "fúnebres ambições dos suicidas". Ou, nas palavras ambivalentes de Helena, personagem de *O jardim silencioso*, ao seu pai: "Não é a luz gloriosa do sol. É uma pobre luz cinzenta e triste. Mas é preferível às trevas em que agonizávamos" – antes de concluir melodramaticamente:

"Ah! Pai! Sofri, sofri tanto, sentia-me por vezes tão desanimada que desejava morrer... Ah! Sim... Morrer! Agora podemos chorar juntos... já é uma felicidade." (GOMES, 1983, p. 202).

O Carnaval de Reynaldo Bairão

Em "Assinatura Acontecimento Contexto", Jacques Derrida desenvolve uma das mais influentes críticas à teoria dos "atos de fala" (*speech act theory*) do filósofo inglês J. L. Austin (1911-1960). No centro de sua argumentação está o valor que Austin dá ao *contexto* e, especificamente, o "contexto exaustivamente determinável" (DERRIDA, 1991, p. 364) como condição para o sucesso (*felicity*) da locução performativa. Primeiramente, o sucesso de uma locução performativa (digamos, uma promessa) depende da intenção consciente, sincera e inequívoca do sujeito falante; ao mesmo tempo, aponta Derrida, a possibilidade de fracasso do ato performativo (por exemplo, que a promessa não seja levada a sério e, logo, perca seu valor de promessa) é uma condição estrutural, mesmo que Austin se esforce por excluí-la de sua teoria geral. Para Austin, esses casos seriam meramente acidentais, "circunstâncias atenuantes", "fatores que diminuem ou anulam a responsabilidade do agente" (DERRIDA, 1991 p. 366). Além disso, para ele o sucesso de um ato de fala requer também que este ocorra no contexto da linguagem dita comum, de todo dia. Derrida destaca o principal exemplo da exclusão operada por Austin, e que será especialmente relevante para o caso que discutirei a seguir: "uma enunciação performativa será vazia ou nula de uma *maneira particular*, se, por exemplo, ela for dita por um ator em cena, aparecer em um poema, ou for pronunciada em um solilóquio" (*id.*, ibid., p. 367, trad. modificada).

Por mais simplicado que seja, esse breve resumo da análise derridiana serve para melhor compreendermos um elemento essencial na figura do "suicida" e, especificamente, no elogio ao suicídio e suas consequências, não só hermenêuticas como éticas. A pergunta que se coloca é a seguinte: o "suicida" que diz querer se matar está de fato sendo sincero, ou é fingimento, puro teatro? Quando o elogio ao suicído deve ser interpretado *seriamente*, ou seja, como uma verdadeira ameaça? E se esse elogio ou ameaça aparecer na fala de um personagem de um filme ou, ainda mais problematicamente, na voz do eu lírico de um poema? Como identificar o limite entre a pose e a postura suicida?

Em 1959, o poeta, crítico e tradutor paulista Reynaldo Bairão (1926-1990), publicou o poemário *O tempo do cansaço.*[10] Apesar de o tema da morte estar presente em todos os seus livros, neste há toda uma seção intitulada "Poemas de amor ao suicídio". Entre outros está, por exemplo, o "Poema à morte hibernal", dedicado a Carlos Drummond de Andrade, em que o poeta anuncia:

> Abriremos os nossos pulsos, com giletes automáticas,
> e entornaremos os nossos olhos sobre os seres imortais.
> seremos os mais perdidos entre todos os perdidos,
> os mais suicidas entre todos os suicidas,
> os mais sombrios entre todos os sombrios,
> já que tudo nos é igual (BAIRÃO, 1959, p. 68).

Na ocasião do lançamento do livro, o crítico Luiz Izrael Febrot publicou uma resenha dos volumes recém-publicados de quatro poetas, entre os quais, aquele de Reynaldo Bairão, sob o título "Livros de poesia, muitos, poesia, quase nenhuma" (paráfrase do título de um dos livros do próprio Bairão, de 1948). Segundo ele, o livro fracassara por conter apenas "temas falsos, motivos literários não sentidos nem vividos". Ou seja, a confissão e o louvor à morte e ao suicídio contidos no livro não seriam verdadeiros, mas pura "atitude literária", entendida como fingimento (pose), e não uma "real preocupação" (postura):

> ... dói verificar como o poeta desperdiçou seu tempo em temas falsos, motivos literários não sentidos nem vividos, preocupações nobres de outras épocas, mas evidentemente

10 Entre seus livros publicados estão: *Poesia muita, poesia nenhuma* (1948); *43 poemas e um prefácio* (1949); *Elegia a um poeta morto* (1949); *O primeiro dia*: poemas em prosa (1950); *Poema soturno de Minas Gerais* (janeiro de 1952); *Nosso teatrinho de bonecos* (1957), obra didática feita em colaboração com Darcy Penteado. Antônio Carlos Vilaça menciona ainda *O tocador de claridades* (poemas de 1959-1968) e *O irmão ausente* (poemas de 1971-1978) (VILLAÇA, 1994, p. 28-29) além de ensaios sobre sua obra escritos por João Gaspar Simões (*id. ibid.*, p. 25), Sérgio Milliet e Otto Maria Carpeaux (p. 28). Traduziu, entre outros, *A reprodução,* de Pierre Bourdieu e Jean-Claude Passeron (Francisco Alves, 1975). Agradeço a Luiz Morando, que me apresentou a obra de Bairão.

> impróprias ao autor. "O Tempo do Cansaço" é um repositório de louvor à morte, ao suicídio, à solidão; é a confissão de uma vida frustrada e sem perspectiva, nem para o poeta, nem mesmo para os demais. Mas tudo vago, tão generalizado, que não podemos deixar de suspeitar que se tratam mais de uma atitude literária do que uma real preocupação ante o problema da morte (realmente angustiante), mais um escapismo formal do que um efetivo sentimento de solidão". (FEBROT, 1959, p. 10).

Sabe-se que em 1948, Bairão organizara em São Paulo uma exposição de poemas seus e de Paulo Sérgio (filho de Sérgio Milliet, morto um ano depois, aos 19 anos), ilustrados por Darcy Penteado, então seu parceiro, e que se lançava como artista plástico. Naquele mesmo ano seria tachado de impostor, quando sua série de artigos "A música brasileira", publicada no *Correio Paulistano* em agosto de 1948, foi acusada pelo jornalista Carlos Penteado de Rezende de ser um plágio de *Pequena história da música,* de Mário de Andrade (dias depois, o autor se justificaria, alegando ter sido aluno de Mário, tendo, portanto, anotado muitas de suas aulas). Porém, a acusação agora era outra, apesar de também se basear no critério da autenticidade. O falso, ou a falsificação na poesia de Bairão não estaria propriamente na autoria dos poemas, mas na natureza dos sentimentos; questionava-se a sinceridade do poeta e a autenticidade de sua experiência. Por isso, conclui o jornalista, a obra recém-lançada de Bairão seria somente um livro de poesia sem poesia, menos literatura do que "atitude literária". Acontece que o confronto entre a poesia e o julgamento do crítico em última análise demonstra que autenticidade e sinceridade são critérios insuficientes para se compreender o sucesso do poema, seja enquanto literatura (seu valor), seja enquanto ato de fala (sua força performativa).

Na verdade, uma locução performativa fracassada no momento do ato de fala pode vir a ser exitosa em retrospecto, o que contradiz um dos princípios fundamentais na teoria de Austin, ou seja, que o sucesso do ato performativo depende da presença do falante no momento da locução. Acontece que, no caso da poesia, considerada como linguagem "extra-ordinária", em geral a presença do poeta pouco acrescenta ao sucesso do ato de fala; seja lida oralmente pelo poeta presente, ou em sua ausência, a posteriori, pelo leitor comum, o caráter de repetição ou de citação do poema torna impossível determinar com certeza a sinceridade da poesia, ou seja, a autenticidade da relação entre os versos e seu autor.

Não é outra a natureza do elogio e do anúncio suicida enquanto *performance*. Sabe-se, conforme o relato de Walmir Ayala, que Reynaldo Bairão, cuja poesia tanto elogiou o suicídio, acabou de fato suicidando-se, durante o Carnaval de 1990 (AYALA, 1990, p. 36.), fato mais tarde relembrado por Antônio Carlos Villaça em seu elogio ao poeta: "Numa terça-feira de Carnaval, pela manhã, o poeta subitamente desistiu de viver e escolheu o salto pela sua janela como solução definitiva". Na descrição deste, apesar de sua dívida em relação a Mário, Bairão não deixava de ser original: "Ele era arlequinal. E tinha tanto de Mário de Andrade. Optou pela morte".[11] Além disso, Villaça, também retrospectivamente, vê na poesia de Reynaldo Bairão a marca do verdadeiro suicida: "O problema da poesia de Reynaldo Bairão é o da não existência. Como o da não existência é o problema do poeta, em termos pessoais. Vida e poesia formam aqui uma unidade rigorosa, perfeita." (VILLAÇA, p. 25). Mas se a sinceridade do poeta (em seu desejo de morte) é finalmente confirmada, se a dor cantada em seus versos é assim autenticada, isso em nada aumenta ou diminui o valor de sua poesia. Porém, sua força performativa é consideravelmente modificada, pois a dor e o convite suicida que antes eram lidos como insinceros, agora serão interpretados como intenção sincera. De certo modo, o suicídio anunciado, seja na literatura ou na "linguagem comum", é o oposto da carta deixada pelo suicida, caracterizada por Raul Pompeia como um disfarce, "testamento cerrado de um segredo que ninguém descoserá" (POMPEIA, 1888, p. 2), pois agora atribui-se à poesia a chave do segredo (o motivo). Enquanto a futuridade do poema é presumidamente desfeita na leitura póstuma, a intenção retrospectiva da carta de iluminar o passado incita renovadas questões, renovadas dúvidas. Portanto, pouco se pode dizer sobre a natureza da temporalidade suicida, assim como do significado do calendário de certos suicidas enquanto parte de uma *performance* premeditada: o Natal de Raul Pompeia, o *Réveillon* de Roberto Gomes ou o Carnaval de Reynaldo Bairão. Se as datas "escolhidas" pelos três autores para terminarem suas vidas denotam uma intenção de espetáculo; ou, ao

11 Villaça conta ainda que estiveram presentes na missa de sétimo dia, na Igreja dos Dominicanos, no Leme, André Pestana, Heloeisa Maranhão, Nélida Piñon, Paulo Amador, Antônio Houaiss, Elizabeth Lins do Rego, Wanda Fabian (VILLAÇA, 1994, p. 34).

contrário, se o contexto do espetáculo e do festejo estariam na raiz mesma do suicídio enquanto acontecimento, para além do ato de fala; ou ainda, se o poeta fingiu completamente (como quer Febrot), ou se deveras sentiu a dor que fingiu (como quer Villaça) – *ninguém o saberá jamais.*

Por um arquivo suicida

O primeiro livro adulto que me lembro de ter lido, o romance *O lobo da estepe*, de Hermann Hesse, foi-me oferecido pelo meu pai. A obra teve um grande feito no adolescente *queer* que eu estava me tornando, mas não foram as passagens mais ou menos frequentes sobre sexualidade que capturaram minha atenção. Em vez disso, foi a seção intitulada "Tratado do lobo da estepe: não é para qualquer um", que diz respeito ao suicídio – aliás, descobri depois, o próprio Hesse havia tentado o suicídio em 1892, alguns dias antes do seu aniversário de quinze anos. O "Tratado" faz uma diferenciação curiosa, a qual na época eu achei um tanto libertadora, entre os "suicidas por acidente" e os "suicidas por predisposição" (uma interpretação irônica da diferenciação lombrosiana entre criminosos natos e de ocasião, a qual, como vimos, reaparece no "radicais de ocasião" de Candido"). Segundo o narrador, os "suicidas por predisposição" talvez nunca se matem, mas estão "marcados pela crença de que o suicídio é sua maneira de morrer mais provável" (HESSE, 2002, p. 47). Harry Haller, o protagonista, encontra conforto "na ideia de que o caminho para a morte estava aberto a ele a qualquer momento... Ele retira força da familiaridade com o pensamento de que a saída de emergência estava sempre aberta" (*id.*, *ibid.*, p. 48-49). E, no entanto, o autor fictício desse tratado complementa, "todos os suicidas têm a responsabilidade de lutar contra a tentação do suicídio" (*id.*, *ibid.*, p. 49). Ele explica que, embora Harry fosse um *outsider*, nunca se desvinculara totalmente da sua classe social, o que se assemelha à posição aristocrática dos decadentes e *flâneurs* no *fin de siècle*: "agradava-lhe se colocar fora de tudo, com seus pequenos vícios e extravagâncias, como um sujeito estranho ou um gênio, mas que nunca estabeleceu domicílio nas províncias da vida onde a burguesia deixara de existir" (*id.*, *ibid.*, p. 51).[12] Nada no texto insinua que o "temperamento"

12 No original em alemão, Harry é descrito como *sonderling*, que foi traduzido para *queer fellow* em inglês e "esquisitão" em português.

suicida – se é que existe tal coisa (e, de novo, o vocabulário é característico do *fin de siècle*) – é determinado pela classe. Ao contrário, uma das coisas que caracteriza o sujeto *queer* como suicida (ou o decadente, aliás) é a recusa ambivalente em aceitar a filiação à mesma classe social da qual ele próprio depende.

Por muito tempo, hesitei em escrever sobre suicídio, e principalmente em associá-lo a subjetividades *queer*. Pois não quero subestimar as implicações morais e biopolíticas dessa associação, que cheira a psicopatologia oitocentista. E, no entanto, sempre me atraíram as chamadas mortes voluntárias, principalmente (mas não só) durante o longo *fin de siècle* e a *Belle Époque* brasileiros. Sempre me assombraram os suicídios de sujeitos *queer*, sexualmente ou racialmente estigmatizados e suscetíveis à humilhação, mesmo que essas mortes nem sempre tenham se confirmado como suicídio. Tais sujeitos incluem, além de Raul Pompeia (1863-1895) e Roberto Gomes (1882-1922), o abolicionista, escritor e engenheiro negro André Rebouças (1838-1898); o compositor e pianista Francisco Magalhães do Valle (1869-1906); o geólogo estadunidense naturalizado brasileiro Orville Adalbert Derby (1851-1915); o pintor Gaspar Puga Garcia (18??-1914); o inventor Alberto Santos-Dumont (1873-1932); o etnologista Buel Quain (1912-1939), cujo suicídio é ficcionalizado no romance *Nove noites* de Bernardo Carvalho, publicado em 2002; a cantora afro-brasileira Elsie Houston (1902-1943); os compositores de samba Evaldo Rui (1913-1954) e Assis Valente (1911-1958); o jogador de futebol Anselmo da Silva, conhecido como Maneco (1922-1956); a arquiteta e urbanista Lota de Macedo Soares (1910-1967), conhecida também pelo seu relacionamento com a poeta Elizabeth Bishop (1911-1979); os escritores Torquato Neto (1944-72), Pedro Nava (1903-84) e Ana Cristina Cesar (1952-83); o cantor e compositor Júlio Barroso (1953-84); e a pioneira defensora dos direitos *gays* no Brasil, Rosely Roth (1959-1990). Ao mesmo tempo, nunca me convenceram os supostos motivos pelos quais essas figuras escolheram acabar com suas próprias vidas – personalidade, problemas de saúde, financeiros ou emocionais etc. Em vez disso, o que me interessa é esboçar um elenco de suicidas que habitam um arquivo hipotético de escritas, pensamentos e sentimentos, independentemente das reais circunstâncias de seus derradeiros dias, considerando-se a dificuldade em se identificar "suicidas" que não se suicidaram. E, na medida em que pensamentos suicidas talvez sejam familiares a todo sujeito *queer* (serão mesmo?), minha intenção é sugerir que todo suicida está sempre situado na vizinhança da vida *queer* e, portanto, do estigma; traços em geral corporificados nas figuras do gênio e do bode expiatório. Sendo assim, esse arquivo de suicidas pode vir a incluir: o poeta Francisco Lobo da Costa (1853-1888); o compositor Francisco Magalhães do Valle (1869-1906); a poeta Francisca Júlia (1871-1920); a escritora e jornalista Sylvia Serafim Thibau (1902-1936); o cartunista Péricles de Andrade Maranhão (1924-1961) – que, consta, teria ensaiado meticulosamente sua morte espetacular, também ocorrida no Ano Novo –; e, mais recentemente, o jovem romancista Victor Heringer (1988-2018) e o jovem poeta Ray Cruz (1996-2018).[13]

Agora, o fato de que esse meu arquivo inclua exclusivamente suicidas "brasileiros" é algo apenas em parte afetivo; ao localizá-los em um dado contexto nacional, quero justamente desnaturalizar seu lugar e sua pertença à identidade e cultura brasileiras. Meu foco nos "textos suicidas e arquivos suicidas" do *fin de siècle*, assim como em seu potencial cultural e ressonâncias políticas (GUPTA, 2017, p. 13) é uma tentativa de identificar escritores *queer* que não se adequaram confortavelmente ao cânone nacional e nacionalista, constituindo ao contrário uma "estranha camaradagem" entre os os isolados, os abjetos e os humilhados" (Carolyn Dinshaw citada em LOVE, 2010, p. 263). Invoque-se ainda aquela caracterização *queer* da célebre composição "O último poema", em que Manuel Bandeira imagina seu último poema contendo a "paixão dos suicidas que se matam sem explicação" (BANDEIRA, 1977, p. 223). E embora Carlos Drummond de Andrade, conhecido por eventualmente ter expressado opiniões homofóbicas, pareça um candidato improvável para um hipotético arquivo *queer* de suicidas, ele de repente pode aparecer nas fronteiras desse arquivo, na companhia desconfortável de Pedro Nava. Afinal, à

13 Uma explicação recorrente para rumores de suicídio é que o morto caiu acidentamente da janela. Buerkle mostrou como Émile Durkheim, ao descrever a morte de Victor Hommay, seu amigo querido, teria ocultado o suicídio: "sentou-se na borda de uma janela baixa sem sacada, o que facilmente lhe induziu vertigem. Fez um movimento repentino e imprudente, típico seu, e perdeu o equilíbrio" (*apud* BUERKLE, 2013, p. 98). Durkheim estava escrevendo *O suicídio* (1897) na época em que escreveu essa homenagem a Hommay. A imprensa brasileira agiu de modo semelhante ao referir às mortes do músico Júlio Barroso e do escritor Victor Heringer como decorrência de uma queda da sacada.

época do suicídio de Nava (depois de este ter supostamente recebido um telefonema ameaçando expor sua bissexualidade), Drummond escreveu um poema ("A um ausente") em que se pode intuir alguma analogia entre a homossexualidade e suicídio, sendo ambos atos considerados contra a natureza e contra o pacto homossocial: "o ato que não ousamos nem sabemos ousar// [...] o não previsto nas leis da amizade e da natureza" (ANDRADE, 2002, p. 1405-1406). Em outros lugares, Drummond se aproximou obliquamente do arquivo *queer*, como no poema "Meninos suicidas," em que declara: "contam que nós é que morremos e são eles que nos mataram" (*id.*, *ibid.*, p. 741). Mas nunca em forma tão direta quanto em "Homenagem", em que ele mesmo delineia um arquivo de suicidas conhecidos que, aliás, inclui vários escritores *queer*. Drummond posiciona cada indivíduo na página, isoladamente, solitariamente — não obstante, prefigura-se no vazio entre eles qualquer forma de relação, talvez mesmo uma comunidade.

Jack London	Vachel Lindsay	Hart Crane
René Crevel	Walter Benjamin	Cesare Pavese
Stefan Zweig	Virginia Woolf	Raul Pompeia
	Sá Carneiro	

E disse apenas alguns
De tantos que escolheram
O dia a hora o gesto
o meio
a dis-
solução (id., p. 758)

Albert Camus famosamente escreveu que "há apenas um problema filosófico sério, e esse é o suicídio" (CAMUS, 2004, p. 495). E acrescenta: "Não estou interessado no suicídio filosófico, mas sim no suicídio comum. Desejo simplesmente expurgá-lo de seu conteúdo emocional e conhecer sua lógica e integridade" (*id.*, *ibid.*, p. 533). Ao contrário do texto de Camus, este artigo não concerne ao "suicídio comum", e ainda menos ao problema geral e filosófico do significado da vida e da morte; interessa-me sobretudo a possível dimensão afetiva e *queer* do suicídio. Também à diferença de Simon Critchley, que em um texto recente e belo, *Notas sobre o suicídio*, afirma olhar para o suicídio "do ponto de vista daqueles que deram o salto" (CRITCHLEY, 2015, p. 11), este artigo foi escrito da perspectiva dos sobreviventes que somos. Preocupam-me mais as vidas e sobrevidas *queer* daqueles que sempre viveram no limite, muito antes do salto que se tornaria, para falar como Drummond, uma *dis-solução*. De fato, o poema de Drummond – e quem poderia imaginar? – indica o caráter aberto e incompleto de um arquivo *queer* hipotético constituído por "alguns de tantos que escolheram" o suicídio, arquivo no qual a comunidade e os relacionamentos são feitos de distâncias lacunares por meio das quais os suicidas se isolam e se ligam ao mesmo tempo. Ademais, como Buerkle propõe, "para o sobrevivente, o suicídio é um evento sem fim" (BUERKLE, 2013, p. X), e é por isso que "o suicídio mantém sua radicalidade cáustica apesar dos esforços para contê-lo" (*id., ibid.*, p. 3).

E agora?

Para deixar bem claro: ao reivindicar e de algum modo honrar o suicida, não quero insinuar que a prevenção do suicídio seja desnecessária (sem falar no controle de armas). Este artigo não quer ser um estudo suicidológico, portanto, não aborda o suicídio como um problema social. Contudo, estou ciente do crescimento alarmante dos índices de suicídio entre *gays* no século XXI, tanto no Brasil, quanto nos Estados Unidos.[14] E por isso admiro iniciativas como o "It Gets Better" de Dan Savage, uma campanha descrita como "um movimento global com ênfase no empoderamento da juventude LGBTQ+, cujo objetivo é proporcionar "esperança e incentivo" a esses jovens, apoiando-se muito corretamente no compartilhamento de experiências e na construção de comunidades.[15] E no entanto, acredito que uma retórica completamente afirmativa da esperança e da comunidade talvez não seja suficiente para que entendamos e lidemos com momentos e figuras totalmente negativas, ou seja, aquelas que rejeitam a sociabilidade, a comunicação e, em última instância, a "futuridade". A inclinação a isolar-se do mundo se assemelha à experiência de sujeitos propensos à vergonha: a mortificação, o autoapagamento ou desejo de simplesmente desaparecer ("morrer de vergonha"). Sendo as-

14 Veja-se, por exemplo, GREENHOUSE, WHITAKER, CANCIAN e TIMERMAN.

15 *It Gets Better Project*, https://itgetsbetter.org/about/

sim, um retorno à literatura do *fin de siècle* deixa de ser apenas uma preocupação com a periodicidade para se tornar uma forma transtemporal de identificação *queer*, composta por diversos modos de distanciamento melancólico: seja da vida, da história, da política, do significado ou do tempo presente.[16]

O que me preocupa aqui não são as implicações morais ou legais do suicídio, pois uma longa tradição filosófica, desde John Donne até David Hume, e depois já cuidou de fazê-lo. Em um contexto diferente (nomeadamente, o do neoliberalismo), Amy Rushton defendeu que "narrativas de depressão suicida podem desestabilizar aproximações neoliberais do bem-estar: enquanto narrativas não ficcionais sobre depressão severa, crônica e suicidas prendem-se estruturalmente a expectativas de progresso e cura, narrativas ficcionais não estão presas a uma previsibilidade estrutural e, emprestando uma expressão dos formalistas russos, são uma história sem enredo" (RUSHTON, 2019, p. 196). Por isso, o estudo da figura literária e discursiva do suicida – e a identificação afetiva que sugiro, externa à dicotomia morte natural/não natural – objetiva situar o suicídio fora do modelo da vitimização, do sacrifício ou do bode expiatório. Pois o suicídio já foi por demais definido segundo a intencionalidade e a autodeterminação, e lido como uma *performance* demasiado específica: quase sempre como *performance* da masculinidade.

Com efeito, críticos recentes tais como Faubert e Buerkle notaram que as representações do suicídio heroico, principalmente do suicídio pela honra, quase sempre estão marcadas não só pela classe, mas também pelo gênero, de tal forma que o suicídio de mulheres e de pessoas *queer* se torna ilegível fora de um conjunto de causas prescritivas e de motivos provocadores. Até certo ponto, concordo com Critchley quanto ao fato de que a interpretação do suicídio em geral tem como efeito a reorganização da vida que o precedeu, revestindo-a de significados e, portanto, normalizando a biografia de quem morreu: "O suicídio pode conferir coerência à vida, mas somente roubando-lhe a complexidade ao vê-la a partir do instante da morte de alguém. O suicídio entristece o passado e abole o futuro" (CRI-

16 Talvez uma diferenciação possa ser feita entre o suicídio como *modo* e o comportamento suicida dito de forma mais geral. Por exemplo, a *overdose* de álcool ou drogas e outras formas de autodestruição partilham da negatividade suicida, mas não são exatamente atos suicidas conscientes.

TCHLEY, *op. cit.*, p. 66). Acontece que tal coerência em retrospecto nunca estará completa, uma vez que o suicídio sempre produz mais perguntas do que respostas. Assim, ao situar o suicida fora das contingências do simples evento da sua morte – ou seja, ao situar o suicida antes, ou apartado do fato da tentativa de suicídio (se for possível) – pode-se por fim remover a narrativa de vida de seu isolamento solitário, sem apagar a experiência individual, inserindo-a assim em uma narrativa coletiva, iterativa, porém nunca linear. Em vez de eliminar o suicídio do arquivo *queer*, extinguir as memórias e histórias de suicídio *queer* ou, como querem alguns, de tentar dissociar a todo custo o suicídio da homossexualidade, esse artigo quis explorar a mobilização retórica do suicídio no desenvolvimento de novas formas de escapismo afirmativo ou talvez de utopia negativa para aqueles momentos nos quais o presente e o futuro parecem cada vez mais insuportáveis.

Referências

ABREU, Capistrano de. Carta a Mário de Alencar. In: *Correspondência de Capistrano de Abreu*, v. 1. Rio de Janeiro: Civilização Brasileira, 1977.

ACHING, Gerard. *The Politics of Spanish American Modernismo*: by Exquisite Design. Cambridge: Cambridge University Press, 1997.

ANDERSON, Amanda. *The Powers of Distance*: Cosmopolitanism and the Cultivation of Detachment. New Jersey: Princeton University Press, 2001.

ANDRADE, Carlos Drummond. *Poesia completa*. Rio de Janeiro: Nova Aguilar, 2002.

ANTELO, Raúl. Introdução. In: RIO, João do [Paulo Barreto]. *A alma encantandora das ruas*: crônicas. São Paulo: Companhia das Letras, 2008, p. 7-17.

ANTELO, Raúl. *João do Rio: o dândi e a especulação*. Rio de Janeiro: Livraria Taurus/ Timbre Editores, 1989.

RUSHTON, Amy. A Bubble in the Vein: Suicide, Community, and the Rejection of Neoliberalism in Hanya Yanagihara's *A Little Life* and Miriam Toews's *All My Puny Sorrows*. In: DECKARD, Sharae. e SHAPIRO, Stephen. (orgs.), *World Literature, Neoliberalism, and the Culture of Discontent*. London: Palgrave, 2029, p. 195-213.

ASSIS, Joaquim Maria Machado de. *Machado de Assis: Obra completa III*. Rio de Janeiro: Nova Aguilar, 1997.

AYALA, Walmir. A história de Reynaldo Bairão. *Jornal do Comércio*, Rio de Janeiro, ano 163, n. 126, 5 mar. 1990, p. 36.

BAIRÃO, Reynaldo. *O tempo do cansaço*: poemas de 1949 a 1957. São Paulo: Livraria Martins Editora, 1959.

BANDEIRA, Manuel. O último poema. In: BANDEIRA, Manuel. *Poesia completa e prosa*. Rio de Janeiro: Nova Aguilar, 1977.

BOJUNGA, Lygia. *O meu amigo pintor*. Rio de Janeiro: Editora Casa Lygia Bojunga, 2006.

BORGES JÚNIOR, E. Roberto Gomes e as tentativas de modernização do teatro brasileiro: convergências e desencontros com a dramaturgia da (in)ação de Maurice Maeterlinck. *Sala Preta*, [*S. l.*], v. 15, n. 1, 2015, p. 112-123.

BROWN, Wendy. Wounded Attachments. *Political Theory*, v. 21, n. 3, Aug. 1993, p. 390-410.

BUERKLE, Darcy C. *Nothing Happened*: Charlotte Salomon and an Archive of Suicide. Michigan: University of Michigan Press, 2013.

CAMUS, Albert. The Myth of Sisyphus. Translated by Justin O'Brian. In: CAMUS, Albert. *The Plague, The Fall, Exile and the Kingdom, and Selected Essays*. London: Everyman's Library, 2004.

CANCIAN, Natália. Brasil registra 11 mil casos de suicídio por ano, diz Ministro da Saúde. *Folha de S.Paulo*, 20 set. 2018.

CANDIDO, Antonio. De cortiço a cortiço. In: *O discurso e a cidade*. São Paulo/ Rio de Janeiro: Duas cidades/ Ouro sobre Azul, 2004, p. 105-29.

CANDIDO, Antonio. Literatura e cultura de 1900 a 1945 (panorama para estrangeiros). In: *Literatura e sociedade*. São Paulo: Companhia Editora Nacional, 1980a, p. 109-138.

CANDIDO, Antonio. Radicais de ocasião. In: *Teresina etc*. Rio de Janeiro: Paz e Terra, 1980b, p. 83-94.

CARETA. Rio de Janeiro, ano 6, n. 254, 12 abr. 1913, p. 19.

CARVALHO, Bernardo. *Nove noites*. São Paulo: Companhia das Letras, 2002.

CONFERÊNCIA literária. *Correio Paulistano*, São Paulo, n. 15.820, 30 ago. 1907, p. 2.

COSTA, Marta Morais da. A dramaturgia de Roberto Gomes, da *Casa fechada* à abertura modernista. *Revista Letras*, [S.l.], v. 60, dez. 2003, p. 259-274. ISSN 2236-0999.

CRITCHLEY, Simon. *Notes on Suicide*. London: Fitzcarraldo Editions, 2015.

CRUZ, Ray. *O que é a vida senão uma sucessão de suicídios?* [*S. l.*], Appaloosa, 2018.

CVETKOVICH, Ann. *An Archive of Feelings*: Trauma, Sexuality, and Lesbian Public Cultures. Durham: Duke University Press, 2003.

DERRIDA, Jacques. "Assinatura Acontecimento Contexto". In: DERRIDA, Jacques. *Margens da filosofia*. São Paulo: Papirus Ed., 1991, p. 349-373.

DI CAVALCANTI, Emilio. *Viagem da minha vida*: memórias. O testamento da alvorada, v. 1. Rio de Janeiro: Civilização Brasileira, 1955.

DIMAS, Antonio. "A encruzilhada do fim do século". In: PIZARRO, Ana (org.). *América Latina: Palavra, Literatura e Cultura*, v. 2. São Paulo/ Campinas: Fundação Memorial da América Latina/ Unicamp, 1993, p. 535-74.

EDELMAN, Lee. *No Future*: Queer Theory and the Death Drive. Durham : Duke University Press, 2004.

EL FAR, Alessandra. *Páginas de sensação*: literatura popular e pornográfica no Rio de Janeiro (1870-1924). São Paulo: Companhia das Letras, 2004.

FAUBERT, Michelle. Introduction to "Suicidal Romanticism: Origins and Influences". *Studies in the Literary Imagination*. Georgia State University, v. 51, n. 1, spring 2018, p. v-xv. ISSN: 2165-2678.

FEBROT, Luiz Izrael. Livros de poesia, muitos, poesia, quase nenhuma. *Nossa voz*, São Paulo, ano XII, n. 795, 30 jul. 1959.

FRAGA, Eudinyr. *O simbolismo no teatro brasileiro*. São Paulo: Art & Tec Editora, 1992.

FRANCO, Afonso Arinos de Melo. *Planalto*: memórias. Rio de Janeiro: José Olympio, p1968.

FREUD, Sigmund. Mourning and Melancholia. In: *The Standard Edition of the Complete Psychological Works of Sigmund Freud*, v. XIV (1914-1916): On the History of the Psycho-Analytic Movement, Papers on Metapsychology and Other Works, translated by James Strachey, Hogarth P, 1964 [1917], p. 237-258.

GLICK, Elisa. Turn-of-the-Century Decadence and Aestheticism. *The Cambridge History of Gay and Lesbian Literature*, edited by E.L. McCallum and Mikko Tuhkanen. Cambridge: Cambridge University Press, 2014, p. 325-343.

GOMES, Roberto. Os cachorros e o amor canino. *A Evolução*: Revista de Ciências e Artes. Rio de Janeiro, ano 1, n. 2, June 12, 1919.

GOMES, Roberto. Os camundongos. *Ilustração Brasileira*, Rio de Janeiro, ano 8, n. 135, 1 jan. 1915, p. 11.

GOMES, Roberto. Psicologia urbana. *Gazeta de Notícias*, Rio de Janeiro, ano 36, n. A63, 3 mar. 1912, p. 3.

GOMES, Roberto. *Teatro de Roberto Gomes*. Edição e introdução de Marta Morais da Costa. Rio de Janeiro: Instituto Nacional de Artes Cênicas, 1983.

GOULEMOT, Jean Marie. *Ces livres qu'on ne lit que d'une main*: Lecture et lecteurs de livres pornographiques au XVIIIeme siècle. Paris: Alinea, 1991.

GREENHOUSE, Emily. The Neglected Suicide Epidemic. *The New Yorker*, 13 mar. 2014.

GUPTA, Suman, et al. *Usurping Suicide*: The Political Resonances of Individual Deaths. London: Zed Books, 2017.

HARDMAN, Francisco Foot. *Nem pátria, nem patrão!* São Paulo: Editora UNESP, 2002.

HESSE, Hermann. *Steppenwolf*. Hampshire: Picador, 2002 (1927).

LOVE, Heather. Emotional Rescue. In: HALPERIN, David M.; TRAUB, Valerie (org.). *Gay Shame*. University of Chicago Press, 2010, p. 256-276.

LOVE, Heather. *Feeling Backward*: Loss and the Politics of Queer History. Cambridge: Harvard University Press, 2007.

LOVE, Heather. Introduction: Modernism at Night. *Publications of the Modern Language Association of America* (PMLA), v. 124, n. 3, maio 2009, p. 744-748.

MAGALDI, Sábato. *Panorama do teatro*. São Paulo: Global, 2014.

MAGALHÃES Jr., R. Um suicídio por imitação. *O radical*, Rio de Janeiro, ano 3, n. 780, 9 set. 1934, p. 2.

MEDEIROS, Elen de. Formas crepusculares, dores silencionas: o teatro simbolista de Roberto Gomes. *Pitágoras 500* (Revista de Estudos Teatrais / Instituto de Artes/ Unicamp) , Campinas, v. 1, n. 1, out. 2011, p. 22-39.

MUÑOZ, José Esteban. *Cruising Utopia:* The Then and There of Queer Futurity. New York University Press, 2009.

OCTÁVIO, Rodrigo. *Carta* de 2 de março de 1936, endereçada a José Olympio. Rio de Janeiro: Arquivo do Centro de Estudos Afrânio Coutinho.

OCTÁVIO, Rodrigo. *Minhas memórias dos outros*: última série. Rio de Janeiro: Livraria José Olympio, 1936b.

PARA TODOS, Rio de Janeiro, ano 5, n. 212, Rio de Janeiro, 6 jan. 1923, p. 20.

POMPEIA, Raul. A vida na corte. *Diário de Minas*, Juiz de Fora, ano 1, n. 29, 29 jul. 1888, p. 2.

POMPEIA, Raul. *Crônicas do Rio*. Organização: Virgílio Moretzsohn Moreira. Rio de Janeiro: Secretaria Municipal de Cultura, Departamento

Geral de Documentação e Informação Cultural, Divisão de Editoração, 1996.

POMPEIA, Raul. *Obras*, v. 10. Organização: Edited by Eduardo de Faria Coutinho. Rio de Janeiro: Civilização Brasileira/ Oficina Literária Afrânio Coutinho/Fename, 1983.

PRADO, Antonio Arnoni. Nacionalismo literário e cosmopolitismo. In: PIZARRO, Ana (org.). *América Latina: Palavra, Literatura e Cultura*, , v. 1. São Paulo/ Campinas: Fundação Memorial da América Latina/ Unicamp, 1993, p. 599-613.

PRICE, Matthew Burroughs. A Genealogy of Queer Detachment. *Publications of the Modern Language Association of America* (PMLA), v. 130, n. 3, May 2015, p. 648-65.

R. T. A vida *ultra-chic* (Croniqueta sem igual). *Fon-fon!*, Rio de Janeiro, ano 12, n. 32. Rio de Janeiro, 10 ago. 1918, p. 28.

RAMOS, Julio. *Desencuentros de la modernidad en América Latina*: Literatura y política en el siglo XIX. México: Fondo de Cultura Económica, 1989.

ROBBINS, Bruce. Introduction Part I: Actually Existing Cosmopolitanism. *Cosmopolitics*: Thinking and Feeling beyond the Nation. Edited by Pheng Cheah and Bruce Robbins, University of Minnesota Press, 1998, p. 1-19.

SISKIND, Mariano. *Cosmopolitan Desires*: Global Modernity and World Literature in Latin America. Evanston/ Illinois: Northwestern University Press, 2014.

STEGAGNO PICCHIO, Luciana. *História da Literatura Brasileira*. Rio de Janeiro: Nova Aguilar, 1997.

SÜSSEKIND, Flora. *Cinematógrafo de letras*: Literatura, técnica e modernização no Brasil. São Paulo: Companhia das Letras, 1987.

TIMERMAN, Natália. O suicídio e o escritor. *Coluna Desha,* 24 set. 2018.

VILLAÇA, Antonio Carlos. Inexpugnável paixão (Reynaldo Bairão ou a janela abissal). *Degustação*: memórias. Rio de Janeiro: José Olympio, 1994.

VIVEIROS DE CASTRO, Francisco. *O suicídio na capital federal*: estatística de 1870 a 1890. Rio de Janeiro: Imprensa Nacional, 1894.

VOLTAIRE. Almanaque das glórias. Roberto Gomes. *Careta*, Rio de Ja neiro, ano 6, n. 259, 17 maio 1913b.

WHITAKER, Robert. Suicídio na era do Prozac. *Mad in Brasil*: Ciência, psiquiatria e justiça social, 10 set. 2018.

EXTRAVAGANTES
João do Rio e sua geração

A imitação é instintiva no homem, e mais que instintiva no brasileiro.

João do Rio, "Amável leitor"

Paradox though it may seem – and paradoxes are always dangerous things – it is none the less true that Life imitates art far more than Art imitates life.

Oscar Wilde, *Intentions*

Porquoi faut-il quil soit chimérique de concevoir même un monde parfait, à la fois stable et original, où tout demeure et rien ne se répète?

Gabriel Tarde, *Les lois de l'imitation*

No final do ano de 1902, a revista semanal *O Rio Nu*, dirigida ao público masculino, inicia a publicação de um folhetim intitulado *A casadinha*, assinado por Symphrônio Perillo, provável pseudônimo.[1] O capítulo XV – intitulado "Extravagância" – se inicia com uma conversa entre o persona-

1 *O Rio Nu: periódico semanal cáustico, humorístico e ilustrado* (1898-1916) era um periódico destinado ao público masculino que tratava, com frequência, de temas relacionados à homossexualidade, ao sexo anal e à impotência masculina, com o intuito de regular práticas e condições dissidentes (ver PEÇANHA, 2015). A primeira parte de *A casadinha* aparece no final de 1902, e a última, na edição de 8 de abril de 1903. O folhetim não consta da edição de 1° de abril de 1903 e, por estar a edição de 14 de janeiro de 1903 indisponível na coleção digital da Biblioteca Nacional do Rio de Janeiro, não estou certo da sua presença nesta última.

gem Félix e seu amigo Iglesias, quando ambos saíam do sofisticado Teatro Recreio, no Rio de Janeiro, após assistirem a uma peça em que estrelava uma atriz "de abundantes formas" (PERILLO, 1903b, p. 6). Excitado, Félix expressa sua "disposição" para fazer "uma extravagância", o que seu companheiro parece não compreender, mas Félix explica: "Ainda não percebeste? ... És muito ingênuo! Mostro-te aquele colosso, falo-te numa extravagância, e não percebes o que quero dizer!". Por fim, os dois rapazes caminham em direção à Maison Moderne, famoso teatro e complexo de entretenimento localizado na Rua da Carioca. Enquanto flertam com uma "mulatinha dengosa", veem se aproximar um "rapazola imberbe, vestido todo de branco, de chapéu de palha e lenço encarnado ao pescoço" e que, "maneiroso e adamado", pede-lhes fogo. Sem qualquer hesitação ou constrangimento, Félix avisa ao amigo que, em vez de persistir na busca por uma prostituta, ele acompanharia o jovem até seu apartamento.

Ao entrar no quarto do jovem, Félix se surpreende com a presença de um grande número de livros, e os dois começam a conversar sobre literatura: o jovem "adamado" diz que seus autores favoritos são os poetas parnasianos Alberto de Oliveira (1857-1937) e Olavo Bilac (1865-1918) – embora, comenta, não sem uma dose de malícia, que de Bilac – como se sabe, um reputado homossexual (GREEN, 1999, p. 57), ele gosta sim, "mas não como poeta." (PERILLO, 1903c, p. 5). Quando Félix indaga sobre seu "nome de guerra", o moço explica:

> – Oscar. Tomei-o em homenagem àquele poeta inglês Oscar Wilde que foi processado em Londres por exercer as funções que eu e os *outros* exercemos... Uma injustiça! Cada um deve dispor do que é seu da forma que entender, não acha? Depois... o pobre Oscar Wilde não fazia *aquilo* por interesse, era só por amor e amizade...
> E o nosso herói chegou a comover-se ao relembrar o martírio do poeta inglês, que morreu cumprindo a pena a que for a condenado por inversão sexual. (*id.*, *ibid.*).[2]

2 Como sugere Ed Cohen: "até a década de 1920, a palavra 'Oscar' era popularmente empregada como um epíteto entre jovens da classe trabalhadora britânica, especialmente para desafiar a pressuposta 'masculinidade' de certos homens. Como esse uso foi baseado na prática jornalística de utilizar repetidamente o termo 'Oscar' nas quais estavam suben-

As imprecisões sobre a nacionalidade e as circunstâncias da morte de Wilde não eram incomuns entre os latino-americanos. Típica também é a abordagem imprecisa das práticas homossexuais que podiam transitar entre a escolha consciente e a preferência, a influência e o trauma (o jovem revela ter sido abusado por um indivíduo mais velho), ou o estilo de vida e o destino (a noção psicopatológica de "inversão sexual"). Mas, em vez de afastar o outro, transformando-o em uma esquisitice ou aberração, Félix não hesita em passar a noite e por fim ter relações sexuais com Oscar. É verdade que, na manhã seguinte, ele parece sentir um certo arrependimento ao deixar o que chama ironicamente de "ninho do amor", mas logo tenta superar tal sentimento: "Ora! Qual ignomínia! Extravagância é o que é. E não tenho que estar a me recriminar a mim mesmo, pois que não pretendo repeti-la. Foi uma extravagância e mais nada!" (PERILLO, 1903f, p. 6).

Ainda que *O Rio Nu* tivesse uma missão pedagógica, disciplinar e civilizatória, não se deve enfatizar demais a intenção moralizadora das narrativas ali publicadas, que tratam abertamente também de outros temas considerados impróprios para as famílias, como a impotência masculina, o adultério e a prostituição feminina.[3] A palavra "extravagância" é recorrente nas páginas da revista, com frequência referindo-se ao sexo anal (seja entre homens ou entre um homem e uma mulher), um tema que, ao lado da impotência e do adultério, era quase uma obsessão do periódico, prática sexual que o jornal às vezes chama de "brincar de Gouveia" (BANDEIRA, 1906, p. 7).[4] No geral,

---

tendidos os determinantes da diferença que estavam em jogo no caso, isso sugere até que ponto as representações públicas do comportamento de Wilde forneceram a base para a (des)legitimação de uma gama de práticas específicas de gênero, tanto sexuais quanto não sexuais. No entanto, se a divulgação das preferências e práticas eróticas de Wilde criou novas possibilidades para articular a diferença entre identidades masculinas aceitáveis e inaceitáveis, ela também forneceu a homens que experimentaram sentimentos e atrações semelhantes uma nova maneira de expressar – para si mesmos e entre eles – a realidade, se não a salubridade ou aceitabilidade, de suas experiências" (COHEN, 1993, p. 100).

3 Segundo Natália Peçanha, a impotência e as práticas sexuais não reprodutivas eram objeto de piada e desprezo (PEÇANHA, 2015, p. 109).

4 De acordo com James Green, a primeira publicação pornográfica homoerótica do Brasil, *O menino do Gouveia*, foi distribuída juntamente com o periódico *O Rio Nu* em 1914 (GREEN, 1999, p. 32).

o tom da revista é humorístico, e muitas vezes a intenção parece ser mais um comentário leve em relação a tais atos do que impor uma rigorosa advertência contra eles. No caso do episódio do folhetim, nem a identidade de Oscar, de um lado, nem a aventura de Félix, de outro, são realmente condenadas. Ao contrário, o homossexual surge como um componente da paisagem urbana, e o sexo entre homens é retratado como uma das várias e relativamente inofensivas experiências existentes em uma cidade moderna. A menção a Oscar Wilde propicia o encontro entre um indivíduo potencialmente estigmatizado e o cidadão burguês moderno e curioso, num espaço fronteiriço – ainda que fictício, ou seja, a alcova que é também biblioteca – no qual o afeminado dândi encontra o curioso *flâneur*. O autor dândi e o leitor moderno, ambos curiosos e sedentos de aventuras, circulam pelos espaços de extravagância ocasional, proporcionados em grande medida pela crescente democratização da imprensa e pela prosa de ficção. Wilde, portanto, torna legíveis tanto a identidade homossexual, ainda emergente, quanto as práticas homossexuais – apesar de as duas não serem idênticas entre si. Em suma, para usar o vocabulário da época, pode-se afirmar que "perversão" e "perversidade" de fato se encontram nas interseções da cidade moderna, ainda que a lembrança desse encontro seja rechaçada (mas não rasurada) no balanço retrospectivo da manhã seguinte.

***

Na virada do século, o esteticismo, a decadência e o dandismo eram repetidamente (ainda que não necessariamente) associados ao desprezo (ocasional ou costumeiro) do dândi pela moralidade e, ao mesmo tempo, ao elogio da perversão, do "vício" e da dissidência sexual. Mas como nos recorda Rita Felski, "nem todos os esteticistas eram homossexuais; em contrapartida, o dândi aristocrático e afeminado era apenas uma entre tantas maneiras pelas quais a homossexualidade era representada e representava a si mesma no *fin de siècle*." (FELSKI, 1995, p. 104). Noções como ironia, esteticismo, identidade mascarada, artifícios e excessos enfim, a pose, não necessariamente definem uma sensibilidade *gay*, nem são tais atributos determinados pela orientação ou conduta sexuais. Em verdade, observa Felski, o privilégio de classe ocupava um papel muito mais importante em tais *performances* do esteticismo, uma vez que "a formação do sujeito através da pose elegante e de estilos de vida glamorosos eram uma opção disponível apenas a uma minoria" (*id.*, *ibid.*, p. 105).[5]

Sylvia Molloy, em seus já clássicos estudos sobre o Modernismo hispano-americano e a ambivalência na recepção das obras de Oscar Wilde na América Latina – uma recepção simultaneamente "progressiva e regressiva", "regeneradora e degeneradora"(MOLLOY, 1992 , p. 192) –, considera a força desestabilizadora da pose e da simulação entre os escritores modernistas hispano-americanos (MOLLOY, 1994 , p. 129).[6] Segundo ela, a pose modernista-decadentista não significa somente uma *performance* de política cultural, mas também constitui a base de uma epistemologia dupla que envolve uma "postura significativa" (isto é, a pose como sinal de efeminação), bem como uma "impostura significativa" (ou seja, a própria efeminação como mera pose) (*id.*, *ibid.*, p. 134). Molloy propõe uma cuidadosa reconsideração e talvez mesmo a adoção – como um gesto necessário de alívio cultural – da emulação como aquilo que mais caracterizaria (e, por conseguinte, que ameaçaria feminizar) a cultura do *fin de siècle* na América Latina. Na medida em que se torna simultaneamente atraente e ameaçadora, a pose, vista em sua extravagância, excede a simples simulação (entendida como uma caricatura frívola), sendo por isso necessário renunciarmos a qualquer distinção rígida entre o autêntico e o inautêntico. Identificando aquele momento histórico como relativamente permissivo, quando ainda se acolhia prazerosamente quase toda forma de imitação, apesar da resistência e desconforto que ela pudesse provocar, Molloy recupera um aspecto instável, mas muitas vezes esquecido, da masculinidade, e com base nisso propõe uma forma mais complexa e fluida de identidade cultural (nacional ou continental).

A fim de tornar visíveis (ou legíveis) as posturas e imposturas de alguns dos mais expressivos tradutores e emuladores de Oscar Wilde no Brasil, pro-

---

5 Na realidade, a autoinvenção extravagante era também disponível a grupos menos privilegiados, como o malandro afro-brasileiro, apesar de ela possuir diferentes efeitos e conotações.

6 Seu primeiro ensaio sobre Wilde, "Too Wilde for Comfort: Desire and Ideology in Fin-de-Siècle Spanish America" (1992), foi publicado em português como "Decadentismo e Ideologia: Economias de Desejos na América Hispânica Finissecular" (1993) seguido de respostas de Davi Arrigucci, Daniel Balderston e Walter Mignolo. O outro estudo, "La política de la pose," foi originalmente publicado em *Las culturas de fin de siglo en América Latina* (1994) e posteriormente em inglês, em *Hispanisms and Homosexualities* (1998).

curarei nas próximas páginas ampliar, recontextualizar e testar os limites da aplicabilidade de alguns dos *insights* de Sylvia Molloy sobre a recepção de Oscar Wilde na América hispânica. Destaco, primeiro, o papel fundamental do escritor irlandês (e não inglês!) como modelo para diversos escritores brasileiros, por fornecer-lhes uma nova linguagem para legitimar o gesto de imitação cosmopolita em um momento de crescente demanda por autenticidade, originalidade e identidade. Além disso, considero a disseminação do Decadentismo no Brasil, movimento que se apresenta como aristocrático e possivelmente distinto do equivalente hispano-americano, ocorrido em um momento histórico anterior. Segundo a descrição de Molloy, no Decadentismo hispano-americano qualquer perversão era "mais nominal do que real", o que explica o fato de ele ter permanecido atado " "aos costumes heterossexuais" (MOLLOY, 1992, p. 192). Fato é que no Brasil o Decadentismo não dependia apenas de *fazer pose*, ou de posar como sujeito afeminado, mas também de uma nova postura. Sujeitos sexualmente dissidentes, às vezes racializados, manipularam estrategicamente a exibição de seus próprios corpos (e obras) no que considero ser um forte contraste, tanto com as psicopatologias dos criminólogos e naturalistas do século XIX, quanto com as várias formas de nacionalismo viril que estavam sendo articuladas na virada do século e que se consolidariam com os movimentos de vanguarda da década de 1920.

***

Na Europa e, logo, no Brasil, a formulação de teorias da imitação (no âmbito da moda e do comportamento) coincide com o período mais produtivo de Oscar Wilde, durante o qual este desenvolve uma forma de esteticismo que privilegia o artifício como reação às noções tradicionais de mimese, que postulavam a arte como uma imitação da natureza ou da vida. No Brasil, esses dois discursos do *fin de siècle* (o científico e o estético) se confundem, e a figura de Oscar Wilde é instrumentalizada por autores brasileiros de diferentes origens e orientações em luta pela afirmação de identidades sociais, econômicas e raciais próprias.

Segundo os primeiros criminólogos e psicopatologistas do século XIX, a imitação representa um aspecto essencial do comportamento humano. Em seu influente *L'uomo delinquente* [*O homem delinquente*] (1876), o psiquiatra italiano Cesare Lombroso (1835-1909) afirma que "em muitos casos, a imitação é a principal causa do crime e da loucura" (LOMBROSO, 2006, p. 134), especialmente entre o "vulgo" (*id.*, *ibid.*, p. 64). Embora acreditasse que a imitação poderia funcionar como uma força pedagógica e civilizadora, Lombroso estava mais interessado na imitação enquanto causa de atos considerados criminosos, cometidos por parte dos que chama de "delinquentes de ocasião", em oposição aos "delinquentes natos" – distinção que legisladores, psicopatologistas e criminólogos, entre outros, frequentemente invocavam e aplicavam aos chamados crimes de inversão sexual e pederastia. Para os criminólogos, essa distinção fundamental explicaria por que alguns indivíduos eram tão influenciados pelos outros a ponto de, sem vergonha alguma, envolver-se em atos ou comportamentos criminosos (*id.*, *ibid.*, p. 292). Embora buscasse identificar a natureza do delinquente através de sua "fisionomia", a atribuição lombrosiana de um valor patológico à imitação tanto naturaliza quanto desnaturaliza o crime, uma vez que a distinção entre o "nato" e o "de ocasião" – o congênito e adquirido, o sedutor e o seduzido, o autêntico e o imitador – fica cada vez mais difícil de ser estabelecida. Ao mesmo tempo, o delinquente nato (o modelo original, mais tarde associado ao "gênio") seria uma dupla ameaça à sociedade: irremediavelmente inclinado ao próprio comportamento criminoso, sua criminalidade contagiosa daria origem a nova identidades, atividades criminosas e "vícios", destituídos de qualquer sentimento de culpa.

Em contraste com a preocupação inicial de Lombroso com o delinquente nato, alguns de seus discípulos se concentraram no papel da imitação, em particular no que concerne ao comportamento do delinquente ocasional. Raffaele Garofalo (1851-1934), por exemplo, atribui certos crimes cometidos por "criminosos não habituais" a um "espírito de imitação", pois os maus exemplos afetam os grupos e se tornam "endêmicos" (GAROFALO, 1914, p. 394). Outro discípulo, Enrico Ferri (1856-1937), afirma que, embora existam dois tipos básicos de imitadores – os que copiam um modelo e os que o contradizem – ambos são meros "parasitas" (FERRI, 1908, p. 91). Mas para muitos dos primeiros criminólogos que não a analisavam nem a patologizavam, a imitação seria um aspecto essencial do comportamento humano. Para Lombroso, assim como posteriormente para seu discípulo Max Nordau, não é a imitação, mas sim "um grau exagerado de originalidade" que constituiria a "patologia da arte" (LOMBROSO, 1891, p. 208). Com efeito, cientistas do *fin de siècle* estavam preocupados tanto com a patologia do "homem de gênio" (digamos, suas extravagâncias) quanto com a influência destes sobre seus imitadores.

O sociólogo francês Gabriel Tarde (1843-1904) desenvolveu a mais conhecida e detalhada teoria da imitação da época, teoria que repercutiu em algumas das preocupações políticas e estéticas da elite letrada no Brasil da virada do século. Em seu *Filosofia penal* (1890), Tarde elabora uma teoria sobre o comportamento criminoso das multidões e, em *Leis da imitação* (1890), considera a imitação e os processos imitativos como fundamentos necessários de toda sociedade humana, e ainda estabelece formas de identificar sujeitos com comportamentos patológicos e criminosos. Segundo a formulação que se tornaria célebre, para ele a "sociedade é imitação, e a imitação é uma espécie de sonambulismo" (TARDE, 1890, p. 97). Sonambulismo aqui denota sugestão por hipnotismo ou um estado de transe. Qualquer reivindicação individual de originalidade seria uma forma de autoengano ou ilusão. Segundo Tarde, tanto o sonâmbulo quanto o homem social são dominados pela ilusão de suas ideias são espontâneas, embora elas sejam fruto de sugestão (*id.*, *ibid.*, p. 85). Ao contrário dos primeiros criminólogos, Tarde distancia-se da ênfase dada à figura do imitador e caracteriza a sociedade toda como resultado de atos imitativos mais ou menos inconscientes. Ele por fim argumenta que influenciar e ser influenciado, ou imitar e ser imitado, não são processos isolados, espontâneos, unidirecionais (ativos ou passivos), mas algo comparável ao contágio biológico (Tarde chega a afirmar que mesmo o contágio é seletivo, pois todos os corpos têm seus mecanismos de defesa). Em outras palavras, a imitação nunca é passiva, pois implica reconhecer, ainda que inconscientemente, a importância do modelo influenciador; ou, mais precisamente, a imitação pressupõe um certo prestígio que o indivíduo ou a sociedade confere à fonte ou objeto da imitação, seja por simpatia ou obediência. Como tal, a imitação requer a aceitação da presumida superioridade do modelo: respeitamos quem imitamos, e quem respeitamos, tendemos a imitar.

De acordo com Tarde, em princípio alguns indivíduos podem ser, ou ocasionalmente tornar-se, verdadeiros *inventores*, em vez de meros imitadores. Para que isso ocorra, esses indivíduos excepcionais, imbuídos de uma "rara audácia" que "os torna supersociais em vez de sociais" (*id.*, *ibid.*, p. 97), devem se encontrar acima da vida social cotidiana, ainda que temporariamente. Por ser praticamente impossível identificá-los, Tarde concentra-se menos nos imitadores do que na dinâmica da imitação propriamente dita. Assim, argumenta que imitadores de vários graus fazem parte de uma corrente de atos imitativos em um processo recíproco de influenciar e ser influenciado. Do ponto de vista sociocultural, este processo envolve diferentes graus de conservadorismo ou radicalismo e pode, portanto, depender da pura credulidade (por exemplo, no caso de padres, antepassados ou outras figuras de autoridade) ou de uma disposição mais ou menos crítica (como no desejo de imitar as palavras, gestos e ideias dos inovadores contemporâneos). Os processos de imitação ocorrem frequentemente segundo a distância no tempo ou no espaço, ou seja, emula-se o outro contemporâneo, mas situado no estrangeiro, como na moda e no cosmopolitismo, ou o outro ancestral, mas próximo de casa, como nos costumes, na tradição e no nacionalismo (*id.* p. 341). A imitação caracteriza, assim, tanto as formações sócio-históricas quanto a circulação global de ideias. Nacionalismo e cosmopolitismo são necessários em conjunturas históricas específicas: "Em períodos em que prevalece o costume, os homens se apaixonam mais por seu país do que por seu tempo", enquanto "nas épocas em que a moda impera, os homens, ao contrário, têm mais orgulho de seu tempo do que de seu país" (*id.*, *ibid.*, p. 270). Em suma, a imitação é um processo social que implica desejos e crenças (e, até certo ponto, força e consentimento); e que, embora assimétrico, sempre supõe algum grau de reciprocidade. De fato, Tarde – antecipando a teoria pós-colonial – afirma que enquanto "[o] conquistado nunca deixa de copiar os conquistadores, ainda que seja a fim de se preparar para a vingança" (*id.*, *ibid.*, p. 242), os conquistadores não apenas intimidam os conquistados, mas são frequentemente "magnetizados" por eles (*id.*, *ibid.*, p. 92).

Os mecanismos descritos por Tarde não se traduzem total ou nitidamente em nações pós-coloniais. Isso é particularmente verdadeiro no caso da elite letrada latino-americana que, ao contrário dos europeus, tende a ver o estrangeiro (europeu) como seu ancestral, e o local (indígena) como estrangeiro, conforme observou Sérgio Buarque de Holanda ao descrever tais elites como "desterrados em nossa própria terra." (HOLANDA, 2014, p. 35) Porém, vale sublinhar que, para Tarde, a dinâmica de reprodução social que a imitação pressupõe não exclui a transformação, a resistência, ou mesmo a revolução, sobretudo quando se imitam os contemporâneos e também em questões da moda. É verdade que modelos do passado e formas renovadas de reverência aos ancestrais podem ser forças efetivas de transformação. No entanto – e voltarei a isso logo a seguir – para vários escritores de ascendência africana, indígena ou mestiça em nações pós-coloniais e multiétnicas como o Brasil, essa "imitação personalizada" pode não ser uma opção desejável, nem mesmo disponível.

No contexto europeu, uma das "leis da imitação" fundamentais de Tarde delineia o mecanismo de seleção e adaptação que determinaria a consolidação hereditária do que começou a se espalhar contagiosamente de contemporâneo a contemporâneo; ou seja, como modas espacialmente distantes se transformam em costumes temporalmente distantes. O autor explica que a moda passa por fases que lembram a seleção natural: "toda nova moda aspira a enraizar-se no costume; mas apenas algumas são bem-sucedidas, pela mesma razão que muitos germes são abortados" (TARDE, *op. cit.*, p. 374). Por outro lado, um "fluxo fraco" de "imitação-moda" (isto é, de cosmopolitismo) pode às vezes deslocar a grande torrente de imitação-costume (isto é, de nacionalismo), um evento que pode "abater o orgulho de sangue e a crença dogmática" para redefinir a opinião pública (*id.*, *ibid.*, p. 393). Em outras palavras, a imitação-moda promete um novo começo, mesmo que "a moralidade estabelecida seja sempre a base para a introdução de novas ideias políticas" (*id.*, *ibid.*, p. 270). Assim, a imitação-moda pode, sim, apontar para uma ruptura com o pesado fardo do passado (nativo), mas também pode promover uma ruptura com o original (estrangeiro), ou seja, com o modelo contemporâneo, prestigioso e hierarquicamente superior. Nesse caso, a cópia por si só pode se tornar um modelo exemplar:

> Assim, ao assimilarem-se aos seus modelos, as cópias chegam a igualá-los, isto é, tornam-se por sua vez capazes de se tornarem elas mesmas modelos, assumindo uma superioridade que não é mais hereditária, que não é mais centrada na pessoa inteira, mas que é individual e parcial. O movimento da imitação de cima para baixo ainda continua, mas a desigualdade que ela implica muda de caráter. Ao invés de uma desigualdade aristocrática, orgânica, temos uma desigualdade democrática, de origem inteiramente social, que podemos chamar de desigualdade, se quisermos, mas que é na verdade uma reciprocidade de prestígios invariavelmente impessoais, alternando os exercidos de indivíduo para indivíduo e de profissão para profissão. (*id.*, *ibid.*, p. 399).

Embora não caiba aqui explorar a fundo a aplicabilidade das ideias de Tarde às sociedades pós-coloniais, vale a pena notar que em nações como o Brasil do final do século XIX, tanto o que ele chama de "imitação-moda" quanto a "imitação-costume" tornam-se grandes preocupações para escritores e legisladores nos níveis local, nacional e internacional. Pois discriminar entre bons e maus modelos é visto como uma estratégia para definir um tipo nacional e, logo, garantir a homogeneidade da nação.

É significativo que as doutrinas de Lombroso, e não as de Tarde, tenham sido as primeiras e mais amplamente divulgadas, imitadas e adaptadas pela elite letrada brasileira. O escritor, jornalista e legislador maranhense Francisco Viveiros de Castro (1862-1906), por exemplo, foi quem primeiro apresentou ao grande público brasileiro as obras de Lombroso e de Tarde, por meio de artigos de jornal e de seu livro *A nova escola penal* (1894). Viveiros de Castro favorece as ideias de Lombroso, em detrimento das de Tarde, enfatizando as hierarquias biológicas e psicológicas que embasam o trabalho do primeiro e minimizando a dinâmica social que fundamenta o segundo. Pode-se inferir que Viveiros de Castro incluía as classificações raciais no campo das hierarquias biológicas e psicológicas, pois ele vê tanto a raça quanto o gênero como estágios distintos do desenvolvimento mental. Ele ainda argumenta que, embora Tarde sem dúvida superestime o poder da imitação, ele é "inerente à personalidade humana, e [a tendência imitativa é] tanto mais poderosa quanto mais fraco é o desenvolvimento cerebral, como se observa nos tolos, nas crianças e nas mulheres" (VIVEIROS DE CASTRO, 1894, p. 115). O jurista brasileiro ilustra, portanto, como o discurso científico sobre a imitação na virada do século serve, antes de mais nada, para explicar a inferioridade de certos indivíduos – os afrodescendentes, é claro, geralmente associados a tolos, crianças e mulheres – e, consequentemente, o fracasso da nação como um todo. Assim, a imitação de modelos superiores é compreendida como etapa necessária de um processo civilizatório que necessariamente viria a tornar o Brasil viável.

Embora não cite explicitamente as ideias de Tarde sobre a imitação, Sílvio Romero (1851-1914), o mais renomado crítico literário brasileiro da época, foi um leitor ocasional e seletivo de sua obra. Segundo ele, a imitação na literatura é inevitável, e pode, em verdade, ser frutífera quando é bem ordenada e obedece a critérios específicos e escrupulosos. A imitação literária mais frutífera deve assim evitar a exclusividade de um único modelo europeu dominante (a literatura francesa, no caso do Brasil) e, além disso, insiste, a imitação literária deve se ajustar às realidades locais (ROMERO, 1897, p. 124):

> É este o mal de nossa habilidade ilusória e falha de mestiços e meridionais, apaixonados, fantasistas, capazes de imitar, porém organicamente impróprios para criar, para inventar, para produzir coisa nossa e que saia do fundo imediato ou longínquo de nossa vida e de nossa história (*id.*, *ibid.*, p. 122).

Romero não apenas distingue "imitação seletiva" de "cópia servil", mas também associa esta última com sujeitos racial ou culturalmente híbridos, os quais, incapazes de "aprender através da seleção", dão a si mesmos o "luxo de ir aprender diretamente no grande centro parisiense todos os vícios e desregramentos do pensamento e do caráter moderno" (*id.*, *ibid.*, p. 123). Na verdade, Romero sustenta que mestiços (biológicos ou culturais) têm maior tendência a "macaquear" do que os afrodescendentes autênticos, "puros". Por exemplo, segundo ele, no caso de Cruz e Sousa (1861-98), não há "nada de pose" (ROMERO, 1905, p. 195). Em comparação, Romero condena Machado de Assis (1839-1908) e o que em suas obras julga ser uma demasiada afetação, e que, segundo ele, são como trajes tomados de empréstimo (ROMERO, 1897, p. 197). Assim, Romero ri do autor mestiço por ser inautêntico e menospreza seu ridículo e prepotente desejo de imitar ou de se apropriar de tradições ou identidades europeias: "Aqui no Brasil, a maior prova, a mais característica do humor nesses [os mestiços] é quando dizem: *nós latinos!* É impagável" (*id.*, *ibid.*, p. 138).

Desde pelo menos a década de 1820, e ao longo de todo o século XIX, letrados afrodescendentes, ou aqueles que resistiam a obedecer aos limites da posição social a eles imposta, eram frequentemente caracterizados como arrogantes e impróprios. Jornais chamam tais sujeitos, considerados prepotentes, de "pernósticos", termo originalmente atribuído a escravizados fugitivos. Já na virada do século, a expressão "mulato pernóstico" passa a evocar o mestiço pretensioso, tornando-se um estereótipo recorrente na literatura, na comédia popular e em revistas ilustradas. Em contraste a estes afrodescendentes considerados pernósticos, como Machado de Assis, Romero admite que a educação pode dotar até mulheres (brancas?) de sinceridade e originalidade suficientes para evitar a cópia servil de modelos estrangeiros. Infelizmente, argumenta ele, as escritoras brasileiras se contentavam somente em imitar escritoras inferiores (decadentes? mestiças?) que "infestavam" a cena literária do país: "Metidas na convivência espiritual desses divagadores, acham de bom imitar-lhes a *pose*, os *tics*, os amaneirados, as frases estereótipas, não falando já na assimilação de certo número de ideias anãs, mui do gosto dos pretensos duques da literatura da moda... (ROMERO, 1910, p. 13, itálico no original).

Enquanto Romero associa repetidas vezes a imitação servil à raça e ao meio ambiente, muitas vezes focando sua crítica no indivíduo, Manoel Bomfim (1868-1932), em *América Latina*: males de origem (1905), descreve a imitação como um efeito da história colonial, isto é, como a "sobrevivência de tradições viciosas" (BOMFIM, 1905, p. 142) em grande parte herdadas dos colonizadores ibéricos. Bomfim interessa-se pelos "efeitos gerais do parasitismo metropolitano sobre as sociedades coloniais" (*id.*, *ibid.*, p. 111), ou pelo aspecto conservador da imitação colonial, que ele contrapõe às formas progressivas de imitação, motor do desenvolvimento e da mudança. Leitor dedicado de Tarde, Bonfim argumenta que, ao contrário da "tendência dos preguiçosos e tímidos a imitar a história", o progresso é "a perda incessante de hábitos, a luta contra os costumes estabelecidos, a adoção do que é moda e do que é novo" (*id.*, *ibid.*., p. 117). O intelectual sergipano reformula, assim, as categorias de imitação-moda e imitação-costume de Tarde a fim de desenvolver estratégias para resistir ao que ele chama de parasitismo e imitação servil, estratégias baseadas na adaptação crítica das modas modernas (*id.*, *ibid.*, p. 128). Embora essas estratégias possam não parecer totalmente diferentes da noção de "imitação crítica" de Romero, a explicação para elas é bastante distinta, fruto de uma abordagem estrutural, histórica e menos determinista.

A preocupação com a imitação no período a que chamo de "o longo *fin de siècle* brasileiro" (e que vai até a década de 1920) é generalizada e particularmente intensa entre autores na capital da recém-proclamada República. Tal fascinação coincide com transformações tecnológicas e urbanas que tinham o intuito de intensificar a conexão material e simbólica entre o Rio de Janeiro e Paris, e que, ao mesmo tempo, deslocavam a população urbana e negra para a periferia, relegando a memória da escravidão às margens da história. José Veríssimo (1857-1916), outro importante crítico literário da época, brinca que "o sucesso em literatura, como no vestuário, vem de

Paris já feito" (VERÍSSIMO, 1977, p. 65). Tal opinião sobre a *Belle Époque* atravessou o século XX e só recentemente tem sido reavaliada. Por exemplo, de um ponto de vista nacional (se não nacionalista), Antonio Candido caracterizou a literatura de todo o período como altamente conservadora, uma "literatura de permanência" que buscava replicar a literatura francesa: "Sua única mágoa é não parecer de todo europeia; seu esforço mais tenaz é conseguir pela cópia o equilíbrio e a harmonia" (CANDIDO, 1985, , p. 113). Assim, o que Tarde chama de imitação-moda tem sido repetidamente julgado como conservador e artificial, enquanto a originalidade deve ser buscada na tradição ou, na melhor das hipóteses, na adaptação de formas estrangeiras à realidade local.

Um "pernóstico" em caricatura de Calixto Cordeiro. *Fon-Fon!*, Rio de Janeiro, ano I, n. 20, 24 de agosto de 1907

Mais ou menos na mesma época em que Gabriel Tarde e outros examinavam a natureza e a dinâmica dos processos imitativos, Oscar Wilde (1854-1900) viria a provocar e confundir seus contemporâneos obscurecendo a distinção entre imitação e autenticidade. A recepção brasileira da obra e sobretudo da imagem de Wilde no início do século XX evidencia a fascinação e o incômodo que a importação de modelos literários europeus gerava tanto entre a elite letrada quanto entre consumidores. Além disso, a associação entre a literatura moderna e a moda, entre a escrita e o estilo de vida, é reforçada justamente quando o esteticismo do escritor irlandês começa a chamar a atenção de um pequeno, porém visível, grupo de escritores brasileiros e pretensos dândis. Durante muito tempo críticos contemporâneos tenderam a desaprovar esses escritores por supostamente ignorarem as realidades locais, de tal forma que "o que era falso no dândi literato europeu, torna-se quase um simulacro no Brasil" (LEVIN, 1996, p. 76). Porém, prefiro aqui seguir o exemplo de Molloy e concentrar a análise nos significados complexos e muitas vezes contraditórios dessas imposturas, especialmente em um momento em que se vivia sob um forte imperativo de essencializar e patologizar identidades sexuais, raciais e nacionais. As ideias de imitação associadas a Wilde no Brasil confundem as fronteiras entre ciência e estética e, assim, permitem a articulação de novas subjetividades e, possivelmente, a *performance* de identidades dissidentes.

Como se sabe, o próprio Wilde era frequentemente acusado de plágio e falsificação. Quando seu primeiro livro, *Poems*, foi publicado em 1881, um crítico lamentou que estivesse "maculado eem toda parte por imitação, insinceridade e mau gosto" (*apud* BECKSON, 1970, p. 118).[7] Em 1894, é acusado de plagiar o poema de Helena Calahan, "The Shamrock", embora, na realidade, a autoria tivesse sido indevidamente atribuída a Wilde por um erro do jornal londrino *Weekly Sun*. Wilde se defende, desafiando tanto a ética editorial quanto o gosto estético do jornal (BRISTOW e MITCHELL, 2015, p. 199). Em outra ocasião, o pintor James McNeill Whistler

7 Beckson tira a citação do artigo "Recent Poetry," *Saturday Review*, 23 Jul. 1881. Mais de três décadas depois, os críticos ainda afirmavam que o livro "não era de seu suposto autor, mas de vários autores mais conhecidos e merecidamente reputados" (NEWBOLT, 1932 p. 96). Ver também HOLLAND (1994), GARDNER (1982), BRISTOW e MITCHELL (2015), e TUFESCU (2001).

(1834-1903) afirmou que Wilde, no ensaio "The Decay of Lying" (1889), incluído na coletânea *Intentions*, roubara duas de suas formulações, a saber, a ideia de que "a natureza imita a arte" e a *boutade* de que o próprio Wilde tinha "a coragem das opiniões... dos outros!" (WHISTLER, 1890, p. 113). Wilde responde e aceita muitas dessas acusações, de maneira que às vezes ecoa e acrescenta um elemento irônico às teorias de Tarde, como quando ele escreve para o caricaturista e colega dândi Max Beerbohm (1872-1956) confessando: "Claro, eu plagio. É este o privilégio do apreciador." (*apud* ELLMANN, p. 1987, p. 375-376). Por outro lado, se Wilde ocasionalmente condenava o plágio, com mais frequência defendia a "permissibilidade do empréstimo poético" (BRISTOW e MITCHELL, *op. cit.*, p. 197).

O fato é que Wilde tornara-se moda entre a elite carioca, e imitá-lo era aparentemente chique. Em 1915 e 1916, anúncios de jornal repetidamente utilizavam sua imagem para promover seus produtos. Localizada na Rua do Ouvidor, então o centro intelectual e comercial do Rio de Janeiro, a loja de roupas Casa Estrella utiliza uma óbvia caricatura de Wilde para anunciar, no jornal *A noite* (o mesmo que publicou o *Dorian Gray* em folhetim a partir de 1911 (WILDE, 1911, p. 4) itens como "suspensórios americanos" e "camisas de malha para *lawn-tennis*". Uma famosa fábrica de cigarros por usa vez imprimiu uma imagem semelhante, com o *slogan*: "Fumar só marca Veado é saber gozar".

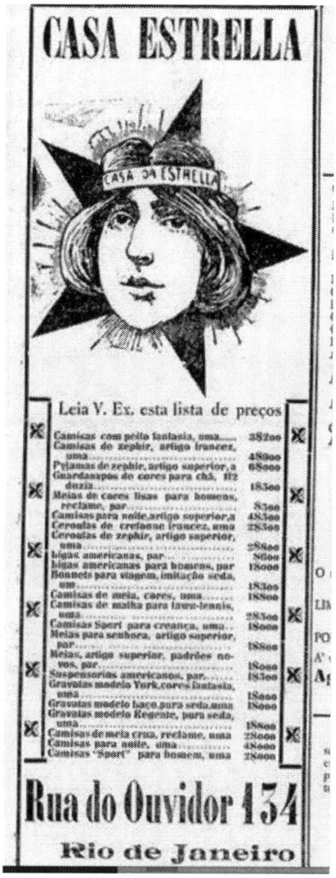

Anúncio publicitário da Casa Estrella. *A Noite*, Rio de Janeiro, ano VI, n. 1388, 2 nov. 1915, p. 6.

Anúncio publicitário dos cigarros Veado. " *A Noite*, Rio de Janeiro, ano VI, n. 1603, 7 jun. 1916, p. 4

Tal fascínio por Oscar Wilde também serviu de alvo para críticos e humoristas da época. Em 1916, comentando a obra *Pequenos males*, recém-publicada coletânea de estudos em neurologia, um jornalista ridicularizava as tendências imitativas da elite letrada local: "Estudando a diátese da imitação, o Sr. A. Austregésilo poderia ter realizado um trabalho notável se tivesse querido examinar os plagiários, grafômanos, macaqueadores patológicos de Oscar Wilde, Jean Lorrain e similares" (PRADO, 1916, p. 3). O jornalista condena explicitamente a tendência, aparentemente difundida entre os escritores cariocas, de imitar os ícones da modernidade decadente. No entanto, ao contrário daquele jornalista debochado, o próprio autor de *Pequenos males*, Antônio Austregésilo Rodrigues (1976-60) – poeta simbolista mestiço, que mais tarde se tornaria um renomado médico e membro da Academia Brasileira de Letras, e ainda hoje considerado o pai da neurologia brasileira – não pretendeu com o seu livro patologizar ou condenar moralmente a imitação.[8] Ao contrário, em geral ele parece celebrá-la. De fato, tanto sua argumentação (um tanto desorientadora) quanto sua linguagem pseudocientífica lembram mais o "The Decay of Lying" de Wilde (que, aliás, João do Rio havia traduzido alguns anos antes) do que os trabalhos dos criminólogos. No capítulo intitulado "A doença da mentira" (título que também lembra uma das palestras de João do Rio, à qual retornarei mais adiante), Austregésilo caracteriza a mentira como um dos seus celebrados "pequenos males":

> O grande gênio humano está em imitar, copiar, criando... quase sempre preso ao doce e aglutinante verbo – mentir [...]. Assimilações, cópias, paráfrases, transições de imprensa (as gloriosas tesouras e colas), falsificações, postichos (*sic*) picturais e literários, ensaios, paralelos de virtudes ou crimes, plágios, paródias, fingimentos, adaptações, remendos, teatros, romances, caricaturas, FOTOGRAFIAS, hipocrisias, tradições e traduções, escolas filosóficas, científicas e literárias, artes, religiões, amor, inveja e ciúmes, mentiras e fantasias são variantes de conjugação do celebrado verbo. (AUSTREGÉSILO, 1916, p. 248-252)

8 Austregésilo é também autor dos artigos "Mimetismo dos homens" (AUSTRAGÉSILO, 1908) e "Mimetismo nos imbecis e idiotas" (id., 1906).

Nos pequenos círculos literários do Rio de Janeiro, os dândis e outros adeptos do chamado "Wilderismo" talvez tenham sido poucos, porém eram bastante visíveis, reunindo-se nas confeitarias e cafés da Rua do Ouvidor, onde a alta moda encontrava a alta literatura. Muitos celebraram abertamente suas obras e seus modos, e o imitaram abertamente, mesmo correndo o risco de, com isso, macular a própria reputação. Esses devotos de Wilde mantinham viva a associação entre o escritor irlandês, a imitação e o plágio.

Caso fascinante foi o de Camerino Rocha (1884-1905), rico aristocrata e *bon vivant* que migrara do norte do estado do Pará para o Rio de Janeiro. Rocha, que quase nada chegou a publicar, ficou conhecido por suas *boutades* e paradoxos à la Wilde, sendo elogiado pelas habilidades como "palestrador de rara fulgurância" (FALECIMENTOS, 1905, p. 3.).[9] Às vezes chamado de Príncipe Camélio, era tido como um orador irônico e original, com um estilo de vida boêmio, aristocrático e extravagante – por exemplo, ele teria contratado um criado britânico quando o seu pai o deserdou – além da tendência a abusar de substâncias como éter e álcool. Camerino tornou-se uma espécie de celebridade nos dois anos que passou gastando a fortuna de sua família (mil contos) na capital brasileira. Após uma visita de retorno ao seu estado natal e uma viagem de dois anos à Amazônia, morreu de tuberculose, aos 27 anos, aparentemente solteiro e sem filhos. Elísio de Carvalho (1880-1925) o descreve como uma "criatura singular", "estranha e paradoxal", e muito parecida com Oscar Wilde: "Também nele, o paradoxo era, como no autor de *O retrato de Dorian Gray*, uma virtude natural e encantadora que exercia sobre as almas um soberano poder de simpatia" (CARVALHO, 1909, p. 41). O escritor e crítico simbolista Gonzaga Duque (1863-1911) recorda-o como um boêmio, um "improdutivo ocasional", um *flâneur* e um dândi exemplar, que se esforçava por distinguir-se da massa vulgar: "Ipsocrata por temperamento e por cultura literária, à sua individualidade repugnavam a promiscuidade e o vulgarismo" (DUQUE, 1908,

9 Camerino Rocha parece ter escrito algumas páginas para a *Revista do Grêmio Paraense* em janeiro de 1902 e para a *Atheneida* por volta de maio de 1903. Teria sido também o diretor do jornal *O Patriota* (1905) do Pará. Ver nota de falecimento em *A Notícia*, 30-31 agosto de 1905, na qual se lê que Camerino "distinguia-se pela bizarria de sua originalidade rebuscadora de frases, e a sua conversação era pontilhada de ironia e epírito" (A NOTÍCIA, 1905, p. 2).

p. 35-36). Seu obituário reforça essa memória de um aristocrata afeminado e esteta improdutivo:

> Nervoso, febril, conversando admiravelmente com a pureza de [Georges] Rodenbah e o imprevisto paradoxal de Oscar Wilde – Camerino viveu uma estranha vida de arte, rodeado de móveis antigos, entre edições raras de livros caríssimos. Houve um tempo em que almoçava e jantava só com vinho Toahy, em pratos de porcelana da China (CAMERINO, 1905, p. 7.)

Como construção social e cultural, a imagem de Camerino Rocha encarnava o protótipo do dândi antiburguês e antiutilitarista em todas as suas contradições: a resistência à modernidade capitalista e a profissionalização do escritor; a aversão ao trabalho e ao contato com a massa (no Brasil, sempre racializada); mas também o fascínio do *flâneur* pela cidade e pela cultura das ruas. Contra a reprodução capitalista e o consumismo, ele se lança romanticamente ao consumo de seus próprios recursos materiais e corporais. Embora seja tentador ver o surgimento e o desaparecimento desse personagem do meio literário carioca como meramente anedótico, quero argumentar que, ao resgatar seu nome, podemos visualizar o status que alguns desses excêntricos e extravagantes modernos alcançaram por meio de diferentes transgressões, pela procura da autenticidade e por uma nostalgia compartilhada, mas ambivalente, pela perda da condição aristocrática. Dândi que emula Wilde, a única produção estética de Rocha é seu próprio estilo de vida; ele, portanto, oferece um olhar sobre os aspectos performativos e as dinâmicas contraditórias da vida social dos homens de letras durante a *Belle Époque*, quando os escritores profissionais se sentiam divididos entre participar e ao mesmo tempo distinguir-se da força inevitável da democratização.

Talvez mais significativo – e certamente mais prolífico – do que Camerino Rocha, seu contemporâneo Elísio de Carvalho foi um dos mais notáveis emuladores de Wilde, tendo traduzido *Ballad of Reading Gaol* (*Balada de um enforcado*, 1899); *Poems* (*Poemas* 1900/1920), *The Devoted Friend* (*O bom amigo e outros contos*, s/d) e *A Florentine Tragedy* (*Uma tragédia florentina*, 1924).[10] Brito Broca certa vez o descreveu como um "homem que adota todos os figurinos" (BROCA, 2004, p. 161), e Antonio Candido denominou seu semificcional *Five o'clock* (1909) como "monumento de esnobismo e afetação" (CANDIDO, 1980, p. 88). Primeiramente posando de anarquista, dândi e aristocrata, Carvalho mais tarde se reinventaria como nacionalista ortodoxo e criminólogo, ingressando na polícia do Rio de Janeiro e escrevendo obras como *A polícia carioca* (1910), *A gíria dos gatunos cariocas* (1917) e *Brasil, potência mundial*: inquérito sobre a indústria siderúrgica no Brasil (1919). Em terminologia curiosamente reminiscente da antropologia criminal lombrosiana, Antonio Candido o inclui entre os que chama de "radicais de ocasião" (*id., ibid.*). Já Elísio preferiu definir-se a si mesmo, também em linguagem lombrosiana, como um "rebelde nato" (*apud* BARRETO, 1907, p. 83).

Então diretor da revista literária *A Meridional* e do jornal *Brasil Moderno,* sua tradução de *Ballad of Reading Gaol*, poema que Wilde escrevera em 1898, após sair da prisão, foi publicada, apenas um ano após a publicação em inglês, como *Balada do enforcado*, em referência à "Ballade des pendus", de François Villon (1431-1463). Ainda sob o pseudônimo de Claude, Paulo Barreto (futuro João do Rio) foi o primeiro a resenhar a tradução, já em 1899. A resenha é bastante crítica, contestando a afirmação de Elísio de que o poema teria sido traduzido diretamente do inglês (CLAUDE, 1899a, p. 2). Além disso, alude a uma polêmica recente que envolvera Carvalho, reminiscente das acusações contra Wilde a que me referi anteriormente. Trata-se da ocasião em que o *Jornal do Recife*, em 9 de junho daquele mesmo ano de 1899, divulgara uma carta, assinada por 120 alunos da Faculdade de Direito do Recife, acusando Elísio de Carvalho de ter publicado como de sua autoria pelo menos dois poemas do poeta alagoano Aristheo de Andrade (1879-1905), anteriormente publicados nos jornais *Folha do Norte* (Pará), *Gutemberg* (Maceió) e *Pequeno Jornal* (Recife) Os signatários mencionam ainda ao perfil biográfico de Elísio de Carvalho, publicado no *Rua do Ouvidor*, em que consta que este pretendia publicar um volume de poesias intitulado *Canções do Tédio*, título que alegam ter sido roubado de uma obra do mesmo Aristheo de Andrade; e que teria se

10 Para um apanhado geral da recepção e das traduções de Wilde no Brasil, ver FARIA (1988).

matriculado na Faculdade de Direito do Recife em 1897, o que, segundo a nota, nunca ocorrera (GAZETILHAS, 1899, p.1-2). Quando a tradução de Carvalho é reeditada um ano depois, Paulo Barreto volta a censurá-lo, primeiro por publicar o mesmo livro com alguns poucos novos poemas, mas sob um título diferente (*Poemas de Oscar Wilde*); e, segundo, por continuar afirmando que traduzira do inglês, quando de fato baseara-se na edição francesa (CLAUDE, 1900, p. 2.).

ANNO II — RIO DE JANEIRO, 24 DE JUNHO DE 1899 — N. 59

RUA DO OUVIDOR

PROPRIEDADE DE J. F. SERPA JUNIOR

PUBLICA-SE AOS SABBADOS

Assignatura annual . . . 20$000
Numero avulso $500

Toda a correspondencia deve ser dirigida para a rua do Ouvidor 97 — sobrado

Rio, 24 de Junho de 1899

Elysio de Carvalho

Perfil de Elísio de Carvalho em *Rua do Ouvidor*, 24 jun. 1899, p. 1.

Elísio de Carvalho, *Five o'clock*, p. 2.

Para o "mundano" Elísio da fase dândi, imitar Wilde era uma forma de se distinguir das tradições literárias locais e nacionais e de afirmar-se como membro de uma aristocracia espiritual de escritores europeus e francófilos latino-americanos. Ou, como certa vez afirmou com orgulho: "eu sou supernacional e pertenço ao momento intelectual europeu" (BARRETO, 1907, p. 83). Sob essa lógica (reconhecidamente presunçosa),

Carvalho pôde ter opinião própria (e ser "singular") sem deixar de imitar aqueles que considerava homens superiores.

Em *Five o'clock* Carvalho descreve Wilde como "perturbadoramente belo como Antínoo e supremamente elegante como Brummel" (CARVALHO, 1909, p. 39); "um príncipe da arte, paradoxo e dandismo"(*id.*, *ibid.*, p. 40); e "admirável poeta que a *pruderie* britânica, depois de um processo escandaloso, épico e torpe, atirou numa imunda enxovia, condenando-o a dois anos de trabalhos forçados na prisão de Reading" (*id.*, *ibid.*, p. 39). Sem mencionar explicitamente os motivos da prisão de Wilde, Carvalho destaca suas qualidades aristocráticas, atributos físicos e talentos superiores. Embora pareça condenar a moral britânica, o autor evita afirmar a razão pela qual Wilde fora condenado, se por ter escrito qualquer coisa imoral, se por causa de sua conduta sexual. Além disso, tudo o que possa parecer perturbador no corpo de Wilde é por ele isolado e deslocado: temporalmente (como grego); espacialmente (como europeu); e socialmente (como excepcionalismo aristocrático).

Carvalho costumava usar o nome de Wilde para estabelecer conexões locais e especialmente estrangeiras. Assim como em suas traduções (do francês), Carvalho muitas vezes conta com um mediador, para não dizer um médium, para evocar o espírito de Wilde. O escritor guatemalteco e francófilo Enrique Gómez Carrillo (1873-1927), por exemplo, é uma figura importante na sua construção de uma comunidade imaginada de imitadores locais em torno da lenda de Oscar Wilde. Outro renomado escritor hispano-americano e autodenominado membro dessa aristocracia espiritual é o nicaraguense Rubén Darío (1867-1916), cujo impacto sobre os letrados locais foi significativo, principalmente após sua primeira visita ao Brasil entre julho e agosto de 1906 para a III Conferência Pan-Americana. Segundo Carvalho, Darío, o autor de *Los raros* (1896), supostamente teria caracterizado Wilde como "uma vítima de seus próprios paradoxos", alguém que não se dava conta de que a literatura nunca poderá ser separada da vida (CARVALHO, 1909, p.25). Essa mesma ambivalência entre a apreciação da estética de Wilde e o incômodo provocado por sua sexualidade está presente em uma passagem do mesmo livro, em que o autor carioca descreve uma festa mundana. Os convidados aristocráticos discutiam a lendária imoralidade de um escritor italiano, o decadentista Gabriele D'Annunzio (1863-1938), quando um deles afirma que a sentença de Wilde havia provado que "a torpeza é incompatível com a arte" e, portanto, "a ignomínia não merece perdão" (*id., ibid.*, p. 96). Outro convidado responde que, ao contrário de D'Annunzio, qualquer crime que Wilde supostamente tivesse cometido não poderia ser julgado pelo código penal, porque se tratava de "um caso de estética". O narrador então conclui abruptamente: "o paradoxo triunfara ainda uma vez da moralidade burguesa" (*id., ibid.*, p. 96). Assim, os "vícios" e "extravagâncias" de Wilde poderiam permanecer confinados ao reino estético, externos, e totalmente separados da vida real. Como Darío, Carvalho conta com a aura transgressora de Wilde apenas na medida em que pretende se distanciar da chamada "moralidade burguesa"; em outras palavras, embora ele ficasse um tanto perturbado com a persona de Wilde, mesmo assim quis garantir sua participação na rede aristocrática dos estetas wildeanos.

Se o apelo erótico, mas distante, de Wilde pode ser manipulado por meio de uma imoralidade aristocrática fingida ou estetizada, algo mais parece acontecer quando o corpo homossexual entra na sala. O narrador de *Five o'clock* descreve um encontro com um cosmopolita, "supremamente elegante" e "tentadoramente simpático", chamado Fontana, que voltara recentemente da Europa, para onde viajara após ter-se envolvido em uma série de "aventuras extravagantes, licenciosas e indecorosas" no Brasil (*id., ibid.*, p. 91). Sua reputação fora construída sobre "ignomínias sem conta" e rumores de que ele seria "um anormal", e que sua luxúria era capaz de converter até os homens mais austeros da sociedade (id., *ibid.*). O narrador acrescenta que Fontana ansiava por reviver a "voluptuosidade do amor socrático" da antiguidade pagã, bem como o mito de "il bello Hermafrodito adolescente" (*id., ibid.*, p. 93). Vale a pena citar a passagem em que o escritor primeiro descreve e logo "ventriloquiza" a estranha excentricidade do visitante:

> O meu instinto de homem que vive sempre à procura do raro impeliu-me nessa noite a falar com esse rapaz de maneiras e gestos tão originais, rico e *dandy*, com singularidades de príncipe russo arruinado pela baixa luxúria, pelo éter e pelo jogo, acusado de sadismos brutais e impunes, com a estesia histérica do mórbido e do torpe, e da sua boca ouvi, tangido por uma pérfida insinuação, a defesa de seus vícios: – "Não compreendo, dizia-me ele então, com um riso *blagueur* à flor

> dos lábios descorados, enqaunto consertava diante de um dos grandes espelhos do vasto salão do hotel a sua gravata de imaculada alvura e verificava a impecável correção da sua casaca, sem uma ruga e sem uma nódoa, não compreendo como a sociedade atual considera uma torpeza aquilo que era requinte para os atenienses dos tempos de Péricles [...], Julgo-me um contemporâneo dessa gente e, portanto, procuro realizar no século XX todas as paixões e todas as maneiras desses tempos luminosos em que os homens eram mais belos do que as mulheres. De resto, a sociedade nada tem que ver com as minhas preferências, os meus gostos, e as minhas bizarrias: cada um com seus vícios, seus pecados e seus defeitos" (*id., ibid.*, p. 91- 92)

Embora essa passagem tenha sido publicada mais de uma década depois do famoso livro de Darío, as alusões a *Los raros* são explícitas, ainda que uma conversa semelhante entre Darío e, digamos, um "homossexual de verdade" possa parecer inimaginável. A defesa benevolente do homossexual excêntrico feita por Elísio se baseia em um duplo movimento de aproximação e distanciamento que torna a realidade ao mesmo tempo visível e remota; legível, mas ainda puramente literária; inspiradora, mas abstrata e efêmera. Certamente, ao vincular o comportamento estranho do personagem à tradição helenizada do amor homossexual entre homens, Carvalho o dissocia do modelo há muito condenado do sodomita cristão, ao mesmo tempo em que evita mencionar a emergente categoria médico-psicológica do "homossexual". E, no entanto, a assumida atração do escritor pela estranheza permanece uma questão de curiosidade superficial, cuidadosamente removida de qualquer risco de contágio ou sedução hipnótica. Em última análise, o desejo de Fontana pelo mesmo sexo é descorporificado e totalmente estetizado; sua subjetividade *queer* é assimilada e diluída em uma cadeia de qualificativos que progride da escolha ("preferência"' e "gostos") para traços e comportamentos pessoais ("estranhezas", "vícios" e "pecados") e, finalmente, para a natureza inescapável ("defeitos"). Em todo caso, o que Elísio de Carvalho mantém da entrada do dândi homossexual e cosmopolita na cena literária carioca (ou da passagem por ela) é uma figura original, um indivíduo primorosamente aristocrático e antidemocrático. Esse homem que no Brasil já havia feito inúmeras e impronunciáveis extravagâncias, mesmo antes de experimentar a modernidade europeia, permanece preso entre a preferência e o destino, as suas escolhas deliberadas e razões inexplicáveis.

Em outro momento do livro, Elísio de Carvalho descreve longamente seu suposto encontro com Darío no Hotel Santa Teresa, no Rio de Janeiro, quando teriam tido uma longa conversa sobre Wilde. O relato reproduz textualmente uma passagem bem conhecida dos escritos de Darío que, por sua vez, cita Villiers de l'Isle Adam. Mas no livro do escritor brasileiro, é como se Darío estivesse se dirigindo diretamente a ele:

> Wilde, meu querido amigo, foi vítima de seus próprios paradoxos. Não quis ele compreender que os dons sagrados do invisível são cousas que devem ser guardadas e utilizadas com muita prudência, que a vida é um negócio muito sério, que as atitudes são perigosas e que a literatura, por mais que se queira, não se pode separar da vida. Desdenhando o conselho da cabala, o pobre Sebastien Melmoth *jugó al fantasma y llegó á serlo*" (CARVALHO 1909, p. 24-25).

Como sugere Molloy, emular Wilde é sempre um gesto perigoso e comprometedor. Talvez mais do que no Brasil do fin de siécle, a cultura literária do Modernismo hispano-americano teve uma relação um tanto ambivalente com a celebração decadentista (MOLLOY, p. 192). Escritores como Darío, observa, nunca mencionam a homossexualidade abertamente: "[t]extos são lidos mais por seu efeito excitante do que por sua importância subversiva. Os latino-americanos admiram Huysmans; eles não o reescrevem ou não podem reescrevê-lo. Além disso, eles tendem a se distanciar da transgressão quando a percebem" (id., ibid.).

De certo modo, uma nítida separação entre a vida e a arte serviria para preservar a reputação do escritor decadente, seu *status* legal e sua saúde médica. E, no entanto, o que figuras europeias como Oscar Wilde e Jean Lorrain (Paul Duval, 1855-1906) tornaram transgressivo e ameaçador foi o fim dessa clara distinção entre arte e vida, pois a arte teria uma precedência determinante sobre a vida. O encontro (imaginado?) de Carvalho com Darío revela seu desejo de uma fraternidade homossocial e continental, unida pela devoção à imitação dos costumes e maneirismos dos escritores franceses e britânicos, particularmente daqueles associados a Wilde. No entanto, ao filtrar o espírito de Wilde por meio de citações,

Carvalho apenas brinca com o fantasma de um fantasma de um fantasma – que se tornara então uma lenda remota – e logo se protege dos perigos de uma possível reencarnação de Wilde. Isso permanece verdadeiro mesmo que o corpo do dissidente sexual faça uma aparição ocasional no trabalho de outros aristocráticos "excêntricos".

Camerino Rocha e Elísio de Carvalho exemplificam algumas das formas díspares pelas quais os escritores mobilizaram, imitaram, emularam, filtraram e exercitaram, mas também exorcizaram o espírito de Oscar Wilde, conseguindo muitas vezes privá-lo de qualquer potencial político ou sexualmente transgressivo. Não se deve ignorar que, como Rita Felski argumentou, "a personificação e o disfarce eram muitas vezes técnicas obrigatórias de sobrevivência para o homossexual do final do século XIX, e não simplesmente marcadores de adesão a uma filosofia estética da moda", uma visão sob a qual "a celebração do artifício de Wilde e os prazeres da máscara tornam-se uma questão de fazer uma virtude de uma necessidade sombria" (FELSKI, 1995, p. 104). Em uma sociedade multiétnica e pós-escravagista como a brasileira, o mascaramento oferecia capital cultural e político também a sujeitos mestiços que permaneciam vulneráveis a acusações de presunção e apropriação indevida.

Com efeito, também artistas plásticos identificados como negros ou mestiços conquistaram visibilidade e, além disso, se exibiram graças a calculadas poses e posturas. Muitos desses artistas, como os irmãos João (1879-1932) e Arthur Timóteo da Costa (1882-1922) e o ilustrador Calixto Cordeiro (1877-1957) eram conhecidos por seu estilo elegante e original. Cordeiro, que iniciou sua carreira juntamente com João do Rio no jornal *Cidade do Rio*, de propriedade do abolicionista José do Patrocínio (1853-1905), era notório por sua aparência extravagante: uma casaca, abotoaduras em forma de crânio e um alfinete de gravata em forma de coruja eram alguns de seus acessórios. Enfim, para aqueles dissidentes (raciais ou sexuais, de fato ou potenciais, "natos" ou "de ocasião"), cosmopolitismo, esteticismo, a moda e o dandismo representavam tanto uma forma de se escapar das exigências e dos estigmas da autenticidade quanto uma maneira relativamente ousada de desafiar a naturalização da heterossexualidade, da raça e da identidade nacional.

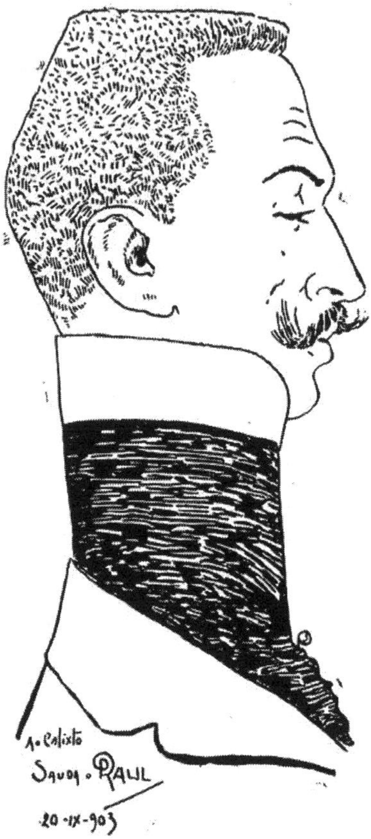

Calixto Cordeiro por Raul Pederneiras. "Kalixto, o mestre da caricatura no Brasil."*Ilustração Brasileira,* Rio de Janeiro, ano XLVIII, n. 247, mar.-abr. 1957, p. 27.

Em junho de 1912, a *Gazeta de Notícias* publica uma entrevista com o "fantasma de Oscar Wilde." Segundo o entrevistador, o médium que invoca o fantasma de Wilde experimentara uma enorme dor física ao reviver os sofrimentos do "grande degenerado". Questionado sobre sua religião, o espírito do escritor irlandês explica que é propenso a sugestões, e por isso muda constantemente de crença (*UMA INTERVIEW* 1912, p. 2). A entrevista termina abruptamente, enquanto o "fantasma" de Wilde tenta fazer com que o jornalista intrometido o deixe em paz.

Segundo Brito Broca, a entrevista fraudulenta é provavelmente obra do mais prolífico e onipresente escritor da época, Paulo Barreto (fig. 9 e 10), que nesse mesmo ano publicava, sob o pseudônimo João do Rio, três volumes (*A psicologia urbana*, *Portugal d'agora* e *Vida vertiginosa*). Além disso, logo seria nomeado editor da mesma *Gazeta*, que já havia publicado, em 9 de junho deste mesmo ano, outra longa entrevista, com Jesus Cristo que, segundo o jornal, estaria em visita ao Rio de Janeiro (ENTREVISTA, 1912).

Paulo Barreto iniciara sua carreira na virada do século no *Cidade do Rio*, jornal que já empregava além de Calixto Cordeiro, o escritor de ascendência indígena, Coelho Neto. Como se sabe, a carreira de Barreto foi prolífica, e sua produção, diversificada. Estima-se que tenha escrito cerca de 2.500 textos, incluindo peças, contos, crônicas, entrevistas, romances e aforismos (RODRIGUES, 2010, p. 10). Sua carreira de escritor coincide em grande parte com a carreira política de Nilo Procópio Peçanha (1867-1924), uma espécie de amigo pessoal e político, também afrodescendente, que chegou a cumprir dois mandatos como governador do Rio (de 1903 a 1906 e de 1914 a 1917), e um mandato como vice-presidente e depois presidente da República (de 1906 a 1910).

Os jornalistas de *Cidade do Rio*, inclusive Calixto Cordeiro (autorretrato, centro, abaixo) e Paulo Barreto (João do Rio, terceira fileira horizontal, quarto à direira). "Redação e colaboração da Cidade do Rio." *Cidade do Rio,* Rio de Janeiro, ano XIV, n. 2, 29 set. 1900, p. 1.

"João do Rio." *Fon-Fon!* Semanário Ilustrado. Rio de Janeiro, ano III, n. 7 13 fev. 1909, p. 11.

Embora só tenha começado a usar o pseudônimo "João do Rio" em novembro de 1904 (RODRIGUES, 2010, p. 50), Paulo Barreto (ainda como "Claude") já mencionava Wilde em seus escritos em 1899, quando mal acabara de completar dezoito anos, na mencionada resenha da tradução de Elísio de Carvalho de *The Ballad of Reading Gaol*, chamando a atenção para a moral vitoriana e o julgamento de Wilde: "Hoje Wilde é reconhecido como um obcecado, e o seu sucesso literário deve-o, em parte, se não totalmente, aos escândalos de *sensualidade invertida* com que aterrorizou a debochada sociedade hipócrita inglesa" (BARRETO, 1899a, p. 2, grifo meu). O comentário é claramente uma paráfrase de um trecho de *Degeneração*, de Max Nordau, obra traduzida para o português em fascículos entre 1896 e 1900, e que Paulo Barreto certamente conhecia.[11] Na mesma época, um trecho da mesma obra de Nordau era citado também por Elísio de Carvalho: " [...] um louco moral *porque tem agido sobre o espírito público*

11 Em outro artigo (BARRETO, 1899b, p. 2), escrito na mesma época, Barreto questiona a tendência de Nordau de igualar as características de uma obra de arte com as de seu autor; argumenta, por exemplo, que o protagonista de *À rebours* não deveria ser visto como um retrato de Huysmans, seu autor.

mais pelas extravagâncias do que por sua obra" (CARVALHO, 1900, p. 2).[12] Particularmente significativo é o fato de que Barreto tenha substituído "extravagância" por "sensualidade invertida" em sua paráfrase. Pois se Nordau privilegia a sexualidade escandalosa de Wilde em detrimento da qualidade de sua obra para explicar a razão de sua fama, ao parafrasear o primeiro, os escritores brasileiros parecem relativizar esse juízo moralizante: ou seja, Elísio de Carvalho defendia a qualidade da obra que ele mesmo acabara de traduzir, enquanto João do Rio resgatava a obra, sem no entanto descartar o estilo de vida do autor. [13]

---

12 Não tive a oportunidade de consultar a tradução para o português da obra de Nordau, a qual provavelmente se baseou na versão francesa, onde que se lê: "Wilde a plus agi par ses bizarries personelles que par ses oeuvres" ["Wilde agiu mais pelas suas bizarrices do que pelas suas obras", tradução do autor] (NORDAU 1895, 133). Afirmação semelhante tem dominado grande parte da escrita crítica desde a primeira recepção das ideias de Oscar Wilde no Brasil e posteriormente sobre o significado cultural de toda a *Belle Époque*. Brito Broca (1903-1961), admirador e, no início de sua carreira, ele mesmo um emulador de Wilde, argumenta que sua influência sobre escritores locais como João do Rio se manifestara sobretudo "no tipo requintado, aristocrático, displicente, meio cínico, que ele compôs, procurando, até certo ponto, irritar, até chocar, escandalizar o meio carioca do '1900'" (BROCA, 1900, p. 163). Assim como Nordau, Broca afirma que esses escritores, seduzidos pela "lenda" de Wilde, imitavam as atitudes de Wilde sem qualquer compreensão real de sua arte (*id.*, p. 164). Como discutirei mais adiante, tal opinião informa também parte da crítica sobre João do Rio, o mais exuberante imitador de Oscar Wilde no Brasil. Na medida em que críticos brasileiros, de Brito Broca (2004, 163) a Davi Arrigucci, Jr. (1993, 32) insistiram nesse mesmo argumento, que subestima a influência de suas obras, o impacto cultural de Wilde foi gradualmente apagado da história literária brasileira.

13 Embora não tenha sido o primeiro tradutor de Wilde no Brasil, João do Rio tornou-se o mais renomado. Em abril de 1905, João do Rio publica pela primeira vez sua tradução de "Frases e filosofias para o uso de jovens" (1894) na *Revista Renascença* (FARIA, 1988, p. 143). Em 1905 publica *Salomé* na *Kosmos*: Revista artística, científica e literária. Esse texto é posteriormente publicado em livro pela Garnier (1908) e reeditado três anos depois, com uma introdução de Gómez Carrillo (FARIA, *op. cit.*, p. 145). Em maio, junho e julho de 1907, sua tradução dos cinco primeiros capítulos de *Oscar Wilde:* The Story of an Unhappy Friendship de Robert Harborough Shrard foi publicada na *Revista Renascença*. Em 1911, a Garnier publica *Intenções*, sua tradução de *Intentions* (1891). Sua tradução de *O retrato de Dorian Gray* (1890) foi publicada naquele

O jovem Paulo Barreto era então bastante crítico dos Simbolistas e aparentemente um entusiasta do Naturalismo – e o *Cidade do Rio* chegou a anunciar uma tradução sua de *Fecondité* (1899) de Émile Zola (1840-1902) (FECUNDIDADE, 1900, p.1) No entanto, sua avaliação da estética *fin de siècle* não deixa de ser ambivalente. Segundo ele, o Simbolismo era uma reação lógica, embora excessiva, ao chamado romance experimental, ou seja, uma tentativa de reviver as excentricidades dos românticos. E parece insinuar, que, pelo menos na Inglaterra, o Simbolismo havia sido superado pela originalidade de decadentes como A. C. Swinburne (1837-1909) e Oscar Wilde, "o louco moral por excelência, invertido vulgar, desiquilibrado completo que chamou a atenção do inglês comilão e parvo pelos seus passeios escandalosos em Pall-Mall Front (BARRETO, 1899b, p. 2). A associação psicopatológica e criminológica entre "loucura moral" e "gênio" (sugerida por Nordau) abria uma zona de ambiguidade que João do Rio (como Wilde) viria a explorar com grande interesse.

Mais tarde Elísio de Carvalho, em *As modernas correntes estéticas*, comentava que, "[Paulo Barreto] nos pintará essa vida artificial, frívola, impertinente da nossa aristocracia mestiça, pernóstica e pedantocrática" (CARVALHO, 1907, p. 129). Na mesma obra descreve ainda Paulo Barreto como um tipo decadente e extravagante, à maneira de Oscar Wilde: "Paulo pratica o paradoxo e, como tinha muito talento, transformou o paradoxo em uma força, uma força terrível" (*id.*, *ibid.*, p. 123).[14] Na dedi-

---

mesmo ano de 1911 no jornal *A Noite* e reimpressa postumamente pela Garnier em 1923. Ele também usou Wilde livremente e fez comentários sobre ele em textos como "A delícia de mentir" (1911a) e "A primeira tragédia de Oscar Wilde" (1921).

14 Wilde considerava o paradoxo "uma coisa perigosa", cuja força derrubava não apenas a opinião, mas também as normas e a conduta: "o que o paradoxo era para mim na esfera do pensamento, a perversidade tornou-se para mim na esfera da paixão" (WILDE, 2005, p. 96). O paradoxo estava, portanto, associado à inversão, sexual ou não, e funcionava como uma forma retórica de desnaturalização. Com o objetivo de desestabilizar o normativo, o paradoxo tornou-se o oposto da doutrina e da opinião popular (*doxa*). De acordo com um dos contemporâneos de Wilde: "o paradoxo é simplesmente a verdade da minoria, assim como um lugar-comum é a verdade da maioria... Nós, seres comuns, vemos objetos apenas nas três dimensões; um bom paradoxo é uma visão na quarta dimensão" (NEWMAN 1895, p. 193-206). Mais notoriamente, em suas *Intenções* (1904), Wilde afirmou que "por mais paradoxo que possa parecer – e os paradoxos

catória de *Five o'clock*, retrata-o como um típico personagem decadente: "artista bizarro, atormentado e cintilante, admirável como Jean Lorrain e paradoxal como Oscar Wilde", cronista "das luxúrias, das perversões, das vesânias, das sensualidades, das bizarrices inconfessáveis e das grotescas vaidades da nossa gente" (CARVALHO, 1909, p. 5). Ao contrário de sua caracterização de outros dândis e decadentes, ao associar João do Rio tanto a Oscar Wilde quanto ao escritor francês Jean Lorrain – este muitas vezes descrito como uma mera caricatura de Wilde – Elísio de Carvalho situa o cronista carioca no espaço instável onde vida e obra convergem.

Presumidamente homossexual, Paulo Barreto foi, além de tradutor das obras do escritor irlandês, emulador de seus modos e ideias, e o primeiro a verdadeiramente navegar nas fronteiras entre a estética e o estilo de vida decadente no Brasil. Sobretudo sob a *persona* de João do Rio, o autor obscureceu qualquer distinção clara entre, por um lado, a proverbial autoconfiguração do dândi e, por outro, do *flanêur*, ou seja, o curioso, mas distanciado espectador.[15] Nenhum outro escritor brasileiro investiu tanto em disfarçar, imitar, fazer poses e incorporar Oscar Wilde e, com isso, correr os riscos inerentes à encarnação de seu fantasma. Ao mesmo tempo, ele se sensibilizava com o destino do escritor irlandês e se tornara pessoalmente interessado por ele, a quem certa vez descreveu como "moralmente insano",[16] um "degenerado consciente" famoso por sua sensualidade escandalosamente invertida, cujo caso era mais de tratamento médico do que de prisão

são sempre coisas perigosas – não é menos verdade que a vida imita a arte muito mais do que a arte imita a vida". Esteticistas e decadentes em todos os lugares adotaram a linguagem do paradoxo como uma forma de contornar binarismos como original/cópia, autêntico/derivado e natural/artificial.

15 Para a distinção entre o *flanêur* e o dândi, ver FOUCAULT (1984).

16 A expressão "moralmente insano" era comumente usada por psicopatologistas como o psiquiatra alemão Krafft-Ebing (1840-1902). Na terceira edição de *O homem delinquente*, Lombroso compara o "delinquente nato" ao moralmente insano por terem crânios e fisionomias semelhantes, predileção por tatuagens, vaidade excessiva, "perversões sexuais e excessos sexuais, seguidos de impotência". Ele cita o psiquiatra Battanoli, que afirma que os moralmente insanos "carecem de sentimentos de afeto e senso moral". Eles nasceram para saborear o mal e cometê-lo. Sempre em guerra com a sociedade, eles acreditam que são suas vítimas" (LOMBROSO, 2006, p. 212-220).

(CLAUDE, 1899a, p. 2).[17] Como Wilde, o carioca tinha um interesse pessoal na descriminalização da homossexualidade, mesmo se para tanto tivesse que recorrer ao vocabulário da psicopatologia para se referir a ela. Seu perfil mestiço, sua orientação sexual e sua conduta, bem como sua recusa em adotar um nacionalismo ortodoxo, sugerem uma complexa relação com a sociedade em que viveu. Suas ideias atrevidas, desterritorializadas e muitas vezes com pouca elaboração teórica, suas apropriações, poses e posturas, tornam a associação entre dissidência sexual, de um lado, e simulação e desejo cosmopolita, do outro, centrais para a sua autoidentidade.

Seja em crônicas, seja na ficção, João do Rio não se esquivava do tema da homossexualidade ou de sexualidades dissidentes. Ainda na virada do século, mesma época em que tentava descrever a natureza e o significado da obra, da fama, do comportamento e da sexualidade de Oscar Wilde, Paulo Barreto assinaria seus dois primeiros textos ficcionais, ambos tratando do desejo sexual e o que então era considerado "perversão" ou "morbidez". O primeiro, "Impotência" (BARRETO, 1899a, p. 2), tem como protagonista Gustavo Nogueira, figura inspirada em Des Esseintes, personagem de *À rebours* (1884), de Huysmans. Aos setenta anos, Gustavo ainda é virgem e celibatário, não por moralismo, mas porque esgotara toda sua energia vital. No final de sua vida, reflete que nunca experimentara nenhuma alegria ou emoção. Lembra de como depois que sua mãe morrera, "dera até para enfeitar-se, ajustando a calça, penteando delicadamente os cabelos, polvilhando o rosto de pó de arroz" (*id.*, *ibid.*); e de um jardineiro forte e musculoso, por quem se apaixonara, mas que educadamente o ignorou.

O segundo conto, "Ódio (Páginas de um diário)" (1900), é uma narrativa intensa, sobre a ambivalência do desejo homossexual, e que envolve sadismo e homofobia. Fábio de Aguiar, o narrador em primeira pessoa, detalha sua obsessão pelo vizinho Felisbrino dos Santos, em relação a quem sente um "ódio bárbaro pelo seu cabelo, pelo seu ar de velho, pelos seus lábios, num ódio pela sorte que o fazia meu igual". O narrador tem

17 A própria declaração é uma paráfrase da autodefesa de Wilde contra as acusações de homossexualidade: "o fato de eu também ser um problema patológico aos olhos dos cientistas alemães é interessante apenas para os cientistas alemães: e mesmo em suas obras eu sou classificado e apareço sob a lei das comuns!" (WILDE, 1962, p. 695).

plena consciência de que seus sentimentos não podem ser dissociados do desejo, e reflete sobre seu próprio segredo: "Ah! Não poder o homem dizer alto a razão do seu amor, a razão de seu ódio, todo o misterioso reflexo da sensação!" (BARRETO, 1900, p. 1). Quando o vizinho (na verdade, uma espécie de duplo do narrador) responde a suas agressões com palavras gentis e cavalheirismo, Fábio sente uma repulsa ainda maior, e uma vontade inexplicável de feri-lo. Ele acaba por atacar seu rival, o que o faz ser expulso da escola, mas também lhe traz finalmente um pouco de paz. Vários anos depois, porém, Fábio reencontra seu inimigo e novamente é dominado pelo ódio e o agride pela segunda vez. No final da história, ao ver passar um cortejo fúnebre, Fábio descobre que o enterro era de Felisbrino. Mesmo assim, não pode se desfazer do erotismo daquele velho ódio apaixonado: "é que ainda odeio-o, porque não fui eu quem o matou, segurando pelos pés, espatifando-lhe a cabeça, espatifando-o todo, no supremo gozo do ódio".

A relativa franqueza com que João do Rio lida com o desejo homossexual nesses contos não deve ser atribuída somente ao seu espírito jovem e rebelde. Talvez houvesse também naquele momento uma maior tolerância para o assunto. Na verdade, parece que o julgamento e a condenação de Wilde não tinham sido ainda totalmente assimilados entre a elite letrada, de modo que, se por um lado o sexo entre homens era condenado, por outro, as identidades homossexuais ainda não estavam bem definidas. Cerca de uma década depois, João do Rio já demonstra uma maior consciência do poder da imprensa em estigmatizar sujeitos dissidentes, e dos perigos que os rumores de homossexualidade poderiam representar para sua reputação. Quando soube do caso Harden-Eulenburg (1907-1909) – sem dúvida o segundo maior escândalo em torno da homossexualidade na história mundial (depois do de Wilde), que envolveu membros do gabinete do Kaiser Wilhelm II – João do Rio, assinando como Joe, imediatamente o associou ao caso Douglas-Wilde (JOE, 1907, p. 1). Embora se refira tanto a Wilde como ao príncipe Eulenburg de "degenerados superiores de instintos baixos", ele não deixa de expressar simpatia por homens que sentem que não podem lutar contra as convenções impostas pela maioria, por temerem o estigma e a marginalização. O cronista critica sobretudo a imprensa, por causar o desespero daqueles que lutam por preservar a reputação. No entanto, ele inverte os termos da dicotomia normal/anormal da psicopatologia: "Seria um livro para psicólogos a análise dos sentimentos dos anormais para com a sociedade constituída, e não falo apenas do caso especial de Moltke, mas de todos os anormais rebelados contra a ordem atual das coisas"(*id.*, *ibid.*). Curiosamente, João do Rio entende que, ao contrário das sociedades anglo-saxãs, nas nações latinas os casos de homossexualidade não causam escândalo: ao contrário, ou se prestam a "blagues", ou se finge ignorá-los. E cita o caso do escritor e dramaturgo Jean Lorrain e o "louco [Édouard] de Max" (ator extravagante que em 1900 apresentara-se nu e depilado na peça *Prometeu*, com libreto do próprio Lorrain). Na ocasião do lançamento do livro de contos *Dentro da noite* (1910), um cronista menor comentaria: "Já houve quem buscasse descobrir no *processus* de João do Rio reminiscências do 'modo de ser' de Jean Lorrain [...] Seria lisonjeiro, afinal, para o escritor brasileiro, porque o modelo é digno de imitação" (PORTO CARREIRO, 1911, p. 3). Porém, como se sabe, o próprio João do Rio viria a se tornar objeto de escárnio (racista e homofóbico), como por exemplo, em "À ceia os imortais", de Humberto de Campos (RODRIGUES, 2010, p. 222); ou em 1912, quando o mesmo Humberto de Campos, sob o pseudônimo de João Francisco João, publicou uma série de artigos chamada Pelle-Molle, que zombava da coluna Pall-Mall-Rio de João do Rio, a qual ele então escrevia sob o pseudônimo de José Antônio José (id., p. 212).

Agripino Grieco (1888-1973), que se referia a João do Rio como "cleptômano das letras", comentou certa vez que o cronista não conseguia escrever mais de duas linhas sem a ajuda de Oscar Wilde ou Jean Lorrain (GRIECO, *apud* FARIA, 1988, p. 83).[18] Com efeito, Jean Lorrain foi a celebridade de reputação homossexual que mais inspirou João do Rio e os decadentes

18 Entre seus "empréstimos" mais ou menos criativos está o título de uma de suas coleções mais conhecidas, *A alma encantadora das ruas* (1910). Obviamente, ele o tomou emprestado de *El alma encantadora de Paris* (1902) (FARIA, 1988, p. 96), de Gómez Carrillo, obra por sua vez inspirada em Jean Lorrain. Faria sugere ainda que, *A alma encantadora das ruas* pode ter sido inspirado em *Indiscretions parisiennes* (1866) e *Les petites memoires de Paris* (1888) enquanto *O momento literário* (1908) foi inspirado em *Profils intimes*: nouvelles indiscrétions parisiennes (1880), todas de Jean de Paris [Napoléon-Adrien Marx], possível inspiração também o pseudônimo João do Rio Já *As religiões do Rio* (1904) empresta seu título e muitos de seus temas de *Les petites religions de Paris* (1894), de Jules Bois (FARIA, *op. cit*, p. 109). O próprio pseudônimo João do Rio, que Paulo Barreto adota em 1905, é, como os temas de várias de suas obras, aparentemente inspirado em Jean de Paris, pseudônimo do jornalista e dramaturgo francês Napoléon-Adrien Marx (1837–1906).

de sua geração, talvez até mais do que Wilde, já que a sua sexualidade não chegou a ser objeto de escrutínio moral, legal e público da mesma forma que a de Wilde. O próprio João do Rio associaria Wilde a Lorrain, no que diz respeito à sua literatura, mas também à sua conduta sexual e moral: "Oscar Wilde, a legenda do vício, o crime que sudarizou de lava ardente a ardente Sodoma, o crime de que se tem acoimado os altos espíritos desde Platão até Jean Lorrain!" (RIO, 1911c, p. 1). Isso pode tê-lo levado a ver sua obra e figura pública como um modelo para desafiar as convenções sociais e representar formas de dissidência sexual sem por isso comprometer (muito) sua reputação. Muitos críticos da época consideraram o *Monsieur de Phocas* (1901), de Jean Lorrain – primeiramente anunciado no Brasil como um "livro de feitiçaria (NO EXTERIOR, 1901, p. 2) – uma paráfrase ou cópia do *Dorian Gray* de Wilde, e fonte imediata do conto "A mais estranha moléstia", de João do Rio (1910a), cujo protagonista dessa história se chama justamente Oscar Flores, em óbvia homenagem a Wilde.

Uma das obsessões de João do Rio, o tropo da "máscara", também é uma constante nas ficção de Lorrain. É verdade que Wilde já havia explorado essa repisada metáfora, notadamente no ensaio "The Truth of Masks: a Note on Illusion'" (de *Intentions*, 1891), uma meditação sobre a importância do figurino para o teatro shakespeariano, texto que o próprio João do Rio traduziria em 1911. Mas a inspiração mais direta para João do Rio foi claramente Jean Lorrain. Como Robert Ziegler sugere, a "dupla orientação para a desmistificação e impostura" caracterizou a maneira pela qual Lorrain "operava simultaneamente como criador e visualizador de suas máscaras" (ZIEGLER, 2009, p. 176). Em um capítulo de *Monsieur de Phocas* intitulado justamente "O terror da máscara" ("L'éffroi du masque"), o narrador é assombrado por rostos vulgares e sem expressão, de indivíduos pobres e ricos. Inicialmente ameaçado e apavorado com o julgamento social que as máscaras parecem implicar, ele passa a analisá-las, assim como a seus próprios preconceitos: "Mas essas máscaras ignóbeis! E pensar que há tanto tempo acreditei que elas eram prerrogativa exclusiva das classes mais pobres! O mero preconceito racial me fez pensar isso" (LORRAIN, 2002, p. 49). Para o narrador, a vida moderna consiste, portanto, em uma multidão de espectros cuja vulgaridade e promiscuidade só ele pode ler. Enfim, a máscara esconde e revela algo desprezível: "é uma faceta inominável da alma humana que nasce para florescer na pele e que empresta a cada rosto a aparência de uma máscara" (*id.*, p. 68).

Lorrain emprega a imagem da máscara ainda mais extensivamente em seu volume de contos *Histoires de masques*, publicado originalmente em 1900, usando-a para explorar uma variedade de identidades e papéis sociais. Às vezes, a máscara representa os aspectos vigilantes das convenções sociais; outras vezes, representa o disfarce que permite a circulação de corpos considerados anormais e facilita encontros ilícitos, escapadas anônimas, aventuras efêmeras e fantasias de todo tipo. A máscara de Lorrain pode ser puro disfarce, ou pode revelar a verdade interior de alguém. Como Will L. McLendon propõe, uma máscara pode ser um "instrumento de disfarce e traição", ou uma resposta a um "instinto de conservação" (McLENDON, 1978-1979, p. 108). Lorrain afirma, nas primeiras linhas de *Histoires*, que a natureza misteriosa da máscara a torna ao mesmo tempo atraente e repulsiva; ele pergunta por que o seu usuário se sente compelido a se esconder, mudar de identidade e evitar a si mesmo. Finalmente, argumenta, o desejo de ficar incógnito é quase sempre uma tentativa perversa de enganar:

> [...] essa humanidade, que se esconde para se confundir com a multidão, já não está fora da natureza e fora da lei?... [A máscara] causa um frisson delicioso nas mulheres, faz as crianças caírem em convulsões, faz os homens sonharem maliciosamente ao se inquietarem repentinamente diante do sexo ambíguo do disfarce... A máscara é o rosto perturbado e perturbador do desconhecido, é o sorriso do engano, é a própria alma da perversidade que sabe corromper pelo terror. (LORRAIN, 1997, p. 18-19)

Em suma, a máscara de Jean Lorrain pode esconder uma verdade indizível e pode também encobrir a superficialidade, a vulgaridade, o vazio, ou a banalidade do sujeito moderno. Ela permite que o sujeito dissidente circule sem ser reconhecido, oferece um escudo ao homem extravagante em suas aventuras no submundo de paixões ilícitas e criminosos. Como Thibaut d'Anthonay sugere, para Lorrain, "cada Carnaval esconde um sabá que é representado por trás de máscaras e fantasias, uma forma de bacanal"(D'ANTHONAY, 2005, p. 718).

João do Rio acompanha de perto o modelo de Lorrain, obviamente (e mesmo sem escrúpulos) adotando sua *persona*, bem como as situações, as estruturas de enredo, os tropos e os argumentos de seus textos ficcionais. Parte do folhetim *A escola dos vícios*, o episódio "O máscara", por exemplo, publicado no domingo do Carnaval de 1906, retrata uma atmosfera de promiscuidade racial, social e sexual que aristocratas, afro-brasileiros e travestis criam e desfrutam juntos. Mas é em um dos contos mais conhecidos de João do Rio, "O bebê de tarlatana rosa", publicado originalmente em 1908, que evoca mais explicitamente o universo de Lorrain, em particular o conto "Le masque". No conto de Lorrain, um personagem descreve sua ida a um baile de Carnaval, fantasiado de pierrô, um baile "lotado de máscaras, fantasias e os disfarces mais ousados e extravagantes" (LORRAIN, 1997, p. 36). Ao encontrar uma criatura usando uma máscara horrível, sem nariz, ele estende a mão para retirá-la, e descobre que a máscara era seu verdadeiro rosto, e que aquele homem sem nariz acabara de receber alta do hospital. No conto de João do Rio, o narrador, chamado Heitor de Alencar, dirige-se a um público de aristocratas refinados e extravagantes:

> Oh! uma história de máscaras! Quem não a tem na sua vida? O Carnaval só é interessante porque nos dá essa sensação de angustioso imprevisto... Francamente. Toda a gente tem a sua história de Carnaval, deliciosa ou macabra, álgida ou cheia de luxúrias atrozes. Um Carnaval sem aventuras não é Carnaval. Eu mesmo este ano tive uma aventura... (RIO, 1910d, p. 155)

Assim, Alencar conta como ele e um grupo de amigos perambulavam pela cidade, desde os mais elegantes clubes de champanhe às mais populares festas afro-brasileiras, com o único propósito de "acanalhar-se, enlamear-se bem" (*id.*, p. 157). E enfatiza a atmosfera de vício e perversidade, e a multidão de personagens vulgares (baseados em estereótipos raciais da época), quando encontrara o "bebê da tarlatana rosa". Mesmo notando "os braços, o caído das espáduas, a curva do seio", até a metade da história, o narrador descreve o "bebê" no masculino, e um dos ouvintes sussurra, desconfiado: "talvez fosse um homem" (*id.*, p. 158). O leitor então descobre que "ele" tinha um "rostinho atrevido", "dois olhos perversos, uma "uma boca polpuda" e... um nariz postiço (*id.*, *ibid.*, p. 157). No domingo de Carnaval, ele volta a encontrar o bebê e, novamente, na Quarta-Feira de Cinzas. Mais tarde naquela noite, enquanto perambulava pelo Largo do Rocio – a praça no Rio de Janeiro associada à presença de homens efeminados e "pederastas passivos" (GREEN, 1999, p. 27-28) – o narrador finalmente descobre que "ele" era "ela". E à medida que a abraça, o nariz de papelão vai crescendo, até – numa metáfora óbvia de homoerotismo genital masculino – tocar o seu próprio nariz. Ao agarrar o nariz falso, no entanto, ele não encontra nada atrás dele, a não ser dois buracos hediondos e sangrentos, preenchidos de algodão. "Ela" pede desculpas pelo engano, e explica que o Carnaval é a única ocasião em que pode realmente se divertir. Ele corre de volta à casa, dominado por um ódio (homofóbico?) e, ao mesmo tempo, por um remorso febril. Toda a narrativa é um jogo de disfarces e enganos, em que os ouvintes e, por sua vez, o leitor, constituem o objeto final do logro. O narrador aproveita a permissividade e o espaço liminar do Carnaval para se entregar a prazeres ilícitos; a criatura mascarada e vista como anormal aproveita-se da mesma licenciosidade para se entregar ao que é considerado um prazer normal; e a história termina de forma muito semelhante à do episódio de "Extravagância", discutido no início desse capítulo: "Uma aventura, meus amigos, uma bela aventura. Quem não tem do Carnaval a sua aventura? Esta é pelo menos empolgante" (*id., ibid.*, p. 164).[19]

Se, como Ziegler argumenta (2009, p. 183), "[a] máscara simplesmente complica a questão da legibilidade de outras pessoas", então os múltiplos desdobramentos do disfarce insubstancial de João do Rio constituem uma estratégia para transitar na fronteira entre convenção e abjeção. Numa época em que a criminologia lombrosiana, que um dândi como Elísio de Carvalho acabaria por professar, lia rostos e fisionomias para identificar sinais e estigmas dos chamados criminosos natos, o tropo da máscara e a temporalidade interrompida do Carnaval serviam para contornar as correntes patologizantes da virada do século.

***

Ao se apropriar da imagem da máscara de Lorrain, João do Rio está ciente de seu próprio papel no Carnaval do Rio de Janeiro, cidade que ele por vezes chamará de "Frívola City". O cronista dedicou muita atenção

19 A mesma história foi comparada a um conto do escritor português Fialho de Almeida, de 1893, "O cancro". De fato, a estrutura dos contos é bastante semelhante, embora o de Fialho Almeida seja bem mais convencional. Para uma leitura psicológica do conto de João do Rio em termos de Carnaval e desejos reprimidos, ver SECCO (1978, p. 61-74).

e energia a isso, tentando entender e qualificar diferentes formas de disfarce, imitação, plágio, emulação, artificialismo, impostura e fingimento. Invertendo o sentido do Carnaval como momento de exceção em que supostamente se usa máscara, mas que na verdade é quando se pode tirá-la, na crônica "Máscaras de todo ano" , João do Rio refere-se a àqueles "mascarados sem máscara" que imitam os homens famosos e de prestígio, os autênticos. Enquanto alguns imitadores expressam admiração pelo modelo, outros roubam com culpa e medo os maneirismos de tipos originais, como Calixto Cordeiro. Segundo João do Rio, essa compulsão patológica à imitação implica uma aceitação da uniformidade e das categorias sociais geradas pelo desejo burguês oitocentista de homogeneidade e moderação. E conclui, invocando Wilde: "Uma atitude, já dizia o admirável Oscar Wilde, não se organiza num dia" (RIO, 1909d, p. 63).

Mas foi em duas conferências, "A delícia de mentir" (1910) e "O figurino" (1909), que João do Rio analisou, melhor do que ninguém de sua geração, os temas da imitação e da simulação de ideias e comportamentos. Aliás, ambas são praticamente paráfrases, quase plágios mesmo, dos já citados "*The Decay of Lying*" ("A decadência da mentira", de 1889) e "*The Truth of Masks*" ("A verdade das máscaras", de 1885), ambos incluídos em *Intentions*, em 1891. Assim como Wilde, o cronista não condena a imitação abertamente. Já no prefácio de sua tradução dessa obra, ele pergunta, em defesa de Wilde: "Qual o artista verdadeiramente grande, que não tenha sido acusado em primeiro lugar de plagiário?" (BARRETO, 1912, p. iii)). Mas distingue "imitação preguiçosa", ou a rápida disseminação da opinião pública, da moda.

Em "A delícia de mentir", João do Rio se dirige a uma plateia, enquanto celebra, ou finge celebrar, o que chama de "mentira consciente". Aparentemente, as mulheres que compunham a maioria do público pouco se preocupavam com a sinceridade do conferencista: "ninguém procura saber se ele crê ou não crê no que está dizendo, porque é tão gracioso, que talvez perdesse um pouco do seu mérito se também fosse verdadeiro" (QUINZE DIAS, 1909, p. 168). Como Wilde antes dele e mais tarde Austregésilo, João do Rio defende o engano como sinônimo de "ilusão, ideal, hipocrisia, invenção, simulação, dissimulação, fingimento, disfarce, encanto, mentirinhas, mentinholas, petas, patranhas" (BARRETO, 1911a, p.149). Finalmente, conclui que é apenas mentindo que alguém pode esperar tornar-se autêntico ou original.

Em "O figurino", o escritor aborda de forma ainda mais explícita e autorreflexiva a psicologia e a política cultural da imitação. A conferência começa com um trecho de "O sentimento de um ocidental", do poeta português Cesário Verde (1855-1886), em que um *flâneur* vagueia por uma moderna cidade portuguesa, provavelmente Lisboa. Embora o poeta primeiro associe sua cidade a "Madrid, Paris, S. Petersburgo, o mundo!", logo ele se depara com sua profunda diferença, ou seja, o caráter inconfundivelmente marginal e inautêntico da modernidade de Portugal. Para João do Rio, o poema ecoa a experiência dele próprio em Paris, centro cosmopolita da moda. Ali ele deve reconhecer que, como homem de letras de uma nação ainda mais periférica, ele, como outros que se consideravam "chiques", na verdade se encontra dominado pela "fúria imitativa" e "macaquice universal" que caracterizam a vida moderna (RIO, 1911e, p. 65). Neste ponto, o escritor/jornalista/viajante/*flâneur* se depara com o seu reflexo na vitrine de uma loja, que o faz indagar sobre a natureza do seu "desejo cosmopolita" (para usar uma expressão do crítico argentino Mariano Siskind), ou do "mundanismo," como se dizia na época. Sentindo-se subitamente tolo, ele percebe que, ao imitar outrem, perdera-se a si mesmo, e logo se repreende: "Retoma, menino, o teu próprio eu!" (*id.*, *ibid.*, p. 66). Ao se recompor, ele então elabora um "princípio filosófico" e uma "lei de psicologia social" (*id.*, *ibid.*, p. 67) que emulam e parodiam aquelas doutrinas, ideologias e discursos científicos sobre a imitação então em voga.

Conforme tal teoria, simulada, mas complexa, a grande obsessão num mundo dominado pelo artifício seria o chamado "figurino" – isto é, o modelo original, a supostamente autossuficiente fonte produtora de novos estilos e provocadora de imitações. Mas a moda moderna, alega ele, é caracterizada pela mudança veloz, motivada pela comparação, e propiciada pelo espírito de competição, de modo que todos são culpados por sentirem algum grau de ressentimento, e todos querem ser eles mesmos modelos, ainda que efêmeros. Essa ansiedade e constante exigência do novo – no vestuário, mas também nas artes, na religião e no esporte – levaria à despersonalização e à normalização do desejo. João do Rio não parece ser radicalmente crítico de tal dinâmica; ele a acha inevitável e sugere que uma certa quantidade de "inveja, pretensão e ciúme" corresponde a apenas mais uma manifestação do desejo humano, ou, em sua retórica decadente, é "símbolo da excessiva vibração dos nossos nervos, da nossa alma inquieta, da nossa futilidade" (*id., ibid.*, p. 74). Ainda assim, delineia diferentes graus de autenticidade; enquanto modas "fáceis" se espalham rapidamente em um movimento que simula democracia, "modelos" ocasionais, os quais são verdadeiramente únicos e, portanto, difíceis de emular, tendem a ser objetos de uma inveja amarga, tal como Oscar Wilde, o qual ele chama de "figurino do paradoxo" (*id., ibid.*, p. 72). Ou seja, apesar de celebrar a imitação, a simulação e a emulação, João do Rio não deixará de lado o valor da originalidade de tipos excêntricos e extravagantes.

Porém, depois da crise de autenticidade que supostamente o atingira em Paris, o que João do Rio vem a considerar um modelo verdadeiramente original? Como para Tarde e Wilde, sua noção de modelo é sempre revestida de prestígio e, às vezes, de autoridade. É por isso que, pelo menos em princípio, originais que se tornam objetos de imitação (e consumo) nunca se encontram entre as massas. Segundo ele, "o indivíduo comum" adota modelos de maneira simples e preguiçosa, sem compreender seus significados, numa reprodução popular da categoria moderna do "esnobe". João do Rio volta assim a um ponto que já articulara em "Máscaras de todo ano": na sociedade moderna, uma proliferação de homens (vulgares) mimetiza os modos de outros homens (distintos). Esses maneirismos superficiais podem ser gestos inconscientes e sem sentido de pessoas de prestígio, ou podem derivar do estilo original e cuidadosamente talhado de dândis notáveis, como o chapéu de abas largas do artista plástico Raul Pederneiras, ou as caveiras na gola e nos punhos de Cordeiro Calixto. Ou seja, embora celebre a imitação, a simulação e a emulação, João do Rio não renuncia ao valor da originalidade.

É importante notar que, o que pode inicialmente ser visto como inescapavelmente classista, elitista ou aristocrático em sua doutrina pode, em verdade, ser traduzido para diferentes contextos socioeconômicos. Segundo João do Rio, praticamente todos na moderna sociedade de consumo imitam e são imitados por outrem: "na imitação do figurino não há bem inveja, há o querer ser igual" (*id., ibid.* p. 79). Ou seja, tanto imitadores esnobes quanto modelos originais podem ser encontrados em todas as camadas da sociedade. Pois até mesmo nas classes menos abastadas haveria aqueles que são "*fashionable, professional beauties*, dandies" (id., *ibid.*, p. 80). Assim como a elite elegante, alguns membros das classes populares não deixam de estar suscetíveis à influência da moda, ao lado de raros modelos originais que gozam de maior prestígio. Um bom exemplo, argumenta ele, é o estilo altamente original do malandro

> O sentimento, a ideia, é a mesma. Apenas o figurino da *haute gomme* é um e o figurino da ralé é outro. Tanto se julga satisfeito com uma casaca Davis ou do Cook, o colete em V e os sapatos rasos um jovem do escol, como de calça bombacha, casaco curto, tacão reúno, lenço azul no pescoço e chapéu no alto para não comprometer o topete, um malandro qualquer" (*id., ibid.*, p. 80).

Ou seja, o que distingue os modelos das camadas superiores dos modelos das classes desprivilegiadas é a natureza da opinião pública: as opiniões da elite são forjadas por uma imprensa a que as camadas inferiores da sociedade não têm acesso. Em outras palavras, a dinâmica da imitação envolve prestígio acumulado ou capital simbólico. Para João do Rio, o traje é indissociável do corpo que o veste. Ele acredita que as roupas não apenas complementam, mas também corrigem a natureza de tal forma que a moda moderna significa e mede os talentos e virtudes do usuário.

"O figurino" mostra a preocupação de João do Rio com a transformação do dandismo moderno, de uma expressão de originalidade em puro esnobismo, que se fez um mecanismo para traçar limites de classe e criar um senso de uniformidade e distinção entre certos homens. Ao contrário das mulheres, que carecem de qualquer "espírito de classe" e, logo, conseguem facilmente transformar cópias em modelos, João do Rio critica os homens por sua ânsia (digamos homossocial) de fazer parte de um clube, de uma associação ou de uma escola, e vestir um uniforme que demonstre esse pertencimento. Só homens excepcionais – como Wilde, claro, a quem João do Rio chama de gênio à altura de um Shakespeare, um "Brummell mental" e "o Grande Sacerdote do Artificialismo" (*id., ibid.*, p. 86) – podem (re)criar-se a si mesmos repetidamente como modelos novos e originais. Em uma espécie de paradoxo, o cronista conclui que o privilégio da futilidade, portanto, não pertence aos ignorantes, mas somente aos homens de espírito (*id., ibid.*, p. 102).

João do Rio nunca resolve inteiramente a questão do privilégio de classe que define o dândi, figura que, no entanto, elogia. Suas representações de imitadores variam desde julgamentos racistas até avaliações críticas dos privilégios e do cosmopolitismo pretensioso da elite local. Essa tensão é complicada pelo fato de que, em grande parte de seu trabalho, a ficção não se distingue claramente da reportagem. Em uma crônica posterior, intitulada "Eleutério é '*homme du monde*", que Barreto assina como Flaming, o jornalista, simpático, mas condescendente, critica o preconceito contra a presunção de cosmopolitismo (uma inofensiva obsessão pelo mundanismo) e desejo de elegância do tal Eleutério. Este se torna objeto de ira do público quando economiza dinheiro para se vestir com elegância, apropriando-se da moda do dandismo antes que ela se tornasse uma tradição ao alcance de todos, e logo começa a publicar artigos de jornal em que elogia damas e cavalheiros das camadas altas da sociedade. Caricatura da elite local, Eleutério concorda e repete tudo o que seu interlocutor diz. Tem uma habilidade notável de memorizar nomes e fatos da alta sociedade carioca, e depois transformar essas informações em fofocas. Apesar de seus meios limitados, ele simula com heroísmo e contentamento o estilo elegante do dândi, fumando charutos cubanos (falsificados) e fingindo conhecer a vida interior de uma elite à qual anseia (e afirma) pertencer. Cópia inferior, Eleutério expõe a ânsia por distinção de uma elite que João do Rio chama de sociedade "*thé*-tango-*bridge*", devido ao amor aos costumes e produtos franceses e ingleses, e o desdém pelo caráter incivilizado da sociedade local de que ele também espera escapar. Embora o presunçoso Eleutério possa inconscientemente imitar e se apropriar indevidamente de elementos de uma cultura que supostamente não seria sua, o autor dirige sua crítica aos imitadores superficiais e iludidos de todas as classes sociais. Ironicamente, a caracterização de Eleutério por João do Rio coincide com sua própria imagem espelhada na cena inaugural de "O figurino" e ecoa o julgamento que muitos contemporâneos e críticos do século XX lançaram sobre ele mesmo e sua obra.

***

Para melhor compreender-se a posição de João do Rio sobre questões de fácil imitação, por um lado, e reivindicações de autenticidade, por outro, vale examinar brevemente três exemplos dessa tensão, particularmente no que se refere à classe e ao *status* racial incorporados na figura do pernóstico. O primeiro exemplo é "Um mendigo original", crônica que descreve uma conversa entre o autor e Antônio Justino, morador de rua, mas ao mesmo tempo uma clara caricatura de um aristocrata decadente. A figura do mendigo, uma espécie de Camerino Rocha dos pobres, ama o teatro, não vê sentido em trabalhar e espera que a sociedade o sustente. Como o mendigo acha quase tudo inútil e aprecia seu estilo de vida, ele é indistinguível do dândi autêntico. Desnecessário dizer que tais imagens simétricas e díspares apenas expõem a inautenticidade de ambas: a história generaliza tanto a originalidade (já que qualquer um, de qualquer classe, pode ser original) quanto a presunção (já que há presunçosos em todos os lugares). E, no entanto, ao contrário do dândi, o mendigo evita a publicidade e a imprensa e insiste em permanecer anônimo. Ao se recusar a se transformar em mercadoria, ele também se recusa a entrar na circulação capitalista de mercadorias. Como Wilde, ele faz de sua vida a própria arte e, por isso, torna-se inimitável.

A segunda crônica, "As crianças que matam" (RIO, 1909b), situa-se entre a ficção e a reportagem. O escritor descreve como ele e um amigo decidem, à maneira de Dorian Gray, explorar o submundo da capital carioca. Em interações com as populações marginalizadas do Rio de Janeiro, eles encontram um grupo de "capoeiras", descritos como negros e malandros. Eles estão bêbados, calçam tamancos, e alguns misturam palavras inglesas, francesas e africanas em suas falas, tendência que compartilhariam com a esnobe elite local que, como Eleutério, despreza a vida provinciana do Rio de Janeiro e quer mudar-se para a Europa. À medida que o narrador e seu amigo adentram os subterrâneos do bairro, eles encontram um grupo de homens que talvez fossem assassinos, mas que eram sobretudo exímios e comoventes contadores de histórias. A crônica termina com uma confissão dos preconceitos do próprio escritor: "eu e meu amigo sentimos n'alma a emoção inenarrável que a atração do que julgamos mau sempre nos causa" (*id.*, *ibid.*, p. 39). Embora adote a postura distanciada de espectador, jornalista e *flâneur*, não obstante a problemática associação do negro ao crime e à perversão, neste raro momento João do Rio explicitamente admira (deseja?) a tradição, mais especificamente, a tradição afro-brasileira.

O terceiro exemplo é o conto, também de inspiração wildiana "A sensação do passado", do volume *Dentro da noite*. Em contraste com o *flâneur* do conto anterior, aqui o narrador aristocrático, um suposto Barão, se dirige a convidados modernos e elegantes em sua própria sala de estar. A conversa gira em torno da única vez em que ele experimentara o passado como algo verdadeiramente estranho, totalmente sem sentido, totalmente irreconhecível e desprovido da marca afetiva de memórias acumuladas. Esse evento singular, diz ele, ocorre em uma reunião de homens e mulheres burgueses, elegantes e fofoqueiros (mas não totalmente aristocráticos). O episódio é estruturado em torno de duas cenas contrastantes. Na primeira, um mestiço virtuoso e na moda, que lembra Calixto Cordeiro com sua franja, camisa de gola alta e jeito pernóstico de erguer o dedo mindinho para mostrar um anel de pedra única, toca piano. Ele é comparado a um macaco – "com a frente de orango camarinhada de suor" (RIO, 1910b, p. 118-19) –, mas também descrito como um típico intérprete moderno, um compositor prolífico de músicas dançantes que se deslumbra com o próprio sucesso. Seus ouvintes, incluindo o Barão, experimentam uma sensação estranha, mas emocionante, de se julgarem jovens e modernos, até que uma dor de dente obriga o pianista a encerrar sua apresentação mais cedo. Na segunda cena, um substituto é apresentado: tradicional, antiquado (de cavanhaque grisalho!) e, presumivelmente, branco. Ele já fora popular, mas se aposentara e ficara alheio ou ressentido com os estilos e modas mais recentes e transitórios. Embora suas composições não fossem verdadeiramente antigas, soavam incompreensíveis e irritantes para os convidados reunidos, que acabam por abandoná-lo, indo para a sala de jantar. Em suma, o intérprete inautêntico, presunçoso e parcialmente negro oferece uma experiência totalmente autêntica, porque extravagante, enquanto as canções ligeiramente ultrapassadas do artista aposentado inspiram um sentimento de alteridade temporal que os ouvintes percebem como inautêntico e desagradável.

Tal pluralidade de perspectivas e temporalidades que João do Rio explora em seus contos, crônicas e palestras definem um extenso panorama em que a autenticidade nunca pode ser verdadeiramente experimentada. A autenticidade é sempre ilusória ou está alhures, e a busca por ela é sempre insatisfatória. O mendigo sem-teto, cuja pretensão de originalidade denuncia os artifícios do dândi, não é nem mais nem menos patético que o esnobe burguês, e qualquer um pode se dizer original. Embora vestígios de tradição autêntica possam permanecer em algum lugar, comunidades marginalizadas e/ou criminalizadas não podem acessá-los, isto é, mesmo que sejam reconhecíveis em uma sociedade pernóstica onde todos fingem ser outra pessoa. E enquanto a nova música do presumível moderno pode ser assimilada, canções familiares, mas ligeiramente desatualizadas, não são mais reconhecidas ou toleradas.

Quase uma década depois, João do Rio parece não ter superado esse dilema. Primeiramente, descreve a moda como um princípio estritamente estético: "a disciplina na variedade, a ordem, o método, a obediência no gosto". Segundo ele, se verdadeiros inventores, modelos e gênios (cita Isadora Duncan e Sarah Bernhardt como exemplos) são realmente raros, a moda é mais democrática em sua mediocridade "coletiva, socialista". Quando a moda não é hipócrita, mas a expressão autêntica e afirmativa da "convicção de não ter convicções", ela oferece às multidões uma experiência alternativa, ainda que efêmera, de originalidade:

> Convenho que sempre imitamos nesta Cidade-Espelho. Imitamos e copiamos todas as modas, a da indumentária como a das ideias, a dos costumes, a da moral, a do caráter. São mesmo tantas as modas, sucessivas e incoerentes, a invadir e tomar-nos pensamento e sentimento que todas nos deixam incompletos, no ar, à espera de outra moda que também não nos completa. Essa ansiedade de cópia é o grande mal do Brasil e, principalmente, do Rio – a grande província pernóstica onde se misturam todos os meio-inteligentes do sertão, todos os assaz pastranas da roça, todos os pretensiosos das aldeias querendo roncar de homens da cidade (RIO, 1920a, p. 3).

***

Em *Cosmopolitan Desires* (2014), Mariano Siskind discute o modo pelo qual se articula na América Latina a tensão entre "o desejo de participar da ordem global do Modernismo e a angústia provocada pela experiência da exclusão e a antecipação da exclusão por vir" (SISKIND, 2014, p. 18). Para ele, ao contrário das noções hegemônicas de literatura-mundo, que ainda tendem a ser globalizantes, para a América Latina o discurso literário mundial é sempre antagônico. Já um dos primeiros teóricos do Decadentismo europeu certa vez argumentou que a própria ideia de Decadência seria idêntica à ideia de imitação (GOURMONT, 1900, p. 121). No caso da *Belle Époque* brasileira, a imitação decadentista e a imitação da Decadência são vistas como solução e obstáculo às aspirações dos homens de letras. João do Rio foi um dos que – pelo menos até certo ponto – se sentiu atraído pelos apelos vagos, muitas vezes contraditórios, do esteticismo, da moda, ou do que Thomas H. Wirth chamou de "Decadentismo perfumado" (WIRTH, 2002, p. 41).

Diferentemente dos seus contemporâneos, sejam os cosmopolitas, sejam os nacionalistas, João do Rio nunca resolve a tensão entre o desejo de imitação e o de originalidade. Suas crônicas exploram incansavelmente a maneira pela qual uma série de atos imitativos podem gerar originalidade ou, ao contrário, permanecer superficiais. Assim, o cronista constantemente revisita suas próprias reflexões sobre a moda, tentando explicar a natureza "caleidoscópica" da modernidade, isto é, suas fundações necessariamente combinatórias e sua universalidade efêmera (BARRETO, 1920). Além disso, ele também manipula, em proveito próprio, o conceito de imitação, tornando-o um mecanismo de reconhecimento, sobrevivência, aceitação e ascensão social. Ao ver a emulação como forma de alcançar distinção, João do Rio é muitas vezes levado a manifestar desejo de exclusão, expressando o escárnio pelo outro e até mesmo reproduzindo a discriminação (étnica ou de outro tipo). Por outro lado, mais interessado nas narrativas contemporâneas do que nas limitadoras narrativas do passado (memória coletiva, herança, ancestralidade, a imitação-costume de Tarde), ele tende a evitar a todo custo o discurso da tradição e das origens e, logo, as limitações da autenticidade. O discurso sobre a moda e a modernidade lhe oferece a oportunidade de reivindicar uma originalidade sem marginalização e, portanto, representa uma alternativa ao sentimento hegemônico de pertencimento, uma alternativa que não fosse limitada pela reprodução, filiação ou nacionalidade.

Assim, João do Rio encontra-se na interseção de ao menos duas não tradições, duas correntes de imitação às quais ele não tem pleno acesso. Aquilo que ele não pode imitar, ou aquilo que ele se recusa a imitar, é tão significativo quanto aquilo que ele imita; o inimitável inclui processos interrompidos de representação histórica, por um lado, e associações suspeitas ou contagiosas, por outro. Ou seja, ao sujeito tido como homossexual e mulato, nenhuma identidade racial, sexual ou nacional parece desejável ou sequer disponível, e pode ter sido por tal motivo que o dândi carioca tenha feito das imposturas de classe e do cosmopolitismo a sua própria máscara. Ao mesmo tempo, considerando que a sua ascendência parcialmente africana era um segredo tão aberto quanto sua homossexualidade, nem as narrativas norte-americanas de *racial passing*, nem a experiência moderna do armário podiam dar conta dos múltiplos disfarces que ele utilizou. À medida que ele circulava, terminando por ocupar o centro da vida intelectual cariosa, esses disfarces tinham efeitos incertos ou ambivalentes, de rasura e exagero, retirada discreta e intrusão hipervisível. Do ponto de vista da diferença sexual ou racial, João do Rio permanece quase, mas não totalmente invisível. Ele é quase branco, quase heterossexual, mas nem tanto, e como muitos insistem em lembrar, a ele e a seus leitores, há indícios de negritude e homossexualidade, mas não evidências. A noção de "mimetismo" de Homi K. Bhabha pode ser útil aqui para compreender melhor os "disfarces" de João do Rio. Bhabha associa o mimetismo às formas pelas quais o sujeito colonial se fixa como uma "presença parcial", uma virtualidade – ou, se quisermos repetir, com Molloy, uma *pose*. Entre a "exigência de identidade, *stasis*" e a força compensatória da mudança e diferença histórica, "o mimetismo representa um meio-termo irônico" (BHABHA, 1984, p. 126). Esse espaço e condição de fronteira é um dos sentidos que o termo "extravagância" adquirirá durante a *Belle Époque* e além dela.

Ao evitar associar-se diretamente com a ortodoxia científica e nacionalista de seu tempo, João do Rio produz uma obra robusta e múltipla que ainda hoje resiste ao confinamento. Não apenas um espectador (como seria o *flâneur* tradicional), nem um dândi aristocrático, o cronista contém os aspectos contraditórios de seu tempo e de sua biografia. Por rejeitar definições rígidas de cultura e identidade nacionais, ele é atacado como antipatriótico. No entanto, como se sabe, ele seria tão reconhecido e aclamado nacionalmente que, na ocasião de sua morte, cerca de 100.000 devotos se reuniram em frente à redação de *A Pátria*, o jornal que ele dirigia. João do Rio também alcançaria as mais altas distinções disponíveis para um intelectual no Brasil do início do século XX, incluindo um mandato como presidente da Academia Brasileira de Letras. Tal reconhecimento não lhe permitiu, no entanto, escapar do estigma de pernóstico, frequentemente atribuído ao sujeito racializado e afetado que se apropria indevidamente de culturas e estilos europeus, mas diluídos em meros maneirismos. E embora muitos críticos o considerem talentoso, poucos ainda hoje o chamariam de um verdadeiro gênio.

***

Extravagância: segundo o dicionário Houaiss (2014), o termo e seus correlatos denotam a "ação que escapa às normas do bom senso, do equilíbrio emocional, do bom gosto"; "qualidade de excêntrico, singular, esquisito". Derivado do latim medieval e formado por "extra" (externo) e "vagare" (vagar), seu significado primordial, especialmente nas línguas latinas, está associado a transitar por fora do permitido, ou seja, desviar, feito vagabundo. Nas línguas românicas, "extravagância" quase sempre se relaciona (sem, no entanto, coincidir) com noções de transgressão, não normatividade e tudo aquilo que é, digamos, esquisito ou *queer*. Por se referir à singularidade, nunca denota uma identidade fixa, nem mesmo uma conduta que possa ser repetida.

O personagem extravagante, com sua longa história na literatura e no pensamento europeu, especialmente francês, foi uma figura particularmente privilegiada no imaginário dos decadentistas. Em seu estudo sobre o teatro do século XVII, François Poulet (2012) argumenta que o significado original de "extravagância" oscila entre deslocamento e fixidez, errância e enclausuramento, migração e enraizamento, moralidade e imoralidade, interdição e permissão e, poderíamos acrescentar, licenciosidade e puritanismo, originalidade e vulgaridade, civilidade e grosseria, até mesmo civilização e barbárie. Como demonstra Poulet, a palavra "extravagância" pertence a um campo semântico historicamente distinto daquele do termo "loucura"; aliás, o extravagante raramente é representado como louco ou tolo. Como marca de diferença, a extravagância é frequentemente atribuída a origens sociais, geográficas ou étnicas heterogêneas e, com menor frequência, a linguagens, ideias ou comportamentos heterodoxos. Mas, como espero ter demonstrado, a extravagância também pode indicar um mero momento de contato efêmero com a diferença, um período de interrupção (como o Carnaval) em que certas condutas proibidas e condenáveis são permitidas. Nesse sentido, o comportamento extravagante quase sempre é seguido pelo restabelecimento da normalidade cotidiana.

Na terminologia psicopatológica do final do século XIX, a extravagância era muitas vezes vista como perversidade (isto é, um vício ou comportamento particular), e não como perversão (doença ou traço de personalidade). Os significados de "extravagância" (subst.) e "extravagante" (adj. e subst.) , contudo, são muito mais fluidos que seus equivalentes "perversidade", "pervertido" e "perverso", formando um grupo semântico que varia enormemente de acordo com o contexto. Por exemplo, se sua conduta é caracterizada como um hábito, um homem conhecido por penetrar outro homem pode, de fato, ser considerado "um extravagante"; mas um homem que se comporta dessa maneira com menor frequência pode ser tão somente visto como alguém propenso a extravagâncias em geral, isto é, a excessos (e sexo com outro homem seria apenas um deles).

No outro extremo do espectro, está o homem que se envolve em uma extravagância única e isolada, como uma aventura sexual, mas regressa à "normalidade" cotidiana logo em seguida.

Segundo David M. Halperin (2014, p. 476) a inversão sexual era geralmente considerada uma perversão relacionada uma "identidade de gênero, sensibilidade e estilo pessoal desviantes". Por outro lado, acrescenta,

> Implícito nesta doutrina [da psicopatologia] estava a premissa de que não há necessariamente nada sexual ou psicologicamente anormal em si sobre a penetração sexual masculina de um homem subordinado [...] A penetração de um homem subordinado, por mais repreensível e abominável que seja, poderia ser considerada uma manifestação de um apetite sexual masculino excessivo, mas normal... tal homem recusava-se perversamente a limitar suas experiências sexuais a fim de satisfazer suas preferências sexuais, que considerava enfadonhas. (*id.*, *ibid.*, p. 468).

Ou seja, as extravagâncias sexuais não fazem de um homem um invertido e, dependendo das circunstâncias, um invertido pode ou não ser visto como extravagante. Em suma (como Foucault já demonstrou extensivamente), o extravagante raramente é percebido como uma identidade ou uma patologia, mesmo que casos patológicos como o do louco e do pervertido sejam frequentemente caracterizados por comportamentos extravagantes. Em termos criminológicos, "o extravagante" é muitas vezes assimilado ao "homem de gênio" e ao "moralmente insano", mas nunca à insanidade propriamente dita. "Extravagância" pode descrever certos atos e pessoas, mas a extensão de sua criminalização e patologização varia consideravelmente. O criminólogo lombrosiano caracterizaria certos tipos extravagantes como "delinquentes de ocasião", em vez de "delinquentes natos"; em outras palavras, seu comportamento pode ser puramente contingente, em vez de um traço de personalidade.

Na obra do mais renomado criminólogo brasileiro da virada do século, o já citado Francisco Viveiros de Castro, a forma adjetiva muitas vezes qualifica certos atos e condutas, às vezes patológicas, mas sem necessariamente denotar crime ou doença. Viveiros de Castro em geral está preocupado em identificar ideias extravagantes, os projetos, as paixões, a fim de determinar se são simplesmente inusitados e excepcionais, ou se constituem pensamentos e sentimentos verdadeiramente pervertidos que podem vir a representar uma ameaça à sociedade. Seu uso, no entanto, é instável, e pode, na verdade, referir-se, em alguns casos, a uma forma específica de perversão. Em relação às "histéricas", por exemplo, Viveiros de Castro cita a enumeração de suas típicas "extravagâncias", conforme a teoria de Krafft-Ebbing: "onanismo, mania de se vestir como homem, de passear nua pelo quarto e outras extravagâncias eróticas" (VIVEIROS DE CASTRO, 1934, p. 55); e cita também (a partir de Legrand du Seule) o caso de "uma moça de 15 anos, de constituição muito robusta, já polisársica [i.e., musculosa], exaltada, extravagante, absurda, depravada" (*id.*, *ibid.*, p. 142). "Extravagância" é, portanto, uma categoria bastante volátil, que podia descrever um estilo de vida, mas cujo significado também podia abranger crimes que iam da tortura à bestialidade, ao assassinato e à antropofagia (*id.*, *ibid.*, p. 242). Em contextos não sexuais, comportamentos e personalidades extravagantes poderiam se tornar objeto de preocupação legal e biopolítica. E quando associada a práticas religiosas estrangeiras ou desconhecidas, cultos e cerimônias como o exorcismo (CASTRO, 1901, p. 68 e 89), a forma adjetiva ("extravagante") era frequentemente usada para rebaixar o outro e caracterizar práticas, condutas e hábitos como inferiores, ridículos ou risíveis (*id.*, p. 363). Na obra de Viveiros de Castro, o termo está ligado a debates sobre responsabilidade legal e condenação criminal, principalmente em casos envolvendo insanidade temporária ou epilepsia. Entre outros exemplos, o jurista se refere a um estudo de "delinquentes" que teriam sido enviados para uma instituição mental porque suas "extravagâncias na prisão causavam desordem" (VIVEIROS DE CASTRO, 1900, p. 129). Embora relacione esses comportamentos extravagantes à doença mental, e não à criminalidade, o autor acredita que as extravagâncias de um indivíduo inimputável podem, no entanto, representar uma ameaça e, portanto, levar as autoridades a exigir que esse indivíduo seja encarcerado.

Como procurei demonstrar, a fascinação dos decadentes de ambições cosmopolitas, especialmente João do Rio, com o termo "extravagância" pode ser lida como uma tentativa de remover o tema da perversão da tutela médico-legal e colocá-lo sob a égide do prazer e da fantasia. A extravagância é, assim, igualada à aventura e, muitas vezes, à originalidade. Retirada da temporalidade do cotidiano, ela muitas vezes simboliza uma interrupção, uma emoção súbita, um *capricho*, mas não meramente uma pose. Assim, uma pessoa pode – e, de acordo com os decadentes, todos o fazem – ocasionalmente participar de uma "extravagância" (sexual ou outra qualquer) sem necessariamente se tornar um indivíduo extravagante ou objeto de escrutínio médico ou de exame criminal. Da mesma forma, o sujeito extravagante é aquele que desvia da norma sem ser marginalizado; ele emerge na literatura como uma figura única que é simultaneamente ameaçadora e contida.

Tal como outros decadentes, João do Rio povoou suas obras – e particularmente as histórias reunidas em *Dentro da noite* (1910) – com extravagâncias e extravagantes. Em algumas delas, como aconselha o personagem de "Histórias de gente alegre", uma extravagância pode apenas representar uma experiência singular, que serveria como cura para "estados nervosos" oriundos da superficialidade da moral burguesa:

> Então, minha filha, aconselho uma paixão ou um excesso, um belo rapaz ou uma extravagância [...]. Mas é recorrer à multidão, passar uma noite percorrendo os bairros pobres, experimentar. Ou então, minha cara, um grande excesso: champanhe, éter ou morfina... (RIO, 1910c, p. 35).

Para o *flâneur,* tais experiências de excitação e prazer podem também ser alcançadas através do contato com o socialmente e etnicamente exótico, particularmente durante o Carnaval e as festas de rua, como no diálogo em "O carro da Semana Santa":

> E nós estávamos afinal, naquele café do Carceller, perto de duas igrejas a comentar a extravâgancia sensual da multidão.
> – Fazer horrores junto ao corpo do Senhor morto! Mas deve ser uma delícia! paradoxou o jovem ambíguo.
> – Pois está visto! gaguejou um dos desconhecidos que pagara.
> Nós sorriamos, fartos de igrejas e de sacrilégios, e íamos sair, quando o cidadão Honório, que até aquele momento não falara, murmurou:
> – Tudo na vida é luxúria. Sentir é gozar, gozar é sentir até ao espasmo Nós todos vivemos na alucinação de gozar, de fundir desejos, na raiva de possuir. É uma doença? Talvez. Mas é também verdade. Basta que vejamos o povo para ver o cio que ruge, um cio vago, impalpável, exasperante. Um

> deus morto é a convulsão, é como um sinal de porneia As turbas estrebucham. Todas as vesânias anônimas, todas as hiperestesias ignoradas, as obsessões ocultas, as degenerações escondidas, as loucuras mascaradas, inversões e vícios, taras e podridões desafivelam-se, escancaram, rebola, sobem na maré desse oceano (RIO, 1910e, p. 259).

Assim, certos objetos e substâncias (champanhe, éter e a multidão são permutáveis) facilitam uma experiência que interrompe a temporalidade linear e normativa, feito um arrepio. Para João do Rio, a extravagância pode ser autêntica ou ingênua (RIO, 1911f, p. 289), mas tem de ter "o gosto do imprevisível" (RIO, 1995, p. 109). A caracterização do comportamento de um indivíduo como extravagante, contudo, varia de acordo com classe e raça: uma extravagância experimentada pelas classes dominantes pode ser enquadrada como crime em classes menos favorecidas ou não brancas. Dessa forma, João do Rio utiliza os modelos de decadência aristocrática de Lorrain e Wilde para acentuar e ao mesmo tempo participar das "extravagâncias" dos dois extremos da sociedade:

> Nas sociedades organizadas, há uma classe realmente sem interesse: a média, a que está respeitando o código e trapaceando, gritando pelos seus direitos, protestando contra os impostos, a carestia da vida, os desperdícios de dinheiros públicos e tendo medo aos ladrões. Não haveria forças que me fariam prestar atenção a um homem que tem ordenado, almoça e janta a hora fixa, lê os jornais da oposição e protesta contra tudo. Nas sociedades organizadas interessam apenas: a gente de cima e a canalha. Porque são imprevistos e se parecem pela coragem dos recursos e a ausência de escrúpulos (RIO, 1920b, p. 126).

Já para Elísio de Carvalho, todos os movimentos literários do *fin de siècle* foram "extravagantes": "uns eram simbolistas, outros decadistas, outros místicos, ainda outros instrumentistas, magníficos, satanistas etc. E o domínio da extravagância era absoluto e medonho" (CARVALHO, 1907, p. 219). Em outro momento, Carvalho cita o crítico José Veríssimo, segundo o qual "extravagante" seria tudo aquilo que não é "humano ou social", "fora da vida e da realidade" (*id.*, *ibid.*, p. 34). Mas ao descrever a poesia de Gustavo Santiago, ele define "extravagância" como o oposto da originalidade:

> Há [em seus versos], realmente [...] mais extravagâncias que originalidades [...]. Não há negar que, se há nele extravagâncias, há também belezas, frases de valor poético, ideias e sentimentos, virtudes de melodia e sonoridade pouco vulgares. Os seus versos, mesmo os extravagantes, os que são filhos apenas da sua preocupação de escola, mostram que Gustavo, como poeta, não é um poeta ordinário" (id., ibid., p. 150).

João do Rio por sua vez busca demonstrar uma necessária afinidade entre extravagância, poesia e loucura. Segundo ele, no Brasil, tal afinidade na rebeldia, particularmente óbvia nas obras e no comportamento do grupo boêmio de 1886 (Paula Nei, Guimarães Passos, Pardal Mallet, Olavo Bilac, entre outros), desaparecera após o início do regime republicano em 1889. Na época, sugere ele, "a norma era a extravagância" (RIO, 1911c, p. 195), e "era um dos prazeres da boêmia violentar as leis policiais! (*id.*, *ibid.*, p. 200). E conclui que o que era considerada uma extravagância "normal" passa a ser contida, normalizada. Assim, a antiga cultura da extravagância antes exemplificada pelo dandismo acaba se degenerando em mera imitação e esnobismo (BARRETO, 1911e, p. 73); sendo "a salvaguarda do progresso, o esnobismo é o diapasão da harmonia universal, o esnobismo é a Civilização" (Barreto, 1911a, p. 177) que acaba por se transformar na "divina mentira social" (*id.*, *ibid.*, p. 164).[20]

Em vez de funcionar como instrumento normalizador, a ideia de "extravagância" na vida-obra de João do Rio possibilita a circulação de corpos e significados inusitados. Se o Carnaval representa a interrupção temporal-espacial da extravagância por excelência, então a literatura e os comportamentos que circulam no *fin de siècle* e na *Belle Époque* – sua própria ilegibilidade e sua obsolescência – resistem às exigências normativas das grandes narrativas de reprodução sexual, capitalista e nacional. Simultaneamente, em vez de apenas virar as costas para pressões sociais

---

20 Sobre a figura literária do esnobe (ou em francês, 'le pedant'), ver Poulet (2012, p. 367-372).

da época (como muitas vezes tem-se dito), a geopolítica nas obras de João do Rio consiste em explorar a imprevisibilidade na emergência de corpos, comportamentos, experiências e culturas no Rio de Janeiro do início do século XX.

Como já sugeriu Elisa Glick "a extravagância luxuosa do Decadentismo recusa a racionalização e o utilitarismo da economia restritiva do capitalismo, produzindo uma convergência de estética e sexualidade que está inextricavelmente ligada ao mercado, mas nunca totalmente contida por ele" (GLICK, 2014, p. 338); e, por isso mesmo, sua negatividade talvez contenha em si uma possibilidade utópica. Se o Carnaval é o espaço-tempo interrompido da extravagância por excelência, então os escritos e as *performances* extravagantes que povoam o *fin de siècle* e a *Belle Époque* – sua própria ilegibilidade e obsolescência – resistem às exigências normativas das grandes narrativas de reprodução sexual, capitalista e nacional. Ao mesmo tempo, como espero ter demonstrado, mais do que ignorar as prementes questões sociais da época, a escrita de João do Rio não cessa de explorar a emergência de corpos, comportamentos, experiências imprevisíveis e culturas no Rio de Janeiro do início do século XX.

***

Quero concluir esse capítulo retomando o que considero os principais *insights* de Silvia Molloy sobre o espectro de Wilde no Modernismo hispano-americano, a saber:

1. A cultura literária do *fin de siècle* é caracterizada por uma exibição exagerada do corpo (individual e nacional), um excesso de visibilidade do qual o dândi exibicionista apropria-se constantemente, exigindo atenção para si mesmo;

2. Escritores decadentistas como Rubén Darío se preocuparam com os limites de tais excessos imitativos e inautênticos, e com o risco de penetração, contaminação, contágio ou possessão pelo modelo (elusivo ou fantasmático) que essas posturas e imposturas representam, particularmente o risco de se tornar a expressão dessa identidade (sexual) que a estética decadentista introduz mais ou menos silenciosamente;

3. É, pois, necessário recuperar e compreender as implicações políticas das formas pelas quais estas exibições feminizantes de excessos (po-

ses e maneirismos) suscitam um medo de penetração estrangeira que é ao mesmo tempo perigoso e sedutor;

4. A imitação excessiva de modelos (efeminados como Wilde) é muitas vezes percebida como falsificação, pura simulação, posando ou passando por algo que não se é. Se por isso ela é condenada como delirante, o binarismo (autêntico/inautêntico) dessa percepção apaga a figura do sujeito homossexual do espaço da representação justamente no momento em que ele passa a fazer parte do imaginário nacional. Porque o próprio modelo é efeminado, esses dândis locais (hispano-americanos), wilderistas ou cosmopolitas, são a imitação de uma imitação de uma imitação, pura pretensão de algo inominável a que eles acabam por renunciar em favor da autenticidade (nacional). Devemos, portanto, perguntar: quais escolhas políticas alternativas no arquivo *fin de siècle* foram silenciadas pelos discursos de identidade nacional e pela busca de um tipo nacional viril?

Em "Too Wilde for Comfort" (1992), Molloy estudou as maneiras pelas quais o ideal de saúde nacional (heterossexual) nas culturas letradas e discursos científicos latino-americanos do *fin de siècle* derivou e dependeu de representações paranoicas de doença, decadência e desvio sexual. José Martí (1853-1895), por exemplo, sentiu-se atraído pelo esteticismo de Oscar Wilde ao mesmo tempo em que se incomodava com sua ostensiva "extravagância" (MOLLOY, 1992, p. 188); e Rubén Darío, no início de sua carreira, admirava a ruptura de Wilde com as convenções, porém lamentava o fato de ele ter sido "vítima de sua própria excentricidade" (*id.*, *ibid.*, p. 190). Molloy sugere que a diferença representada por Wilde – excentricidade, extravagância – e a mistura de atração e puritanismo que frequentemente provocava é resultado do "discurso duplo do modernismo" (*id.*, *ibid.*, p. 193); ou seja, da importação paradoxal e seletiva do Decadentismo como afirmação de uma nova estética e ao mesmo tempo como base da identidade nacional e continental moderna. Molloy argumenta que, ao contrário da celebração do corpo e do interesse pelo excêntrico (o raro, o *queer*) que se encontra no cerne do Decadentismo europeu, o reconhecimento da homossexualidade e do perverso pelos modernistas hispano-americanos nunca levou a uma profunda e transformadora reflexão sobre sexualidades dissidentes. Em vez disso, a tendência generalizada foi desviar o olhar, domesticar, perdoar, ou rejeitar totalmente o surgimento de corpos transgressores. Enquanto Martí e Darío associavam a cultura estrangeira à efeminação, às sexualidades dissidentes e à perversão, de modo que o desvio sexual seria considerado, em última análise, uma das muitas doenças trazidas pelos imigrantes (*id.*, *ibid.*, p. 195), para Enrique Rodó (1871-1917), a ameaça vinha de dentro. Por isso, e por mais que lhe parecessem atraentes, desaprovava o artificialismo, a suavidade e a morbidez de escritores como o próprio Darío. De acordo com Molloy, Rodó finalmente decidiu que a emasculação infecciosa e a penetração estrangeira só poderiam ser evitadas por meio da formação de uma vigorosa fraternidade, unida pelo contato renovado com as fontes mais viris da cultura europeia. Entre as consequências desse apelo à nacionalidade viril estava "a supressão quase total do corpo masculino da literatura latino-americana" e, com ela, de qualquer forma de dissidência sexual (*id.*, *ibid.*, p. 199).

Quando apresentou no Brasil o que deve ter sido a primeira versão daquele ensaio, Molloy parece ter desconcertado pelo menos um dos participantes do debate. Davi Arrigucci, Jr., entendendo a leitura política que faz Molloy dos paradoxos e ansiedades do *fin de siècle* como uma questão de mera retórica, insistiu em uma nítida distinção entre literatura e história, e entre discurso e ideologia. Além disso, Arrigucci criticou Molloy por sua falta de contextualização "adequada", o que parece querer sugerir que sua análise do passado histórico estaria contaminada por uma agenda especificamente contemporânea: "uma mistura do julgamento de valor presente com o julgamento de realidade do passado" (ARRIGUCCI, 1993, p. 31). Essa suposta agenda (oculta), pode-se adivinhar, seria a política sexual afirmativa do ensaio, que o crítico brasileiro gostaria de ver "desmascarada" – não por acaso, o crítico recorre à metáfora favorita dos decadentistas franceses e brasileiros, a máscara. Em seu comentário, Arrigucci segue rastreando (com a ajuda de Brito Broca) a história da "penetração de Oscar Wilde entre nós", achando surpreendente que o julgamento e condenação de Wilde tenham tido pouca repercussão no Brasil. Para o crítico brasileiro, os escritores locais eram dominados por uma espécie de Wilderismo *avant la lettre*, ou seja, uma ênfase indevidamente exagerada nas "maneiras e atitudes" e "ostentação da valorização *raffinée* do trajar" (*id.*, *ibid.*, p. 32). E, ainda evocando Brito Broca, o crítico atribui esse silêncio inteiramente à francofilia que caracterizou a *Belle Époque* brasileira. Para Arrigucci, essa "penetração" (termo no qual ele insiste, um tanto paranoicamente) fora "tardia e fantasmagórica", produto de uma mística em torno de Oscar Wilde criada por escritores como Elísio de Carvalho e, principalmente, Paulo Barreto, a quem chama de "metonímia de Wilde".

Finalmente, Arrigucci acaba por concordar com Molloy quanto ao fato de que comparar o *fin de siècle* brasileiro com a versão hispano-americana suscitaria a questão de por que um livro como *Bom Crioulo* (1895), de Adolfo Caminha (1867-1897), romance sobre uma relação sexual entre um homem negro e um jovem branco, pôde ter sido escrito e publicado no Brasil, mas seria impensável na América de língua espanhola. Sem mencionar seu nome, Molloy toma a resposta de Arrigucci como ponto de partida para seu posterior e igualmente essencial ensaio "The Politics of Posing": "[ele] passou a considerar a relação entre Wilde e a América Latina como um 'mero' caso de imitação, principalmente indumentária, uma questão de moda, um exercício de frivolidade mimética [...] Como tal, a relação foi declarada inconsequente e, além disso, insignificante" (MOLLOY, 1998, p. 141). Em suma, Arrigucci descarta exatamente o que Molloy procura reavaliar, ou seja, a validade política do que há muito tem sido considerado mera "excentricidade" ou "frivolidade".

O que me parece ainda mais intrigante no comentário de Arrigucci é a contradição entre um suposto silêncio em torno do julgamento de Wilde, por um lado, e, por outro, a personificação e incorporação excessivamente visível – ou seja, uma penetração – do "espírito" de Oscar Wilde em um grupo de escritores brasileiros da virada do século. Será que o que era intraduzível e indizível para os modernistas hispano-americanos era demasiado visível na *Belle Époque* brasileira? Ou será que, como na América hispânica, os chamados wilderistas brasileiros estavam apenas "fazendo pose"? Teria Wilde sido simplesmente o nome dado pelos escritores mundanos àqueles maneirismos importados, superficiais e sem sentido, como Arrigucci quer fazer acreditar? E, mais importante, como podemos conciliar uma "penetração espiritual" tão inconsequente com o fato de que a homossexualidade de João do Rio era um segredo aberto entre seus contemporâneos e, ao contrário das de seus pares hispano-americanos, suas obras não se esquivaram do tema da dissidência sexual? Ao contrário do que afirmavam Arrigucci e Broca, as obras de Wilde, sua sexualidade e as notícias de seu julgamento e prisão estavam longe de ser desconhecidas dos escritores brasileiros.

Além disso, a "homossexualidade" era notoriamente visível nos escritos brasileiros da virada do século, caso excepcional na América Latina. Mas, como procurei demonstrar, foi somente no início do século XX – quando o esteticismo de Oscar Wilde e os decadentistas foi introduzido no Brasil (ou pelo menos no Rio de Janeiro) e começou a circular entre escritores e pretensos dândis de nas páginas da jornais e livros – que as figuras do homossexual e outros desviantes sexuais se tornaram objetos de interesse literário e científico, e ocasionalmente até de imitação, ao invés de estigmatização. Os escritores da época agruparam essas novas identidades, comportamentos, estilos de vida e práticas sexuais sob um termo recorrente: extravagância. Mas, como se viu, extravagância não é mera pose. É postura.

Mais do que qualquer outro escritor brasileiro, ao reivindicar sua própria originalidade, João do Rio emulou, manipulou, deslocou e desdobrou Oscar Wilde e suas máscaras, mesmo correndo o risco de se ver associado a uma forma potencialmente patologizante ou estigmatizante de autenticidade psicobiológica. Ao rastrear a maneira pela qual um grupo de escritores brasileiros, e João do Rio em particular, se apropriaram da figura fantasmagórica de Wilde e ressignificaram teorias científicas da imitação que os condenavam a uma posição marginal e derivativa nos mapeamentos da cultura nacional ou mundial, não quero simplesmente recuperar sua originalidade ou retificar uma injustiça arquivística, real ou presumida. Em vez disso, quero sugerir que o gesto de emular – emular Wilde em particular, mas também, e muito além disso, emular os atos de emulação de Wilde – constituiu uma estratégia importante e significativa na complexa negociação de novos valores estéticos, subjetividades e desejos por parte uma série de homens letrados na virada do século. Ou seja, e sem deixar de lado as diferenças ideológicas, sexuais e de classe entre aristocratas como Elísio de Carvalho, *bons vivants* como Camerino Rocha, dândis afrodescententes como Calixto Cordeiro e figuras ecléticas como João do Rio, o que me interessa é a circulação e divulgação do fantasma de Wilde entre um grupo de escritores e boêmios brasileiros, assim como as potencialidades políticas, estéticas e morais da imitação no início do século XX. Quero sugerir que, se por um lado a imitação dos decadentistas europeus representa uma promessa colonial de civilização, pode também permitir a visibilidade decolonial da dissidência sexual, e talvez até racial, desafiando as exigências de definição de um tipo brasileiro viável, uma literatura brasileira autêntica, ou uma identidade nacional autônoma.

Passados alguns anos, tal estratégia pareceria impossível, quando o sentimento nacionalista culminava no modernismo nacionalista das décadas de 1920 e 1930. Quero, portanto, insistir que talvez o aparente apego de João do Rio à estética europeia e seu relativo distanciamento da realidade social e das questões nacionais representem o que Foucault certa vez chamou de heroização irônica do presente, que caracteriza o assunto principal do artista moderno. Suas respostas às teorias científicas, e particularmente estéticas, da imitação – isto é, sua arte de imitar Wilde, e imitar ao modo de Wilde – revelam, portanto, mais do que uma política sexual e racial, uma estratégia de sobrevivência dentro do horizonte do que estava disponível durante a década da Abolição da escravatura (1889) e da Proclamação da República (1899). E no entanto, seu interesse por Wilde preparou o terreno para a política cultural promovida pelos artistas de vanguarda da década de 1920. Pois o que Oswald de Andrade expressa em 1928 na linguagem do manifesto – "Só me interessa o que não é meu. Lei do homem. Lei do antropófago." (ANDRADE, 2001, p. 627) – pode agora muito bem ser lido como uma apropriação-devoração do que Wilde afirma mais de uma vez na linguagem do paradoxo: "As únicas coisas belas, como alguém disse uma vez, são as coisas que não nos dizem respeito" (*Intenções*, p. 17, 49).

Referências

A NOTÍCIA, Rio de Janeiro, ano 12, n. 209, 30-31 ago. 1905, p. 2.

ALMEIDA, Fialho de. O cancro. In: *O país das uvas*. Lisboa: Livraria Clássica Editora, 1946, p. 85-92.

ANDRADE, Oswald. Manifesto antropófago. In: *Obra incompleta* (edição crítica). Tomo 1. Coord.: Jorge Schwartz. 1 ed. São Paulo, Edusp, 2021. (Coleção Archivos, 37).

ANDRADE, Paulo José de Castro. *Memória, ficção e aforismos*: o cronista Brito Broca em formação. Dissertação (Mestrado em Literatura Brasileira). Faculdade de Filosofia, Letras e Ciências Humanas, Universidade de São Paulo, São Paulo, 2008.

ARRIGUCCI Jr., Davi. Debate com Daniel Balderston. In: AGUIAR, Flávio Wolf de, e CHIAPPINI, Lígia (orgs). *Literatura e história na América Latina.* São Paulo: EDUSP, 1993.

AUSTREGÉSILO, Antônio. Mimetismo dos homens. *Almanaque Brasileiro Garnier.* Rio de Janeiro: Garnier, 1908, p. 341-343.

AUSTREGÉSILO, Antônio. Mimetismo nos imbecis e nos idiotas. *Arquivos Brasileiros de Psiquiatria, Neurologia e Ciências Afins*, n°1, v.2, 1906.

AUSTREGÉSILO, Antônio. *Pequenos males.* Rio de Janeiro: Jacinto Ribeiro dos Santos, 1916.

BANDEIRA, T. O Gouveia. *O Rio Nu*, Rio de Janeiro, ano 9, n. 840, p. 7.

BARRETO, Paulo. Aos editores. Introdução ao volume *Intenções*, de Oscar Wilde. Rio de Janeiro: Garnier, 1912.

BARRETO, Paulo. Impotência. *Cidade do Rio,* Rio de Janeiro, ano 11, n. 195, 16 ago. 1899a, p. 2-3.

BARRETO, Paulo. O Simbolismo I. *Cidade do Rio.* Rio de Janeiro, ano 12, n. 235, 3 out., 1899b, p. 2.

BARRETO, Paulo. Ódio (Páginas de um diário). *Cidade do Rio.* Rio de Janeiro, ano 21, n. 117, 19 maio 1900, p. 1-2.

BECKSON, Karl (org.). *Oscar Wilde*: The Critical Heritage. London: Routledge, 1970.

BHABHA, Homi. Of Mimicry and Man: The Ambivalence of Colonial Discourse. *Discipleship*: A Special Issue on Psychoanalysis, v. 28, oct., Spring 1984, p. 125-133.

BOMFIM, Manoel. *A América Latina*: males de origem. Rio de Janeiro: Centro Edelstein de Pesquisas Sociais, 2008.

BOURDIEU, Pierre. *Distinction*: A Social Critique of the Judgement of Taste. Trans. Richard Nice. Harvard University Press, 1984.

BRISTOW, Joseph; MITCHELL, Rebecca N. *Oscar Wilde's Chatterton*: Literary History, Romanticism, and the Art of Forgery. Yale University Press, 2015.

BROCA, Brito. *A vida literária no Brasil 1900.* Rio de Janeiro: José Olympio, 2004.

CAMERINO Rocha. *Gazeta de notícias*, Rio de Janeiro, ano 31, n. 241, 29 ago. 1905, p. 7.

CANDIDO, Antonio. Literatura e cultura de 1900 a 1945. *Literatura e sociedade*: estudos de teoria e história literária. Companhia Editora Nacional, 1985, p. 109-138.

CANDIDO, Antonio. Radicais de ocasião. *Teresina etc.* Paz e Terra, 1980, p. 83-94.

CARVALHO, Elísio de. *As modernas correntes estéticas na literatura brasileira*. Rio de Janeiro: Garnier, 1907.

CARVALHO, Elísio de. *Five o'clock*. Rio de Janeiro: Garnier, 1909.

CARVALHO, Elísio de. *História dum cérebro*. Rio de Janeiro: Tipografia Besnard Frères, 1905.

CARVALHO, Elísio de. Oscar Wilde. *Cidade do Rio*. Rio de Janeiro, ano 14, n. 62, 8 dez. 1900, p. 2.

CLAUDE [Paulo Barreto]. Crítica Literária. *Cidade do Rio*. Rio de Janeiro, ano 11, n. 191, 11 ago. 1899a, p. 2.

CLAUDE [Paulo Barreto]. Crítica Literária. *Cidade do Rio*. Rio de Janeiro, ano 11, n. 206, 29 ago. 1899b, p. 2.

CLAUDE [Paulo Barreto]. Nota Literária. *Cidade do Rio*. Rio de Janeiro, ano 12, n. 120, 23 maio 1900, p. 2.

COHEN, Ed. *Talk on the Wilde Side*: *Toward a Genealogy of a Discourse on Male Sexualities*. New York: Routledge, 1993.

D'ANTHONAY, Thibaut. *Jean Lorrain*. Poitiers: Fayard, 2005.

DARÍO, Rubén. El Brasil Intelectual. *Obras completas*, v. 7. Madrid: Ed. Mundo Latino, 1917, p. 53-59.

DARÍO, Rubén. Los colores del estandarte. *Escritos inéditos de Rubén Darío*. Org.. E. K. Mapes. University of Iowa, Instituto de las Españas, 1938.

DARÍO, Rubén. *Poesías completas*. Madrid: Aguilar, 1967.

DUQUE, Gonzaga. Camerino Rocha. *Kosmos*, Rio de Janeiro, ano 5, n. 10, out. 1908, p. 35.

ELÍSIO de Carvalho. *Rua do Ouvidor*. Rio de Janeiro, ano 7, n. 59, 24 jun. 1899, p. 1.

ELLMANN, Richard. *Oscar Wilde and the Legend of Salomé in the Nineteenth Century*. Hamish Hamilton, 1987.

ENTREVISTA. *Gazeta de notícias*, Rio de Janeiro, ano 26, n. B00151, 9 jun. 1912, p. 1.

FALECIMENTOS. *Jornal do Comércio*. Rio de Janeiro, ano 85, n. 241, 30 ago. 1905, p. 3.

FARIA, Gentil Luiz de. *A presença de Oscar Wilde na "Belle Époque" literária brasileira*. São Paulo: Editora Pannartz, 1988.

FECUNDIDADE. *Cidade do Rio*, 13 mar. 1900, p. 1.

FELSKI, Rita. *The Gender of Modernity*. Cambridge/ London: Harvard University Press, 1995.

FERRI, Enrico. *Les criminels dans l'art et dans la littérature*. Trans. Eugène Laurent. Paris: Felix Alcan, 1908.

FLAMING [Paulo Barreto] . Eleutério "é homme du monde". *Revista da semana*. Rio de Janeiro, ano XVII, n. 8, 1 abr. 1916, p. 20.

FOUCAULT, Michel. What is Enlightenment?. In: RABINOW, Paul (org.). *The Foucault Reader*. New York: Pantheon Book, 1984, p. 32-50

GARDNER, Averil. Literary Petty Larceny: Plagiarism in Oscar Wilde's Early Poetry. *English Studies in Canada (ESC)*, v. 8, 1982, p. 49-61.

GAROFALO, Raffaele. *Criminology*. Trans. Bobert Wyness Millar. Boston: Little, 1914.

GAZETILHAS: protesto. *Jornal do Recife*, 9 jul. 1899, ano 42, n. 153, p.1-2.

GLICK, Elisa. Turn-of-the-Century Decadence and Aestheticism. *The Cambridge History of Gay and Lesbian Literature*. Org.: E.L. McCallum and Mikko Tuhkanen. Cambridge: Cambridge University Press, 2014, p. 325-343.

GOURMONT, Rémy de. Stéphane Mallarmé et l'idée de la decadence. *La culture des idées*. Paris: Societé du Mercure de France, 1900, p. 113-32.

GREEN, James. *Beyond Carnival*: Male Homosexuality in Twentieth-century Brazil. Chicago and London: The University of Chicago Press, 1999.

HALPERIN, David M. Sex / Sexuality / Sexual Classification. In: STIMPSON, Catherine R. e HERDT, Gilbert (org.). *Critical Terms for the Study of Gender*. Chicago, Illinois: The University of Chicago Press, 2014, p. 449-486.

HUYSMANS, Joris-Karl. *Against Nature* (À Rebours). Trans.: Robert Baldick. London: Penguin Books, 2003.

HOLANDA, Sérgio Buarque de. *Raízes do Brasil*. São Paulo: Companhia das Letras, 2014.

HOLLAND, Merlin. Plagiarist, or Pioneer?. *Rediscovering Oscar Wilde*. Org. George Sandulescu. Gerrards Cross: Colin Smythe, 1994.

HOUAISS, Antônio. *Grande Dicionário Houaiss Online. São Paulo: UOL, 2014.*

JOE [Paulo Barreto]. Cinematógrafo. *Gazeta de notícias*, Rio de Janeiro, ano 33, n. 307, 3 nov. 1907, p. 1.

LEVIN, Orna. *As figurações do dândi*. Um estudo da obra de João do Rio. Campinas: Editora da Unicamp, 1996.

LOMBROSO, Cesare. *Criminal Man*. Trans. Mary Gibson and Hahn Rafter. Durham: Duke University Press, 2006.

LOMBROSO, Cesare. *The Man of Genius*. London: Walter Scott, 1891.

LORRAIN, Jean. *Monsieur de Phocas*. Paris: Ed. du Boucher, 2002.

LORRAIN, Jean. *Histoires de masques*. Saint-Cyr-sur-Loire: Christian Pirot, 1997

McLENDON, Will L. La signification du masque chez Jean Lorrain. *Nineteenth-century French Studies*, v. 7, n. 1-2, 1978-1979, p. 104-114.

MOLLOY, Sylvia. Decadentismo e Ideologia: Economias de Desejo na América Hispânica Finissecular. In: AGUIAR, Flávio Wolf de, CHIAPPINI, Lígia (orgs). *Literatura e história na América Latina*. São Paulo: EDUSP, 1993, p. 13-36.

MOLLOY, Sylvia. La Política de la Pose. In: LUDMER, Josefina (org.). *Las culturas de fin de siglo en América Latina*. Buenos Aires: Beatriz Viterbo, 1994, p. 128-138.

MOLLOY, Sylvia. The Politics of Posing. In: MOLLOY, Sylvia e IRWIN, Robert (org.). *Hispanisms and Homosexualities*. Durham: Duke University Press, 1998, p. 141-160.

MOLLOY, Sylvia. *Poses de fin de siglo*. Desbordes del género en la modernidad. Trad.: Mariano López Seoane. Eterna Cadencia, 2012, p. 128-137.

MOLLOY, Sylvia. *Too Wilde for Comfort*: Desire and Ideology in Fin-de-Siecle Spanish America. *Social Text*, n. 31/32, p. 187-201, 1992.

NEWBOLT, Henry. *My World as in My Time*. London: Faber and Faber, 1932.

NEWMAN, Ernest. Oscar Wilde: A Literary Appreciation. *Free Review*, 4, 1 jun. 1895, p. 193-206.

NO EXTERIOR (Literatura). *Correio da manhã*. Rio de Janeiro, ano 1, n. 157, 18 nov. 1901.

NORDAU, Max. *Dégénérescence*. Trad.: Auguste Dietrich. Paris: Félix Alcan, 1895.

OXFORD ENGLISH DICTIONARY (OED) *Online*. Oxford University Press, mar. 2017.

PEÇANHA, Natália B. "Manual de todos os tons": os modelos de smarts criados pelo jornal *O Rio Nu* para a formação de homens civilizados. *Revista Ártemis*, [S. l.], v. 19, 2015.

PERILLO, Symphrônio. A casadinha (cap XV, "Uma extravagância"). *O Rio Nu*. Rio de Janeiro, ano 6, n. 479, 7 fev. 1903a, p. 6.

PERILLO, Symphrônio. A casadinha (cap. XV continuação). *O Rio Nu*. Rio de Janeiro, ano 6, n. 480, 11 fev. 1903b, p. 6.

PERILLO, Symphrônio. A casadinha (cap. XV continuação). *O Rio Nu*. Rio de Janeiro, ano 6, n. 481, 14 fev. 1903c, p. 5.

PERILLO, Symphrônio. A casadinha (cap. XV continuação). *O Rio Nu*. Rio de Janeiro, ano 6, n. 482, 18 fev. 1903d, p. 6.

PERILLO, Symphrônio. A casadinha (cap. XV continuação). *O Rio Nu*. Rio de Janeiro, ano 6, n. 483, 21 fev. 1903e, p. 5.

PERILLO, Symphrônio. A casadinha (cap. XV fim). *O Rio Nu*. Rio de Janeiro, ano 6, n. 485, 28 fev. 1903f, p. 6.

PORTO CARREIRO, Carlos. Dentro da noite. *A Notícia*. Rio de Janeiro, ano 18, n. 91, 20 abr. 1911, p. 3.

POULET, François. *L'extravagance*: enjeux critiques des representations d'une notion dans le théâtre et le roman du XVII siècle (1623-1666). Poitiers, 2012. Tese (doutorado). Université de Poitiers.

PRADO, Elio. Depois da Leitura. *A notícia*, Rio de Janeiro, ano 23, n. 319, 20 nov. 1916, p. 3.

QUINZE DIAS. *Ilustração Brasileira*, 15 out., 1909, ano 1, n. 10, p. 168

RIO, João do [Paulo Barreto]. A delícia de mentir. In: *Psicologia urbana*. Rio de Janeiro/ Paris: Garnier, 1911a, p. 141-182.

RIO, João do [Paulo Barreto]. A mais estranha moléstia. *Dentro da noite*. Rio de Janeiro: Garnier, 1910a, p. 236-253.

RIO, João do [Paulo Barreto]. A moda contra a moda. *O país*. Rio de Janeiro, ano 36, n. 12.931, 6 mar. 1920a, p. 3.

RIO, João do [Paulo Barreto]. A primeira tragédia de Oscar Wilde. *Ramo de loiro*. Paris: Aillaud and Bertrand, 1921.

RIO, João do [Paulo Barreto]. A sensação do passado. *Dentro da noite*. Rio de Janeiro: Garnier, 1910b, p. 115-26.

RIO, João do [Paulo Barreto]. Alguns poetas do hospício. In: *Cinematógrafo de letras*. Porto: Livraria Chardron, 1909a, p. 203-211.

RIO, João do [Paulo Barreto]. Amável leitor. In: *Psicologia urbana*. Rio de Janeiro: Garnier, 1911b.

RIO, João do [Paulo Barreto]. As crianças que matam. In: *Cinematógrafo*: crônicas cariocas. Porto: Livraria Chardron, 1909b, p. 31-39.

RIO, João do [Paulo Barreto]. Cleópatra. In: *A mulher e os espelhos*. Rio de Janeiro, Secretaria Municipal de Cultura, Departamento Geral de Documentação e Informação Cultural, Divisão de Editoração, 1995.

RIO, João do [Paulo Barreto]. *Crônicas e frases de Godofredo de Alencar*. Paris: Aillaud e Bertrand, 1920b.

RIO, João do [Paulo Barreto]. Discurso de recepção. In: *Psicologia urbana*. Rio de Janeiro: Garnier, 1911c, p. 185-226.

RIO, João do [Paulo Barreto]. Gente de *music hall*. *Cinematógrafo*: crônicas cariocas. Porto: Livraria Chardron, 1909c, p. 1-10.

RIO, João do [Paulo Barreto]. Histórias de gente alegre. In: *Dentro da noite*. Rio de Janeiro: Garnier, 1910c, p. 27-39

RIO, João do [Paulo Barreto]. Imitação. *Revista da semana*, Rio de Janeiro, ano 17, n. 25, 29 jul. 1916, p. 11.

RIO, João do [Paulo Barreto]. Máscaras de todo ano. *Cinematógrafo*: crônicas cariocas. Porto: Livraria Chardron, 1909d, p. 59-66.

RIO, João do [Paulo Barreto]. O bebê da tarlatana rosa. In: *Dentro da noite*. Rio de Janeiro: Garnier, 1910d, p. 257-268

RIO, João do [Paulo Barreto]. O breviário do artificialismo. *Gazeta de notícias*. Rio de Janeiro, ano 37, n.1, 1 jan. 1911d, p. 1

RIO, João do [Paulo Barreto]. O carro da Semana Santa. *Dentro da noite*. Rio de Janeiro: Garnier, 1910e, p. 257-268.

RIO, João do [Paulo Barreto]. O figurino. In: *Psicologia urbana*. Rio de Janeiro: Garnier, 1911e, p. 63-102.

RIO, João do [Paulo Barreto]. O máscara (segundo capítulo de *A escola dos vícios*). *Correio Paulistano*. São Paulo, ano 47, n. B15.274, 25 fev. 1906, p. 1. Republicado em BRAGA-PINTO (org.), *O homem que passou por baixo do arco-íris e outras histórias sobre sexualidades, gênero e dissidência entre 1880-1950*. São Paulo/Pittsburg: Editora Alameda/Instituto Internacional de Literatura Iberoamericana, 2023, p. 277-283.

RIO, João do [Paulo Barreto]. *O momento literário*. Ministério da Cultura/ Fundação Biblioteca Nacional, 1907.

RIO, João do [Paulo Barreto]. *Portugal d'Agora*: notas de viagem, impressões. Rio de Janeiro: Garnier, 1911f.

RIO, João do [Paulo Barreto]. Um mendigo original. *Vida vertiginosa*. Rio de Janeiro: Garnier, 1911e, p. 309-319.

RODRIGUES, João Carlos. *João do Rio*: vida, paixão, obra. Rio de Janeiro: Civilização Brasileira, 2010.

ROMERO, Sílvio. *Evolução do lirismo brasileiro*. Recife: Tipografia de J.B. Edelbrock, 1905.

ROMERO, Sílvio. *Machado de Assis:* Estudo Comparativo de Literatura Brasileira. Rio de Janeiro: Laemmert, 1897.

ROMERO, Sílvio. Uma escritora brasileira. In: *Provocações e debates*: contribuições para o estudo do Brasil social. Porto: Livraria Chardron, 1910, p. 9-32.

SECCO, Carmen Lúcia. *Morte e prazer em João do Rio*. Rio de Janeiro: Livraria Francisco Alves, 1978.

SISKIND, Mariano. *Cosmopolitan Desires*: Global Modernity and World Literature in Latin America. Evanston: Northwestern University Press, 2014.

TARDE, Gabriel. *Les lois de l'imitation*: étude sociologique. Paris: Félix Alcan, 1890.

TELEGRAMAS. *Cidade do Rio*. Rio de Janeiro, ano XI, n. 113, 11 maio 1899.

TUFESCU, Florina. *Oscar Wilde's Plagiarism*: The Truimph of Art Over Ego. Newbridge: Irish Academic Press, 2001.

UMA *INTERVIEW* com Oscar Wilde através o espiritismo. *Gazeta de Notícias*. Rio de Janeiro, ano 36, n. B163, 23 jun. 1912, p. 2.

VERÍSSIMO, José. *Teoria, crítica e história*. Ed. João Alexandre Barbosa. [*S. l*] Livros Técnicos e Científicos, 1977.

VIVEIROS DE CASTRO, Francisco. *A nova escola penal*. Rio de Janeiro: Domingos de Magalhães, 1894.

VIVEIROS DE CASTRO, Francisco. *Atentados contra o pudor*: estudos sobre as aberrações do instinto sexual. 3 ed. Rio de Janeiro: Freitas Bastos, 1934.

VIVEIROS DE CASTRO, Francisco. *Jurisprudência criminal*: casos julgados, jurisprudência estrangeira, doutrina jurídica. Rio de Janeiro: Garnier, 1900.

VIVEIROS DE CASTRO, Francisco. *Questões de direito penal*. Rio de Janeiro: Ribeiro Santos. 1901.

WHISTLER, James McNeill. *The Gentle Art of Making Enemies*. London: Delabrousse, 1890.

WILDE, Oscar. *Balada do enforcado*. Trad. Elísio de Carvalho. Rio de Janeiro: Brasil Moderno, Tipografia Aldina, jun. 1899.

WILDE, Oscar. *De Profundis*. In: *The Complete Works of Oscar Wilde*, v 2. Org.: Ian Small. Oxford: Oxford University Press, 2005.

WILDE, Oscar. *Intentions*. Portland, Maine: Thomas B. Mosher, 1904.

WILDE, Oscar. O retrato de Dorian Gray. *A Noite*. Rio de Janeiro, 4 jul. 1911, p. 4; 12 ag. 1912, p. 4.

WILDE, Oscar. *The Letters of Oscar Wilde*. Org.: Rupert Hart-Davis. New York: Harcourt, 1962.

WIRTH, Thomas H. Introduction. *Gay Rebel of the Harlem Renaissance*: Selections from the Work of Richard Bruce Nugent. Durham: Duke University Press, 2002, p. 1-61.

ZIEGLER, Robert. *Asymptote:* An Approach to Decadent Fiction. Amsterdam and New York: Rodopi, 2009.

RECIFE HOMOSEXUAL
José Lins do Rego e Hilton Lacerda

Publicado em 1935, *O moleque Ricardo* é sem dúvida um livro único na obra ficcional de José Lins do Rego (1901-1957), assim como no repertório do chamado romance de 30: o protagonista negro, o ambiente urbano, as querelas políticas e as greves trabalhistas, as memórias da Faculdade de Direito do Recife e mesmo a perspectiva discreta sobre o Carnaval, sem intuitos alegorizantes, fazem dele um livro relativamente moderno... mas, ao mesmo tempo, envelhecido. Apesar dos ares de romance proletário, não deixa de reproduzir a ambivalência e hesitação do autor-narrador em relação às nostalgias aristocráticas que definem o ciclo da cana-de-açúcar propriamente dito. Em última análise, hoje o romance de José Lins poderá parecer mais interessante pelo tanto que ali se omite do que pelo que de fato exibe; seu aspecto mais imediatamente documental, imbricado do sentimentalismo tipicamente senhorial do autor, tanto ofusca quanto abre uma fresta sobre a realidade histórica e social da capital pernambucana nos princípios da década de 1920. Em suma, se é difícil gostar do livro e de seus personagens sem qualquer restrição, é também difícil desgostar dele completamente.

Nesse ensaio proponho, primeiro, retraçar brevemente a fase de formação do escritor anterior à estreia como romancista, em 1932, destacando o período seguinte ao impacto causado por seu encontro com Gilberto Freyre no Recife, em 1924. Em seguida, procuro habitar criticamente o espaço documental e o momento histórico-cultural a que o romance alude, ou seja, aproximadamente os anos 1918-1922 na capital pernambucana, anteriores ao famigerado encontro com Freyre. Finalmente, arrisco-me a explorar imaginativamente um pouco do que o romance *deixa a desejar.*

Ligeiramente inspirado no método a que Saidiya Hartman denominou "narrativa cerrada" (*close narration*) – em particular, o momento em seu livro em que ela imagina a vida de uma personagem histórica como um filme de Oscar Micheaux (HARTMAN, 2019, p.193-202) – o objetivo é sugerir que uma leitura imaginativa e mesmo especulativa venha de algum modo repaginar e reencantar o que há de melhor nessa obra, returbinando-a assim com uma alguma dose de alegria e erotismo.

José Lins mais Freyre

Como se sabe, muito antes de conhecer Freyre, o adolescente José Lins publicara seus primeiros escritos na revista da associação literária Pio X do Instituto N. S. do Carmo e na revista da Arcádia Pio X do Colégio Diocesano.[1] Ainda hesitante, o jovem paraibano estreia como escritor-jornalista profissional, navegando entre a escrita decadentista e a de opinião, no *Jornal do Estado da Paraíba* (jan-mar, 1919). Uma vez estabelecido no Recife, onde vai estudar na Faculdade de Direito, começa a publicar na revista *Vida moderna* (1920) e, a seguir, passa a escrever aqueles que mais tarde seriam considerados seus artigos "panfletários", publicados no *Jornal do Recife* (1921-1922) e no semanário *D. Casmurro* (1922 -1923), que ele mesmo fundara com Osório Borba. Freyre provavelmente testemunhou apenas o período final da *D. Casmurro*, pois retornara da Europa em 8 março de 1923, cerca de um mês antes de as autoridades terem invadido e destruído suas oficinas, em 16 de abril de 1923. Segundo ele, foi a partir do primeiro encontro com José Lins na famosa esquina do Café Lafayette,[2] logo depois de seu retorno ao Recife, que o futuro autor de *Menino do engenho* (1932) teria abandonado a atividade de jornalista panfletário, provinciano ou "afrancesado", para assumir sua verdadeira vocação literária.

---

1 Segundo José Werneck Sodré, seu primeiro artigo teria sido na primeira, sobre Joaquim Nabuco e, na segunda revista, um sobre Oliveira Lima (SODRÉ, 1942, p. 129-130; BARBOSA, 1990)

2 Na verdade, o Café Continental, que ficou conhecido como a esquina da (charutaria) Lafayette, situado na esquina da rua do Imperador n. 390 (antiga 15 de Novembro), esquina com a 1° de março, em Recife (REGO, 1942, p. 116-133). Segundo Sodré, o primeiro encontro teria sido na porta da Casa Krause, propriedade de Arthur Lewin, situada no n. 34 da rua 1° de março n. 34 (SODRÉ, 1942, p. 133).

Na verdade, José Lins conta que já conhecia Freyre antes mesmo de conhecê-lo: nos rascunhos de sua biografia do mestre pernambucano, o jovem paraibano conta que, já em 1916, Freyre – então professor do Colégio Americano Batista –, aos quinze anos de idade, "quase fugido de casa", dera uma palestra no Cine-Teatro Pathé, na capital paraibana, intitulada "Spencer e o problema da educação no Brasil"; e que, apesar de ele e Olívio Montenegro não terem de fato estado presentes, ambos a teriam lido logo depois de publicada no jornal paraibano *O Norte*, para "nos compensarmos de umas nossas tolices da mesma idade" (MENESES, 1991, p. 23).[3] Assim, confirmada, repetida e emulada nos escritos de Freyre e de José Lins, a narrativa desta amizade que se diz única e superior a todas as amizades conhecidas no Brasil seria elaborada em inúmeros artigos, prefácios e correspondência, inicialmente de forma unilateral e assimétrica, ou seja, em termos de impacto e influência do mestre sobre o discípulo. Apesar de ser frequentemente considerada "uma das grandes amizades na literatura brasileira" (MENESES, 1991, p. 21), ela se estabelece sobretudo na escrita e na distância, já que o tempo de convívio entre os dois foi relativamente curto (menos de dois anos). Além disso, Freyre sobreviveu ao amigo trinta anos, reelaborando, em retrospecto, e do seu próprio ponto de vista, os sentidos daquela amizade.

Os testemunhos deixados pelos dois escritores caracterizam o encontro como verdadeiro divisor de águas na obra do paraibano e, de certo modo, na de Freyre também, expressando-se com frequência sob a forma de um idílio. Nas já famosas palavras de José Lins: "Foi numa tarde de Recife, do nosso querido Recife, que nos encontramos, e de lá para cá a minha vida foi outra, foram outras as minhas preocupações, foram outros os meus planos, as minhas leituras, os meus entusiasmos. Pode parecer um romance, mas foi tudo realidade." (*apud* FREYRE, 1941, p. 21).[4] Intelectualmente, o primeiro impacto do pernambucano sobre José Lins se dá quando, aos 23 anos, no dia 5 de abril de 1924, chegado dos Estados

3 Não localizei notícia da palestra, mas em 27 jan. 1917, o jornal anuncia uma (outra?), também no Pathé, de Gilberto Freyre, "professor do Colégio Americano Bastista", sobre o tema da instrução. Pallares-Burke cita comentário de Freyre sobre essa palestra, registrado por ele em seu rascunho de autobiografia em inglês (PALLARES-BURKE, 2005, p. 117).

4 Reimpresso como "Gilberto Freyre" em *Gordos e magros* (REGO, 1942, p. 116-133).

Unidos há pouco mais de um ano, Freyre profere uma conferência na capital da Paraíba, que se tornaria célebre, logo publicada como opúsculo (FREYRE, 1924), sob o título (agora marcadamente católico), *Apologia pro generatione sua*, na qual o jovem paraibano teria estado presente, ao lado de José Américo e Adhemar Vidal.[5] Já Freyre descreve os primeiros tempos do convívio entre os dois jovens como um momento de grande transformação, por certo maior na vida do amigo do que na sua, já que teria sido graças a sua influência e a seus ensinamentos que o "jornalista panfletário" e "aprendiz de demagogo" encontrara finalmente sua verdadeira "vocação".[6]

> À convivência comigo – principalmente de 1923 a 1925 – José Lins do Rego atribuiu alteração profunda em sua vida. Da minha parte, não sei como teria me reintegrado em certos aspectos da vida do meu país, do qual me ausentara menino para voltar a Pernambuco homem feito – dos vinte e dois para os vinte e três anos –, se me tivesse faltado, logo após a província, a mediação de José Lins do Rego [...] (FREYRE, 1978, p. 35)

Em meados de 1924, tendo concluído o curso de Direito, José Lins retorna à Paraíba, onde resolve isolar-se no engenho de seu avô, escrevendo uma série de artigos para a revista local *Era Nova*, inclusive "Algumas notas sobre a Faculdade de Direito do Recife" (REGO, 1924a) e, em setembro do mesmo ano, "Carta de uma geração aos srs. Gilberto Freyre e Jackson de Figueiredo" (REGO, 2007, p. 274-281) – uma resposta à já citada conferência de Freyre, *Apologia pro generatione sua*, realizada por

5 A palestra foi modificada e depois reproduzida em FREYRE (1941).

6 Ao contrário de José Lins, a trajetória intelectual de Gilberto Freyre até os princípios dos anos 1920 é bastante conhecida, tendo sido escrita e reescrita não só pelo próprio Freyre (que, como se sabe, costumava retocar e realçar dados de sua biografia), mas também por diversos biógrafos, muitas vezes tão mistificadores quanto o próprio biografado. O trabalho de PALLARES-BURKE (2005) indica alguns dos caminhos e descaminhos tomados por Freyre em sua temporada nos Estados Unidos e na Europa até antes da publicação de *Casa grande e senzala*, oferecendo elementos para uma melhor compreensão e, na verdade, para uma rigorosa reavaliação de sua trajetória.

este na Paraíba, em abril. Na correspondência que então iniciava com o mestre no Recife, José Lins confidencia: "Escrevi para *Era Nova*, que está uma horrível revista, essas notas que lhe mando. Teve muito de você, de suas ideias. Pelo que seria quase dispensável sua leitura".[7] Em busca de nova orientação pessoal e intelectual, José Lins mergulha nas suas origens de proprietário rural, rompe com o noivado de quase dois anos com uma tal Naninha Dedier (filha de José Dedier, supostamente um ilustre industrial pernambucano), e decide casar-se com D. Naná, filha do senador Antônio Massa, como relata em carta de 15 de junho daquele mesmo ano: "Preciso de ordem, meu caro Gilberto. Ordem e ordem. Acabei com este meu ridículo casamento de Recife. Aqui na Paraíba encontrei uma criatura interessante. E sobretudo da melhor família da terra. Família rural dos começos da Paraíba." Ao mesmo tempo, promete dedicar-se a seu primeiro projeto de fôlego – o de escrever um ensaio biográfico sobre o amigo que conhecera há pouco mais de um ano:

> Casei-me mais por uma necessidade de ordem que de coração. Américo de Almeida compreendeu muito bem a minha situação. Estou ainda em experiência. Tenho lido muita coisa. Eu quero por todo este ano escrever o meu ensaio sobre você. Para isto cuido ir aí conversar. Tenho por este trabalho toda uma volúpia de passar a minha vida inteira trabalhando nele. Porque se existe escravatura mental eu sou um seu escravo. Tenho por você um arrebatamento a que Deus há de dar bastante espírito para não se dissolver em ridículo (REGO, 1924).[8]

José Lins não cumpre o destino de senhor de engenho que talvez imaginasse ter e logo resolve vender sua parte da propriedade na Paraíba. Por indicação do sogro, é nomeado, pouco tempo depois, promotor pú-

7 A carta depositada na Fundação Gilberto Freyre (não está datada, mas é bastante possível que o artigo em questão seja aquele que trata justamente do mestre José Américo de Almeida, por ocasião da publicação de seu livro *A Paraíba e seus problemas* (1923), artigo publicado em *Era Nova: Revista Quinzenal Ilustrada*. Paraíba, jul. 1924.

8 A carta de José Lins do Rego a Gilberto Freyre, datada de 30 de setembro de 1924, está reproduzida de forma editada em FREYRE, 1987.

blico em Munhuaçu, Minas Gerais, vindo a estabelecer-se como "fiscal do selo adesivo" logo a seguir em Maceió, onde vive entre 1926 a 1935. Ali o futuro escritor assume para si o papel de líder intelectual das novas gerações, emulando, no âmbito do ambiente parnasiano da capital alagoana, o "apostolado" praticado por Gilberto Freyre em sua primeira juventude no Recife. Ainda em Alagoas, José Lins conviveu com Jorge de Lima (1893-1953) e o grupo de escritores e intelectuais alagoanos, tais como Valdemar Cavalcanti (1912-1982), Aloysio Branco (1909-1937), Raul Lima (1911-1985), Aurélio Buarque de Holanda (1910-1989), Manuel Diegues Jr. (1912-1953), entre outros. Antes de se deslocar definitivamente para o Rio de Janeiro, ele convive ainda com três escritores que figurariam entre os grandes romancistas da década de 1930: Rachel de Queiroz (1910-2003), Graciliano Ramos (1892-1953) e Jorge Amado (1912-2001). Segundo depoimento de Tadeu Rocha, José Lins teria inclusive sido o responsável pela "conversão" do parnasiano Jorge de Lima em poeta moderno: "Nos moldes eternos do conselho evangélico, o orgulhoso fariseu parnasiano precisou virar criança para entrar no reino da verdadeira poesia" (ROCHA, 1957, p. 42).

Em 5 de fevereiro de 1928, José Lins revela, em nota no *Jornal das Alagoas*, sua intenção de divulgar o pensamento regionalista e tradicionalista de Gilberto Freyre. E consta que ele teria chegado a escrever duzentas páginas do ensaio biográfico, abarcando desde a primeira juventude de Freyre até o ano de 1929. Freyre a princípio parece compartilhar do interesse pelo projeto, e responde:

> Quanto ao ensaio, esse me apetece, e acho que você, me conhecendo como já me conhece, pois é hoje a pessoa mais íntima minha, poderia fazer uma cousa de verdade e interessante – pois em mim o pessoal muito explica o quase nada de impessoal [...] Num ensaio a meu respeito haveria muita coisa interessante a fixar – e acho que você e o Olívio [Montenegro] são as pessoas para o fazerem de maneira franca, pois tendo tido sempre a coragem de se confessar decisivamente influenciados por mim – embora por nenhum espírito de escola nem cousa desse jeito – estão à vontade para apontar os muitos casos daqueles que, fumando pontas de cigarros já fumadas por mim – o que é um risco de pegar doença – tomam

ares de quem fuma cigarros recebidos diretamente de Londres (FREYRE, 1927a).

A ideia introduzida por Freyre parece ter sido a de que José Lins escrevesse um livro esclarecendo sua influência, não só sobre os mais autênticos pensadores, mas também sobre todo um grupo de imitadores que – ao contrário dele mesmo, que incorporara e assimilara a civilização diretamente de Londres – não tiveram em primeira mão o mesmo acesso à cultura anglo-saxã. O livro que Freyre imagina deveria ter todo um alcance cultural, para além do meramente biográfico. Por isso, sugere que José Lins mude o título, então *Obra e pensamento do Sr. Gilberto Freyre* para *Gilberto Freyre em Pernambuco*, para "[...] uma cousa mais humana e mais parecida comigo [...] Um título que simplesmente una ao nome de Pernambuco o meu nomezinho espevitado [...]" (FREYRE, 1927b). Mesmo assim, depois de ler algumas páginas, Freyre logo sugere que o amigo interrompa e abandone a obra em andamento: "[...] uma verdadeira apologia. Elogioso do princípio ao fim. Entusiástico. Exuberante [...] Mas, a meu pedido, sacrificou-o. Decidiu não publicá-lo. Já fizera o mesmo, aliás, com um ensaio, já composto e prestes a ser publicado – este, crítico, e, a meu ver, injusto – sobre Múcio Leão" (FREYRE, 1987, p. 60). Muitos anos depois, Freyre repetiria que convencera José Lins a não publicar qualquer uma das obras escritas antes de *Menino de Engenho*, inclusive sua biografia: "Não era, o livro, já datilografado, nem biográfico nem de crítica literária, tal o seu enlevo em torno do assunto. Era uma admiração de um adolescente por outro adolescente a transbordar em entusiasmos de modo algum persuasivos" (FREYRE, 1982, p. 186).

Sob o feitiço de Freyre, José Lins vai assim desistindo de seus projetos de juventude, até finalmente se firmar no objetivo de compor o seu primeiro e definitivo romance. Em suma, Freyre reivindica para si não só a iniciação e conversão do panfletário "José Lins do Rego", mas a própria origem e evolução de sua prosa de ficção: "Dessa conversão, dessa transformação, dessa revolução na vida de um homem de vinte e poucos anos é que ia nascer um dos maiores romancistas da nossa língua e, sob certos aspectos, o maior" (FREYRE, 1978, p. 49).

José Lins menos Freyre

Ainda em Alagoas, José Lins escreve os três primeiros romances do ciclo da cana-de-açúcar – *Menino de engenho* (1932), *Doidinho* (1933), *Banguê* (1934) – antes de relocar-se para o Rio de Janeiro, onde concluiria *Moleque Ricardo* (1935) e *Usina* (1936).[9] É possível que ao escrever *O moleque Ricardo*, concentrando-se na temática urbana, José Lins tenha tido a intenção de distanciar-se da influência de Freyre. Ao mesmo tempo, o romance registrava os antecedentes dessa influência e recontextualizava o impacto do amigo sobre a vida intelectual na capital pernambucana. Debruçando-se sobre o período vivido na Faculdade de Direito do Recife, em que teria levado uma vida de boêmio e panfletário, *anterior* ao decantado encontro, José Lins explica que o romance fora uma tentativa de descrever o ambiente acadêmico do Recife no período entre 1918 e 1922: "Mestres e discípulos num lamentável estado de prostituição mental. Nem aquele romantismo dos velhos tempos havia subsistido. A velha escola era um corpo em decomposição" (REGO, 1942, p. 287). Sobre o período, acrescenta: "O Recife em plena inflação de mau gosto. Conheci Gilberto Freyre nessa época de prosperidade e estupidez" (*apud* FREYRE, 1941, p. 22). Com *O moleque Ricardo*, José Lins, já convertido, retorna ao período vivido no Recife, talvez para redimir-se de seu passado juvenil, talvez para firmar-se em sua autonomia de escritor maduro. Anos mais tarde, José Lins insiste no valor simbólico da cidade em sua formação:

> Sei que sou no Recife homem ligado profundamente à vida da cidade. Aqui me fiz homem, aqui tomei pé nos acontecimentos políticos do país; aqui me revelei jornalista com os ímpetos da mocidade desabusada, aqui me meti em greves de operários. E quando tudo me parecia somente

9 É possível que pelo menos parte de *Usina* já tivesse sido escrita ou idealizada antes de *O moleque Ricardo*, como sugerem os artigos de Abelardo Araújo Jurema para *A manhã* (JUREMA, 1935, p. 3) e de Jayme de Barros para o *Diário da Noite* (BARROS, 1935, p. 2). O romance era anunciado desde abril, e foi enviado para datilografar em princípios de maio. No artigo "Província e provincianos", Freyre afirma que todos os romances de José Lins tinham sido escritos na Avenida da Paz n. 1228, em Maceió. (FREYRE, 1936).

> a vida exterior das contendas de rua aqui me aconteceria a grande aventura da amizade de Gilberto Freyre e a descoberta da minha verdadeira vocação: a literatura (REGO, 1953).

No entanto, críticos e historiadores têm aceito com certa facilidade a pressuposição de que o romance simplesmente *retrata* aquele período, dando pouca atenção ao que há ali de distanciamento, autocrítica e possivelmente desejo de reescrever o próprio passado.[10] O romance representa também um novo momento de, se não radical transformação, ao menos nova hesitação nas preocupações políticas e ideológicas do escritor paraibano que, ainda em 1931, expressava suas convicções tradicionalistas e conservadoras no artigo "O Brasil precisa de catolicismo", publicado na revista alagoana *Novidade* (REGO, 1931, p. 3) – e cujo título fala por si só; ou que, em 1932-1933, simpatizava com a Ação Integralista Brasileira de Plínio Salgado, tendo inclusive participado do primeiro Congresso Integralista em Maceió. Em contraste, em meados de 1934, em visita ao Rio de Janeiro, José Lins polemizará ao declarar que o catolicismo já não inspirava a literatura nacional, agora dominada pelo "socialismo": "quem está em ponta agora é Lenine" (NOVAS TENDÊNCIAS,1934, p.1).

Tudo indica que o projeto de escrever *O moleque Ricardo* apresentou-se ao autor com alguma urgência, pois consta nos jornais da época que, antes de começar a escrevê-lo, José Lins chegara a rascunhar parte de *Usina*, tendo abandonado temporariamente o romance, vindo a concluí-lo somente um ano depois. Com efeito, *O moleque Ricardo* foi recebido como novidade, tanto na obra do autor como no panorama literário de então e, ao ser lançado em 25 de julho de 1935, muitos viram nele um exemplo de romance proletário ou socialista. Segundo Jorge Amado, por exemplo, o romance "marca de um modo decisivo uma transformação 'política' do escritor", que deixava de ser "apenas um grande romancista sem direção" (AMADO, 1935, p. 3). Carlos Lacerda, de forma semelhante, exalta-o: "Continue, porque a revolução precisa de você" (LACERDA, 1935, p. 10). Já Edison

---

10 Souza Barros define *O moleque Ricardo* como "mais documentário histórico do que ficção" (BARROS, 1972, p. 247); para Virgínius da Gama e Melo o romance é "um mural político-social do Recife" (*apud* COUTINHO e BEZERRA CASTRO, 1990, p. 278); Neroaldo Pontes de Azevedo é mais cuidadoso: "de um ângulo ficcional, delineará ... todo um painel do ambiente político da época" (AZEVEDO, 1996, p. 28).

Carneiro é menos entusiasta, afirmando que o romance "continua ainda, de certa maneira, a notoriedade pequeno-burguesa do romancista" (CARNEIRO, 1935, p. 3). *O moleque Ricardo* seria o primeiro romance de José Lins a ser traduzido para uma língua estrangeira e, significantemente, para o russo, em 1937, parte da série "Literatura Mundial" (REGO, 1937). Décio de Almeida Prado comenta como na época Paulo Emílio expressava sua preferência pela fidelidade de representação no realismo de *O moleque Ricardo*, em contraste com *O homem e o cavalo*, de Oswald de Andrade, e dá o seu próprio testemunho da época:

> Os romancistas do sofrido nordeste é que encarnavam para nós a verdadeira modernidade, ampla, generosa, próxima ao povo, ciente de suas responsabilidades sociais, sem os sestros e maneirismos formais de 1922, sepultados em 1929 juntamente com a euforia econômica. (PRADO, 1997, p. 162-163).

É também em 1935 que José Lins demonstra interesse pela cultura afro-brasileira, certamente estimulado pelo 1° Congresso Afro-Brasileiro, do qual, apesar do ceticismo inicial, participara em novembro de 1934 (REGO, 1936, p. 2). Vale notar que 1935 é também o ano em que se publica *Jubiabá*, o primeiro romance de Jorge Amado de temática predominantemente afro-brasileira. Além disso, a literatura afro-americana começava a atrair o interesse de leitores brasileiros nesses meados de década e, em carta a Freyre, escrita ainda em 1935, o próprio José Lins comenta: "pena que não saiba inglês, seria de hoje por diante o que leria em romance". Por ocasião da publicação do *O moleque Ricardo*, Graciliano Ramos escreve uma carta ao autor, congratulando-o sobretudo pela iniciativa de trazer o homem negro para o centro da representação literária: "Achei interessante serem os personagens quase todos negros e mulatos. Influência americana?" (RAMOS *apud* COUTINHO e BEZERRA DE CASTRO, 1990, p. 51). Já Freyre, anos mais tarde, retrospectivamente destaca nesse período as suas diferenças políticas, estéticas ou ideológicas em relação ao pensamento e à orientação estética do amigo paraibano:

> O próprio José Lins do Rego chegou a ser integralista sem que nossa amizade se alterasse. Chegou depois a escrever o *O moleque Ricardo* sem que minha crítica ao livro fosse

> ao seu conteúdo ou sua intenção política, mas aos seus artifícios de romance propriamente dito, com um xangô a gritar de falso, com um Recife prejudicado em suas cores características por outras que não o caracterizavam mas o artificializavam. Nunca fomos, José Lins e eu, do mesmo parecer diante de todos os assuntos (FREYRE, 1948 p. 4).

Não obstante a intenção memorialística e o desejo assumido pelo autor de *reconstituir* aquele "corpo em decomposição" que era a Faculdade de Direito, Carlos de Melo, o protagonista dos três primeiros romances do ciclo, *alter ego* de José Lins, está praticamente ausente de *O moleque Ricardo*. Como se sabe, o romance gira em torno da história do afro-descendente Ricardo, companheiro de infância de Carlinhos, e que já aparecera em *Menino de engenho*, personagem que parece ter sido parte do passado do autor. Em entrevista concedida em 3 de fevereiro de 1939 para a revista *Vamos Ler*, José Lins conta que conhecera Ricardo na infância e que ainda então ele vivia no Recife, a serviço de um judeu. O romance de 1935 narra o período em que, tendo abandonado o engenho Santa Rosa, Ricardo tentará viver como trabalhador assalariado no Recife. Narrado em terceira pessoa (ao contrário dos anteriores) e em *flashback*, o livro começa no momento em que a família do protagonista recebe uma carta anunciando a volta deste ao engenho, depois de cerca de cinco anos no Recife. Como o leitor descobrirá no final, Ricardo não retornará tão logo, pois antes seria preso por envolver-se com o movimento operário (a "Sociedade de resistência dos empregados de padaria") e com as sucessivas greves que tomaram conta de Recife a partir de 1919.

A despeito do ambiente político de que trata o romance, é difícil fixar uma postura ideológica definida do autor, e obviamente não se deve identificar o ponto de vista do narrador com o do personagem secundário Carlos de Melo que, como anteriormente em *Banguê*, será retratado com um distanciamento crítico cada vez maior. No entanto, nesse romance de 1935, é revelador o modo pelo qual a caracterização dos protagonistas do ciclo da cana-de-açúcar (Carlos de Melo e Ricardo) se aproxima ou se afasta da dos demais personagens, muitos deles baseados em figuras históricas facilmente reconhecíveis. Isso cria divergências e simpatias, num processo identificatório que talvez tenha a intenção de corrigir os excessos ou reconsiderar as filiações políticas do próprio autor em sua juventude na Faculdade de Direito.

Em grande parte do ciclo da cana-de-açúcar, Carlos de Melo e Ricardo (e, metonimicamente, o próprio engenho de fogo morto ao ser devorado pela usina) se espelham e se identificam, entre outras coisas, no que diz respeito ao sentimento de impotência que ambos carregam, e que se manifesta não só psicológica, mas também sexualmente. No caso de *O moleque Ricardo*, tal impotência será representada principalmente no nível sócio-político. Tanto Carlos como Ricardo se envolvem em discussões, reuniões ou assembleias políticas, a despeito da aparente falta de interesse e convicção que sentem em relação ao movimento operário ou à política local. Ricardo, por exemplo, é vítima do entusiasmo de seu colega Florêncio: "entrou só por entrar, mas o pessoal da padaria ficou satisfeito com ele". E, sempre tomado de dúvidas e hesitações, procura dissociar-se das assembleias do sindicato: "de fora, ouvia o bate-boca" (REGO, 1987, p. 314). Mas ao mesmo tempo em que se revela esta identificação entre a passividade de Ricardo e a de Carlos de Melo, há também um distanciamento entre eles, que se manifesta, por um lado, na relativa conscientização política do oprimido e, por outro, no sentimento de culpa de classe do filho de senhor de engenho. Este é tão desprovido de convicção política quanto aquele, mas não deixa de se sentir agredido pelas acusações dos militantes da faculdade, e volta e meia se perturba pelo privilégio de uma infância vivida como representante da aristocracia rural. O sentimento de culpa se expressa nas palavras de um narrador heterogêneo e difuso, que podem refletir tanto a opinião dos colegas, como o ponto de vista do proletário e do descendente de escravizados: "[...] Carlos de Melo passava por um intruso, um sujeito perdido, que trazia nas costas os crimes de exploradores, de malvados senhores de escravos" (*id.*, p. 517). O próprio Ricardo, empregado de padaria, por mais que resista em juntar-se ao movimento político-trabalhista, ao tomar conhecimento de que Carlos de Melo assinara um manifesto contra o líder sindical e representante da classe trabalhadora, irá também questionar a integridade daquele com o qual outrora compartilhara a infância.

Não tarda muito para que Ricardo se reconcilie com a figura pretensamente benévola e fraterna do filho de senhor de engenho, em relação ao qual sente quase uma dívida: "De todos os meninos brancos de engenho era o melhor, o que brincava mais com os pretos [...] Parecia mais um amigo que um senhor" (*id., ibid.*, p. 521). Mas a contradição entre *ser o melhor* menino branco no engenho, e *parecer* um amigo dos negros se denuncia através de um discurso indireto livre em que se torna difícil decidir entre a constatação conciliadora do narrador e a recordação desiludida do protagonista. Assim, Ricardo considerará com certo pesar tudo aquilo que os companheiros operários diziam contra a classe dominante, vivendo seu primeiro momento de conscientização a respeito das desigualdades sociais das quais sempre tinha sido vítima. No entanto, em pensamentos que misturam reforma agrária, revolução e a nostalgia da vida passada no engenho, ele finalmente se resignará ao ceticismo em relação a qualquer possibilidade de mudança, acabando por se decepcionar também com o movimento sindical, que estaria sob o controle das classes dominantes. Resignado à exclusão e ao silêncio, Ricardo percebe que, quando precisavam, a Sociedade recusava ajuda a seus contribuintes, como fizera com o fiel e dedicado Florêncio. No final ele pôde contar apenas com os companheiros da padaria, os quais se juntaram para ajudá-lo com o pouco que tinham. A postura política de Ricardo acaba se resumindo ao pessoal e afetivo, uma espécie de solidariedade cristã que o faz no máximo querer bem ao próximo e com ele repartir o que tem. Nostálgico e melancólico, em vários momentos, Ricardo – à maneira de um Freyre e de grande parte dos narradores e protagonistas de José Lins – se dá conta de que a vida no engenho, mesmo se modesta, parecia mais digna do que a dos mocambos da capital, onde "os meninos eram amarelos como os do engenho, mas eram mais infelizes ainda" (*id., ibid.*, p. 505).

As simpatias, decepções e reconciliações, ora de Ricardo, ora de Carlos de Melo, com os diversos agentes políticos e sociais dos conflitos do momento histórico a que o romance se refere constituem o modo pelo qual o narrador constrói não só os personagens, mas um complexo de pontos de vista narrativos e, possivelmente, ideológicos. Ou seja, as sucessivas identificações e desidentificações ocorrem não somente entre os dois personagens, mas entre cada um deles e os outros agentes do jogo político que o romance procura resgatar – e que constitui o aspecto mais interessante, mas também decepcionante do livro. Entre esses personagens, o que merece mais atenção e será o maior alvo de censura – e aqui a sensação é de que esta censura se aproxima muito do julgamento retrospectivo do próprio autor – é o "doutor Pestana", personagem claramente inspirado em Joaquim Pimenta (1886-1963), notório professor da Faculdade de Direito do Recife, líder trabalhista e fundador do jornal pernambucano *Diário do Povo*, em 13 set. 1921. Aliás, Pimenta fora um dos colaboradores do *D. Casmurro* de José Lins do Rego e Osório Borba, e tudo leva a crer que José Lins tenha sido, durante seu momento mais panfletário, um de seus inúmeros admiradores. Em crônica de princípios de 1922 para o *Jornal do Recife*, o jovem paraibano escrevia sobre Pimenta: "fez da sociologia a sua ciência reformadora, de altos estudos íntimos e característicos" (REGO, 2007, p. 124). Em 6 de novembro de 1922, o próprio *D. Casmurro* anunciava seu novo colaborador como "um pensador de altos ideais novos, um doutrinador sereno de multidões. Entre os professores de nossa decadente Academia ele pode muito bem ser chamado o seu espírito novo" .

No romance, a figura de Pestana aparece a princípio como um representante dos interesses da classe trabalhadora, mas os múltiplos pontos de vista da narrativa acabam por situá-lo como um demagogo, cada vez mais distante da realidade e da miséria dos habitantes do mangue, representadas na figura da família de Florêncio. Já no início a fome involuntária no mangue é contrastada com a "campanha da fome", iniciada pelos operários da Tramway e da Great Western, assim como com a passeata e o "comício monstro na porta do palácio", liderados por Pimenta. Na trama do romance, suas ações revelam o conflito entre os urgentes interesses da população desfavorecida e a crescente dificuldade de representação política.

Para melhor compreender o significado político da reencarnação da figura histórica do cearense Joaquim Pimenta no personagem de ficção Doutor Pestana, é importante, se não tentar reconstituir o primeiro Joaquim Pimenta, ao menos comparar o retrato esboçado pelo autor de *O moleque Ricardo* com os imaginados por outros autores contemporâneos. Joaquim Pimenta era uma figura das mais controversas e, se conquistou muitos admiradores, também não foram poucos os que tentaram detratá-lo. O jornalista e historiador Souza Barros, por exemplo, investe uma boa dose de energia tentando mostrar por que sempre se opusera ao fundador do *Diário do Povo*. Segundo seu testemunho em *A década de 20 em Pernambuco*, as greves tinham caráter mais político do que representativo, com "resultados nefastos para o trabalhador" (SOUZA BARROS, 1972, p. 81). A greve de 1921 – chamada de campanha da fome e causada pelo aumento de impostos decorrentes do dito "orçamento monstro" – assim como o movimento autonomista de 1922, ambos liderados por Pimenta, teriam sido não uma consequência, mas uma deturpação dos objetivos da greve geral de 1919:

> O que iríamos ver depois era o desvio do espírito de uma política de interesses de classe por aquele professor, envolvendo em lutas de caráter mais geral os organismos que apenas se achavam preparados para assegurar as finalidades das suas reivindicações específicas, de acordo com as determinações estatuárias (*id.*, 1972, p. 93).

Sabe-se que Pimenta associou-se à chamada Reação Republicana, formada pelos estados que se opunham à candidatura de Arthur Bernardes, e em comício defendeu a posição de oficiais do exército que combatiam a candidatura oficial. Segundo Souza Barros, o levante do Forte de Copacabana, em 5 de julho de 1922, teria tido suas raízes na crise decorrrente da disputada sucessão governamental de Pernambuco nas eleições de 27 de maio daquele mesmo ano (*id.*, *ibid.*, p. 89). A questão era tão controversa que o próprio Epitácio Pessoa tentou explicar seu ponto de vista antimilitarista, associando os eventos em Pernambuco com o 5 de julho, em *Pela verdade*, versão imediatamente contestada por Armando Gayoso no livro *A verdadeira verdade*, que conta a ocupação da cidade do Recife pelos pelotões da força federal imediatamente após as eleições, assim como a resistência dos operários que responderam com dinamite (GAYOSO, 1925, p. 315 *et passim*). O acordo político elegendo Sérgio Loretto se estabeleceu a 3 de julho, dois dias antes da revolta do Forte de Copacabana. O essencial, no entanto, é que, para Souza Barros, Pimenta atraiu o proletariado "para campanhas que não eram as suas" (SOUZA BARROS, *op. cit.*, 1972, p. 97), além de o manipular em proveito próprio, abandonando-o quando seu apoio não mais lhe convinha. Souza Barros acusa ainda Pimenta de se afastar de qualquer forma de socialismo usando estratégias de liderança típicas do coronelismo personalista do interior do estado. O autor passa boa parte do livro declarando sua posição antagônica à do líder sindical, lembrando que já atacava Pimenta desde 1926, na revista *O maracajá*, que ele mesmo dirigia, críticas às quais aquele respondera, logo em seguida, em uma série de artigos sob a rubrica "As minhas traições", para o *Jornal do Recife* (*id.*, *ibid.*, p. 103).

Posteriormente, Joaquim Pimenta contaria também sua versão dos eventos em seu livro de memórias de quase quinhentas páginas, *Retalhos do passado*: episódios que vivi e fatos que testemunhei (1949). Pimenta relata que participara da segunda assembleia de fundação da União Cosmopolita, nome do sindicato dos trabalhadores da Pernambuco Tramway. Depois de ver os empregados eleitos para a diretoria da União serem demitidos, ajuda a organizar a greve geral de 1919, que, apelando para o nativismo pernambucano, reivindicava aumento de salários também para outras categorias. Em 2 de julho de 1921, organiza o comício-monstro contra o dito orçamento-monstro, parte da chamada "campanha da fome", que reuniu de estudantes de Direito a representantes do comércio, indústria, lavoura e operariado. Essa campanha duraria até 20 de agosto daquele ano. Pimenta forja para si mesmo uma imagem de homem pragmático, cuja tática era satisfazer as necessidades imediatas e "arrancar das situações e dos acontecimentos o que eles pudessem dar" (PIMENTA, 1949, p. 217). Segundo seu depoimento, jamais lhe "passou pela cabeça ser um Tiradentes ou precursor, em Pernambuco, de uma revolução social". Ele confessa ter sido atraído mais pelo "lado humano e dramático do que para servir de campo experimental a um sistema ideológico", pois acreditava que a sociedade pré-capitalista e a população analfabeta ainda não se encontravam em estágio de revolução (*id.*, *ibid.*, p. 216). Há sem dúvida certa ambiguidade e ambição nos depoimentos de Pimenta, o qual declara que "o homem governa as massas quando elas confiam nele, confiança de que nunca se deve abusar" (*id.*, *ibid.*, p. 228). Mas ele também afirma exultante:

> O povo, um momento surpreso com tal decisão, adivinhara de relance, e pela segunda vez, que, mais do que no primeiro comício, pairava sobre ele a ameaça de uma catástrofe. E sem se conter, explodiu em formidável ovação, elegendo-me, assim, o seu único intérprete e executor de sua vontade suprema (*Id.*, p. 236).

Poucas semanas depois da "campanha da fome", Pimenta, ao lado de Raul Azevedo, funda o jornal *Diário do Povo*, cujo cabeçalho dizia: "Educar o povo para que o povo eduque os governos", momento em que começa também a campanha presidencial pela sucessão de Epitácio Pessoa. Enquanto o *Diário do Povo* defendia que o exército deveria estar do lado do povo, Epitácio censurava o órgão de imprensa pelo excesso de participação política. Em 24 de novembro de 1921, o jornal de Pimenta convoca novo comício, o que resultou em tiroteio e várias pessoas feridas. Cada vez mais próximo do exército, o *Diário do Povo* publica em 7 de janeiro do ano seguinte um artigo em que se dizia: "Tenhamos Fé! Que, na ocasião, a espada do soldado brasileiro há de refulgir, como sempre refulgiu na hora suprema das reivindicações populares" (PIMENTA, 1949, p. 260).

A morte do governador em janeiro de 1922 fez com que as eleições para o governo do estado coincidissem com a presidencial, e o periódico de Pimenta defendeu (assim como José Lins, na ocasião) a candidatura de Carneiro da Cunha. Em seu depoimento, Pimenta revela:

> Embora nenhum compromisso tivesse eu assumido, por não ter poderes para isso, que importasse um apoio do operariado à candidatura do Dr. José Henrique, prontificou-se o Dr. Manuel Borba em nos fornecer armamento e munição, desde que fôssemos também empenhados a participar com o povo da autonomia do estado (*id., ibid.*,p. 291)

Pimenta conta que os soldados atacaram o *Diário do Povo* logo após as eleições de maio de 1922, e que ele mesmo fora ferido no combate. E lembra também a participação de sua mulher, Lili, apelido de Alice Pimenta (no romance de José Lins chama-se Dona Laura), que por sua vez seria ferida a bala, (PELA POLÍTICA, 1922, p. 3). Alice Pimenta, além de politicamente engajada, compunha textos para a imprensa local, e mais tarde escreve as próprias memórias no livro *Encruzilhada de destinos,* de 1957.[11]

---

11 O título é tirado das últimas palavras das memórias do marido. Joaquim Pimenta participaria ativamente da Revolução de 30, trabalhando em seguida ao lado do Ministro do Trabalho, Lindolfo Collor. Transferiu-se em 1932 para o Rio de Janeiro, onde passou a ensinar na Faculdade de Direito. De sua atividade jornalística, destaca-se ter fundado a revista *A Fortaleza* e os jornais *O Demolidor*, *O Regenerador*, *A Terra da Luz*, *O Tacape* e *O Libertador*. Escreveu no *Diário da Manhã*, do Recife, na *Folha da Tarde*, de Belém (Pará), e no *Correio da Manhã*, no *Jornal do Comércio*, no *Imparcial* e em *O País*, do Rio de Janeiro. Publicou, entre outros, os volumes: *Golpes de vista* (1930); *Ensaios de Sociologia* (1915); *Sociologia e Direito* (1928); *A Questão Social e o Catolicismo* (1936); *Retalhos do Passado*: episódios que vivi e fatos que testemunhei (1939). Escreveu ainda,

Além da autodefesa deixada por Joaquim Pimenta, outros deixaram depoimentos simpáticos a sua figura e a sua trajetória política, entre eles o próprio Osório Borba, que discordou publicamente do retrato sombrio feito pelo seu amigo de juventude:

> [...] cabe aqui talvez criticar uma injustiça praticada anos mais tarde pelo romancista José Lins do Rego contra Joaquim Pimenta, que fora um líder de excepcional prestígio do movimento operário em Pernambuco e um dos chefes da cruzada autonomista. Em *Moleque Ricardo* Lins fez do grande professor e condutor de massas um personagem odioso, deturpando o sentido de sua brava e tormentosa chefia de greves e outras campanhas (BORBA, 1957).

Também Barbosa Lima Sobrinho, no "Prefácio Testemunho" ao livro de Souza Barros acima citado, defende a figura do líder do movimento operário:

> Embora não se possa negar que faltavam a Joaquim Pimenta os predicados para uma liderança ordenada, tranquila e eficaz, como poderia ser a de Cristiano Cordeiro e outros da época, Pimenta estaria mais perto de uma liderança romântica, talvez mesmo dispersiva e anárquica. Mas a que ele se entregava todo, sem cálculos, com um fundo de messianismo, que suas origens sertanejas justificavam ou pelo menos explicavam (LIMA SOBRINHO, 1972, p. 23).

Em *O moleque Ricardo* a figura de Joaquim Pimenta é importante justamente por colocar em questão o problema da representação, política a princípio, mas inevitavelmente cultural e estética. Ou seja, neste livro em que pela primeira vez o sujeito subalterno e racializado é protagonista, a questão que se coloca é: como e por que representar as camadas popula-

---

contra Gilberto Freyre, *O homem de um olho só*...em que julga o autor de *Casa Grande e Senzala* "[F]alho, confuso, incoerente ou contraditório, sentencioso e vulgar" (PIMENTA, 1962, p. 135). Morreu no Rio de Janeiro, em 16 de março de 1963. Consultar sobre Joaquim Pimenta: ZAVERUCHA (1992).

res, seja em política seja na literatura? Se, inicialmente, o jovem José Lins admirara o jornalista e líder do movimento, passados dez anos o seu espírito revolucionário é objeto de repúdio. O personagem Pestana é o líder que obtém a confiança do povo e se propõe a falar em nome dele, em discursos que prometiam a "redenção do operariado", como na Rússia e na Alemanha (REGO, 1987, p. 510). Mas já no início do romance o discurso do líder é interrompido por um de seus alunos, chamado José Cordeiro (outro personagem histórico, irmão de Christiano Cordeiro), que questiona a autoridade do professor para falar "em nome do povo".[12] Em sua própria defesa, Pestana justifica-se em seu passado de retirante no Ceará: "Vivo com o povo e com o povo quero morrer" (*id.*, *ibid.*, p. 511). Se o ponto de vista do narrador disseminado no discurso indireto livre parece refletir a voz do autor, ao mesmo tempo emula a pretensa voz coletiva da "opinião" que julga e acusa o líder do movimento:

> Fundou até um jornal, o *Diário do Povo*. O seu poder crescia. Os políticos já lhe passavam as mãos pelos ombros. Ele pregava a revolução sem ser incomodado pela polícia. A polícia fechava os olhos para as suas campanhas. O governo simpatizava com o demagogo... Chegou-se a espalhar que o comércio, agradecido pela queda da lei, oferecia uma casa de presente ao socialista (*id.*, *ibid.*, p. 513).

O romance narra todo o conflito entre a polícia local e o exército e pinta Pimenta/Pestana como um manipulador e oportunista, cujo retrato se resume em um trocadilho fácil, mas significativo do tipo de antagonismo que o romance arma: "Na padaria a massa amolecia na mão dos homens" (*id.*, *ibid.*, p. 530). Porém, não se pode dizer que o romance de José Lins tenha sido capaz de diminuir a distância entre indivíduos (com seus nomes e experiên-

---

12 Souza Barros dedica um capítulo de seu livro a José Cordeiro, inclusive uma série de depoimentos de época, inclusive de seu irmão Cristiano Cordeiro. Do *Jornal do Brasil*, destaca: "No meio de uma geração em sua totalidade frívola, incapaz de integrar-se com sinceridade nos estudos austeros, ou então entregue às cismas, doces e fáceis, da poesia e da imaginação, sabia abrir à sua inteligência um campo mais largo e mais alto, uma finalidade mais grave" (SOUZA BARROS, 1972, 253). Cordeiro morreu precocemente em 1926, aos 27 anos de idade.

cias) e a massa amorfa de personagens-trabalhadores, por mais que fosse sua intenção dar nome aos desfavorecidos e expressar a "alma do povo".

Aliás não é só a "massa" que se deixa manipular pelos líderes: o narrador conta ainda que grande parte dos estudantes da Faculdade de Direito, reunidos em torno do centro acadêmico, também se deixava ingenuamente dominar pelos discursos de Pestana. Exemplo que se destaca é um dos alunos, chamado Antônio Campos, redator de calorosos artigos do *Diário do Povo*, jornal que, segundo o narrador, explorava o idealismo dos estudantes.[13] Mas à medida que a popularidade do líder aumenta aos olhos dos estudantes e trabalhadores, a postura do narrador (sempre fragmentado em "opiniões") se torna cada vez mais antipática em relação à figura do Pestana/Pimenta. Dentre os estudantes desmoralizados, o narrador destaca a personagem estereotipada do bacharel mestiço que, mais uma vez, aparece como um ser ambíguo e facilmente corrompível: "Falava-se de um Bezerra, de um mulato sabido que comia dos dois lados. Comprara até anel de formatura com este jogo" (*id.*, *ibid.*, p. 554).

Descartado o exemplo do eminente líder dos trabalhadores, outros personagens aparecem como alternativa de representação e articulação política. É como se cada caso fosse testado, um a um, e repetidamente rejeitado. Carlos de Melo, por exemplo, é estudante de uma Faculdade de Direito dividida e se situa em posição contrária à do grupo de Antônio Campos que, com Pestana, dominava as opiniões dos estudantes. Mas se Carlos de Melo procura identificar suas afinidades ideológicas, lembre-se que a posição do filho de senhor de engenho é rechaçada pelos colegas e proletários, assim como pelo narrador. Narrador que, se não pode ser facilmente identificado com o jovem Carlos de Melo, nem com o autor do romance, não deixa de insistir em expressar um distanciamento crítico do escritor adulto que olha o seu passado. Tal distanciamento já se identifica e é cada vez maior no decorrer dos romances anteriores em primeira pessoa (*Menino de Engenho, Doidinho* e *Banguê*), até encontrar sua expressão máxima na terceira pessoa de *O moleque Ricardo* e *Usina.*

Assim, o bacharel, filho de senhor de engenho, a princípio alinha-se com o antagonismo de José Cordeiro a Pestana, apesar de não compartilhar

13 Segundo Souza Barros, Antônio Campos não era estudante, mas apenas redator do *Diário do Povo*.

o pensamento dele: "Carlos de Melo era mais de Cordeiro, embora não estivesse com as suas ideias. Colega de ano, a sua influência intelectual fora grande sobre o neto do Coronel Zé Paulino" (*id.*, *ibid.*, p. 517). José Cordeiro aparece como um estudioso – e, de fato, consta que teria fundado o Centro de Estudos Russos –, revolucionário e conhecedor de Marx, mas equilibrado e, acima de tudo, crítico da liderança demagógica de Pestana, a quem julgava "ambicioso" e "aventureiro" (*id.*, *ibid.*), além de "um oportunista, um confuso doutrinador que havia ficado no anticlericalismo voltairiano" (*id.*, p. 519). Refletindo a opinião de alguns de seus contemporâneos e dos que o sucederam, o Cordeiro de José Lins afirma que Pestana, "que sonhava com as massas libertas, não podia suportar o contato do povo em comício ou em qualquer parte." (*id.*, *ibid.*, p. 551).

Igualmente contrário ao movimento organizado por Pestana encontra-se o personagem ficcional Mário Santos, amigo "inseparável" de Carlos de Melo. Se por um lado Cordeiro viria a publicar um manifesto contra o partido do senador Manuel Borba, – o mesmo que, como se viu, José Lins apoiara em sua época de estudante –, Mário Santos publica um manifesto contra Pestana, que Cordeiro se recusa a assinar pois, apesar de contrário ao demagogo, manifesta-se a favor da "revolução". Oposto à ideologia revolucionária do colega, Mário Santos representa uma irreverência com ligeiros tons anarquistas, mas, ao mesmo tempo, condescendente com o passado escravocrata representado pelo filho de senhor de engenho:

> Só Mário Santos no meio de toda aquela gente sabia ver o colega Carlos de Melo. Mário Santos não respeitava ninguém. Ridicularizava todo o mundo. Mestres e colegas nas mãos dele passavam por ruins momentos. O professor Pestana para ele era um Sofrônio Portela moço (*id.*, *ibid.*, p. 517).

Mais tarde também Cordeiro, apesar de suas ideias socialistas, revela-se pouco pragmático, refletindo a primeira decepção do estudante que vê corrupção em toda política partidária. O olhar retrospectivo do autor não se deixa ocultar:

> Cordeiro não dispunha de força para lutar e nem para impor opiniões. Era apesar de tudo um tímido, uma consciência que sofria, uma inteligência capaz de muita coisa, desprovida

> porém de capacidade para a ação. Aquele discurso na Rua do Lima aleijara-o para sempre. Alheou-se a tudo. Ficou um expulso de sua geração. Um homem inútil para o momento. Operários ludibriados e estudantes venais [...] E apesar de tudo era o melhor de todos. O Recife daquele tempo era uma lástima. Os partidos políticos só faziam corromper. Operário era a mesma coisa que capanga, e estudantes como as raparigas (*id.*, *ibid.*, p. 592).

Apesar da superioridade e clareza de pensamento de Cordeiro, sua personalidade não lhe permite ser um homem de ação. Podia ser o "melhor de todos", mas o problema que José Lins aponta aqui está justamente em "todos": uma geração fragmentada, sem direção, corrompida pelos partidos políticos. Compreendido apenas por Mário Santos e admirador de Cordeiro, Carlos de Melo se encontra em posição simétrica à de Ricardo, ou seja, à revelia dos fatos políticos. Mas tem-se a impressão de que, apesar de crítico, José Lins faz de Carlos de Melo (assim como de Ricardo) um personagem que, em sua fraqueza e melancolia, pode tornar-se, aos olhos do leitor, possível objeto de simpatia, e talvez mesmo de certa compaixão. Quando Carlos de Melo se identifica, parcialmente, com Cordeiro, seu passado (e sua culpa) de aristocrata rural se relativizam e se humanizam, de modo que, se aquele não se sustenta como personagem histórico exemplar, ao menos toma ares de herói romanesco:

> Sabia como se devia fazer mas não sabia fazer. Ele criticava tudo com penetração, via erros, decepções, e não tinha força para construir... Carlos de Melo e ele se pareciam muito, embora este fosse de um outro extremo. Ambos eram fracos para a vida e por isto tanto se davam, embora vivessem nas divergências mais fundas. (*id.*, *ibid.*, p. 615).
>
> [Cordeiro] encontra as fontes perniciosas do demagogo, mas quando chegava o momento de elaborar, o anti-Pestana fracassava. Tentara reagir, fora mesmo aos centros falar testa a testa com os operários. Fracassou e não quis ir mais adiante. Não valia a pena, aquela gente custaria um século para se aperceber das verdades e dos seus direitos (*id.*, *ibid.*, p. 616).

Cordeiro teria portanto uma relação ideológica genuinamente aliada à "massa de trabalhadores", porém seu espírito é pouco pragmático. Carlos de Melo tem com eles uma relação afetiva, entretanto sempre carregada da culpa que herdou das relações patriarcais do engenho em que foi criado. Já Mário Santos escolhe a solução, não simplesmente do apartidarismo político, mas do imediatismo e espontaneidade, em que o contato com "a vida em si" justificaria as ações individuais: "Mário Santos era da vida mesmo, deixando que a vida o levasse nos seus solavancos... Como Cordeiro, não acreditava na revolução, com Carlos de Melo se ria com os pruridos de aristocracia rural do amigo. A sua única superioridade era que não fingia." (*id.*, *ibid.*, p. 615).[14]

Lembre-se, contudo, que esse Mário Santos, reminiscente da personalidade do próprio Gilberto Freyre, é o mesmo personagem que, em *Banguê*, escrevia a Carlos de Melo – depois de terminada a Faculdade de Direito, e de volta ao engenho do avô – exigindo que ele escrevesse a história da família patriarcal:

> Você, Carlos, é um homem de sorte. Pode olhar para trás e ver avós brancos, os homens que fizeram a grandeza da sua família a cavar a terra, a mandar em negros. Quero ver o seu livro... Quero ver de perto os remanescentes da velha nobreza rural, o seu avô mourejando e o neto de pena na mão para nos contar a sua vida heroica (REGO, 1987, p. 311)

Por outro lado, a narrativa de *O moleque Ricardo* propõe-se a ser também um testemunho culposo e uma homenagem à opressão sofrida pelo negro, decorrente, ao menos em parte, da decadência da aristocracia açucareira. No entanto, como os críticos da época não deixaram de notar, e José Lins admitiria logo depois, o espelhamento afetuoso entre Ricardo e Carlos é cada vez mais evidente ou, segundo o autor, "inevitável". Apesar de escrito em terceira pessoa, o uso frequente do discurso indireto livre faz com que o ponto de vista oscile constantemente entre o narrador branco e o protagonista negro, entre a elocução autoral e a memória coletiva, ou entre a

14 José Cordeiro morre em 1925, aos 27 anos. Ver nota biográfica de Joaquim Inojosa em *Jornal Pequeno* (INOJOSA, 1925, p. 1)

narrativa erudito-burguesa e a oralidade da cultura popular.[15] Além disso, o romance procura provocar a simpatia e identificação do leitor (presumidamente branco) com a experiência do protagonista negro face a diferentes aspectos da vida política e cultural da capital pernambucana, tais como: o movimento sindical, as greves, a violência policial, a atividade política sob a liderança dos professores da Faculdade de Direito, os discursos dos líderes trabalhistas, os sofrimentos das comunidades pobres do mangue e as preparações para o Carnaval pernambucano. Como sugerido anteriormente, uma das questões centrais que o romance procura levantar diz respeito à legitimidade da representação política do "povo" pela elite, pelos líderes sindicais ou pela juventude universitária. E, menos criticamente, a questão da legitimidade da representação literária pelo escritor de elite não deixa de também estar subjacente ao projeto do romance.

Por meio da voz de um dos estudantes da Faculdade de Direito, o romance insinua dúvidas sobre a capacidade de "aquela gente" [o proletário] representar-se a si mesma e, logo, "[...] se aperceber das verdades e dos seus direitos" (REGO, 1987, p. 616). Além disso, produz-se uma certa indistinção entre o paternalismo ou a patronato, e a representação política dos sindicatos ou, como os trabalhadores diziam, da Sociedade: "Um dia um dos homens pediu a Ricardo para entrar na Sociedade. A Sociedade fazia o enterro, dava médico para a família e se pagava somente mil-réis por mês" (*id.*, *ibid.*, p. 497). No final, toda a "massa" de trabalhadores da padaria mostra-se incapaz de se organizar e se torna vítima das elites políticas e intelectuais, ou dos interesses dos líderes sindicais. Clodoaldo, por exemplo, o presidente da Sociedade "mulato de cabeleira de fuá" (*id.*, *ibid.*, p. 503), é o protótipo do pelego: de um lado, convoca e faz promessas aos trabalhadores, de outro, acumula dinheiro e privilégios. Apesar de filiar-se à Sociedade, Ricardo permanece impotente em sua melancolia apática. Os outros empregados da padaria em que trabalha, mesmo quando demonstram convicção política, não conseguem deixar de ser "massa de manobra". E enquanto a violência da polícia e as estratégias dos políticos levariam à tentativa de de conciliação sob o governo do recém-eleito sucessor de Manoel Borba (1864-1928), José Rufino Bezerra Cavalcanti (1865-1922), acordo

15 Sônia Lúcia Ramalho de Farias analisa a heterogeneidade de vozes e a legitimação do popular em *Pedra Bonita* e *Cangaceiros* (FARIAS, 2006, p. 85-100).

conhecido como Paz e Concórdia (entre 1919 e 1920), a alegria simples e solidária da festa popular se apresenta como harmonia espontânea no bloco carnavalesco Paz e Amor: "Não havia branco e não havia preto quando a música de um clube passava assanhando tudo" (REGO, 1987, p. 578).

Frustrada a crença nos movimentos sindicais e trabalhistas, a participação das camadas populares melhor se manifesta na produção idealizada do homem de letras, que assim se justifica não só por abrir mão do panfleto, mas por se isentar de toda *Realpolitik*. O tom das últimas páginas do romance é de puro desconsolo, na sequência de um confronto entre a polícia e os operários que acaba por condenar os empregados da padaria à prisão em Fernando de Noronha. Qualquer mobilização política é tratada com ceticismo: o movimento operário, a política partidária, o espírito revolucionário ou anarquista dos estudantes, assim como a benevolência do filho de aristocrata, e o arrivismo dos líderes trabalhistas, todos esses modelos de representação política se configuram como inviáveis e indesejáveis. Não obstante, há um personagem que, alheio à política, mas não às injustiças que relegam a população às margens da sociedade, ainda apresenta alguma promessa de redenção: no caso, um jardineiro e "feiticeiro", "sacerdote de xangô", "misterioso para toda aquela gente da Encruzilhada" (REGO, 1987, p. 507). Na tradição do Pai Tomás, com sua capacidade de resignação sem limites, a figura de Seu Lucas se apresenta como a tradição cultural afro-brasileira mais autêntica. No entanto, sua autenticidade exclui toda atividade política:

> Sou negro como eles, posso falar porque sou pobre. Gente de pé no chão nunca tem razão. No fim o povo é quem leva na cabeça. O melhor é a gente se conformar com o que tem. Para todo mundo falava mal das greves, das Sociedades de operários. Para que negro metido em Sociedade? (*id.*, *ibid.*, p. 512).

Assim, todo o último capítulo, escrito em discurso indireto livre, reproduz o pensamento e a voz do personagem negro e pobre, em uma espécie de sublimação de todo antagonismo político e social por meio da cultura popular traduzida pelo homem de letras. Não surpreende que naquele momento de desejo de valorização da cultura negra pelas elites letradas, estas páginas finais fossem recebidas com o maior entusiasmo.

Graciliano Ramos, por exemplo, comentou certa vez em carta a José Lins: "Nunca você escreveu coisa igual às duas últimas páginas [de *O moleque Ricardo*] (*apud* COUTINHO e CASTRO, 1990, p. 51). Lúcia Miguel Pereira considerou-o "um admirável poema, uma melopeia dolorosa, um canto desses que parecem sair bem do fundo do peito magoado, como um soluço, que não se pudesse conter" (PEREIRA, 2005, p.138).[16] O tom do narrador torna-se cada vez mais afetivo, à medida que se repete o lamento do sacerdote negro como um refrão: "Os negros iriam para Fernando"; "Os negros bons iam para Fernando"; "Os seus negrinhos iam para Fernando" (REGO, 1987, p. 669, 670, 671, respectivamente). No final, enquanto os trabalhadores, indefesos e infantilizados, seguem para a prisão, o pai de santo, em transe, puxa o canto, a que a coletividade negra responde:

> – Que fizeram eles? Que fizeram eles?
> Ninguém sabe não.
> Que fizeram os negros que iam para Fernando? A voz de Seu Lucas vibrava. Todo o seu corpo estremecia.
> – Que fizeram eles que vão para Fernando?
> E os negros respondiam misturando a língua da reza deles com as perguntas do sacerdote, de braços estendidos para o céu (*id., ibid.*, p. 671)

O contexto pós-revolução de 1930 em que o romance foi escrito – nas vésperas da formação da Aliança Nacional Libertadora, em época de embates entre integralistas, comunistas e militares, com suas novas políticas trabalhistas e organização sindical, além de ampla discussão em torno do processo representativo – reverbera na leitura da narrativa da crise de representação político-sindical, eleitoral e também militar, no Recife dos princípios dos anos 1920. No final, só a literatura que sabe resgatar a cultura popular tem o mérito de representar a "alma do povo":

> Seu Lucas não era mais um Deus naquela hora. Como um homem qualquer ele falava pelos pobres que no mar se

16 Um crítico chegou inclusive a estruturar essas páginas em versos (BRANDAO, 1994, p.17-18). Curiosamente, Freyre é dos poucos que não aprovou o romance, particularmente suas últimas páginas (FREYRE, 1948b).

> perdiam. O canto dele varava a noite, varava o mundo:
> – Que fizeram eles que vão para Fernando? Ninguém sabe não! (*id., ibid.*, p. 672).

Em suma, se todo o romance de intenções aparentemente sociais e proletárias procura recuperar um período histórico e um ambiente político específicos, as páginas finais representam uma regressão de caráter simbólico em que os descendentes de escravos são condenados a uma nova forma de cativeiro, mas redimidos pela oralidade espontânea da cultura popular afro-brasileira. Uma vez desacreditada a eficiência dos discursos políticos, a poesia (sobretudo a popular) aparece como única forma legítima de expressão para as camadas pobres e, logo, para a própria literatura nacional. Apenas os cantos ritualísticos das negras e dos negros, ou as rezas do pai de santo são capazes de expressar o verdadeiro sofrimento dos desprivilegiados. Incapaz de se organizar politicamente, o "povo" só poderá expressar-se culturalmente; seu valor está na voz que manifestará a cultura tradicional, oral e anônima, mais bem traduzida pela literatura culta.

* * *

Como se sabe, a história de Ricardo prossegue na primeira parte de *Usina* (1936), em que se narra o período vivido pelo protagonista na prisão de Fernando de Noronha e seu relacionamento sexual e afetivo com o cozinheiro português. Já em *O moleque Ricardo,* os relacionamentos do protagonista com mulheres eram caracterizados pela frustração: Guiomar, seu primeiro amor, o abandona e depois se mata; Isaura, "uma mulher mais clara do que ele", revela-se excessivamente promíscua e pouco digna de sua confiança. E quando a certa altura, Ricardo experimenta relações sexuais com uma prostituta ("uma mulher quase branca"), seu tímido desempenho o constrange, e a prostituta acaba por acusá-lo de impotência: "Sai daqui, brocha! Moleque brocha!" (REGO, 1987, p. 612). Tal estigmatização é recorrente, sendo praticada por distintos personagens: "Os conhecidos lhe criticavam a moleza: – Aquilo é um P.M. O moleque é brocha." (*id., ibid.*, p. 1987, p. 525). Mesmo se no final Ricardo acaba se casando (com Odete), ele não gera filhos e, além disso, pouco tempo depois começa a se sentir repugnado até pela ideia de ter relações sexuais com a mulher (*id., ibid.*, p. 639).

Como já notou Aderaldo Castello "[a] identificação dos dois personagens, Ricardo e Carlos de Melo, é impressionante, particularmente quanto ao comportamento sexual" (CASTELLO, 2001, p. 148). De fato, ao contrário do português mulherengo e bem-dotado de Freyre, tanto o luso-descendente Carlos de Melo quanto o afrodescendente Ricardo são desprovidos de virilidade, ambos incapazes de se reproduzir geneticamente ou, pelo menos, socialmente· Mas enquanto o Carlos de Melo de *Doidinho* supera ou reprime o desejo homossexual e acaba por encontrar em Coruja (mesmo que de forma efêmera) a "verdadeira" amizade, em *Usina*, Ricardo, assim como vários outros prisioneiros, se envolve romântica e eroticamente com outro homem. É claro que, tipicamente, tal relacionamento é justificado como algo ocasional e compreensível dentro do contexto carcerário: "Os homens se acostumavam da falta de mulheres amando uns aos outros" (REGO, 1987, p. 683). Assim, o narrador do romance explica como o espaço de exceção permitia a normalização do que, no mundo exterior, seria entendido como desvio: "Falava-se ali de homens morando com homens. Ninguém se espantava com estas ligações, com estes amores irregulares" (*id.*, *ibid.*, p. 683). Ou seja, esses relacionamentos amorosos e sexuais não devem ser confundidos com as verdadeiras inversões que se encontram ocasionalmente no mundo exterior.

Ao mesmo tempo, o romance de Ricardo com o português Manuel, cozinheiro e "criminoso de três mortes", explicita a carência afetiva e talvez erótica de que ele fora vítima em toda sua vida anterior à prisão. Além disso, atenua sua passividade e o feminiza diante de Manuel, excluindo-o da esfera do trabalho, excetuando o serviço doméstico:

> No íntimo, Ricardo fazia as suas bem amargas reflexões. A vida dele era aquilo que se via: não fazer nada, varrer casa, levar recado, porque o mais que era de sua obrigação seu Manuel não deixava que ele botasse as mãos. Procurou reagir contra aquilo. Afinal de contas era um homem, queria trabalhar, mas foi aos poucos cedendo, cedendo que, quando deu fé de si, não tinha mais quase nada para fazer na casa do doutor. [...] Às vezes Ricardo sentia náuseas de tudo isto, um nojo de se ver assim, acariciado, coberto dos cuidados e dos dengos de um outro homem (*id.*, *ibid.*, p. 688).

Em todo caso, o sentimento de culpa em relação à homossexualidade revela-se menor do que em relação à falta de solidariedade aos companheiros de classe. Pois ao associar-se sexual e afetivamente ao cozinheiro, Ricardo desfruta de certos privilégios que o fazem se sentir "um traidor de companheiros", convertendo-o em uma espécie de pelego (*id.*, *ibid.*, p. 713). E assim, a culpa de pertencer à classe dominante é finalmente projetada sobre o próprio sujeito subalterno.

No final, a própria identidade do protagonista negro se dissolve no isolamento social, na impossibilidade de se integrar por quaisquer tipos de laços, seja de fraternidade, afeto ou erotismo, seja de aliança de classe ou raça. Ao retornar à usina no final da primeira parte do romance, Ricardo procurará, inutilmente, redefinir-se e reintegrar-se tanto socialmente como sexualmente. Mas a experiência na capital, o passado político e sentimental, a temporada na prisão e, sobretudo, as transformações econômicas no antigo engenho deixam marcas e impõem-lhe barreiras que frustram seu retorno e a reintegração efetiva. Em um momento de desabafo, um dos raros em que ele se expressa em primeira pessoa, o personagem resume assim toda a sua vida:

> Eu sou Ricardo, moleque de cria que trazia os jornais da estação, que fugi, que me danei pelo mundo, que estive em Fernando, que vi gente morrer, que vi homem na cama dos outros. Eu sou um negro infeliz, sem amigos, sem mulher, sem vontade de amar (*id.*, *ibid.*, p. 713).

Em suma, ao se encontrar fora do espaço de exceção, as fronteiras entre os laços de parentesco, a amizade, o amor e o sexo, tênues na prisão, são de certo modo restauradas. Impotente politicamente, o homem negro expressará sua melancolia em forma de nostalgia pela escravidão, mesmo se agora em sentido figurado: "Quando abria os olhos estava pensando em seu Manuel. Nunca mais viu uma amizade que fosse escrava de outra como aquela" (*id.*, *ibid.*, p. 759). Ainda no momento de sua morte, depois de finalmente se lançar solidariamente ao lado do "povo", não será da família, nem das mulheres que Ricardo sentirá falta, nem mesmo dos companheiros, mas sim da figura do português que se expressa em mais um encadeamento de substituições afetivas: "[sua mãe] Avelina passava a mão pela cabeça, alisando. Seu Manuel, na ilha, fazia aquilo. Era a mão de seda de seu Manuel que ele estava sentindo" (*id.*, *ibid.*, p. 908).

Ricardo mais Hilton Lacerda

Pouco antes da José Olympio lançar o livro nacionalmente, a imprensa carioca antecipou dois trechos do romance: primeiramente, em *O Jornal* (O MOLEQUE 1935, p. 1-2), o capítulo 28, que descreve a vida de casado de Ricardo, então arrependido e amedrontado, ao lado da insaciável mulata Odete, morando com os sogros na Rua do Cravo, avesso à luxúria da mulher, imaginando uma fuga e tentado pelos avanços sensuais da negra Isaura. Dias depois, o *Diário de Noticias* (DIÁRIO, 1935, p. 19) reproduz o primeiro capítulo do romance, um *flashback* a partir de uma carta recebida pela família de Ricardo no engenho, anunciando sua visita; ele que, aos 16 anos, fugira do engenho para o Recife – "uma fuga calculada"– aproveitando o convite ambíguo de um condutor de trem: "Quer ir comigo, moleque?" (REGO, 1987, p. 475). O capítulo termina com a partida de Ricardo, enquanto o irmão mais novo balbucia repetidamente "–Cardo, cardo" (*id.*, *ibid.*, p. 478).

Os dois capítulos vêm acompanhados de ilustrações, ambas, presume-se, do paraibano Tomás Santa Rosa (1909-1956), que naquele ano iniciava na função de produtor gráfico da Livraria e Editora José Olympio. Na primeira (sem assinatura), encontramos um jovem que nos olha de frente, vestido de uma camisola, cuja costura forma uma cruz, dividindo o quadro geometricamente em quatro áreas. Acima e à esquerda do leitor, está a chaminé do engenho Santa Rosa, perdida na vegetação, remetendo ao passado do personagem. Abaixo, a mão direita segura um galho, um tanto distraidamente, em um gesto que pode parecer ingênuo ou infantil; mas o objeto assemelha-se também a uma vara, instrumento dos castigos provavelmente sofridos por ele ou seus antepassados; ao mesmo tempo que a mão que segura o galho parece cobrir o sexo, as dobras na calça folgada apontando para a virilha. O traço da vara conduz o olhar à mão esquerda do personagem que, ao contrário da outra, parece rígida, denotando alguma tensão. Acima e à direita está a estação da Great Western e a ferrovia indicando literalmente uma linha de fuga. Enquanto o olho direito do personagem, associado ao engenho, parece cansado, talvez mesmo irritado, o olho esquerdo, no segmento que nos transporta ao futuro e ao Recife, está mais aberto, alerta e desafiador. Em suma, dividida em duas posturas contraditórias, a imagem parece contradizer a narrativa nostálgica do retorno, sugerida nas primeiras linhas do capítulo, e das saudades do irmão, nas últimas; e sobretudo desfaz a figura colonial-escravocrata do "negro fiel", figura que só existe na imaginação do patrão ou do narrador que se quer acreditar benevolente. Desobjetificado, Ricardo olha o leitor de frente, em primeira pessoa, em primeiro plano.

Ilustração para o primeiro capítulo de *O moleque Ricardo*, publicada no Diário de Notícias em 21 jul. 1935.

Alguém poderá argumentar que de todo modo esse Ricardo ainda guarda um jeito de menino, com seu chapéu um tanto pitoresco, típica figura da prosa regionalista. Já a ilustração para o capítulo 28, porém, apresenta um Ricardo mais velho e mais sofrido, com sinais de calvície, a testa enrugada, as sobrancelhas franzidas, novamente encarando o leitor do jornal, o olhar entre triste e penetrante, mas de forma alguma amedrontado; de costas para Dona Ambrósia na cozinha (à nossa esquerda) e alheio à mulher Odete (à direita), separada do marido por uma linha divisória dupla, os seus braços estão suspensos, como se procurassem alcançá-lo; franzina, adoentada, sem deixar de ser elegante, com seu vestido discreto e a echarpe, ambos destacando o corpo raquítico, e um rosto de feições quase masculinas, parece ter um olhar distante, mas não necessariamente vazio. Qual será a história dessa Odete a qual o romance não se dá muito ao trabalho de revelar, mas ao contrário, obscurece sob a linguagem patologizante do excesso sexual? Quais seriam seus desejos, cujos sinais o narrador apenas ocasionalmente deixa escapar, como quando menciona a vontade reprimida de assistir ao carnaval da Rua Nova? E por quê Santa Rosa escolheu não incluir a figura do sogro Abílio, cuja perna fora amputada, e que agora vive sem maiores propósitos do que cuidar de seus passarinhos? Ao contrário, o espaço da gravura é quase todo dominado pelo corpo sólido e masculino de Ricardo; abaixo, um triângulo configura as pernas abertas, em posição viril; no centro, o cotovelo apoiado na mesa salienta o músculo do braço esquerdo, que finalmente direciona o nosso olhar ao punho direito, em riste. Ao contrário da ilustração anterior, com seus horizontes geográficos e históricos, o cenário aqui é interior, doméstico, enraizado no tempo presente, marcado por um passado de sofrimentos e angústias. No entanto, não parece haver qualquer indecisão, passividade ou nostalgia nesse Ricardo, e sim firmeza. Se olharmos novamente, veremos que os traços do desenhista não necessariamente separam, mas sim ligam e reúnem os três corpos, de modo que mesmo o aparente alheamento do homem negro em relação às duas mulheres pode ser lido como uma postura de liderança daquele que carrega a família consigo. Em suma, Santa Rosa não apenas ilustra o texto de José Lins e o destino do protagonista negro, mas reimagina-o.

Ilustração de Santa Rosa para o capítulo 28 de *O moleque Ricardo*, Publicada em *O Jornal*, 14 de jul. 1935

É um pouco esse Ricardo que eu imagino como protagonista de um filme de Hilton Lacerda, cujo título omitirá o qualificativo "moleque", hoje talvez menos racializado do que na época em que o romance foi escrito, mas com certeza mais condescendente e recriminador. A hesitação ou o alheamento político do personagem não espelhará aquela passividade, indolência, indecisão ou impotência do bacharel Carlos de Melo. Ao contrário, será uma hesitação crítica que remete às desconfianças em relação à democracia representativa, e mesmo nos movimentos de rua, tais desconfianças ainda afligem parte das populações periféricas e subalternas do século XXI. Em vez de demorar-se na indecisão e na melancolia, o filme preferirá explorar o significado profundo dos momentos de revolta em que Ricardo é assomado por "uma vontade repentina de entrar na greve" (REGO, 1987, p. 651). A própria greve adquirirá algo de caótico e épico ao mesmo tempo. Inclinado a citações, o diretor pernambucano poderá buscar inspiração na capa da primeira edição do romance, também de Santa Rosa, a qual remete explicitamente ao realismo socialista. Nela se vê um Ricardo de perfil altivo e, no fundo, a chaminé do engenho reminiscente da paisagem industrial de tantos pôsteres soviéticos.

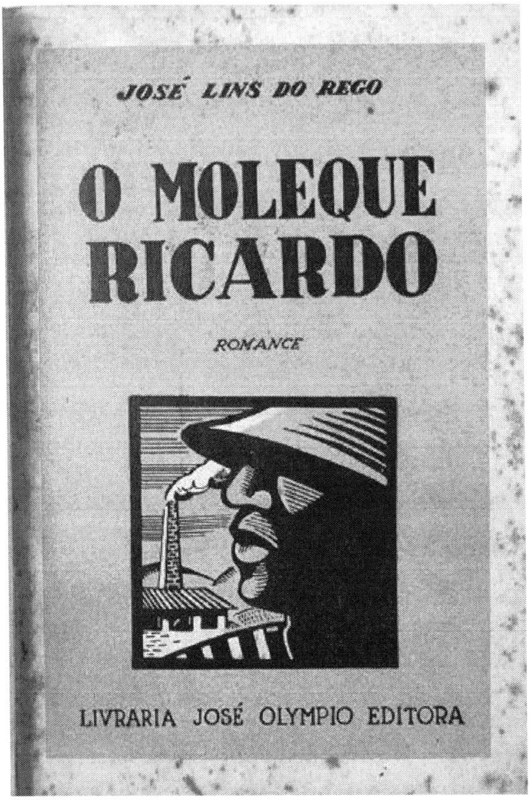

Capa com ilustração de Santa Rosa para a primeira edição de *O moleque Ricardo.*

Quem sabe Lacerda aproveitará a semelhança para criar referências ao cinema de Serguei Eisenstein (1898-1948) de modo que as greves do Recife talvez remetam às multidões no filme *A greve* (1925) e aos protestos em *Outubro* (1928). O líder Pestana/Pimenta e sua mulher Lili poderão até parecer equivocados em algumas de suas atitudes, mas o ideal igualitário do casal, cuja história e importância o romance contribui para apagar, poderá ser mantido, reiterado ou reinventado. Também a figura romântica de José Cordeiro, o bacharel socialista, poderá ser recuperada, mas não com o intuito de exagerar o aspecto puramente oportunista e demagogo de Pimenta/Pestana. Além disso, o olhar de Lacerda não evitará focar outros acadêmicos da Faculdade de Direito, como aquele Bezerra

– "um mulato sabido que comia dos dois lados" (REGO, 1987, p. 554) – sem, no entanto, detratá-lo simplesmente como pelego. A Faculdade de Direito e todo o Recife de Hilton Lacerda chegarão às telas recalibrados, repolitizados e, acima de tudo, ressexualizados.

Um filme de Hilton Lacerda com certeza começará no meio do Carnaval, mostrando o "maracatu do Leão Coroado" (*id.*, *ibid.*, p. 582), o "rolo dos Toureiros com os Vassourinhas", tudo costurado pela trilha generosa de DJ Dolores. Depois, centrará na figura esbelta de Ricardo, vaidoso, vestindo a fantasia branca e azul, subindo a Rua Aurora, descendo a Imperatriz, juntando-se ao Paz e Amor na Rua do Cisco, com "[...] mulheres vestidas de homens, e homens vestidos de mulheres" (*id.*, *ibid.*, p. 579); logo depois, a câmara fechará em seu encontro ambíguo com Odete, ela vestida de homem, toda se oferecendo a ele (*id.*, *ibid.*, p. 585). Só não sei se Carlos de Melo merecerá entrar no enredo do filme, mas talvez o diretor aproveite a ironia da cena em que aparece abraçando "as negras do Paz e Amor", pouco antes de abraçar o próprio Ricardo, que passava por perto dançando frevo – um abraço que sob a lente de Lacerda parecerá meio forçado, típico do branco que vê a amizade e o afeto do homem negro e da mulher negra sempre à sua disposição. Assim, a câmera saberá fazer o espectador identificar no olhar e no corpo de Ricardo um visível desconforto em relação àquele abraço pretensamente amistoso do ex-patrão, filho de senhor de engenho e que agora se sente apaixonado pelo povo; abraço populista que remete também às fotos posteriores em que o próprio José Lins aparece abraçado aos torcedores ou jogadores do Flamengo.

O diretor tampouco terá medo de exagerar os momentos de prazer sexual do protagonista, na maioria das vezes ocultados ou atenuados pelo narrador do romance. Se é possível que, como no início do livro, esse Ricardo também viva assombrado pelas "moléstias do mundo" das quais fora vítima no engenho (*id.*, *ibid.*, p. 494); e mesmo se as três mulheres com quem se envolve sexualmente com certeza "não chegaram a lhe contentar inteiramente" (*id.*, *ibid.*, p. 647); e se "em casa tinha vontades loucas que reprimia" (*id.*, *ibid.*, p.638) – não se deixará de mostrar que, apesar disso, nas ruas Ricardo se diverte e se deleita com os amigos. O diretor irá recuperar o erotismo que se encontra diluído na primeira parte de *Usina*, em que se descreve o idílio de Ricardo com Manuel na prisão de Fernando de Noronha, ao lado de tantos outros que procuravam prazer uns nos outros, supostamente devido à ausência de mulheres. O diretor, conhecido pela afirmação do gozo, do erotismo e do hedonismo, não hesitará em exibir os "vícios" que o narrador de José Lins no final procura, com seu eterno sentimento de culpa, conter: desde a masturbação solitária (*id.*, *ibid.*, p. 682), até a memória de um orgulhoso e respeitado Tio Mané Pereira do engenho, que vivia a gabar-se de que "gostava de viver com homens" (*id.*, *ibid.*, p. 683). E Lacerda exibirá também os "outros homens", cuja identidade o narrador sub-repticiamente oculta. Eu me pergunto ainda se o filme escolherá exibir aquilo que o romance insiste em minimizar, digo, os prováveis abusos e assédios sexuais sofridos por Ricardo e jovens como ele, vítimas dos desejos e caprichos do senhor de engenho ou de seu filho. Talvez a relação com o cozinheiro Manuel, "a ternura que nunca sentira nem mesmo de mulher" (*id.*, *ibid.*, p. 685), "um gozo, uma volúpia desesperada com que ele passava o dia a sonhar" (*id.*, *ibid.*, p. 688), não venha acompanhada do arrependimento, mesmo se o romance insista quanto ao fato de que "às vezes Ricardo sentia náuseas de tudo isso", finalmente deslocando esse sentimento de culpa para o de traição de classe. Não penso que o cinema de Hilton Lacerda se concentrará mais nesses raros momentos de culpa do protagonista do que no convívio prazeroso, "tão bom, tão carinhoso que ele se perdia outra vez, entregando-se a tudo que viesse, até o fim" (*id.*, *ibid.*, p. 689). Ao contrário de José Lins, Hilton não vai querer transformar tudo em nostalgia, arrependimento e resignação, mas, sim, reafirmará as potencialidades sexuais, afetivas e políticas do descendente de mulheres e homens escravizados.

Distanciado do estilo pedagógico do "Brasil Escola", ou do documentário apologético de um filme como *O engenho de Zé Lins* (2007), de Vladimir Carvalho, Lacerda poderá revisitar criticamente, ironicamente, as imagens do afrodescendente nas adaptações anteriores de obras de José Lins, como *Pureza* (dir. Chianca de Garcia, 1940), *Menino de engenho* (dir. Valter Lima Jr., 1965), e *Fogo morto* (dir. Marcos Farias, 1976). Na verdade, garanto que em um determinado momento esse novo Ricardo, interpretado por um garboso ator estreante de Pernambuco, aparecerá usando um daqueles colares de miçanga no pescoço encontrados na costa da Ilha de Moçambique, sempre presente nos filmes de Lacerda, os quais, reza a lenda, seriam originários de navios mercantes portugueses naufragados. Pois a cultura e memória sentimental e cultural desse Ricardo não será só a das histórias contadas pela mãe Adelina, apropriadas e romantizadas pelo narrador branco que se ressente de sentimento da terra. Tampouco a mulher que interessará ao diretor será a mãe que, no romance, Ricardo "vira desde que se entendera por gente ela dormindo com outros homens" (REGO, 1987, p. 477) – homens cujo nome e a posição social o narrador não se dá ao trabalho de identificar –, mas sim a mãe que matricula o filho na escola e compra-lhe os livros. Aliás, não duvido que, para o papel, o diretor escolha uma personalidade como a de Lia de Itamaracá. E quanto aos discursos de seu Lucas, o jardineiro e pai de santo, aparentemente avesso à política partidária, mas consciente da necessidade de alianças entre sujeitos subalternos, esses não serão dissolvidos na litania das últimas páginas do livro, mas iluminados por alguma canção contendo a energia afirmativa de um Cartola em "Alvorada".

Por fim, o mais importante: no romance de José Lins, a voz de Ricardo quase sempre é absorvida pelo discurso indireto livre do narrador, raramente aparecendo depois de um travessão. O efeito é menos o de uma maior interiorização psicológica do personagem e mais o de um ventriloquismo em que os pensamentos e discursos do protagonista são terceirizados, contaminando-se com o julgamento moral do narrador e do autor, como nesse exemplo típico:

> Isaura perguntou com quem ia ele quebrar.
> –Vamos hoje? Saí do Bloco do Espinheiro. O presidente de lá se meteu a besta comigo. Dei o fora daquilo. Vamos quebrar hoje, Ricardo?
> Recusou. Tinha o bloco dele, o Paz e Amor da Rua do Cisco.
> – Carnaval de bloco não presta, não presta não. É colégio. Ninguém pode sair de forma.
> Mas Ricardo não queira. E ficou pensando na cabra. Por que diabo aquela negra lhe viera falar? (REGO, 1987, p. 276).

Em *Wayward Lives, Beautiful Experiments,* Hartman descreve o projeto da obra como "uma contranarrativa liberada do julgamento e classificação que sujeitou mulheres jovens e negras à supervisão, prisão, punição, e confinamento..." com o objetivo de se compor um "arquivo do exorbitante, um livro de sonhos para se existir outramente" (HARTMAN, 2019, p. XIV-XV). Como eu o imagino, o filme de Hilton Lacerda, reconhecidamente o melhor criador de diálogos do cinema brasileiro contemporâneo, vai libertar Ricardo do silêncio que lhe foi imposto pelo narrador do romance, vai se esforçar por ouvi-lo falar, e rir, e gritar, e gozar, restituindo-lhe assim uma outra conversa. Não que esse personagem, já previsto pelas ilustrações de Santa Rosa, venha a ser menos ficcional do que o do romance. Porém, libertado do discurso indireto livre que impõe o ponto de vista moralizante do narrador-autor ao protagonista, Ricardo parecerá, ao menos, mais humano, sexualmente múltiplo, com perspectivas de um futuro que a literatura nacional mais canônica repetidamente tem negado às vidas *queer* e afrodescendentes.

Referências

AMADO, Jorge. O moleque Ricardo e a Aliança Nacional Libertadora. *A Manhã,* Rio de Janeiro, ano 1, n. 128, 21set. 1935, p. 3.

AZEVEDO, Neroaldo Pontes de. *Modernismo e Regionalismo*: Os anos 20 em Pernambuco. 2 ed., João Pessoa/Recife: UFPB/FUPE, 1996.

BARBOSA, Francisco de Assis: Foi a Velha Totônia quem me ensinou a contar histórias. In: COUTINHO, Eduardo; CASTRO, Ângela Bezerra de. *José Lins do Rego*. Rio de Janeiro/ João Pessoa: Ed. Civilização Brasileira/Funesc, 1990, p. 57-67, (Coleção Fortuna Crítica).

BARROS, Jayme de. Espelho dos livros. *Diário da noite*, Rio de Janeiro, ano 7, n. 2.399, 26 ago. 1935, p. 2.

BORBA, Osório. Lins do Rego panfletário político. *Tribuna da Imprensa* (Suplemento *Tribuna dos Livros*), Rio de Janeiro, ano 9, n. 2.532, 27- 28 set. 1957, p. 13.

CARNEIRO, Edison. A revolução no romance brasileiro. *A Manhã,* Rio de Janeiro, ano 1, n. 141, 6 out. 1935, p. 3.

CASTELLO, José Aderaldo. *José Lins do Rego*: Modernismo e Regionalismo. São Paulo: Edart, 1961. Republicado em versão revista e ampliada como *José Lins do Rego*: Nordeste e Modernismo. Editora Universitária: João Pessoa, 2001.

COUTINHO, Eduardo e CASTRO, Ângela Bezerra de (org.). *José Lins do Rego.* Rio de Janeiro/ João Pessoa: Ed. Civilização Brasileira/Funesc, 1990. (Coleção Fortuna Crítica).

FARIAS, Sônia Lúcia Ramalho. *O sertão de José Lins do Rego e Ariano Suassuna*. Recife: Ed. Universitária da UFPE, 2006.

FREYRE, Gilberto. *Apologia pro generatione sua*. Paraiba. Cidade/UF: Imprensa Oficial, 5 abr. 1924.

FREYRE, Gilberto. Carta a José Lins do Rego. 27 jun. 1927a. João Pessoa: Espaço José Lins do Rego.

FREYRE, Gilberto. Carta a José Lins do Rego. 4 ago. 1927b. João Pessoa: Espaço José Lins do Rego.

FREYRE, Gilberto. José Lins do Rego e eu: qual dos dois influiu no outro? *Alhos & bugalhos*: ensaios sobre temas contraditórios: de Joyce a cachaça; de José Lins do Rego ao cartão-postal. Rio de Janeiro: José Olympio, 1978.

FREYRE, Gilberto. Em torno da Recifensização de José Lins do Rego. *Ciência e Trópico*. Recife, v. 10, n. 2, p. 175-188, jul/dez. 1982.

FREYRE, Gilberto. Província e provincianos. *Diário de Pernambuco*. Recife, ano 3, n. 47, 25 fev. 1936, p. 3.

FREYRE, Gilberto. Recordação de uma amizade. *Diário de Pernambuco*. Recife, ano 123, n. 132, 6 jun. 1948, p. 4.

FREYRE, Gilberto. Recordando José Lins do Rego *Vida, forma e cor*. Rio de Janeiro: Record: 1961, 1987, p. 57-71.

FREYRE, Gilberto. *Região e tradição*. 2 ed. Prefácio de José Lins do Rego. Rio de Janeiro: Gráfica Record Editora: Rio de Janeiro, 1941, 1968.

GAYOSO, Armando. *A verdadeira verdade*: História e resposta sobre a tentativa de intervenção federal em Pernambuco em 1922. Recife: Livraria Universal, 1925.

HARTMAN, Saidiya. *Wayward Lives, Beautiful Experiments*: Intimate Histories of Riotous Black Girls, Troublesome Women, And Queer Radicals. New York: W.W. Norton & Company, 2019.

INOJOSA, Joaquim. José Cordeiro. *Jornal Pequeno*, Recife, ano 27, n. 274, 3 dez. 1925, p. 1.

JUREMA, Abelardo Araújo. A propósito de *O moleque Ricardo*. *A manhã*, Rio de Janeiro, ano 1, n. 144, 10 out. 1935, p. 3.

LACERDA, Carlos. Moleque Ricardo ou a revolução entrando na consciência. *A Manhã,* Rio de Janeiro, ano 1, n. 93, 11 ago. 1935, p. 10.

LIMA SOBRINHO, Alexandre José Barbosa. Prefácio Testemunho. In: SOUZA BARROS, Manuel de. *A década de 20 em Pernambuco.* Rio de Janeiro, Parelo, 1972.

MENESES, Diogo de Mello. *Gilberto Freyre.* Recife: Massangana/Fundação Joaquim Nabuco, 1991.

NOVAS TENDÊNCIAS DO ROMANCE. *O jornal* (segunda seção), ano 16, n. 4.499. Rio de Janeiro, 17 jun. 1934.

PALLARES-BURKE, Maria Lúcia Garcia. *Gilberto Freyre*: Um vitoriano dos trópicos. São Paulo: Unesp, 2005.

PELA POLÍTICA. *Jornal do Recife,* ano 45, n. 108, 12 maio 1922, p. 3.

PEREIRA, Lúcia Miguel. *A leitora e seus personagens.* Ed. Luciana Viégas. 2. ed. Rio de Janeiro: Graphia/Fundação Biblioteca Nacional, 2005.

PIMENTA, Alice. *Encruzilhada de destinos.* Rio de Janeiro: Livraria Freitas Bastos, 1957.

PIMENTA, Joaquim. *Golpes de vista.* Recife: Imprensa Industrial, 1930.

PIMENTA, Joaquim. *O homem de um olho só... (Gilberto Freyre).* Rio de Janeiro: Liv. Freitas Bastos, 1962.

PIMENTA, Joaquim. *Retalhos do Passado (Tauá-Fortaleza).* Rio de Janeiro/São Paulo: Livraria Editora Freitas Bastos, 1945.

PIMENTA, Joaquim. *Retalhos do Passado*: episódios que vivi e fatos que testemunhei. 2 ed. aumentadíssima, abrangendo Recife e Rio. Rio de Janeiro: Departamento de Imprensa Nacional, 1949.

PRADO, Décio de Almeida. Paulo Emílio quando jovem. *Seres, coisas, lugares*: do teatro ao futebol. São Paulo: Cia das Letras, 1997.

REGO, José Lins do. Algumas notas sobre a Faculdade de Direito do Recife. *Era Nova: Revista Quinzenal Ilustrada.* Paraíba, ano 4, n. 64, 15 jun. 1924b, p. 10.

REGO, José Lins. *Carta* a Gilberto Freyre, 15 jun. 1924. Recife: Fundação Gilberto Freyre.

REGO, José Lins do. Livros novos. *Era Nova*: *Revista Quinzenal Ilustrada*. Paraíba, ano 4, n. 65, jul. 1924b, p. 9.

REGO, José Lins do. Espírito Universitário. *Diário de Notícias*, Rio de Janeiro, ano 7, n. 5.822, 1 mar 1936, p. 17. Reproduzido em *Gordos e magros*.

REGO, José Lins do. Estudos afro-brasileiros. *Diário de Pernambuco*, Recife, ano 3, n. 5, 7 jan. 1936, p. 2.

REGO, José Lins do. *Ficção completa I*. Rio de Janeiro: Nova Aguilar, 1987.

REGO, José Lins do. *Gordos e magros*. Rio de Janeiro: Casa do Estudante do Brasil, 1942.

REGO, José Lins do. *Ligeiros traços*: escritos de juventude. Rio de Janeiro: Editora José Olympio, 2007.

REGO, José Lins do. O Brasil precisa de catolicismo. *Novidade*: *Semanário Ilustrado*. Maceió, n. 11, 20 jun. 1931, p. 3.

REGO, José Lins do. O moleque Ricardo (cap. 1). *Diário de Notícias*. Rio de Janeiro, ano 6, n. 2.637, 21 jul. 1935a, p. 19.

REGO, José Lins do. O moleque Ricardo (cap. 28). *O Jornal*, Rio de Janeiro, 17, n. 4.834, segunda seção, 14 jul. 1935b, p. 17.

REGO, José Lins do. *Negr Rikardo: roman*. Trad. do português por N. Ya. Tultsinskaya. Moscou: Associação de Jornais e Revistas, 1937.

REGO, José Lins do. Recife, capital do espírito. *Diário de Pernambuco*, Recife, ano 128, n. 139, 21 jun. 1953, p. 2.

ROCHA, Tadeu. José Lins do Rego nas Alagoas. *Diário de Pernambuco*, Recife, ano 132, n. 216, 22 set. 1957, p. 42.

SOUZA BARROS, Manuel de. *A década de 20 em Pernambuco*. Rio de Janeiro: Parelo, 1972.

ZAVERUCHA, Jorge. A filosofia política de Joaquim Pimenta. *Ciência e Trópico*, v. 20, n. 2, 1992, p. 423-446.

II. A (tão falada) sexualidade de Mário de Andrade

O SEQUESTRO

... fui transcompreendido

Mário de Andrade, "Carta-aberta", *Diário Nacional*, São Paulo, 4 dez. 1927.

Fora os que algarismam os amanhãs!
[...] Ódio à soma!

Mário de Andrade, "Ode ao burguês", 1922.

Anteriores ou contemporâneas à eclosão do modernismo paulista, uma constelação de obras literárias remontando às últimas décadas do século XIX (algumas delas estudadas na primeira parte desse livro) permite que se formule não um sistema literário, mas um arquivo – não canônico, não linear, não filiativo – que, se hesito em chamar propriamente *gay*, consiste em representações literárias de dissidências de gênero e sexualidade, cujo grau de homofobia e impulso classificatório só pode ser avaliado caso a caso. Nesse arquivo heterogêneo, figuram as alusões relativamente explícitas ao homoerotismo e à homossexualidade em obras de Ferreira Leal (*O homem gasto*, 1885), Raul Pompeia (*O Ateneu*, 1888), Aluísio de Azevedo (*O cortiço*, 1890), Adolfo Caminha (*Bom Crioulo*, 1895), Nestor Vítor ("Sapo", em *Signos*, 1897), César Castro ("Dioscuros" e "Lésbica", 1909), Vinício da Veiga (*O homem sem máscara*, 1921) – este último que, em 1921, leu trechos de seu romance inédito *Adão*, na livraria Jacyntho, centro de encontro do grupo modernista[1] – e mesmo algumas das pouco conhecidas crônicas de Brito Broca, dos anos 1920.[2] Além disso, há toda uma galeria de personagens efeminados, machonas, travestidos e travestidas, desde o *Maria ou A menina roubada* (1852), de Teixeira e Sousa – cujo protagonista é precursor de Diadorim –, até *Luzia-Homem* (1903), de Domingos Olímpio, "O Sinhazinha" (1904), de João Luso, e o "Ganimedes tragicômico" (1922), de Carlos Vasconcelos, constituindo assim um *corpus* que intersecta, mas não necessariamente se confunde com a história da homossexualidade na literatura.

Como sugeri no segundo capítulo, um dos nomes mais significativos nesse arquivo em formação é o de Coelho Neto, alvo predileto das chacotas dos modernistas, cujas obras volta e meia aludiam à homossexualidade e à efeminação – seja em passagens breves de alguns de seus romances (como a cena de Heloísa e Sarita em Inverno em flor, de 1897), seja nos textos em que assinava com o pseudônimo Caliban – e, já no século XX, à transexualidade e à androginia, temas centrais de *Esfinge* (1908) e *O patinho torto* (1918). Além disso, durante a década de 1920, continuava em voga a literatura chamada "de escândalo" dos neonaturalistas, decadentes e mórbidos, literatura que Brito Broca definiu como socialmente anarquista e revolucionária, mas esteticamente reacionária (BROCA, 1958, p. 2). No mesmo período, também a imprensa ilustrada divulgava, geralmente sob pseudônimos, histórias homoeróticas nas páginas de jornais como *O Rio Nu* (1898-1916) e, pouco depois, em *A Maçã* (1920-1929, dirigido por Humberto de Campos).

No âmbito das biografias e da dita vida literária, o ano de 1922 e os que imediatamente o precederam foram marcados, entre *muitas* outras coisas, pela morte de três escritores cariocas cuja homossexualidade era conhecida, comentada ou insinuada: o parnasiano Olavo Bilac (1865-1918) e os dois outros autores discutidos no presente volume: João do Rio (1881-1921) e Roberto Gomes. São raros os escritores homossexuais de renome entre a elite letrada, não obstante o fato de alguns modernistas – como Sérgio Buarque de Holanda (1902-1982) e Prudente de Moraes Neto – terem se interessado por figuras como Febrônio Índio do Brasil, mulato

1 Cf. TÉRCIO (2019, p. 113)

2 Ver Brito Broca, "Espontâneo" (*apud* CASTRO ANDRADE, 2008).

presumidamente homossexual, acusado de crimes hediondos contra dois adolescentes em 1927 e autor de *As revelações do príncipe de fogo*, escrito um ano antes, na prisão. Em seu exemplar, Mário de Andrade anotou à margem: "garboso testemunho" e "erudição deliciosa" (*apud* CALIL, 2015, p. 113). Com efeito, Mário nunca deixou de dialogar com todo aquele complexo arquivo de dissidências sexuais.

O modernismo paulista parece ter interrompido aquela supervisibilidade de formas de representação – e classificação – da dissidência que, para o bem ou para o mal, circulavam entre romances, poesias, matérias de jornal, praças, becos e rodinhas de escritores. Horácio Costa tocou na questão ao apontar que a flagrante homofobia em *Retrato do Brasil* (1928), de Paulo Prado (COSTA, 2010, p. 10-11), e as tentativas de silenciamento em torno de Mário de Andrade – os insultos de Oswald, a famosa rasura de um verso de seu "Girassol da madrugada" recomendada por Manuel Bandeira – revelam como

> as convenções do dizer, ou ainda, o exercício caviloso da autoridade da heterossexualidade compulsória pesam mais, para nossos modernistas, do que a lealdade com o poeta possivelmente hipossuficiente em termos sociossexuais (*id.*, *ibid.*, p. 109-110).

Com efeito, não custa lembrar algumas dessas instâncias de homofobia e racismo, intencionais ou não, a que se refere Costa: em 14 de abril de 1929, Oswald publicou na *Revista de Antropofagia*, encartada no *Diário de S. Paulo*, o artigo "Os três sargentos", em que critica a falta de "original idade" (*sic*) de Mário, se refere a ele como "Miss São Paulo traduzido em masculino" e, finalmente, assina "Cabo Machado" – título e assunto de um poema de *Losango cáqui* (1926), em que Mário admira a figura sensual de um mulato – "dançarino, sincopado", "unhas bem tratadas", "não rejeita o bom-tom do pó de arroz". E também a mágoa de Mário em relação ao ex-amigo, expressa, entre outras vezes, em carta de 1944 a Murilo Miranda: "Ódio, nem é bem ódio: será ódio apenas pela obrigação moral de odiar um indivíduo que se chafurdou nas maiores baixezas do insulto e da infâmia pessoal" (ANDRADE, 1981, p. 167). E as chacotas na *Revista de Antropofagia*, como o "Miss Macunaíma", assinado por Octacílio Alecrim, que, talvez intencionalmente, podia ser interpretado como uma alusão a

Mário de Andrade. Ou o anônimo que no Rio de Janeiro o teria chamado de "cretino, cabotino e pederasta".[3]

Enfim, o "segredo" da sexualidade de Mário de Andrade – a "selva escura" (FONSECA, 2013, p. 15-16) desse "vulcão de complicações", como ele mesmo se definiu em carta a Sérgio Buarque de Holanda (*apud* CASTRO, 2016, p. 84) –, a duras penas, deixa de ser uma das preocupações mais ou menos veladas da crítica do modernismo, cuja história e histórias permaneceram durante muito tempo mal acomodadas na narrativa heroica do movimento, parte de uma narrativa surpreendentemente velada – quando não homofóbica – no que diz respeito ao tratamento de dissidências sexuais ou de gênero. Ao mesmo tempo, desde os insultos iniciais até a fortuna crítica do poeta posteriormente desenvolvida em movimentos indecisos de aproximação, desautorização ou simplesmente negação do tema do homoerotismo e da sexualidade em sua obra, formou-se, pouco a pouco, e mesmo se a contragosto de alguns, um arquivo mariodeandradiano *queer* em expansão, no qual "Cabo Machado" e "Girassol da madrugada", as mais bem realizadas representações eróticas do corpo e da subjetividade do poeta, ocupam posição central. Para melhor compreender o desenvolvimento desse arquivo esboçado e rasurado, proponho, nas próximas páginas, uma breve revisão da fortuna crítica mais influente, em particular da obra poética, na qual, justificada ou não, a inevitabilidade de identificação entre autor e obra, entre "eu lírico" e "eu empírico", tem criado problemas metodológicos e, por vezes, incômodos.

Somado, dividido, multiplicado...

Em geral, a crítica tem abordado o "x" da sexualidade em/de Mário de forma mais ou menos homofóbica, às vezes com cuidado, às vezes com constrangimento, outras com dissimulação e, não raro, em gestos de des-

3 Ver "Carta de Mário de Andrade a Sérgio Milliet" (DUARTE, 1971, p. 312-314). Note-se que o artigo "Miss Macunaíma", assinado por Octacílio Alecrim (*Revista de Antropofagia*, 2ª dentição, n. 12, *Diário de S. Paulo*, São Paulo, 26 jun. 1929), não é necessariamente uma referência a Mário. Jorge Vergara vê ainda uma alusão a Mário na expressão "'miss' Brasil". Ver VERGARA (2018). Mas, pelo menos no artigo "Coração de Angai (Tentativa de romance de antropofagia)", a expressão "'miss Brasil" refere-se a Angai, a personagem feminina (*Revista de Antropofagia*, 2ª dentição, n. 8, *Diário de S. Paulo*, São Paulo, 8 maio 1929); o artigo está assinado Nelson Foot .

qualificação ou obliteração. Parte do problema provém da tentativa de dar coerência e de classificar os diferentes livros e períodos da produção do poeta. Particularmente espinhosa é a exigência de excluírem-se a biografia e a psicologia – seja lá o que isso signifique – da análise da poesia de Mário, em especial de sua porção lírico-amorosa. Mesmo aqueles críticos que defendem uma separação completa entre a obra e seu autor apenas com muito custo a realizam, reintroduzindo o biográfico conforme a conveniência. Ou seja, enquanto inúmeros aspectos contextuais-biográficos, desde detalhes de suas viagens até sua posição de funcionário público e sua relação com o Estado, além de muitos outros elementos disponíveis na imensa epistolografia do poeta, são considerados relevantes para a melhor compreensão de sua obra, a sexualidade de/em Mário tem sido considerada um problema menor, que só pode levar a leituras redutoras, quando não inoportunas.[4] Nem por isso deixou-se de apontar repetidamente elementos "extraliterários" e menores, como, por exemplo, a suposta "feiura" ou o nome e o sobrenome desta ou daquela paixão – platônica. Em todo caso, como procurarei demonstrar, *esvaziamento* e *distorção* são dois dos principais movimentos da crítica diante do "segredo" de Mário.

+ Entre os pioneiros, Roger Bastide esboça os termos que seriam retomados por seus sucessores ao classificar o poeta em três estágios que, para ele, se acumulam, mas não se cancelam: (1) o modernista e arlequinal, feito de retalhos de São Paulo; (2) o da "confusão lírica" do poeta apaixonado pelo Brasil e pela língua brasileira; (3) o momento subjetivo, do espelho, do encontro consigo mesmo. Neste último lirismo, mais complexo, Bastide introduz dois ritmos: o da dança, exteriorizado no "Cabo Machado" e interiorizado no "Baile! Baile de mim no entressono!" ("Poemas da amiga", 1929-30); e o do diálogo, em que a dualidade não conduz à unidade, mas "em que [...] um é igual a dois"; em que "a procura no amor não é a comunhão, mas dualidade". Porém, sua procura constante de antagonistas e interlocutores – o

4 Vergara (*op. cit.* p. 342) faz um apanhado de como a crítica tem tocado e evitado o assunto. Pedro Meira Monteiro, que fez as notas para a publicação da correspondência entre Mário e Sérgio Buarque de Holanda, argumenta que explicar Mário de Andrade apenas pelo ponto de vista da sexualidade é redutor: "Quando referida estritamente ao plano da vida sexual, a compreensão da existência convulsiva de Mário de Andrade costuma se empobrecer." (MONTEIRO, 2012, p. 342).

burguês, Maria, o seringueiro – é inútil, e o poeta, diante do medo da solidão, divide-se em dois, exteriorizando-se ora na criança que não quer morrer, ora no irmão pequeno, somente para continuar o diálogo. Enfim, para Bastide, Mário de Andrade é essencialmente um poeta cercado de ausências. Nesse texto curto, mas complexo, introduzem-se termos como a necessidade de diálogo, do encontro físico com o outro, cujo corpo esquiva-se ou ausenta-se, e do poeta "forçado ao sortilégio e à magia de transformar todas estas obscuras ausências em presenças luminosas" (BASTIDE, 1949, p. 55-61) – termos de análise ricos de possibilidades *queer*, de que apenas algumas foram aproveitadas pela crítica posterior. Durante esse período, introduzem-se ainda temas como o do "amor platônico" e da "sublimação do amor sexual".[5]

+ Antonio Candido foi um dos primeiros críticos a ensaiar já em 1942 uma análise do conjunto da poesia de Mário – que, segundo ele, é "extremamente pessoal" e "fruto da aventura do homem Mário de Andrade" –, classificando as fases e faces do poeta segundo diferentes "aspectos", "maneiras" e "temas". Dentre os chamados "aspectos", estaria o do "poeta de si mesmo", exemplificado no "Girassol da madrugada"; dentre os "temas", está o do "conhecimento amoroso (amor falhado)"; e, dentre as "maneiras", a "que busca o essencial com a respiração presa" (CANDIDO, 1994, p. 136-137). Acertada e útil que seja a classificação, o gesto universalizante do crítico introduz uma rasura que será recorrente em críticas posteriores, ao chamar a atenção para o tema do conhecimento amoroso, mas também obliterando e *desautorizando* o que pode haver de pessoal, histórico e específico na escrita do amor – e do sexo – não consumado. Ou, melhor dito, a universalização que incorpora a dissidência – o fracasso – a uma história literária ocidental, patriarcal e heterossexual priva toda diferença afetivo-sexual do poeta da possibilidade de universalizar-se. Ao contrário da leitura de Bastide, aqui a ausência não é a do corpo do outro, mas sim a do poeta, que se disfarça ou se cala. O recorte caracterizará grande parte da fortuna crítica daí em diante, sintetizada aqui em um trecho frequentemente citado, em que, entre o biográfico e o literário, o nome próprio e o substantivo comum se confundem, ao mesmo tempo que se divorciam:

5 Ver MILLIET (1946, p. 53-68 e 1952, p. 13)

> Mário de Andrade é um poeta que gosta sempre de impor a sua presença; de falar alto através dos seus modismos de expressão e de ser. Nos poemas que tratamos, ele se retira nas pontas dos pés, e deixa apenas o sortilégio da sua ausência, que se funde na poesia do silêncio e revela realmente ignorados aspectos da alma [...] A sua grande habilidade está em fazer falar o silêncio; em apagar-se para fundir nele a poesia (CANDIDO, 1994, p. 138).

Do ponto de vista da história das sexualidades, a retórica utilizada pelo crítico soa como um apelo à discrição, ao silêncio, à invisibilidade e uma supervalorização da separação entre o público e o privado – a "respiração presa" –, alcançados como se fosse em um passe de mágica – ou seja, na espiritualidade da poesia.

Quando em 1959, publica em *Formação da literatura Brasileira* uma análise do tema do "amor e medo" em Álvares de Azevedo, Antonio Candido faz um gesto semelhante de universalização do "amor falhado" (CANDIDO, 2000). Curiosamente, o crítico se apoia em um dos mais belos ensaios de Mário, cheio de sugestões homossexuais. Publicado originalmente em 15 de setembro de 1931, na *Revista Nova*, o "Amor e medo" de Mário trata dos poetas românticos brasileiros, particularmente de Álvares de Azevedo, e a "repugnância com que julga a parte [hétero] sexual do amor (ANDRADE, 1974, p. 202). Mário mostra como em sua poesia todas as mulheres são, ou assexuadas – devido à consanguinidade –, ou inatingíveis – virgens –, ou desprezíveis – prostitutas (*id., ibid.*, p. 204) –, o que contrasta com a "sexualidade viril" de um Castro Alves (*id., ibid.*, p. 207). Como de contrabando, Mário desdobra – ou esconde – a discussão da "insensibilidade, a indiferença sexual com que ele [Álvares de Azevedo] trata a mulher", por um lado, e sua "feminilidade", por outro, em duas notas de rodapé: na primeira nota, comenta o desinteresse geral do poeta pelas mulheres, não fosse uma única ocasião em que, se algum interesse houve, fora somente por seus "vestidos de veludos"; ou seja, Mário mostra como o poeta romântico "femininamente presta mais atenção a cetins e escumilhas que a corpos gostosos da gente apertar na valsa" (*id., ibid.*, p. 203). Na segunda nota, comenta sua "feminilidade adquirida na educação entre saias", "prejudicial pro desenvolvimento masculino dos rapazes" e lembra a ocasião em que o poeta apareceu em um baile de

Carnaval vestido de mulher. Um ministro, pretendente de sua irmã, teria se interessado pela mascarada, julgando-a uma prostituta, mas Álvares de Azevedo continua representando seu disfarce, que só desvenda na alta madrugada. Por fim, Mário convida o leitor a relacionar efeminação a sexualidade:

> Ao que se poderá juntar as conversas mais ou menos entendidas do poeta sobre crivos e bordados; as preocupações com toaletes femininas, principalmente a bonita descrição do vestido da condessa de Iguaçu; e o profundo desfervor sexual com que, além de se confessar "panteísta", na contemplação da moça bonita, insultou de bestas as moças piratininganas (*id.*, *ibid.*, p. 217-218).

No fim do ensaio, como se para não deixar mal-entendidos, o autor tenta se aprumar:

> Há várias constâncias e pormenores nos escritos de Álvares de Azevedo que poderiam nos levar a suposições psicopatológicas que não me interessam aqui por serem apenas deste ou daquele indivíduo. Não têm o valor universal do tema do amor e medo, que é de todos. Mas não me assusta imaginar que em grande parte, foi o medo de amor, a incapacidade que levou Macário a se morrer (*id. ibid.*).

Porém, a despeito da intenção manifesta de universalização e de restringir a reflexão à esfera do literário, Mário termina com uma interrogação sobre a "mulher-anjo-homem assexuado" do sonho de Macário. "Quem é?, Macário pergunta. Mas Satã muda de conversa." (*id.*, *ibid.*, p. 229). Entre as identificações com o poeta romântico, chama a atenção o elogio de seu panteísmo, reminiscente da autoproclamada pansexualidade do modernista.[6]

6 O comentário de Mário sobre a efeminação de Álvares de Azevedo tem sido usado para explicar sua própria sexualidade: "[...] o solteirão que sempre viveu na companhia da mãe, cercado de tias e familiares, todos muito católicos [...]". Ver FONSECA, *op. cit*, p. 16.

Quando recorre ao texto de Mário de Andrade para explicar o tema do medo de amar em Álvares de Azevedo, Candido tenta mudar de conversa e esvaziá-lo de qualquer suspeita de homossexualidade:

> Não desejo, nem de leve, sugerir nele qualquer incapacidade, desvio ou anormalidade afetiva, mesmo porque estou me referindo ao poeta que, em suas obras, fala na primeira pessoa; não ao homem Álvares de Azevedo, necessariamente (CANDIDO, 2000, p. 164).

Como no "amor falhado" de Mário de Andrade, aqui o crítico novamente universaliza – "com a força ampliadora da arte" – e logo (hétero) normaliza o tema do medo do amor: "condição normal do adolescente burguês e sensível em nossa civilização" (*id.*, *ibid.*). E ainda, em nota de rodapé, Candido insiste e enfatiza que difere da leitura de Mário, pois se refere ao "problema da contradição entre a atitude erótica e a renúncia ao ato sexual enquanto ato de amor, *mas não necessariamente à prática do mesmo como função orgânica*"(CANDIDO, 2000, p. 164, grifo no original). Apesar da ênfase, o "necessariamente" assim repetido, distinguindo a pose do poeta da postura do homem, pode não excluir sua possiblidade, mas decerto esvazia o significado do ato ou da identidade sexual do poeta.

De minha parte: não digo que uma das leituras seja superior ou mais acertada do que a outra. Ao contrário, o que me parece mais interessante e revelador é, por um lado, o olhar interessado de Mário para a "pose", ou para as *performances* do gênero e da sexualidade na poesia e no poeta romântico e, por outro lado, o completo desinteresse de Antonio Candido pelo mesmo assunto. Ao mesmo tempo, não seria justo se não lembrasse sua leitura de "Louvação da tarde" (1925, publicado em 1930), poema que Candido define como "meditação ambulante" (*id.*, *ibid.*, p. 263) em "ar de amena paródia" (*id.*, *ibid.*, p. 267), situado entre o dia, ou seja, a consciência – do poema "Louvação matinal" –, e a noite – da "Meditação sobre o Tietê" –, que, por sua vez, corresponde "à vida recalcada, aos desejos irregulares, ao inconsciente que assusta e a tudo que a sociedade oprime, [...] o momento das rebeldias e dos impulsos arriscados" (*id.*, *ibid.* p. 268). A análise restringe-se a "Louvação da tarde", no contexto do ciclo supostamente heterossexual dos poemas de "Tempo de Maria", que, segundo ele, "descreve o amor impossível por uma mulher casada e virtuosa" (*id. ibid.*, p. 271). De modo que ficamos sem saber o que seriam os "amores irregulares" do poema da noite e do inconsciente. Para ser justo, vale lembrar também que Candido tem plena consciência dos "Limites da biografia" tanto quanto da "Perenidade da biografia", tema e títulos de dois de seus ensaios luminosos.

+ Em 1943, um ano depois do ensaio de Candido na revista *Clima*, Álvaro Lins, ao definir Mário de Andrade como "mais uma personalidade [consciente de seu destino] do que um autor [consciente de sua obra], pelo menos no domínio da poesia" (LINS, 1963, p. 40), expressa uma dificuldade, que também parece servir como solução para as tentativas de explicar a obra e a *figura* de Mário de Andrade. Segundo Lins, seja o "sentimento da terra" o predominante, seja o "sentimento íntimo" (*id., ibid.*, p. 41), a figura do poeta divide-se entre uma originalidade "intrínseca", em que há domínio da linguagem e síntese entre forma e conteúdo, e uma "falsa originalidade", "menos apreciável", que é a da técnica e do artifício, feita ou de "pitoresco a todo custo" (*id., ibid.*, p. 42), ou de um "preciosismo de roupas novas" (*id., ibid.*, p. 44). A porção da obra mais valorizada pelo crítico é a do "poeta solitário que canta o amor impossível, o amor irrealizado, o amor por si mesmo" (*id., ibid.*).[35] Para ele, a imagem que Mário transmite é a "imagem atormentada de um homem que procura a si mesmo" (*id., ibid.*, p. 45), de modo que a pesquisa formal de Mário se revela como a de "um homem multiplicado", movimento este que está refletido em seu poema mais "biográfico" – as aspas são do crítico –, em que se encontra a "imagem da figura do Sr. Mário de Andrade": "Eu sou trezentos, sou trezentos e cincoenta/ Mas um dia afinal eu toparei comigo".

Curiosamente, o autobiográfico é evocado justamente no momento em que se faz mais elusivo. Já se anunciam aqui alguns dos becos sem saída da crítica à poesia de Mário: a questão da "intimidade", feminizada, mas quase nunca bem definida; a técnica como disfarce, artifício ou pose; a questão do eu multiplicado, reinterpretado como sujeito dividido, dilacerado; tudo isso acenando e, ao mesmo tempo, desviando o olhar do elemento biográfico. Assim, houve quem interpretasse a preocupação com a forma de Mário de Andrade simplesmente como "maneirismo efeminado" (IVO, 1952, p. 8).

+ No ensaio que abre *A sereia e o desconfiado*, datado de 1961, Roberto Schwarz dá mais um passo nesse beco sem saída e esbarra na questão da intimidade, da espontaneidade e da experiência. Em favor da autonomia do texto literário e contra o que ele chama de "psicologismo" de Mário de Andrade, o ensaio precede um outro em que critica o "biografismo" nas leituras de *O Ateneu*, de Raul Pompeia, e, mais especificamente, a leitura que Mário faz do romance e de seu autor. De fato, como já discuti em outra ocasião, Mário – e esta é, em minha opinião, a riqueza do ensaio, assim como daquele sobre Álvares de Azevedo – não só mistura autor, personalidade e obra, mas também se mistura na leitura do romance, às vezes com hesitação, mas outras vezes em plena entrega (BRAGA-PINTO, 2018). Assim, segundo Mário, Raul Pompeia – de mãos dadas com Sérgio, o protagonista – horroriza-se com a "brutalidade do macho" e distancia-se das formas dominantes de masculinidade, recorrendo a, digamos, um disfarce:

> Assim guardado, assim escondido em si mesmo, é possível que ele arrastasse consigo algum segredo mau, uma tara, uma desgraça íntima que jamais teve forças para aceitar lealmente e converter ao elemento de luta e de realização pessoal. (ANDRADE, 1974, p. 175).

Contra Mário, Schwarz esforça-se em excluir o "eu empírico" da análise do romance de Pompeia e manter o "eu ficcional" intacto; e, contra Mário – sua arte poética, mas também sua poesia? –, critica no poeta paulista a "exigência de *viver* o poema em lugar de *escrevê-lo*", o que, segundo ele, faz com que o "poético" acabe por perder para a "sinceridade" desejada: "Fosse Mário de Andrade menos psicologista e mais afeiçoado à imaginação, não associaria tanto valor à 'experiência imediatamente vivida' em detrimento da evocação fantasiosa" (SCHWARZ, 1965, p. 5). Quando posteriormente a sinceridade expressa-se em termos de emoção coletiva – o folclórico, o nacionalista – e nela busca sua fonte de energia, apenas acrescida de técnica – máscara da sinceridade –, trata-se, segundo o crítico, de mera substituição, sem a desejada superação que somente a "experiência estética" – a síntese entre forma e conteúdo – é capaz de oferecer. No caso deste outro Mário, Schwarz italiciza: "*a técnica não faz mais que vestir as emoções"(id., ibid., p. 8)*. Em outro texto, Schwarz recorre ao vocabulário da misoginia e da homofobia para se referir a essa roupagem e ao mascaramento de Mário como "flexões exibicionistas e adamadas" (SCHWARZ, 1997, p. 142). Finalmente, o crítico dialético entrevê um terceiro momento, de uma "possível superação" (SCHWARZ, 1965, id., p. 9) , em que a tônica é o social, o político, enquanto a técnica – a roupagem –, em vez de negar o lirismo, passa a ser a "condição de sua realização" (*id. ibid.*). Enfim, alguém irá dizer que Schwarz quer um Mário com menos adorno e mais Adorno.

+ Em artigo publicado em edição comemorativa dos quinze anos da morte de Mário de Andrade, no Suplemento Literário de *O Estado de S. Paulo* (27 de fevereiro de 1960)[7], Anatol Rosenfeld, utilizando-se de termos correlatos, mas estabelecendo um diálogo mais direto com o poeta, afirma que a busca de Mário por uma linguagem brasileira liga-se "ao problema mais íntimo da descoberta da própria identidade através da procura da identidade nacional" (ROSENFELD, 1985, p. 187); o antagonismo e a equivalência propostos enveredam novamente para a discussão da exigência da "sinceridade" na obra de Mário, "sintoma da crise, ou seja, do sentimento de fragmentação", cuja superação seria a busca da "genuidade na ingenuidade do tom popular" (*id.*, *ibid.*, p. 189). A essa "dupla sinceridade", que fora sugerida pelo próprio Mário, e que Schwarz já pusera sob suspeita, corresponderiam "dois cabotinismos": "um feio, dos motivos profundos que impelem o artista e o homem à criação (motivos 'inconfessáveis' ou 'perniciosos') e outro, o cabotinismo da máscara, das razões oficialmente confessadas…" (*id.*, *ibid.*, p. 191).[8] Desse modo, a busca da sinceridade, tal como a da autenticidade, explica o crítico, divide a autoidentidade, e esta se perde no momento mesmo em que é procurada: "[i]nfiltra-se então, devido a certos exageros, um momento de pose e artifício que nega a sinceridade

7 Além do ensaio de Rosenfeld, a edição do Suplemento Literário traz textos de Oneyda Alvarenga, Mário da Silva Brito, Florestan Fernandes, Ledo Ivo, Arnaldo Pedroso d'Horta, Carlos Drummond de Andrade, Dantas Motta, Adolfo Casais Monteiro, Guilherme de Almeida, M. Cavalcanti Proença, Paulo Mendes Campos, Temístocles Linhares, Lourival Gomes Machado e Alberto Soares de Almeida.

8 No prefácio desse volume de ensaios, o crítico define o conceito de máscara como relacionado com "a concepção da pluralidade da pessoa humana, cuja dissociação […] é tema frequente na literatura moderna […]" (ROSENFELD, 1985, p. 12).

e faz duvidar da própria sinceridade da sinceridade" (*id.*, *ibid.*, p. 189). A análise transborda para a prosa de Mário, de modo que, ao comentar brevemente o conto "Frederico Paciência" – como hoje se aceita, o mais autobiográfico e homoerótico dos textos de Mário –, o crítico recorre à mesma imagem para definir a "verdade" – do narrador? do escritor? –, "constituída tanto pela face como pela máscara" (*id.*, *ibid.*, p. 195). Aliás, generaliza a imagem para todos os textos reunidos em *Contos novos*, que, segundo ele, focalizam o "*derrière* da fachada", a miséria e o "lodo" que estão por trás do "pó de arroz" do cotidiano (*id.*, *ibid.*, p. 196). Dessa forma, prossegue, em "O ladrão", "a própria 'autenticidade' descoberta é cabotina, a nobreza das atitudes é uma pose", parte de uma "antropologia que encara o homem como ser essencialmente 'mascarado'" (*id.*, *ibid.*). Como voltarei a discutir, a retórica da efeminação – "pose", "pó de arroz", tal como o "adamado" de Schwarz – está no centro da discussão sobre o tão falado "cabotinismo" de Mário.

+ Percorrendo mais ou menos a mesma trilha, em 1973, Gilda de Mello Souza escreve que em Mário "o destino do Brasil se cruza e confunde com o destino pessoal do escritor" (MELLO E SOUZA, 2003, p. 53) e, em seguida, contrapõe "dois códigos poéticos", similares aos de Álvaro Lins: o do Brasil múltiplo ou multiplicado e o do "eu atormentado do artista", que resulta numa poesia que "não se furta ao exame, mas está sempre disfarçada por trás da multiplicidade das máscaras", de modo que o processo poético da chamada obra madura de Mário é "impenetrável para quem não tem um conhecimento mais profundo, tanto da realidade brasileira como da biografia do escritor" (MELLO E SOUZA, 2005, p. 31). Nada se revela sobre o conteúdo de tal biografia, ou como ela iluminaria (penetraria) a poesia de Mário e, contudo, afirma-se, pelo menos sobre *Remate de males*, a presença de várias gradações do amor, que, supõe-se, é heterossexual, mesmo se não realizado: "amizade amorosa pela 'doce amiga', amor platônico pela 'rica senhora', relação carnal do 'Girassol da madrugada' e dos 'Poemas da negra'" (*id.*, *ibid.*, p. 29). Já sobre o poema "Brasão", do mesmo livro, Gilda reconhece a complexidade de um texto que "atenta não apenas à enumeração dos *sinais*, mas aos *esquecimentos* e disfarces, que, não obstante o tom confessional do poema, insistem em preservar a intimidade e o segredo" (*id.*, *ibid.*, p. 35). Já anteriormente, mas em outro ensaio de *A ideia e o figurado*, intitulado "O colecionador e a coleção", a crítica, com fineza, por certo, acaba mesmo emulando os gestos, as poses do poeta, a quem chamará de "Narciso desencantado", sugerindo um segredo e uma implícita confissão autobiográfica; mas logo recua e se cala junto a ele, denunciando "um negaceio constante, feito de confissão e recalque, abandono e reserva"; finalmente, com certo recato, convoca o leitor para que direcione o olhar para outro lado: "[i]ndiferente ao aceno persistente de seu gesto, desviemos dele o nosso olhar, para ir descobrindo à nossa volta, no que recolheu com paciência e semeou com paixão, o rosto verdadeiro que ele não soube, ou não ousou divisar" (*id.*, *ibid.*, p. 47).

+ O livro de João Luiz Lafetá, *Figuração da intimidade: Imagens na poesia de Mário de Andrade* (1986), o primeiro e mais frequentemente citado estudo de fôlego que ousou dar nome à sexualidade de/em Mário, repete a agora já repisada imagem da "máscara", classificando as fases da poesia de Mário – em ordem evolutiva – segundo máscaras sucessivamente usadas e abandonadas, respostas a momentos de crise individual e social, que correspondem a "instantes precisos dos movimentos ideológicos dessa burguesia e constituem verdadeiras cristalizações da autoimagem que ela procurava fazer" (LAFETÁ, 1986, p. 15-16). Lafetá concentra-se na quarta, a "máscara de uma intimidade atormentada" dos livros *A costela do Grão Cão* (1924-1940) e *Livro azul*, publicados pela primeira vez em *Poesias* (1941). Ao analisar esses poemas, nos quais parece identificar o melhor e o mais equilibrado momento da poesia de Mário, quando haveria maior síntese entre forma e conteúdo, entre a procura do eu e o "estar no mundo", o crítico, em última análise, quer identificar ali uma *política da intimidade*, superior tanto à chamada intencionalidade subjetiva dos livros anteriores como ao explícito engajamento político posterior. A proposta seria produtiva, não fosse o arcabouço teórico, uma abordagem simbólico-psicanalítica que mistura Freud, Jung e Marcuse com Northrop Frye e outros. Assim, o crítico quer mostrar que o momento do "despedaçamento" – o *sparagmós* de Frye – revela como "as dilacerações do indivíduo existem como resposta à dilaceração da sociedade" (*id.*, *ibid.*, p. 115). E é a partir desse conceito – e seus correlatos "fragmentação", "desintegração", "cisão da consciência" –, e de um desdobramento psicanalítico apressado, senão questionável, que a questão da homossexualidade é pela primeira vez reconhecida e nomeada em toda a fortuna crítica do poeta, apenas uma vez em todo o livro, tão somente para ser mais tarde descartada: "[o] leitor terá observado que o tema da castração limita com o tema da homossexualidade e que várias das imagens apontam para este núcleo problemático" (*id., ibid.*). Em todo caso, o crítico já havia alertado: "Podemos sem dificuldade prescindir do tema edipiano e do tema da castração, como realidades biográficas transpostas para o texto" (*id., ibid.*, p. 87).

A homossexualidade reconhecida é também negada em mais um desvio do olhar quando, por exemplo, ao analisar o "Poema tridente" (1933) – poema em que, segundo ele, "o fundo instintivo, violento, levanta-se contra a Lei, e o sexo, liberado, ganha a imagem da própria antilei" (*id., ibid.*, p. 107) –, Lafetá vê-se diante do perigo de "resvalar para uma impossibilidade crítica, a psicanálise da figura 'real' de Mário de Andrade" (*id., ibid.*, p. 113). A solução, sugere, reside em transferir a análise para o âmbito da sociedade, flexibilizando-a; ou seja, distanciar-se do que possa parecer pessoal – íntimo – e pensar na relação do indivíduo perante o mundo – um indivíduo que, se infere, não tem, ou não se reduz a gênero nem sexualidade, e um mundo em que misoginia ou homofobia, se existem, são de menor relevância. Assim, diante da possibilidade de "aproximar a obra de arte às vivências emocionais contingentes de seu autor", o crítico acaba tropeçando e insiste que o que verdadeiramente interessa é avaliar em que medida o poeta consegue "arrancar-se à singularidade mesquinha dos eventos" (*id., ibid.*, p. 198) para "colocar-se no plano mais amplo da cultura" (*id., ibid.*, p. 200). A bidirecionalidade identificada na fragmentação, ou seja, o espelhamento que se manifesta entre indivíduo e sociedade, acaba por apagar o sujeito e enfatiza a máscara. A cisão entre vida íntima e vida pública, personalidade individual e personalidade social, centrais na análise do crítico, não deixa de depender de uma possível ocorrência e, ao mesmo tempo, rasura aquilo que lhe possa parecer circunstancial, isto é, do fato "mesquinho" que está fundado na experiência individual. Em alguns momentos, o crítico evoca, sem maiores explicações, o "eu" empírico, ao afirmar que o "Cabo Machado" tem muitas características do próprio Mário (*id., ibid.* p. 22) – mas quais? e por que mencionar esse fato "mesquinho"? Finalmente, Lafetá escolhe evitar o risco de misturar as coisas e prefere permanecer no nível do estritamente literário, de modo que, ao analisar "a separação entre as esferas da vida social e da vida que, num primeiro nível, impõe ao indivíduo uma dupla existência", dá como exemplo "o sósia, o médico e o monstro..." quando, talvez, mais óbvio – *pelo menos para alguns de nós* – fosse pensar na vida dupla do solteirão e do homem casado, enfim, na figura do *homossexual enrustido*. Assim mesmo, Lafetá conclui, retomando um tópos recorrente desde os primeiros críticos: "A 'invisibilidade' do poeta é o mascaramento de sua intimidade" (*id.*, *ibid.*, p. 165) de forma que, "quando o sujeito se retira, ele mais se mostra" (*id.*, *ibid.*, p. 196).

Exclusão, silêncio, discrição: em nome da exploração da alma – individual e nacional –, fortifica-se a exigência de ocultar-se o corpo – e os trejeitos – do poeta que se impõe. Essas são estratégias – métodos? – recorrentes, usadas para evocar e ao mesmo tempo resguardar a dita intimidade de Mário-poeta, presentes não somente nas exegeses da poesia e nas postulações teóricas sobre a obra, mas também em decisões legais e editoriais. O que parece assombrar essas análises é a noção de "personalidade", sugerida primeiramente pelo crítico, e que perturba a estabilidade do conceito de "autor". Durante décadas, a crítica – em particular a que insiste em explicar toda a obra poética de Mário a partir de uma desejada coerência interna, ao mesmo tempo que se compromete com a dialética entre literatura e sociedade – bate na mesma nota das máscaras, do disfarce, do espelho, do segredo, do amor sublimado ou platônico, da sinceridade e do cabotinismo, do dilaceramento do sujeito, entre outras metáforas, eufemismos e catacreses afins, e a análise parece que não avança. Persistem os movimentos de esvaziamento e distorção na leitura da sexualidade de/em Mário. Poderíamos acompanhar, mas reorientando, cada uma das leituras que Lafetá faz dos poemas dessa fase, começando com "Mãe" (1926), segundo ele, poema "ruim esquisito", demasiado confessional, sem tom, sincero e fingido, mas que exprime "uma interioridade rica de conflitos" (*id.*, *ibid.*, p. 58). No tema do "retorno à mãe", não parece interessar ao crítico o que há de verdadeiramente esquisito no poema, ou seja, o fato de que – com ou sem ironia, tanto faz – "era bem melhor não existir mãe"; que há cumplicidade na mentira e no segredo confessado – "a verdade que a gente confessa por trás das mentiras"; e, quem sabe, na virgindade metafórica da mãe refletida na virgindade literal do poeta – "permanece virgem, e o filho também".

Não deixa de ser curioso que, mesmo aludindo a toda uma tradição literária da imagem da máscara (aliás, longamente discutida em capítulo anterior), a fortuna crítica de Mário ignore o nome de Oscar Wilde, o grande *poseur* e entusiasta do mascaramento, autor justamente do famosíssimo ensaio "The Truth of Masks" (1886), e cuja figura, ao contrário do que se tem afirmado, ainda assombrava, ao mesmo tempo que fascinava a elite letrada do país.[9] Basta lembrar toda a obra ficcional e ensaística de João do Rio, seu mais célebre tradutor – em todos os sentidos –, cuja esquisitíssima história de máscaras, "O bebê de tarlatana rosa" *(1910)*, Mário incluiria entre os dez – na verdade vinte e um – melhores contos da literatura brasileira (ANDRADE, 1983, p. 54). Aliás, pouco antes de seu envolvimento com o movimento modernista, Menotti Del Picchia havia publicado o poema dramático *As máscaras (1920)*. Ainda na década de 1920, autores como José Geraldo Vieira e Gastão Cruls buscavam inspiração no poeta irlandês em contos como, respectivamente, "A noiva de Oscar Wilde" *(Coivara,* 1920*)* e "Oscar Wilde" *(A ronda do alumbramento,* 1922*)*; enquanto outros, como Cândido Motta Filho, um dos fundadores da *Klaxon* e, mais tarde, do Verde-amarelismo, recorriam ao nome de Wilde nas páginas do *Correio Paulistano* para orientar seus ideais de moralidade na vida e na literatura, sem por isso deixar de condenar a biografia do escritor irlandês e daqueles que o imitavam: "Wilde fez de suas 'poses', de seus atos de ousado cabotinismo, o ergástulo de sua própria arte. Oh, o desastre de Reading!..." (MOTTA FILHO, 1923, p. 4).

Conforme o conhecemos hoje, o conceito de "cabotinismo", aparentemente oriundo do vocabulário teatral, popularizou-se nas primeiras décadas do século XX e, no Brasil, assim como o mais ou menos equivalente "pernóstico", prestava-se a conotações tanto sexuais quanto raciais. Sobre João do Rio, o mesmo Motta Filho escreveria: "A sua delicadeza era um orgulho. A sua elegância, um cabotinismo. Falava bem e era um pernóstico" (MOTTA FILHO, 1929, p. 2). Muito da discussão da originalidade da cultura brasileira e da importação de modelos europeus passou pela definição e redefinição de cabotinismo, central para compreender a transição entre a modernidade da *Belle Époque* e o modernismo das vanguardas paulistas. Não surpreende que justamente João do Rio e Mário de Andrade, ambos mulatos, ambos alvos de acusações de afetação e pernosticismo, e cuja sexualidade estava sempre sob suspeita, tenham se preocupado em definir – de formas distintas por certo – cabotinismo e, logo, controlar seu significado. João do Rio escreveu sobre o tema – e, no mesmo campo semântico, sobre "snobismo" – em diversas oca-

9 Ver a esse propósito o capítulo 4 do presente livro, sobre João do Rio e a recepção de Oscar Wilde no Brasil.

siões, mas especialmente em um ensaio cujo título é justamente "Cabotinos", publicado em 1909, em *A Notícia* (RJ) e no *Jornal do Comércio (SP)* , e depois reproduzido em *Vida vertiginosa*, em 1911. No texto, duas personagens discutem o livro de memórias *Souvenirs et aventures d'un cabot* (1909), de Pierre Hittemans (Paris: Louis-Michaud, 1911) – referem-se ao livro como *Memórias d'um cabotino*. Um deles define o cabotinismo como "o exibicionismo *à outrance*" (RIO, 1911, p. 188) e aponta sua origem no teatro francês, "atores medíocres" exibicionistas, vontade de serem fotografados e que, "por condições de raça e meio, o Rio é o maior centro de cabotinismo" (*id.*, *ibid.*, p. 190), "um país de revoltados em que todos, entretanto, são tratados como chefes", "doutores ou coronéis", "Rio dos exageros", "cabotinópolis", "roda de pose alucinante" cuja causa são os órgãos de imprensa – "trombetas do cabotinismo" (*id.*, *ibid.*, p. 194). Estamos, é claro, também no território semântico do "medalhão" de Machado de Assis, outro que não foi invulnerável à caracterização de mulato pernóstico.

O assunto continuou a incitar o interesse da elite letrada carioca durante toda a década e chegou a ser tema de *Os cabotinos*, peça de Oscar Lopes, representada com relativo sucesso no Teatro Municipal do Rio de Janeiro, em 1913. Um ano depois, Afonso Taunay registra, em seu *Léxico de lacunas: Subsídios para os dicionários da língua portuguesa*, o verbete "cabotinismo", definido como "ânsia de exibição, demarcada presunção, amor ao reclamo" (TAUNAY, 1914, p. 47). Durante a década de 1920, porém, o termo foi logo associado aos modernistas de São Paulo. Já na semana de 22, Menotti Del Picchia procurou subverter seu sentido em tom de provocação: "Somos o escândalo com duas pernas, o cabotinismo organizado em escola" (PICCHIA, 1922, p. 2). No entanto, dois anos depois, já arrependido, renega e reprova a ruidosa iconoclastia anterior, em nome da "reconstrução", fazendo das "arlequinadas" de Mário seu alvo privilegiado:

> Estou farto de toda essa ridícula grita extemporânea. O alarido que aí vai é, na sua maior parte, exploração de cabotinos. Cabotinos 'passadistas' e 'modernistas'. Mania de aparecer. Cartaz. Propaganda... Arlequinada. Truanice. Farsa de parlapatões (PICCHIA, 1924, p. 3).

Até Oswald de Andrade seria assim rotulado em uma crônica assinada por Roberto Aquino, chamada "Cabotinismo", em que o tacha de "o tipo acabado e perfeito do 'cabotino' *[...]* Ávido de notoriedade, mas inibido de consegui-la à força de talento..." (AQUINO, 1924, p. 5). Em tom de blague, o próprio Mário ironizava, na *Klaxon:* "os futuristas de São Paulo são uns moços sem ideal, mais do domínio da patologia, que por serem ignaros e burros, tornaram-se cabotinos [...] imitam e copiam, no doido afã de se tornarem célebres. Coitados!" (ANDRADE, 1922, p. 15).

Como se sabe, em 1926, quando da publicação de *Losango cáqui,* acusações de pedantismo eram a tônica dos ataques mútuos entre Mário e Menotti, que chama a obra daquele de "arte-mulher-barbuda" (PICCHIA, 1926, p. 3).

Não se pode perder de vista esses antecedentes e esse contexto ao ler-se o famoso ensaio de Mário de Andrade, "Do cabotinismo", publicado originalmente em 1939, em *O Estado de S. Paulo,* e referência ao ensaio de Anatol Rosenfeld, discutido anteriormente. Acontece que, se Rosenfeld chama a atenção para a estreita relação entre a personalidade e o poeta e, especialmente, a busca da identidade pessoal e a da identidade nacional, é justamente a primeira que parece ser desvalorizada ou subestimada, em prejuízo da inextricabilidade das duas buscas. Espécie de revisão *em mezzo del camin* dos primeiros anos de sua carreira de poeta, a autobiografia intelectual denuncia, ao menos para o leitor interessado, algo da autobiografia, sentimental, psicológica e, mesmo, sexual do autor. É o próprio Mário quem contesta e logo afirma a questão da máscara enquanto postura dissimuladora:

> [...] a rivalidade, a luta pela própria subsistência, a inveja, a vaidade sexual [...] os móveis secretos, ambições desprezíveis, imorais, antissociais e cabotinismos em geral, principalmente esse terrível e deformador desejo de agradar aos outros, são a origem primeira de todos os nossos gestos de sociedade [...] consequentemente, a origem da maioria infinita das obras de arte *também.* Mas isso de ser o móvel não significa de forma alguma que seja o móvel dirigente (ANDRADE, 1946, p. 72-73).

Assim, Mário faz uma distinção entre "móvel originário" e "móvel dirigente", em que o segundo é menos importante do que o primeiro: "Esses motivos secretos são recalcados, vencidos dentro de nós, embora vencidos só aparentemente, ou só momentaneamente derrotados", já que é necessário criar-se uma "ficção" para que "a forma social se organize e corra em elevação moral normativa." (*id., ibid.*, p. 73). E continua:

> É que o maior tempo da nossa existência nós o empregamos em nos escondermos do que somos terrestremente. A nossa inteligência, em principal pela chamada "voz da consciência" ou que nome lhe derem, reconhece que o nosso indivíduo é por muitas partes coisa abjeta que a horroriza. Daí vencermos com paciência e infatigável atenção tudo o que de vil, de mesquinho, de repugnante possa originar a nossa vida e nossos gestos. Então surgem os móveis aparentes, as ideias passíveis de apresentações, não mais ideias-origens mas ideias finalidades, cujo destino é realmente caridoso e nobilitador. Pura falsificação de valores, cabotinismo puro. Cabotinismo nobre, necessário, maravilhosamente fecundo [...]. A sinceridade, queiram ou não [...] não morre por isso. Estes móveis aparentemente insinceros, máscaras de uma realidade primeira, fazem parte de nossa sinceridade total.
> As ideias secretas, os móveis desprezíveis foram sequestrados. Deles nasceu a intenção de escrever [...]. E vamos repetir esta mesma insinceridade cabotina, quando de noite a consciência nos parece com o seu espelho [...]. A ideia segunda, a diretriz desculpadora, a máscara é que realmente as realizou [as obras de arte] (*id.*, *ibid.*, p. 73-74).

O tema já estava presente no "Prefácio interessantíssimo" (1922), em que "o belo da arte" é associado ao arbitrário, ao convencional, ao transitório e à moda. Assim, para Mário, a arte opõe-se à natureza – contranatura? – e os grandes artistas são todos "deformadores da natureza" [...]: "Fujamos da natureza!" (ANDRADE, 2013, v. 1, p. 65). Com as devidas diferenças, estamos, é claro, no campo temático não somente de "The Truth of Masks", mas também de "The Decay of Lying", dois ensaios de Oscar Wilde reunidos em 1891 no livro *Intentions*, traduzido por João do Rio em 1911, ele mesmo autor de "A delícia de mentir" e "O figurino", publicados no mesmo ano.[10]

Não se trata de querer buscar qualquer influência direta na obra, e certamente não na poesia de Mário, mas sim de considerar o nome de Wilde enquanto uma espécie de contexto-fantasma em que o emblema da

10 Esses ensaios de João do Rio são comentados no capítulo 4 do presente volume.

homossexualidade moderna é invocado tanto para explorar como para cercear formas dissidentes de desejo e práticas sociais, assim como delimitar os contornos da masculinidade burguesa. O próprio Mário, tendo citado o *De Profundis* de Wilde – "Hearts are made to be broken" – em discurso de formatura no Conservatório Dramático e Musical, em 1923, seria objeto de ataques em um artigo antimodernista, "O crime de Oscar Wilde: São Paulo e seus homens de letras", publicado logo em seguida e assinado por Francisco Pati.[11] Dos "vícios" modernistas, Pati critica especialmente o que ele considera plágio: os paradoxos de Wilde (PATI, 1923). Um ano antes, em *Pauliceia desvairada*, um raio de Wilde interrompia a triste garoa paulistana quando, no Largo do Arouche, o poeta de "Paisagem n. 3" abre seu "guarda-chuva paradoxal": "Ali em frente... – Mário, põe a máscara! // [...] (E si pusesse um verso de Crisfal/ No *De Profundis?...*)" (ANDRADE, 2013, v. 1, p. 104). Como se sabe, muitos anos depois, Oswald esboçaria mais um insulto homofóbico ao associar Mário a Wilde, descrevendo-o como "[m]uito parecido pelas costas com Oscar Wilde", no manuscrito do seu *Dicionário de bolso* (ANDRADE, O., 1990, p. 124). E mais tarde, também o jornalista Álvaro Moreyra (1888-1964) no *Dom Casmurro* refere-se Mário como "sub-Wilde mestiço" (MOREYRA, 1939, p. 2). Mais adiante, Mário, ao que parece, procura distanciar-se do nome e da obra de Wilde.

+ O primeiro estudo de fôlego a considerar sem grandes rodeios a questão do desejo homossexual na obra de Mário é *A apreensão do desconcerto* (2013), de Leandro Pasini. Refinados os termos – e tenho consciência do risco de estar simplificando –, o problema investigado não parece diferir muito dos antecessores e, se já não se fala de espelhamento e máscara, a questão reside no que o crítico chama de "entrelaçamento", quer dizer, a maneira como "a subjetividade lírica de Mário de Andrade busca constantemente tomar forma e expressar-se com traços de nacionalidade" (PASINI, 2013, p.

11 Ver VERGARA (2018, p. 30). Note-se, porém, que, em certas partes da tese de Vergara, me parece haver exagero, quando não equívoco, na interpretação sobre os "índices homofóbicos". No caso de Pati, a intenção de insulto à sexualidade de Mário, se existe, é mais por meio de uma vaga associação, já que a maior parte do texto é dirigida a todos os chamados "futuristas", criticados por plágio no uso de paradoxos; além disso, o autor diz julgar improcedentes as acusações que condenaram Wilde.

16) e, em particular, no resultado estético alcançado quando o "Brasil historicamente específico" entra em contato com "um sujeito igualmente específico" (*id. ibid.*, p. 22). Ainda assim, é a questão do desdobramento do poeta, do descompasso do mundo e do eu, e a pesquisa poética nas duas direções aparentemente opostas que se procura compreender: "O eu e o Brasil, na poesia de Mário de Andrade, criam uma complementaridade de formas incompletas" (*id. ibid.*, p. 81); e "a busca do 'eu' é permanentemente busca do outro" (*id. ibid.*, p. 94). Pasini, ao que parece, procura alcançar – e ampliar – os objetivos não alcançados pelo estudo de Lafetá que, segundo ele, não resolve os "pontos nevrálgicos da poesia de Mário no momento estudado: a indecisão política no plano histórico, a culpa e a autopunição no plano de sua consciência burguesa, a sexualidade ambivalente no plano amoroso" (*id. ibid.*, p. 32). Apesar da ambição de destrinchar a relação de entrelaçamento de eu lírico e sociedade, o crítico não evita o tema mais, digamos, "mesquinho", quando este se impõe e, ainda que com alguma hesitação, confronta-o, particularmente no capítulo III, "Amor" (*id. ibid.*, p. 125-170).

Segundo a análise do crítico, a vida amorosa do poeta é dirigida mais pela *filia* do que pelo *eros*, mesmo se este por vezes se rebela e transporta para o domínio daquela. Por um lado, haveria um movimento de renúncia – quase sempre incompleta e impraticável: repressão – católica –, sublimação e amor platônico, associados ao pudor do ato sexual e preocupação com a "respeitabilidade" – "imagem de origem biográfica que se projeta sobre o eu lírico". Por outro lado, a renúncia é erotizada, e o objeto do desejo é diversificado por uma sexualidade polivalente, uma "curiosidade inquietante", formando assim uma natureza pan-erótica, "que se relaciona com todos os objetos do mundo" (*id. ibid.*, p. 127).

Minha intenção aqui não é decifrar a obra poética, muito menos a verdade do desejo do poeta, mas acho importante também ressaltar que os termos retomados por Pasini, anteriormente desclassificados, denegados, universalizados ou forçados a significados heterossexualizantes por parte da crítica, aparecem com mais ou menos franqueza e transparência, mas também com mais ou menos ambiguidade em toda a obra de Mário de Andrade, desde os primeiros poemas até a vasta epistolografia e entrevistas. Para citar alguns exemplos, já em 1920, Mário escrevia: "Eu sei de coisas lindas, singulares, que Pauliceia mostra só a mim, que dela sou o amoroso incorrigível e lhe admiro o temperamento hermafrodita" (ANDRADE, 1920, p. 37). No ano seguinte, em resposta ao epíteto "meu poeta futurista", atribuído a ele por Oswald de Andrade, Mário refere-se a si mesmo em terceira pessoa: "Ele consente em que o chamem de extravagante, original, atual, maluco, do 'domínio da patologia' (frase já estereotipada entre os zoilos) mas não admite que o prendam à estrebaria malcheirosa de qualquer escola" (apud BRITO, 1978, p. 238). Em *Pauliceia desvairada,* os desejos, acobertados ou reprimidos, já se insinuam nas "noites de crime" – "Noturno" –; em *Losango cáqui,* o poema de número I declara "Amo todos os amores de S. Paulo... do Brasil" (ANDRADE, 2013, v. 1, 136), e o poema de número XLIII canta um "Século Broadway de gigolôs, boxistas e pansexualidade!" (*id., ibid.*, p. 105).[99] Assim também o sentido do verbo "tudoamar", flexionado no primeiro poema de *Carro da miséria* (*id., ibid.*, p. 217-218), erotiza a tudo e a todos que encontra, ao mesmo tempo que os dessexualiza. Em carta a Carlos Lacerda, reflete sobre "a constância coreográfico-dionisíaca que atravessa toda a minha poesia" (ANDRADE, 1994, p. 181). Em carta de 1940, a Oneyda Alvarenga, comenta a não coincidência entre sexualidade e erotismo:

> O elemento, delicado de tratar, mas que tem uma importância decisória em minha formação: a minha assombrosa, quase absurda, o Paulo Prado já chamou de "monstruosa", sensualidade. O importante é verificar que não se trata absolutamente dessa sensualidade mesquinhamente fixada na realização dos atos do amor sexual, mas de uma faculdade que, embora sexual sempre e duma intensidade extraordinária, é vaga, incapaz de se fixar numa determinada ordem de prazeres que nem mesmo são de ordem física. Uma espécie de pansexualismo, muito mais elevada que se poderia imaginar. O Manuel Bandeira que me conhece muito intimamente, querendo me definir pra me compreender, uma vez, me disse: "Você... você tem um amor que não é amor do sexo, não é nem mesmo o amor dos homens, nem da humanidade... você tem o amor do todo". Estará certo desde que não se entenda aí a palavra "amor" em sentido mais elevado, capaz de heroísmos e santidades, mas no sentido mais particular e talvez precário de um gozo eternamente em ação de gozar-se (*apud* CASTRO, 2016, p. 89-90).

Ao mesmo tempo, às vezes, fica a impressão de que o próprio Mário falava com maior desenvoltura sobre o tema da homossexualidade e do homoerotismo do que muitos de seus críticos. Por exemplo, em carta a Octávio de Faria, de 5 de novembro de 1937, sobre o encantamento que lhe causara o romance *Mundos mortos*, de autoria do destinatário, segundo ele, um romance de "uma imoralidade bem sutil", Mário fala de Roberto, o "menos feliz dos três personagens" – que, aliás, Marcos Moraes compara ao personagem do conto "Frederico Paciência" –, e critica o autor, particularmente por sua dificuldade de lidar com a homossexualidade da personagem, chegando à "bestíssima conclusão moral de que o fenômeno da homossexualidade não passa de um grande engano de idade" (MORAES, 1994, p. 189).

Ao analisar detidamente "Girassol da madrugada" (1931) – poema em que Lafetá, mais confundindo que explicando, contemplara uma "identidade intacta, máscara da sexualidade expandida sem entraves" (LAFETÁ, 1986, p. 195) –, Pasini compara-o à "labilidade sexual" no conto "Frederico Paciência" (PASINI, 2013, p. 164) e nota que, no poema, Mário faz a "naturalização do homoerotismo, que é formulado como um amor destituído de taras, reprovações, sentimentos de anormalidade etc." (*id., ibid.*, p. 165) . Se às vezes o tema parece se dissolver e acaba perdendo sua especificidade – especialmente quando as conclusões repetem termos como o "pansexualismo", a "sexualidade polivalente" (*id., ibid.*, p. 118), o dionisíaco e a busca do poeta por *um absoluto amoroso* (*id., ibid.*, p. 168) ou, ainda, no caso de "Carnaval carioca", o "polimorfismo sexual" do poeta (*id., ibid.*, p. 129) –, o crítico também corrige: "O que Mário chama de *pansexualidade* [é] provavelmente um modo de transferência da homossexualidade, e a natureza pan-erótica é ao mesmo tempo, sexualmente múltipla e reprimida" (*id., ibid.*, p. 127). Há, por vezes, uma tendência em, com Freud, ou com um certo Freud, universalizar a bissexualidade que não se justificaria se o próprio Mário de Andrade não fosse adepto da teoria, pelo menos em algumas ocasiões, como discutirei adiante. Em todo caso, segundo Pasini, o poema "Girassol da madrugada" é o "mais cuidadoso de Mário de Andrade, aquele em que a honestidade do poeta consigo mesmo percorria um campo minado, em que sua mais íntima e frágil expressão amorosa, a mais difícil e a maior de todas, ilumina uma sexualidade ambivalente, um "pansexualismo", que não recuou diante de sua complexidade e que não atuou com violência sobre seus supostos inaceitáveis (*id.*, *ibid.*, p. 169), em que "o poeta resolve o problema essencial do poema: como tornar dizível aquilo que pela própria denominação religiosa é o indizível, o 'pecado nefando'".

Em determinado momento, Pasini vê-se obrigado a justificar a interferência do que pode parecer puramente biográfico em sua leitura, do "traço essencial do sujeito" que socialmente o torna "um sujeito inaceitável", ou seja, a "imagem de origem biográfica que se projeta sobre o eu lírico" (*id.*, *ibid.*, p. 126):

> [...] cumpre esclarecer algo sobre a mistura de insinuações alcoviteiras e a opacidade sistemática em torno da sexualidade de Mário de Andrade. Do ponto de vista empírico, do homem Mário de Andrade, essa discussão tem interesse menor e ao longo do tempo se prendeu a intenções, ou de difamação, ou da proteção da respeitabilidade de um grande nome, sempre lidando com a pesada carga de preconceitos machistas de nossa vida prática e intelectual. Como disposição do eu lírico, no entanto, do ponto de vista prioritariamente literário, o que se tem é uma sexualidade complexa, polimorfa ou, mais propriamente, tendendo à homossexualidade (*id.*, *ibid.*, p. 159).

É curioso que um crítico inclinado aos estudos de literatura e sociedade se desinteresse pelo empírico e acabe por sugerir justamente aquilo que em capítulo anterior havia contestado: a existência de um "eu lírico" essencialmente autônomo. Nesse movimento de exclusão, do afastamento da homossexualidade de todo processo histórico, o crítico acaba por reforçar a "imagem" do poeta. Assim, "tentar reconhecer quem seria o destinatário desse poema é menos importante do que reconhecer a natureza *secreta*, no interior de uma obra poética pródiga de informações sobre a vida íntima e social do poeta" (*id.*, *ibid.*). Enfim, se, por um lado, Pasini renuncia a decifrar o segredo do desejo, ou o objeto secreto do desejo do poeta, por outro, o aparente projeto de decifrar o segredo da poesia de Mário como um todo esvazia o que ela tem de mais específico.[12]

12 Refiro-me a generalizações do tipo: "[...] o destino das formas literárias na poesia brasileira se relaciona profundamente com o processo social brasileiro" (*id.*, *ibid.*, p. 148).

+ No polo *queer* dos estudos literários e culturais, é caso isolado o ensaio de Raul Antelo, por propor uma leitura do "Soneto" (1937), de *A costela do Grão Cão*, desde a perspectiva do "glass closet" – "armário de vidro" – de Eve K. Sedgwick, mostrando "que uma leitura tradicional do 'Soneto' esquece do fato que o *tu* a quem o poeta se dirige é adolescente" e "nada há que marque a figura do outro no poema" (ANTELO, 1994, p. 112). Salvo engano, Antelo apenas propõe, mas infelizmente não percorre o caminho, pois nada indica que Sedgwick informe seu argumento. Também não está claro se Antelo insinua aqui que não há marca de gênero no "tu", mas acredito que seja justamente esse ponto obscuro que possibilita ler não só o homoerotismo em Mário, mas também a homofobia no discurso da fortuna crítica. Em todo caso, Sedgwick pode de fato iluminar a obra e o modo como a obra e a biografia de Mário de Andrade têm sido lidas no Brasil. Sem querer dar conta de seu complexo argumento, vale destacar que um dos pontos com que Sedgwick trabalha é que há duas definições de desejo e identidade – masculina – homossexuais que, apesar de contraditórias e incoerentes, regem a cultura – no caso, a cultura norte-americana do século XX: uma seria a perspectiva universalizante, a de que toda pessoa – no caso, todo homem – é, ao menos em diferentes graus, bissexual, seja na predisposição, seja na prática. A outra, *minoritarizante*, defende que certos indivíduos são irremediavelmente *gays*. No caso da fortuna crítica de Mário de Andrade, com raras exceções,[13] praticamente não existe – ainda – uma classificação ou uma reivindicação de sua figura como autor *gay*, mas a possibilidade pode estar subentendida na forma de um "segredo aberto" em muitas das leituras de sua obra que tratam do recalque, da culpa, da renúncia, da sublimação etc. Por outro lado, a leitura universalizante – inflada pela construção da autoimagem de Mário de Andrade, dentro ou fora da poesia – tem adquirido duas formas; uma delas universaliza o minoritário: a renúncia, o recalque, o platonismo não são temas ou experiências exclusivas do homossexual; a segunda, de certo modo, minoritariza, ou pelo menos individualiza, o universal: apesar de todo ser humano ser bissexual, Mário é um caso muito especial. Segundo Sedgwick, o termo "segredo aberto" designa um segredo específico, que é

13 Os nomes mais significativos não vêm da crítica literária. Ver TREVISAN (2002, p. 256-259) e GREEN (2014, p. 63-65).

o segredo do "armário de vidro" em que há um movimento espiral de saber-poder totalizador que circula violentamente em torno de toda identidade homossexual masculina, exceto daqueles mais abertamente assumidos e reconhecidos (SEDGWICK, 1990, p. 167); já a retórica pública do segredo vazio – "empty secret" –, tipicamente modernista, serve ao propósito de universalizar, naturalizar e, logo, anular elementos de uma retórica específica e historicamente homossexual e masculina (*id.*, *ibid.*, p. 165) . Em nosso caso, o segredo do poeta e sua potencial revelação, o sempre tenso efeito do armário, são organizados segundo identidades e comportamentos distribuídos ao longo de um extenso espectro: Mário não é; Mário parece, mas não é; Mário não sabe que é, mas sabe – ou não sabe – que parece; Mário sabe que é ou sabe que parece, mas finge que não sabe, ou seja, reprime ou renuncia; Mário – parece que – sabe que é, mas – parece que – não quer que outros saibam; Mário é, mas não sabe – ou sabe – que este ou aquele ou todo mundo sabe – e cala; Mário é, mas não faz; Mário talvez faça, mas isso não quer dizer que seja. Etc. Etc. Do silêncio sobre o segredo mais ou menos cuidadoso, mais ou menos assimétrico e violentamente compartilhado entre dois, muitos ou todos, passa-se para o excesso e para o esvaziamento que, segundo Sedgwick, é característico de um modernismo que desvaloriza os conteúdos e celebra a forma e a abstração: Mário é isto, mas também aquilo e mais tudo isso; talvez Mário seja, talvez não, mas sabê-lo em nada interessa; hoje sabemos que Mário era, mas e daí? – isso nós sempre soubemos![14] Ao tornar-se público, o segredo de Mário é reorientado para a esfera do privado: a sexualidade como ato ou fato íntimo e mesquinho. Nessa intersecção entre não saber e saber, e na passagem entre o segredo aberto – privado, mas compartilhado na ordem das cumplicidades – e o segredo vazio – público –, alguém poderá justificar que este ou aquele – Oswald, por exemplo – não tiveram – ou tiveram? – a intenção de insultar o companheiro Mário de Andrade, porque talvez não soubessem ou, se sabiam, não lhe atribuíam importância. A essa multiplicidade de formas de conceber o segredo acrescenta-se outra complexidade: Mário, Narciso, deseja-se a si mesmo, homens; Mário, curioso, deseja o outro, a outra e, quem sabe, a ou-

14 O exemplo que Sedgwick cita de *O retrato de Dorian Gray*, de Oscar Wilde, é notavelmente análogo ao argumento de Antonio Candido discutido anteriormente: "He is never more present in my work than when no image of him is there". Ver SEDGWICK, 1990, p. 166.

tra como metáfora do outro. Entre o ser – pansexual, dionisíaco – e o parecer – efeminado, rebuscado –, duas noções de sexualidade confundem-se, uma no âmbito do gênero, outra no âmbito do erotismo. Assim, em nome da discrição, se revela, ao mesmo tempo que se oculta, o segredo de Mário, ou Mário enquanto segredo aberto ou esvaziado.

+ Em contraste com a discrição – segredo aberto, armário de vidro – da crítica literária, depoimentos de amigos e relatos jornalístico-biográficos procuraram, de diversas formas, primeiramente ocultar – os secretários, ou seja, segundo o Houaiss, "aquele a quem se pode confiar um segredo" – e depois esclarecer o enigma sexual de Mário, com frequência esvaziando-o.[15] Os efeitos do "armário de vidro" adquirem características minoritarizantes em depoimentos como o de Rachel de Queiroz, que alega que Mário não ousava "assumir seu homossexualismo" (QUEIROZ e QUEIROZ, 1998, p. 115, segredo aparentemente conhecido de todos, mas não comentado; de Antonio Callado, sobre as formas como Mário comportava-se diante dos rumores (TREVISAN, 2002, p. 258). E do próprio Mário, na recém-divulgada, tão falada carta a Manuel Bandeira: "Está claro que eu nunca falei a você sobre o que se fala de mim e não desminto" (ANDRADE, 1928, p. 4). Mas foi a biografia afetiva escrita por Moacir Werneck de Castro, em 1989, que trouxe à tona o assunto da suposta "sexualidade irrealizada" de Mário de Andrade, que ele define como "sequestro (recalque) e sublimação", "sexualidade reprimida e transformada em difusa pansexualidade" (CASTRO, 2016, p. 86-87). Jardim lança-se no caminho do esvaziamento do "mistério":

> Um verdadeiro tabu cerca a homossexualidade do poeta. A preocupação com o assunto ganhou tanta importância que existe a impressão de que ela é o elemento central da sua

15 Ver ANCONA LOPEZ (1996). O melhor exemplo é o dos depoimentos coletados em *Eu sou trezentos, eu sou trezentos e cincoenta*. Em particular, o conhecido caso do "secretário" de Mário, o jornalista Maurício Loureiro Gama, que, retórico, é tão misógino como homofóbico: "Eu fui secretário, mas não secretária, porque agora está na moda secretária contar tudo do chefe. Mas eu não sei de nada. Sei que o Mário de Andrade era uma grande figura e amou perdidamente várias pessoas, várias mulheres, teve vários amores" (*apud* ANCONA LOPEZ, 2008, p. 118).

> biografia. Aliás é curioso que a homossexualidade ganhe relevo em muitas biografias, como se fosse alguma forma bizarra de experiência (JARDIM, 2015, p. 135).

Mais recentemente, a biografia de Jason Tércio comenta: "Aos 25 anos Mário nunca fora visto com namorada, mas falava de mulheres com amigos e secretamente continuava fazendo incursões pelos lupanares da rua Líbero Badaró" (TÉRCIO, 2019, p. 78); "ele nunca falava de namorada e aos 30 anos morava com a mãe" (*id.*, *ibid.*, p. 173). E revela a evidência supostamente muito aguardada por todos, uma carta assinada com a inicial H, presumidamente de um rapaz com quem Mário teria passado as férias escolares em 1917: "Felizmente que durante a viagem tinha-te ao meu lado, sim, Mário, as tuas cartas, que estavam na maleta, foram um consolo [...] Não se esqueça de mim, Mário, sou infeliz e feliz por te possuir" (*id.*, *ibid.*, p. 59). Porém, depois de comparar o conto "Vestida de preto" – segundo ele, sobre o amor platônico heterossexual – com seu análogo "Frederico Paciência", a conclusão é categórica: "Com base nesses indícios e vestígios, pode-se inferir que Mário era pansexual, andrógino, bissexual, não um homossexual, como se tenta enquadrá-lo" (*id.*, *ibid.*, p. 175). Em crítica elogiosa ao livro, outro jornalista confirma: "A nova biografia tira esse assunto do caminho de uma vez"; e cita um comentário do próprio biógrafo: "[A sexualidade] é um aspecto irrelevante em um cara que teve uma vida épica. Esse foco sexual serve para desviar do mais importante, que é o papel intelectual dele" (MEIRELES, 2019, p. C6). Enfim, segredo esvaziado, caso encerrado. No veredicto, na presunção de controle do significado sexual da obra de Mário de Andrade, de seu nome próprio ou "assinatura", evidencia-se a operação de saber-poder que visa a garantir a estabilidade semântica da heterossexualidade, ao mesmo tempo que se mantém o domínio do sujeito heterossexual sobre o corpo e sobre a subjetividade dissidente.

= Resultado de inúmeras operações de divisão, subtração, multiplicação, intersecção e rasura, passo a passo, entre hesitações e desvios, denegando, desqualificando, velando ou escancarando o segredo – sexual – de Mário de Andrade, a soma das leituras de sua obra poética permite esboçar um arquivo que, em diferentes medidas, se presta a releituras, homossexuais e homoeróticas; mas sobretudo leituras em que o erótico e o sexual intersectam, mas não se confundem; em que "recalque", "sublimação" e "platonismo" – "Policiamentos interiores,/ Temores da exceção...", como se lê no poema "Carnaval carioca", de 1923 (ANDRADE, 2013, v. 1, p. 211) – não são suficientes para explicar uma obra e uma subjetividade em que a diferença é constantemente afirmada – "Não posso fugir de mim! Não posso ser como os outros!", versos de "Reconhecimento de Nêmesis", de 1926 (*id.*, *ibid.*, p. 409); "Não tenho forças bastantes para me universalizar? Paciência", como o autor explica em seu "Prefácio interessantíssimo" (*id.*, *ibid.*, p. 74) –, em que o gênero do poeta, de seus personagens e interlocutores está sempre aberto à reinterpretação – quem poderá afirmar sem hesitação que "Maria" é mulher?; em que o erótico é ambivalente, irritante, covarde, perverso, indecente, arrependido, sofrido e insiste em interromper a mediocridade cotidiana do trabalho; em que a masculinidade bélica está sempre sob contra-ataque pacifista, enquanto a dança e os requebros são celebrados – "Sou Gira./ Sou Louco./ Sou Oco./ Sou homem!/ Sou tudo o que quiserem,// Mas que sou eu?", versos do poema de 1924, "Danças" (id., ibid., p. 307); em que a paternidade – burguesa – está ausente e a lei é mulher. "Sois tão linda... você é a Lei!", diz o segundo verso do "Poema tridente", de 1933 (*id.*, *ibid.*, p. 433); em que o erotismo é constantemente dessexualizado e ressexualizado; em que as crianças não são filhos, e a reprodução não é o motor da história; em que a felicidade não é sinônimo de sucesso e não exclui a dor ou a "tristura". E quem quiser que se identifique – ou não – com a (homo)sexualidade expressa neste belo "poema maldito":

MOMENTO (1924)

Com este calor quem dormiria...

A escureza se ajunta em minha rua,
Encapuça a cabeça alemã dos lampiões.
Eu careço de alguém...

Meus olhos catam a escuridão
Porém calor somente se mexendo
Sob a vigilância implacável dos astros.

Parece que os burgueses dormem...
Casais suados
Virgens vazias
Crianças descobertas...
O que mais me comove é pensar nos solteirões.
Os solteirões mastigam o silêncio.
Os solteirões viram de lado
Ofegando em suspiros apertados.
São sonhos imorais...

A noite hesita em seguir pra diante.
De repente se deita nas hortênsias!

E eu velo...
Eu velo o sono dos burgueses,
Condescendentemente.
(ANDRADE, 2013, v. 2, p. 107).

Diante da então recente emergência da categoria do homossexual e da proliferação de discursos legais, médicos, psicológicos e literários em torno de dissidências sexuais, Mário inscreve seu silêncio entre o minoritário e o universal e propõe um arquivo alternativo. Um arquivo anti-homofóbico feito de vestígios, mais ou menos associado com o discurso biográfico em torno do poeta ele-mesmo, mas também potencialmente libertado de sua pessoa. Enfim, um arquivo afetivo e contraditório, guardado no passado e no futuro, na promessa de um esquecimento, como o projetado no poema "Moda do corajoso", da série "Tempo de Maria, de 1926: "Meu amor terá seu fim./ [...] / Toda paixão é esquecida. / [...] / E a paixão será arquivada" (ANDRADE, 2013, v. 1, p. 315).[16] Enfim, o arquivo, na definição de Mário, não é repressão, não é sublimação; talvez sequestro – depósito

16 Na seção de *Devassos no paraíso* em que trata de Mário de Andrade, João Silvério Trevisan sugere, ainda no âmbito estritamente homoerótico – e não necessariamente o que estou chamando *queer* –, alguns títulos de poemas tais como "Cabo Machado", "Soneto", "Poema tridente", "Caindo do mal de amor", "Reconhecimento de Nêmesis", "Vinte e nove bichos", "Os gatos", "Estâncias", "Dor", "Quarenta anos", "Lira paulista". Ver TREVISAN (2002, p. 256-9).

temporário nas mãos de outrem – seja outro nome para esse arquivo, ou melhor, para o movimento afirmativo de presença-ausência, silêncio-fala, esquecimento-memória – o "esquecimento que condensa", de "Eu sou trezentos" (1929) –, mais bem ilustrado em "Girassol da madrugada", no consenso atual o centro da produção poética "indiscutivelmente" homoerótica de Mário:

> Tive quatro amores eternos...
> O primeiro era a moça donzela,
> O segundo... eclipse, boi que fala, cataclisma,
> O terceiro era a rica senhora,
> O quarto és tu... E eu afinal me repousei dos meus cuidados (ANDRADE, 2013, v. 1, p. 462).

Referências

ALVARENGA, Oneyda. *Mário de Andrade, um pouco.* Rio de Janeiro: J. Olympio, 1974.

ANCONA LOPEZ, Telê. *Mariodeandradiando.* São Paulo: Hucitec, 1996.

ANCONA LOPEZ (org.). *Eu sou trezentos, eu sou trezentos e cincoenta.* São Paulo: Agir, 2008.

ANDRADE, Mário. *Aspectos da literatura brasileira.* 5. ed. São Paulo: Livraria Martins Editora, 1974.

ANDRADE, Mário de. Carta a Carlos Lacerda, 5 abr. 1944. *Revista do Instituto de Estudos Brasileiros,* São Paulo: IEB-USP, n. 36, p. 181, 1994.

ANDRADE, Mário de. *Carta a Manuel Bandeira.* 7 abr. 1928. Fundação Casa de Rui Barbosa. Publicada com transcrição e notas: de Jorge Vergara, 2016. Disponível em: https://www.researchgate.net/publication/305502589_Carta_de_Mario_de_Andrade_a_Manuel_Bandeira_de_7_de_abril_de_1928.

ANDRADE, Mário de. Carta a Sérgio Milliet. In: DUARTE, Paulo. *Mário de Andrade por ele mesmo.* São Paulo: Edart, 1971, p. 312-4.

ANDRADE, Mário de. *Cartas a Murilo Miranda* (1934-1945). Rio de Janeiro: Nova Fronteira, 1981.

ANDRADE, Mário. De São Paulo I. *Ilustração Brasileira*, Rio de Janeiro, ano 8, n. 3, nov. 1920, p. 37.

ANDRADE, Mário de. "Despertar", de Hermes Fontes (resenha). *Klaxon: Mensário de Arte Moderna*, São Paulo, n. 4, ago. 1922, p. 15-16.

ANDRADE, Mário de. Do cabotinismo. In: *O empalhador de passarinho*. São Paulo: Martins, 1946, p. 71-74. Publicado originalmente em *O Estado de S. Paulo*, São Paulo, 23 jul. 1939.

ANDRADE, Mário de. *Entrevistas e depoimentos*. Org. de Telê Porto Ancona Lopez. São Paulo: T.A. Queiroz, 1983.

ANDRADE, Mário de. *Poesias completas. 2 v. Edição: Tatiana Longo Figueiredo e Telê Ancona Lopez*. Rio de Janeiro: Livraria Martins Editora, 2013.

ANDRADE, Oswald de. *Dicionário de bolso*. Org. de Maria Eugenia Boaventura. São Paulo: Globo, 1990.

ANTELO, Raul. Ser, dever ser e dizer. *Revista do Instituto de Estudos Brasileiros*, São Paulo: IEB-USP, n. 36, 1994, p. 109-120.

AQUINO, Roberto. Cabotinismo. *Folha da Noite*, ano 4, n. 38.557, 2 fev. 1924, p. 5.

BASTIDE, Roger. Mário de Andrade. In: BASTIDE, Roger. *Poetas do Brasil*. Curitiba: Ed. Guaíra Ltda., 1949, p. 55-61

BRAGA-PINTO, César. A morte do autor e a luta pela vida. In: BRAGA-PINTO, César. *A violência das letras: Amizade e inimizade na literatura brasileira: 1888-1940*. Rio de Janeiro: Eduerj, 2018, p. 137-42

BRITO, Mário da Silva. *História do Modernismo brasileiro*. Antecedentes da semana de arte moderna. Rio de Janeiro: Ed. Civilização Brasileira, 1978.

BROCA, Brito. "Espontâneo". In: CASTRO ANDRADE, Paulo José de. *Memória, ficção e aforismos:* O cronista Brito Broca em formação. São Paulo: FFLCH-USP, 2008. Dissertação (Mestrado em Literatura Brasileira).

BROCA, Brito. Documento de uma época. *A Gazeta*, São Paulo, p. 2, 6 set. 1958.

CALIL, Carlos Augusto. Aí vem Febrônio! *Teresa: Revista de Literatura Brasileira*, São Paulo, n. 15, 2015.

CANDIDO, Antonio. Álvares de Azevedo, ou Ariel e Caliban. In: *Formação da literatura brasileira*: Momentos decisivos. Belo Horizonte: Itatiaia, 2000, v. 2, p. 159-172.

CANDIDO, Antonio. Mário de Andrade: Poesias. *Revista do Instituto de Estudos Brasileiros*, São Paulo: IEB-USP, n. 36, 1994, p. 135-139. Publicado originalmente na revista *Clima*, São Paulo, n. 8, jan. 1942, p. 72-78.

CANDIDO, Antonio. O poeta itinerante. In: *O discurso e a cidade*. São Paulo: Livraria Duas Cidades, 1993.

CASTRO, Moacir Werneck de. *Mário de Andrade: Exílio no Rio*. Belo Horizonte: Autêntica, 2016 [1989], p. 84.

COHEN, Ed. *Talk on the Wilde Side*: Toward a Genealogy of a Discourse on Male Sexualities. New York: Routledge, 1993.

COSTA, Horácio. *Retratos do Brasil homossexual: Fronteiras, subjetividades e desejos*. Org. de Horácio Costa, Berenice Bento, Wilton Garcia, Emerson Inácio e William Siqueira Peres. São Paulo: Edusp; Imprensa Oficial, 2010.

DUARTE, Paulo. *Mário de Andrade por ele mesmo*. São Paulo: Edart, 1971.

FONSECA, Maria Augusta. *Por que ler Mário de Andrade*. São Paulo: Globo, 2013.

GREEN, James. Challenging National Heroes and Myths: Male Homosexuality and Brazilian History. *Estudios Interdisciplinarios de América Latina y el Caribe*. Tel Aviv, v. 12, n. 1, p. 63-5, 23 set. 2014.

IVO, Ledo. *Lição de Mário de Andrade*. Rio de Janeiro: Ministério da Educação e Saúde, 1952.

JARDIM, Eduardo. *Eu sou trezentos: Mário de Andrade, vida e obra*. Rio de Janeiro: Edições de Janeiro, 2015.

KOESTENBAUM, Wayne. Wilde's Hard Labor and the Birth of Gay Reading. In: BOONE, Joseph A.; CADDEN, Michael (orgs.). *Engendering Men: The Question of Male Feminist Criticism*. Londres; Nova York: Routledge, 1990, p. 176-189

LAFETÁ, João Luiz. *A dimensão da noite e outros ensaios*. Org. de Antonio Arnoni Prado. São Paulo: Duas Cidades; Ed. 34, 2004.

LAFETÁ, João Luiz. *Figuração da intimidade: Imagens na poesia de Mário de Andrade*. São Paulo: Martins Fontes, 1986.

LINS, Álvaro Lins. *Os mortos de sobrecasaca*. Rio de Janeiro: Civilização Brasileira, 1963 [1943].

MEIRELES, Maurício. Mário de Andrade ganha biografia de fôlego, que faz correções históricas. *Folha de S.Paulo*, Caderno Ilustrada, São Paulo, 9 ago. 2019, p. C6.

MELLO E SOUZA, Gilda de. A poesia de Mário de Andrade [1988]. In: *A ideia e o figurado*. São Paulo: Duas Cidades; Ed. 34, 2005.

MELLO E SOUZA, Gilda de. *O tupi e o alaúde*. São Paulo: Duas Cidades; Ed. 34, 2003 [1979].

MILLIET, Sérgio. O poeta Mário de Andrade. *Revista do Arquivo Municipal*, São Paulo, ano 12, v. 106, p. 53-68, jan./fev. 1946.

MILLIET, Sérgio. *Panorama da moderna poesia brasileira*. Rio de Janeiro: Ministério da Educação e Saúde/ Serviço de Documentação, 1952.

MOLLOY, Sylvia. Decadentismo e Ideologia: Economias de Desejo na América Hispânica Finissecular. In: AGUIAR, Flávio Wolf de, CHIAPPINI, Lígia (orgs). *Literatura e história na América Latina*. São Paulo: EDUSP, 1993, p. 13-36.

MOLLOY, Sylvia. The Politics of Posing. In: MOLLOY, Sylvia e IRWIN, Robert (org.). *Hispanisms and Homosexualities*. Durham: Duke University Press, 1998, p. 141-160.

MOLLOY, Sylvia . Too Wilde for Comfort: Desire and Ideology in Fin-de-Siecle Spanish America. *Social Text*, n. 31/32, p. 187-201, 1992.

MONTEIRO, Pedro Meira (org.). *Mário de Andrade e Sérgio Buarque de Holanda*: Correspondência. São Paulo: Companhia das Letras; IEB-USP; Edusp, 2012.

MORAES, Marcos. Nos meandros de mundos mortos: Carta a Otávio de Faria. *Revista do Instituto de Estudos Brasileiros*, São Paulo: IEB-USP, n. 36, 1994, p. 184-189.

MOREYRA, Álvaro. A solidão é triste. *Dom Casmurro*, Rio de Janeiro, ano 3, n. 116, 2 set. 1939, p. 2.

MOTTA FILHO, Candido. A estranha individualidade de João do Rio. *Correio Paulistano*, São Paulo, 23 ago. 1929, p. 2,

MOTTA FILHO, Candido. A lição de Júlio Dantas. *Correio Paulistano*, São Paulo, n. 21.546, 3 jul. 1923, p. 4.

PASINI, Leandro. *A apreensão do desconcerto*: Subjetividade e nação na poesia de Mário de Andrade. São Paulo: Nankin, 2013.

PATI, Francisco. O crime de Oscar Wilde: São Paulo e seus homens de letras. *Folha da Noite*, São Paulo, ano 3, n. 38.321, 27 abr. 1923, p. 2.

PICCHIA, Menotti Del. Arlequinal. *Correio Paulistano*, São Paulo, n. 22.462, 4 de fevereiro de 1926, p. 3.

PICCHIA, Menotti Del. Arte moderna. *Correio Paulistano*, São Paulo, n. 21.058, 17 fev. 1922, p. 2.

PICCHIA, Menotti Del. Pela ordem. *Correio Paulistano*, São Paulo, n. 21.902, 28 jun. 1924, p. 3.

QUEIROZ, Rachel de; QUEIROZ, Maria Luíza. *Tantos anos*. São Paulo: Siciliano, 1998.

RIO, João do Rio [Paulo Barreto]. "Cabotinos". In: *Vida vertiginosa*. Rio de Janeiro; Paris: Garnier, 1911.

ROSENFELD, Anatol. Mário e o cabotinismo [1960]. In: *Texto/Contexto*. 4 ed. São Paulo: Perspectiva, 1985, p. 181-196

SCHWARZ, Roberto. *Duas meninas*. São Paulo: Companhia das Letras, 1997.

SCHWARZ, Roberto. O psicologismo na poética de Mário de Andrade [1961]. In: SCHWARZ, Roberto. *A sereia e o desconfiado*. Rio de Janeiro: Civilização Brasileira, 1965.

SEDGWICK, Eve Kosofsky. "A epistemologia do armário". *Cadernos Pagu*, Campinas, n. 28, p. 19-54, jan./jun. 2007, p. 19-54.

SEDGWICK, Eve Kosofsky Sedgwick. *Epistemology of the Closet*. Berkeley / Los Angeles: University of California Press, 1990.

TAUNAY, Afonso d'Escragnolle. *Léxico de lacunas: Subsídios para os dicionários da língua portuguesa*. Tours: E. Arrault, 1914.

TÉRCIO, Jason. *Em busca da alma brasileira*. Biografia de Mário de Andrade. Rio de Janeiro: Estação Brasil, 2019.

TREVISAN, João Silvério. *Devassos no paraíso*. Rio de Janeiro: Record, 2002.

VERGARA, Jorge Israel Ortiz. *Toda canção de liberdade vem do cárcere*: Homofobia, misoginia e racismo na recepção da obra de Mário de Andrade. Rio de Janeiro: UniRio, 2018. Tese (Doutorado em Música).

O SEGREDO

Como se sabe, a reação inicial de Manuel Bandeira a *Há uma gota de sangue em cada poema* (1917), o primeiro livro de versos de Mário de Andrade, foi um tanto negativa: "O meu primeiro contato com o poeta (...) deslanchou em mim um movimento de repulsão: achei detestável o seu primeiro livro (...). Somente achando aquela poesia ruim, notei que era um ruim muito diverso dos outros ruins: era um ruim meio esquisito" (BANDEIRA, 2006, p. 135). Bandeira refere-se a duas cartas escritas ao amigo anteriormente, onde dizia primeiro (19 out. 1925) que, com exceção de três versos, o livro era "uma merda" (*apud* ANDRADE e BANDEIRA, 2000, p. 241), e depois (7 out. 1925) que o livro era "um ruim esquisito, absurdo, bestapocalíptico onde havia o fermentozinho da personalidade." (*id.*, *ibid*, p. 244). Publicado dez anos depois, o primeiro romance de Mário, o deliberadamente freudiano *Amar, verbo intransitivo* (1927), também foi julgado um livro inferior por parte da crítica da época. Em certo sentido, é uma obra que, ainda hoje pode ser considerada, seja pelo tema e personagens, seja pelo título, linguagem e estrutura, se não exatamente ruim ou "uma merda", certamente um tanto irritante ou repulsiva. Mas digamos que é um livro bom, mas de um bom esquisito.

De todo modo, com o prestígio alcançado pelo autor e pelo movimento modernista, o romance acabou por ser canonizado, mesmo se menos lido e comentado do que sua poesia e o celebradíssimo *Macunaíma,* lançado um ano depois, em 1928. Ao mesmo tempo, *Amar, verbo intransi-*

tivo foi aos poucos perdendo um pouco daquilo que apresentava e ainda hoje poderia apresentar de mais heterodoxo e intratável. Isso, acredito, devido ao fato de que boa parte das leituras do romance tende a fixar-se no enredo e alinhar-se, ou ao menos simpatizar-se, com a perspectiva pedagógico-normalizadora da preceptora "Fräulein", em detrimento dos questionamentos, mais ou menos irônicos, levantados pelo narrador, ou da construção enviesada do personagem irritante que é Carlos, um péssimo estudante, cuja sexualidade se situa entre o inescrutável e o insignificante. Proponho adiante uma releitura do romance a partir não somente de sua inquietante estranheza, mas também da estranheza como um de seus temas centrais. Ou seja, preservando o que nele ainda pode ser considerado ilegível e esquisito.

Aliás, ouso arriscar, "esquisito/a" poderia servir como uma das traduções possíveis do vocábulo inglês *queer*. Exceto que, ao contrário de "esquisito", o adjetivo "*queer*" carrega uma história traumática, significando primeiramente estranho, peculiar, raro, e que (ao que consta, a partir de 1922) passou a ser utilizado como insulto para desqualificar e estigmatizar sexualidades dissidentes, especialmente a de homossexuais. Como se sabe, nas últimas décadas o termo foi recuperado e ressemantizado por teóricos e militantes norte-americanos para denotar, em chave afirmativa, aquelas condutas, sexualidades ou identidades que não se conformam às normas burguesas. Já o português "esquisito" ocupa um espaço semântico em si mesmo um tanto idiossincrático: pois parece que é somente em nossa língua que a palavra tem certa conotação negativa, ao contrário do espanhol "*exquisito/a*", do francês "*exquis/e*" e mesmo do inglês "*exquisite*" que, se também dizem respeito a algo raro, incomum, excepcional, dizem-no em chave positiva, significando: excepcionalmente bonito, delicado, maravilhoso, agradável, etc. A própria origem latina "*exquisĭtus, a,u m*" tem o sentido de algo que é "procurado diligentemente, escolhido, extremado, distinto" (do part. pas. do verbo *exquīro, is, isīvi, isītum*, irĕre, que quer dizer "procurar com diligência, perguntar, informar-se, inquirir, indagar, investigar"); quer dizer, em sua origem, o termo remete àquilo que se *quer*, enfim, ao objeto do desejo. Já em português, segundo o dicionário Houaiss, esquisito pode também ser usado desta forma, mas já no século XIX esta era quase sempre limitada a qualificar positivamente um gosto ou aroma. Mais comumente, esquisito denota o contrário: estranho, exótico, extravagante, desconhecido, enigmático, e mesmo "de aspecto feio e agradável". Ainda segundo o Houaiss, o "esquisitão" seria aquele que "não demonstra empenho em submeter-se às convenções sociais". Enfim, em português, a história do termo "esquisito" e seus correlatos, se não exclui o desejo pelo outro e pelo diferente, parece no entanto constituir, por si só, uma espécie de *desvio* etimológico. Não obstante, valeria recuperar a memória do termo "esquisito", permitindo que o sentido de maravilhoso, estimulante ou delicioso, conviva com o seu contrário, o de estranho, incômodo ou repugnante.

Eu diria ainda que, mesmo que improvável, e mesmo se tão somente devido à ambiguidade deste termo, que contém a memória de seu significado oposto, "esquisito" em português poderia servir como uma tradução livre do adjetivo alemão *unheimlich*, transformado em conceito por Freud em 1919 e traduzido para o português como "O estranho" (na edição da editora Imago, traduzida com base na edição inglesa de James Strachey e publicada no Brasil a partir dos anos 1960); "O inquietante" (em tradução direta do original alemão, a cargo de Paulo César de Souza, para a Companhia das Letras); e, mais recentemente, "O Infamiliar", na tradução de Gilson Iannini e Pedro Heliodoro Tavares (FREUD, 2019). O conceito freudiano (*Das Uheimliche*) também é referido em artigos acadêmicos e pela comunidade psicanalítica pelas mais variadas formas, tais como "estranho-familiar", "familiaridade inquietante", "inquietante estranheza", "sinistro", etc. Como explicam Iannini e Tavares, seus tradutores brasileiros mais recentes, o adjetivo "'familiar" muito se assemelha ao alemão *heimlich*, pois "designa algo bastante familiar, mas que pode também abrigar seu sentido antitético". Além disso:

> ... *heimlich*, , como o que é relativo ao "lar" [*Heim*], é o *familiar*, o *conhecido*, o *costumeiro*, ainda que, por ser atinente à privacidade do "lar" em oposição ao público, denote também o que é íntimo, *oculto* da vista alheia e até mesmo *sigiloso*. Assim, *geheim* tem o sentido de *secreto*, *Geheimnis*, o de *segredo*" (IANNINI E TAVARES, *apud* FREUD, 2019).[1]

---

1 As citações foram tiradas da versão eletrônica, portanto, não há marcação de páginas.

Ao mesmo tempo, o prefixo *un-* seria a marca de uma negação, de um recalque. Em suma, de acordo com o texto de Freud, *Heimlich* (o familiar) é uma palavra "cujo significado se desenvolveu segundo uma ambivalência, até se fundir enfim, com seu oposto, o infamiliar [*Unheimlich*]. *Infamiliar* é, de certa forma, um tipo de *familiar*" (FREUD, 2019, s/p), e que vem a significar uma espécie de *segredo* que deveria ter permanecido oculto, ao mesmo tempo velado e revelado, em um des/mascaramento da intimidade. O termo remete assim ao âmbito do privado, da intimidade (inclusive do corpo) que é ao mesmo tempo resguardada e exibida, oculta e exposta, protegida e vulnerável. Redefinindo: o esquisito enquanto infamiliar seria aquele ou aquilo que é, e ao mesmo tempo não é, familiar ou parte da família; o que, dentro do lar, expõe o fracasso (ou a esquisitice) do próprio casamento enquanto norma da sociedade burguesa; e o que na terra natal expõe o que há de estranho e estrangeiro na própria noção de nacionalidade.

Não é minha intenção propor adiante uma leitura psicanalítica do romance, mas tão somente explorar a maneira pela qual Mário trabalha o que estou chamando aqui de "esquisito", ou "o Esquisito". Ou seja: aquela estranheza que se encontra ou se esconde, não no estrangeiro (e, no caso, na estrangeira), mas na familiaridade que reside no seio do lar burguês – por fim, "a inquietante estranheza familiar", que é uma das traduções possíveis do *Unheimlich*. Enquanto boa parte da literatura dita "pré-modernista", inclusive a naturalista, está povoada por personagens esquisitões[2] e por esquisitices (frequentemente sexuais), hóspedes e intrusos,[3] ao narrar uma história que no final das contas é um tanto banal, *Amar, verbo intransitivo* se esforça explicitamente por distanciar-se da psicopatologia de toda aquela literatura que, do naturalismo à pornografia, atravessara a virada do século. E enquanto tradicionalmente a presença do estranho ou do estrangeiro no lar é perturbadora da paz doméstica, a alemã que habita temporariamente o lar brasileiro pouco transforma a paz do ambiente do lar pequeno-burguês. Mas nem por isso o romance deixa de ser esquisito e *queer*, tanto na estrutura narrativa quanto no tratamento da sexualidade. Em suma, quero insistir que, apesar

2 Aliás, "O esquisitão" é título de um conto de Valentim Magalhães, de 1882.

3 Por exemplo, o romance *Hóspede* (1887) de Pardal Mallet e *A intrusa* (1908), de Júlia Lopes de Almeida. Ver HALABURDA, 2020.

de repetidos esforços crítico em discipliná-lo, se lido com atenção aos seus desvios, *Amar, verbo intransitivo* ainda resiste à normalização.

51 leitores

Escrito em 1923-1924, tendo dois capítulos sido publicados em 1925, um em *A revista* (Belo Horizonte, julho, 1925) e o outro em *A Noite* (Rio de Janeiro, 26-12-1925), *Amar, verbo intransitivo* só veio à luz na íntegra em 1927, três anos depois do outro grande romance modernista, *Memórias sentimentais de João Miramar*, de Oswald de Andrade, que, por sua vez logo considerou o livro de Mário um "romance excelente e das mais boas coisas que tem honrado as brasílicas letras" (ANDRADE, O., 1927, p. 41). O julgamento de Oswald, apesar de um tanto lacônico, merece alguma atenção. Segundo ele, o livro entrelaça

> o enredo, Carlos, Fräulein, etc., com o profundo interesse que podem despertar os livros inocentemente pornográficos, e as confissões. As confissões são decerto o melhor pedaço... Fica dali apenas um gosto de humanidade salgado, duro, persistente, que dá vontade de escancarar janelas surrealistas" (ANDRADE, O., 1976, p. 42).

Já segundo o próprio Mário, o assunto "bem bonzinho" do romance lhe interessava menos do que a língua, fruto de sua "vontade deliberada de escrever brasileiro" (ANDRADE, 1944a, p. 25). No geral, porém, a primeira recepção do livro não chegou a ser inteiramente positiva. Na ocasião de seu lançamento, a crítica logo de partida o acusou de excesso de freudianismo (ANDRADE, R. M. F, 1927, p. 4); chamaram-no de "complexo" e "confuso", uma obra cujo autor teria tomado uma "indigestão de Freud", com "páginas intoleráveis de subfreudismo delirante (ATHAYDE, 1927, p. 4); e, pouco mais tarde, tacharam-no de vir imbuído de um "freudismo abstruso" (GRIECO, 1929, p. 21). Tristão de Athayde reavaliaria sua opinião anterior, admitindo que o romance seria, antes de mais nada, uma "sátira do freudismo" (ATHAYDE, 1928, p. 4). Mas Augusto Frederico Schmidt ainda considera que, apesar de conter "coisas bem marcantes", o livro é "errado porque o autor trata dentro do romance de problemas que não cabiam dentro dele" (SCHMIDT, 1928, p. 87). Não temos acesso às primeiras impressões de Bandeira ao ler o livro, já que a carta enviada do Pará na ocasião –"carregadinha de afeições, de poemas, de brincadeiras" – foi extraviada (ANDRADE e BANDEIRA, 2000, p. 344), mas o poeta logo depois publica no jornal paraense *A Semana*, em 23 de março de 1927, um artigo, posteriormente recolhido em livro, em que elogia o romance, chamando-o de "obra macanuda" *ironicamente* denominada "idílio" e comparando-o ao "Dédalo de Joyce", por serem ambos "profundamente nacionais". Bandeira destaca ainda as "múltiplas perspectivas que, como a de espelhos defrontantes, se escancaram de súbito na prosa vai-não-vai, pensa-que-pensa de Mário, prosa que não se nos depara feita, mas como que se faz à vista da gente" (BANDEIRA, 2008, p. 110). Já Prudente de Moraes Neto considerara o livro "escandaloso e inquietante", mas pondera:

> A exposição admirável dos sentimentos é admirável sim, mas não como exposição, que Mário de Andrade é até confuso, não só por que não pensa com bastante clareza como porque não se exprime com precisão. O pensamento dele não é direto, é circular [...] o estilo dele é um estilo de grande poeta. Cheio de imagens e metáforas. Num ritmo que é mais do que um simples ritmo poético: ritmo de música, ritmo de dança, ritmo maxixado, Mário de Andrade é desgraçado pra requebrar (MORAES NETO, 1927, p. 4).

O próprio Mário já concordara, no *Diário Nacional*, (São Paulo, 4 dez. 1927), que o livro estava sim "gordo de freudismo", mas rebatia: "é uma lástima os críticos terem acentuado isso, quando era uma coisa já estigmatizada por mim dentro do próprio livro". Por fim, mostra-se um tanto frustrado com a recepção do romance, que ele considera equivocada. Em carta a Manuel Bandeira (6 abr.1927), procura esclarecer algumas de suas intenções, ao mesmo tempo em que sugere outras vias de leitura:

> [...] livro pra mim hoje não passa dum jeito da gente manusear um caráter, beijar na boca uma alma de gente como a gente e tão diferente no entanto. Isso é que é bom num livro, isso é que livro mostra bem mais que as outras artes, isso que ninguém percebe aqui. Estou fatigado. A publicação dum livro da importância capital que nem o *Amar, verbo intransitivo*,

> quem me percebeu essa importância? Importância pra mim e de mim quero falar. Quem me percebeu? Recebo elogios, recebo descomposturas, já tiveram o descaramento de falar que é o melhor romance brasileiro e tiveram o descaramento de falar o contrário também. Mas o que eu queria com ele, o que eu sofri nele, um confrontinho de datas, 1923, com as "Danças" também do mesmo ano e otimismo de depois, e toda a complexidade de problemas que o livro tem, ninguém não percebeu (ANDRADE e BANDEIRA, 2000, p. 340).

Ofuscado pela publicação de *Macunaíma* um ano depois, desde então o romance tem sido relativamente pouco estudado e, de certo modo, passou por um processo de relativa domesticação, evitando-se lidar com os "requebros" da "prosa vai-não-vai" , as confissões e o "beijo na boca" de personagens que se definem como ao mesmo tempo familiares e estranhos. Já em 1932, ao ser "traduzido" para o inglês por Margaret Richardson Holligsworth como *Fräulein* – segundo Mário um dos dois livros que mais lhe renderam em direitos autorais (ANDRADE, 1944b, p. 73) – eliminaram-se os comentários e digressões circulares do narrador e introduziu-se a separação em capítulos, com ênfase exclusivamente na linearidade da narrativa e o intuito de aumentar o apelo comercial do livro. Um anúncio no *New York Times* (24 de agosto de 1933, p. 13) refere-se ao lancemento recente como a maior sensação desde o (explicitamente homoerótico) filme alemão *Mädchen in Uniform* (1931, dir. Leontine Sagan), famoso pelo beijo entre a aluna Manuela e sua preceptora Fräulein von Bernburg, a resenha publicada anteriormente no mesmo *New York Times*, aliviada, elogia o recato do romance: "Contrary to the implications of its theme, there is no vestige of offensiveness in the story, with so delicate and fastidious a restraint has the author handled his somewhat dubious materials" ("A Governess", 1933, p. 14).

O próprio Mário suprimiria parte das digressões na segunda edição (volume 3 das *Obras completas*), de 1944, inclusive as que mais explicitamente se referem a Freud, como as páginas em que o narrador busca na infância de Carlos explicações para seu caráter.[4] Segundo Eugenio Lucotti,

4 Não tive oportunidade de cotejar as duas edições, mas segundo Eugenio Lucotti, são onze as passagens suprimidas da primeira edição, com doze páginas eliminadas sobre a infância do personagem (LUCOTTI, p. 192).

as exclusões tiveram o propósito de "compactar o enredo em torno das vicissitudes do 'amor intransitivo'", de modo que "a narração adquire uma fluidez maior, apagando a voz contrapontística do narrador" (LUCOTTI, 2019, p. 194), sem com isso eliminar de todo a disputa entre o narrador e as personagens pelo lugar de protagonista do romance (*id.*, *ibid.*, , p. 195). Com efeito, se a narrativa se torna relativamente mais linear e fluida, não se eliminam as ambiguidades entre as opiniões ou confissões do narrador, do autor e das personagens, expressas através do discurso indireto livre.

Nas duas décadas que sucederam à morte de Mário, em 1945, o romance atraiu pouca atenção: uma nova edição foi publicada pela Editora Martins dez anos depois, em 1955, e outra só em 1972. A partir da década de 1960, em grande medida motivados pelo incentivo do Estado a adaptações de obras literárias nacionais, vários cineastas começaram a demonstrar interesse em adaptá-lo para a tela: no início dos anos 1960 José Hipólito Trigueirinho Neto (com Glauber Rocha) declara sua intenção de filmá-lo e de convidar para o papel de Elza a atriz russo-brasileira Lola Brah, que acabara de participar em sua adaptação de *Bahia de todos os santos* (1960); em 1964, Walter Hugo Khouri, que vinha de filmar *Noite vazia*, também cogita adaptar o romance sob o título *Idílio*, com Odete Lara no papel principal; em 1968, Antônio Carlos Fontoura chegou a obter os recursos da CAIC (Comissão de Auxílio à Indústria Cinematográfica) para o financiamento de seu projeto de adaptação, abandonando-o para filmar *Copacabana me engana*, cujo protagonista guarda alguma semelhança com o Carlos de *Amar, verbo intransitivo*; e a partir de 1971, a atriz Odete Lara, anteriormente cogitada por Khouri para o papel principal, se esforça por produzir o filme, cujo roteiro ficaria a cargo de Paulo Emílio Sales Gomes, Paulo Sacks e Luís Carlos Ripper (também na direção). Difícil não imaginar o destino do romance se tivesse sido adaptado por aqueles diretores, ou se contasse com o brilhantismo de Odete Lara no papel da preceptora alemã. Acontece que o romance seria finalmente adaptado e estrearia nas telas só em 1975, mas nas mãos de um diretor muito mais recatado, sob o título *Lição de amor*, longa de estreia de Eduardo Escorel, com a colaboração de Eduardo Coutinho no roteiro e Lilian Lemmertz no papel principal. Curiosamente, o premiado filme de Escorel deixa de lado a técnica cinematográfica do romance, destacada pelo próprio Mário (*apud* DUARTE, 1985, p. 293) e muitos outros, para focar tão somente no enredo da iniciação sexual do personagem.[5] Sem chegar a ser ruim, mas também sem conter nada de esquisito, o filme exclui também qualquer sátira à pequena burguesia paulista, para se concentrar no "idílio" propriamente dito, aparentemente sem qualquer ironia. Aliás, *Lição de amor* revela-se antes de mais nada como uma fantasia heterossexual masculina, exceção feita talvez a poucas cenas, como a que revela o olhar de Fräulein sobre o pescoço delicado do efebo, ou talvez as duas cenas em que a câmara se detém voyeuristicamente na nudez de Carlos, de costas, durante o banho. Como aponta Jean-Claude Bernardet, logo na época do lançamento, o filme

> redimiu os burgueses Sousa Costa, limpando-os de conotações burlescas que marcam os personagens de Mário de Andrade. Os Sousa Costa foram, de certo modo, recuperados [...] É indiscutível o retrocesso do filme em relação ao romance do ponto de vista crítico [...] um filme de qualidade que apresenta burgueses de qualidade [...]. Essa polidez, esse recato, essa altivez [...] são também uma maneira aristocrática de não entrar no mérito do assunto, de pairar acima das contradições" (BERNARDET, 1976, p. 34).[6]

Desde então grande parte das leituras e adaptações de *Amar, verbo intransitivo* tem enfatizado a iniciação do adolescente em matéria de sexo e, em particular, a psicologia ou subjetividade da professora alemã, quase sempre considerada a heroína, mesmo quando reconhecida a complexidade ambiva-

5 O diretor mesmo comenta: "Em termos de um filme a fazer, passados 50 anos, nos pareceu que sobrevive muito mais o interesse pela história de Carlos e *Fräulein* do que pela técnica cinematográfica do romance [...] trabalhei mais no sentido de obter uma certa eficiência narrativa do que em experimentar novas possibilidades expressivas [...] Hoje, nos parece que satirizar a burguesia paulista dos anos 20 não teria muito interesse" (ESCOREL, 1976, p. 19).

6 Para uma interpretação divergente, ver ensaio de Airton Paschoa, segundo o qual o filme é "francamente feminista" e sua atualidade reside "na distância crítica que impõe sua figuração fotográfica e pictórica, seja como álbum de família, seja como natureza-morta" (PASCHOA, 2020, s/p).

lente do narrador.[7] Sem necessariamente alcançar resultados esteticamente superiores, um raro e audacioso desvio nessa trajetória foi a primeira adaptação do romance para o teatro, em 1982, por Roberto Cordovani, do Grupo Arte Livre, com ele mesmo no papel de Fräulein, "em travesti", como se dizia na época (MAGALDI, 2014, p. 897).

Além disso, infere-se com frequência que o possível aspecto autobiográfico seria suficiente para reforçar tal protagonismo, em particular a influência de uma primeira professora de alemão do autor – segundo Telê Ancona Lopez, a Sra. Else Schöler Eggbert. Tal influência é de certo modo sugerida pelo próprio Mário em sua crônica publicada no *O Estado de S. Paulo*, em 31 dez. 1939, na qual ele diz ter decidido estudar alemão por volta de 1923, quando já tinha 30 anos de idade, como antídoto à francofilia. Além de Else, que deu nome à personagem, Mário menciona uma segunda professora, a qual Ancona Lopez identifica como sendo a loura Fräulein Käthe Meiche-Blosen, sua tutora durante o período 1923-1925/6, (ANCONA LOPEZ, 2007, p. 278), e por quem, segundo a cantora Lotte Sievers, que o conhecera em 1923, Mário estivera loucamente apaixonado (*apud* ANCONA LOPEZ, 1984, p. 36). Ainda segundo Telê, a Elsa do romance teria sido inspirada nas duas professoras, de forma amalgamada com o próprio Mário de Andrade (2007, p. 282). Pouco se sabe, e pouco se fala do professor que as sucedeu, segundo Mário um "soldado do exército prussiano", "um rapaz semiuniversitário, de larga cultura, mas de tal forma imbuído de caracteres e qualidades infragermânicas que às vezes eu me punha diante dele, atônito, sem saber exatamente se estava tratando com um legítimo 'homo sapiens'" (ANDRADE, 1939).

Assim, a coerência e proeminência de Fräulein enquanto protagonista é paulatinamente aceita, além de identificada como musa ou amor platô-

7 Uma notável exceção é o trabalho de Priscila Figueiredo que, ao invés de celebrar as qualidades do romance, desde o início identifica suas limitações, dizendo que esteticamente o livro "não convence" (FIGUEIREDO, 2001, p. 9) e que é uma obra "ruim-esquisita" que oferece um modo de conhecimento "oblíquo, enviesado" (*Id. ibid.*, p. 11). Tampouco ela exalta a figura de Fräulein e do idílio amoroso. Ao contrário, chama a atenção para a "estilização da relação contraditória entre Mário de Andrade e a aristocracia paulista" (id., ibid, p. 13). Além disso, identifica um paralelismo entre Mário e Fräulein, e conclui: "eu diria que a relação entre Elza e os Souca Costa é uma tentativa de figuração da relação entre Mário e a eleite paulista" (id, ibid., p. 29).

nico do próprio Mário, enquanto seu perfil psicológico é frequentemente unificado e simplificado. Mas como o próprio narrador especula jocosamente: havendo 51 leitores para o romance, cada um deles poderá criar sua "Fräulein segundo a própria fantasia, e temos atualmente 51 heroínas pra um só idílio" (ANDRADE, 1972, p. 21-22). E uma delas, *mas apenas uma*, seria aquela que emerge na descrição fantasiosa deste narrador que já foi chamado de machista (RAMOS 1979, p. 84), e que a imagina, apesar da imperfeição do corpo, como particularmente sedutora: "O que mais me atrai nela são os beiços, curtos, bastante largos, sempre encarnados" (ANDRADE, 1972, p. 23). Curiosamente, parece ser esta, e não as outras 50 governantas que permaneceu no imaginário associado ao romance.

Associada à influência das duas tutoras, a questão das fontes alemãs do autor, desde o expressionismo à obra de Goethe (em particular o seu idílio *Hermann und Dorotea*), tornou-se obsessão da maior parte da crítica sobre o romance (CRUZ, 2013; RAMOS, 1979; ANCONA LOPEZ, 1984; 2013; BECKER, 2008; SOUZA, 2018; GARCIA, 2018; BEBEE, 2019). Além disso, direcionada pela marcação do subtítulo –"Idílio"–, ou pela declaração de que o livro seria uma imitação de *Paul et Virginie*, de Bernardin de Saint--Pierre, *Amar verbo intransitivo* tem sido assim caracterizado predominantemente como uma história de amor, talvez mesmo porque "idílio" possa de fato significar, segundo o Houaiss, "amor terno e delicado" ou "colóquio amoroso", mas também simplesmente um poema curto, "fantasia" ou "devaneio" – isso presumindo-se que o título esteja desprovido de qualquer ironia ou intenção paródica. O próprio Mário dá a pista que despista, ao comentar em suas anotações que "Idílio para mim é todo passe de amor, cheio de doçura e sobretudo de pureza" (ANDRADE *apud* FIGUEIREDO, 2009, p. 382). Sem necessariamente desconsiderar o que há de irônico no romance, a fortuna crítica acaba por resumir seu enredo como "a iniciação amorosa de um jovem da burguesia ascendente de São Paulo, Carlos, a ser efetuada pela governanta e professora de alemão e de piano, Elza, a "Fräulein" (SOUZA, 218, p. 210).[8] Acontece que o efeito de tal ênfase na personagem feminina e na narrativa do idílio, geralmente em detrimento do papel

8 Sem desmerecer a investigação minuciosa e rigorosa da crítica em relação às fontes, minha preocupação aqui é com a ênfase na psicologia de Fräulein, ou seja, na análise que procura decifrar os supostos desejos e intenções da personagem.

do narrador e das ambivalências, contradições e da artificialidade na construção do aluno Carlos e da própria Fräulein enquanto personagens, corre o risco de transformar em norma a "amorologia" professada por Fräulein, desconsiderando-se assim o lugar da ciência do amor por ela criticada, ou seja, o freudianismo de que o romance trata explicitamente, às vezes com reverência, outras com certa impaciência.

Ou seja, um mero resumo do enredo e a análise psicológica dos personagens não podem dar conta do que se passa (ou não) entre o adolescente Carlos, 16, e a Fräulein Elza, 35 anos, governanta e professora de línguas e piano, e tudo aquilo que os une e que os separa, que os atrai e os repele. Pois a verdade é que o enredo fragmentado e interrompido, tanto pelo narrador como pelos próprios personagens, exige uma atenção que somente a duras penas se sustenta, e com certeza mais de um leitor se distrairá ou perderá o fio da meada. E mesmo se o que se passa entre os dois personagens, que acabam se separando, fosse de fato amor, sendo intransitivo esse amor, obviamente não há entre os amantes nem correspondência nem reciprocidade. Como sugere Telê Ancona Lopes, "o idílio" anunciado pelo narrador é "texto de ironia", uma vez que "idílio sem importância maior" (LOPEZ, 1984, p. 17); e o próprio narrador, na primeira edição do romance (trecho posteriormente eliminado, citado no ensaio de Lucotti), comenta que "com efeito mesmo Fräulein fora inútil pra evolução do rapaz" (ANDRADE, 1927, p. 200, *apud* LUCOTTI, p. 194) que, segundo ele, seria "muito quotidiano pra tais idealizações" (ANDRADE, 1972, p. 79). O que me interessa sobretudo é justamente esse "sem importância" da presumida história de amor. Pois não é a preocupação com o cotidiano e o fato desimportante que de certo modo caracteriza o Modernismo em geral?

Eu arriscaria ainda dizer que, não somente não há muito amor, como também há relativamente pouca sensualidade e erotismo nesse romance intransitivo, quase solipsista ou, por assim dizer "onanista". São apenas ocasionais as referências ao físico dos personagens, como as pernas musculosas de Carlos e o corpo de Fräulein, "pesado e bastante sensual" (*id., ibid.*, 1972, p. 22). Na verdade, há mais sensualidade nos repetidos encontros protoincestuosos entre a boca de Carlos e os cabelos das irmãs do que em sua educação amorosa e sexual propriamente dita. A primeira manifestação da sexualidade de Carlos apenas se insinua, conflituosamente, na solidão masturbatória do quarto:

> Para não estar mais assim esfregando lentamente, fortemente, as palmas das mãos uma na outra, aperta os braços entre as pernas encolhidas, musculosas. Não pode mais, faltou-lhe ar. Todo o corpo se retesou numa explosão e pensou que morria. Pra se salvar, murmura: – Fräulein!" (*id., ibid*, p. 45).

Por sua vez, o único momento explícito de prazer sexual da preceptora ocorre no encontro solitário com a natureza, e não na presença do jovem discípulo:

> Das partes profundas do ser lhe vinham apelos vãos e decretos fracionados. Se misturavam animalidades e invenções geniais. E o orgasmo. Adquirira enfim uma alma vegetal, E assim perdida, assim vibrando, as narinas se alastraram, os lábios se partiram, contrações, rugas, esgar, uma expressão dolorosa de gozo, ficou feia" [...] (*id., ibid.*, p.135).

E novamente, durante o mesmo passeio, ao chegar ao fundo de uma gruta, no conhecido clímax, frequentemente associado ao quadro do expressionista norueguês Edvard Munch: "Abriu os braços. Enervada, ainda pretendeu sorrir. Não pode mais. O corpo arrebentou. Fräulein deu um grito" (*id., ibid.* p. 137).

O momento da primeira manifestação física do desejo de Carlos na presença da professora é na verdade atrapalhado, ambivalente, entre infantil e presumidamente viril, sufocando o medo e, finalmente, respaldado pela imaginação cinematográfica e pelo distanciamento crítico:

> Enlaçava-lhe a cintura enfim, puxou-a. Botou a cara gostosa no colo dela, aonde nascem os aromas que atarantam. Lhe beijou as roupas. Depois sentiu um medo grande dela, vergonha desmedida, se refugiou dela nela. Sensualmente afundou olhos, nariz, boca, muita boca no corpo da querida. Pra se esconder. Fräulein sufocou-o contra o peito, com os seus braços enrolados.
>
> Quando ele sentiu sobre os cabelos uma respiração quente do noroeste, principiou a imaginar e criticar. Criticar é comparar. Que gosto que teriam esses beijos no cinema? Ergueu a cara.

> E, pois que era de novo o mais forte, beijou Fräulein na boca (*id.*, *ibid.*, p. 80).

De resto, como se tem notado, as insinuações ao sexo por parte do narrador são quase sempre elípticas, expressas em frases interrompidas, envergonhadas (ANCONA LOPEZ, 1984, p. 26). No momento em que começam a se repetir os encontros noturnos entre os dois "amantes", o próprio narrador (autor?) procura justificar seu recato, programaticamente contrapondo seu projeto de literatura às descrições demasiado explícitas do Naturalismo. Ao se referir a Carlos e suas "preferências brasileiras", por exemplo, resiste à tentação de uma exposição vulgar daquela literatura de teor psicopatológico ou pornográfico que ainda circulava nos meados da década de 1920: "Se eu contasse tudo, a verdade, mesmo dosada, viria catalogar este idílio entre os descaramentos naturalistas, isso é impossível, não quero" (ANDRADE, 1972, p. 151). Afinal, estas "preferências [sexuais] brasileiras" que "contrastavam com a honestidade clássica do amor tese [de Fräulein]" não têm "nada de perverso", e não passam de pequenas insinuações, "beijos na orelhinha direita". Apenas servem para contrapor, de um lado, o "ponto final" da moralidade alemã, e de outro, as "reticências" da sensualidade brasileira, o "amor da invenção, preferência, livre arbítrio", enfim, o amor enquanto capricho. Em suma, ao evocar caprichos em vez de enumerar perversões, o narrador acaba por banalizar os personagens e suas "preferências", removendo-os do universo naturalista do bizarro, e aproximando-os da experiência e imaginação do leitor comum. A preferência pelo gesto elíptico fica evidente no momento de narrar a suposta consumação do ato sexual:

> ...obedeço a várias razões que obrigam-me a não contar a cena do quarto. Mas como nos será impossível dormir, ao leitor e a mim, ambos naquela torcida pelo triunfo de Carlos, vamos gastar este resto de noite resolvendo uma questão pançuda: Quais eram de fato as relações entre Fräulein e o criado japonês? (*id.*, *ibid.*, p. 90).

Expresso no discurso indireto livre do narrador, o "amor de tese" que Fräulein se incumbe de ensinar é essencialmente normativo e burguês, destinando-se ao casamento, trabalho, reprodução: "Deve-se ter filhos

[...] O homem tem de ser apegado ao lar" (*id.*, *ibid.*, p. 32). Tal pedagogia envolve um trabalho disciplinar de intenções profiláticas, para "prevenir os inexperientes, da cilada das mãos rapaces" e "evitar as doenças, que tanto infelicitam o casal futuro" (*id.*, *ibid.*). No limite, essa educação se introduz de uma perspectiva marcadamente eugenista, em que a saúde do casal deve assegurar a saúde da prole, produzindo "filhos robustos" e mulheres fecundas, a partir do acasalamento com "raças superiores". Conforme a tipologia do narrador, a interioridade do "homem do sonho" (idealismo romântico, seriedade, apego à pátria e à família) e a exterioridade do "homem da vida" (adaptabilidade pragmática até o limite do imperialismo e desejo de conquista) que caracterizariam o alemão típico, regulam também a pedagogia da preceptora. Seu lado "homem do mundo" guarda em segredo sua índole eugenista, a ideia de superioridade racial e o desejo de dominar o mundo (*id.*, *ibid.*, p. 28). Vendo-se superior a negros, índios e portugueses, pergunta-se: "e então os brasileiros misturados"? (*id.*, *ibid.*, p. 33). Seu instinto de adaptabilidade inato (mas não de assimilação promíscua) impede-a que exponha tais sentimentos eugenistas, exceto "quando entre amigos de segredo, e alemães" (*id.*, *ibid.*, p. 33). Ao penetrar no lar brasileiro, Fräulein terá a missão de um "ponteiro do relógio familiar [...] extraindo as últimas lascas da desordem, polindo os engruvinhamentos do imprevisto" (*id.*, *ibid.*, p.15). Sua tarefa é "evitar um desastre" (*id.*, *ibid.*, p. 56) e "criar um lar sagrado" (*id.*, *ibid.*, p. 59). Ainda assim, dentro da normalidade cotidiana do lar burguês brasileiro, o elemento civilizatório estrangeiro não deixa de ser ligeiramente perturbador, inquietante: "Sousa Costa queria muito bem o filho, é indiscutível, porém isso de amores escandalosos dentro da própria casa dele, lhe repugnava bastante. Não é que repugnasse propriamente... fazia irritação." (*id.*, *ibid.*, p. 155). Em todo caso, diante do "brasileiro misturado", a pedagogia do idílio é, por definição, infecunda, intransitiva, sem qualquer futuro e destinada ao fracasso. Mesmo na encenação do "brincar de família" com as irmãs (em que apanha uma "gripe danada", *id.*, *ibid.*, p. 119), não cabe a Carlos o papel de pai, e ele contenta-se com a função banal e descompromissada de "visita" (*id.*, *ibid.*, p. 109). Já próximo do desfecho, o mau aluno ainda resiste em assimilar a lição reprodutiva: "Era horrível! Casar ainda, mas ter um filho... UM FILHO! Não! era impossível! que medo! [...] antes morrer!" (*id.*, *ibid.*, p. 160-161).

Enfim, o que dizer desta importante desimportância de Carlos e de toda falhada educação sentimental e sexual? Por um lado, vale lembrar que Carlos (de Moraes Andrade) é o nome do próprio irmão de Mário, a quem o livro é dedicado, e tal coincidência é tão irônica quanto desorientadora, pois o adolescente dificilmente poderia ser apenas objeto de pura crítica e deboche (como não o será Macunaíma). Enfim, tanto Fräulein, cujo "nome" causa estranheza apenas pela novidade – "Fräulein... nome esquisito! Nunca vi!" (p. 15) –, quanto Carlos, cujas perspectivas não vão além de herdar a fazenda do pai (um "femeeiro irredutível"), representam dois aspectos da normalidade convencional. O próprio Mário insistirá que seu jovem personagem não passa de "[...] um indivíduo normal que nem amídalas inchadas não teve em piá" (ANDRADE, 2008, p. 156). E acrescenta:

> Carlos não passa de um burguês chatíssimo do século passado. Ele é tradicional dentro da única coisa a que se resume até agora a cultura brasileira: educação e modos.
> Em parte enorme: má educação e maus modos. [...] Carlos é apenas uma apresentação, uma constatação da constância cultural brasileira. [...] Não se consegue tirar do Amar, verbo intransitivo mais do que a constatação de uma infelicidade que independe dos homens" (*id.*, *ibid.*, p, 158).

E se há alguma esquisitice no comportamento ou no caráter-sem-caráter de Carlos, esta só pode ser parte da esquisitice, um tanto familiar, expressa na indefinição preguiçosa e protomacunaímica que caracteriza o "brasileiro misturado". Tal indefinição não deixa de estar presente na análise da sexualidade banal do adolescente cujo corpo mostra-se indeciso entre o masculino e o feminino:

> O rapazinho derrubara o braço desocupado sobre a perna direita retesa. Assim, ao passo que um lado do corpo, rijo, quase reto, dizia a virilidade guapa duma força crescente ainda, o outro, apoiado na mesa, descansando quebrado em curvas de braço e joelho, tinha uma graça e doçura mesmo femínea, jovialidade! (ANDRADE, 1972, p. 42).

Alguém poderá argumentar que no final do romance o rapaz se ergue "muito digno, sem fraqueza, sem feminilidade" (*id.*, *ibid.*, p. 170). No entanto, nem mesmo esta forjada masculinidade chega a ser de todo viril, e Carlos não chega a cumprir o projeto de tornar-se o "bom homem que tinha que ser, honesto, forte, vulgar" (*id.*, *ibid.*, p. 170). Sempre avesso ao casamento, rejeita o amor ou, possivelmente, é condenado a não conhecê-lo: "Carlos não namorará" (*id.*, *ibid.*, p. 178).

Por outro lado, há sempre uma certa concordância discordante na analogia entre a educação sentimental fracassada de Carlos e o discurso da identidade nacional que estrutura o romance. A preguiça de estudar seria típica dos brasileiros (*id.*, *ibid.*, p. 52), assim como a deficiência no amor corresponde à característica do brasileiro mal-educado e um pouco sádico (machucador). Depois de quinze dias, o trabalho de iniciação afetivo-sexual da educadora, sua dita amorologia, ainda não demonstrava qualquer resultado. Ao mesmo tempo, segundo o narrador, a educação de Carlos fracassa não somente por ser precipitada, mas devido a sua incapacidade de somar, ou seja, de certa impaciência em relação ao trabalho de acumulação do aprendizado, que é também característica nacional:

> A aritmética nunca foi propícia aos brasileiros. Nós não somamos coisa nenhuma. Das quatro operações, unicamente uma nos atrai, a multiplicação, justo a que mais raro frequenta os sucessos deste mundo vagarento. De resto, nós já sabemos que Carlos estragava tudo. Castigos da multiplicação (*id.*, *ibid.*, p. 47).

Com efeito, na numerologia sexual-amorosa e identitária de Mário ("eu sou trezentos, trezentos e cinquenta"), a "paciência" tem papel importante, como confessado no conhecido conto confessional "Frederico Paciência", escrito e reescrito entre 1924 e 1942. No caso de Carlos, os passos, os ritmos e as operações exigidas pela tabuada da educação sentimental e sexual não são devidamente respeitados; e apesar de, ou talvez justamente porque precipitada, a iniciação de Carlos assemelha-se à de quem caminha para o suplício: "Mais hesitações que degraus" (*id.*, *ibid.*, p. 99). Finalmente, o amor almejado se desfaz, se familiariza ou se cotidianiza: "E esquisito: o amor realizado se torna parecido com amizade", e Carlos "cruza as pernas, que é sintoma de amizade" (*id.*, *ibid.*, p. 100-101).

Além disso, no momento em que deveria explicitar-se o programa da amorologia normativa para a qual Fräulein fora contratada, confundem-se as hesitações de Carlos tanto com as divagações da professora quanto com as especulações do próprio narrador (e, possivelmente, também com os sentimentos do próprio autor). Este momento é o que pode ser considerado o centro, ou um dos 51 centros (anti-) freudianos e sexológicos do primeiro romance do "excêntrico" Mário de Andrade (MARQUES, 2018). Trata-se no caso de explicar e controlar as "primeiras fomes amorosas do rapaz", expressão que o narrador prefere ao termo psicanalítico *libido*, "mais antipático, vago e masculino, e de duvidosa compreensão leitoril" (*id.*, *ibid.*, p. 57). Trata-se ao mesmo tempo de encontrar maneiras de se evitar o que o pai de família enfaticamente considera "UM DESASTRE!" (assim grafado em maiúsculas e pontuado pela exclamação), o que na mente de Sousa Costa significa a ameaça da influência perniciosa de amantes potencialmente inclinadas ao vício: "Uma era morfinômana, outra eterômana" outra cocainômana" (*id.*, *ibid.*, p. 56). Como corretivo, a professora alemã propõe uma disciplina do "amor sincero, elevado, cheio de senso prático, sem loucuras", o que se tornara "uma necessidade desde que a Filosofia invadiu o terreno do amor!" (*id.*, *ibid.*, p. 58). A frase, logo depois repetida e ligeiramente modificada – "hoje a Filosofia invadiu o terreno do amor" – dá origem a uma longa digressão em que o narrador defende o aspecto contraditório da personagem de ficção, associando-a à "discordância, eminentemente realista" (*id.*, *ibid.*, p. 63), característica de todos os seres humanos. As angústias da disciplinadora, assim como as da família que se quer burguesa, em seu desejo de reafirmar valores, convenções, normas sociais e, principalmente, sexuais, agravam-se diante dos questionamentos introduzidos pela filosofia e, sobretudo, pela psicanálise. Entre eles, o narrador refere-se à invenção do binarismo de gênero, "este saborosíssimo cisma em seres imperfeitos machos de fêmeas imperfeitas" (p. 61). A partir daí, prossegue descrevendo a esquisitice (um tanto familiar) apresentada pela psicanálise de Freud que "veio fortificar mais as escrituras de Fliess, de Kraff-Ebbing, sobre nossa imperfeita bizarria!", pois Freud "[a]firmou que uma certa porção de hermafrodismo anatômico é ainda normal na gente! Incrível e desagradável" (*id.*, *ibid.*, p. 62). E por fim, é o narrador (parece) quem finalmente proclama, em sentença e peremptória, toda em maiúsculas: "NÃO EXISTE MAIS UMA ÚNICA

PESSOA INTEIRA NESTE MUNDO E NADA MAIS SOMOS QUE DISCÓRDIA E COMPLICAÇÃO" (*id., ibid.*).

Para além da natureza contraditória da personagem Fräulein, o que se pode afirmar, ou confirmar, a partir daí, a respeito da sexualidade de Mário, digo, de Carlos? Se a princípio o circunlóquio acima é motivado pela necessidade do narrador de explicar a discordância da personagem consigo mesma e, logo, a inexistência de qualquer personalidade concordante, a discussão generalizante sobre o hermafroditismo e a arbitrariedade da divisão de gênero que se segue, por mais "incrível" e "desagradável", supera a teoria do andrógino, ou seja, "a fábula discreta contado por Platão no Banquete" (*id., ibid.,*), e aplica-se também a Carlos, como a todos os seres sexuados ou sexualizados. [9] E quem poderá dizer que não é a complexa numerologia identitária de Mário de Andrade que aqui retorna e novamente se confessa: "Somos misturas incompletas, assustadoras incoerências, metades, três-quartos e quando muito nove-décimos" (*id., ibid.*, p. 61)?. Se a pergunta não exige resposta, é justamente esta a tônica da crítica ao freudianismo de que o romance se serve de forma mais ou menos dúbia, ou seja, do fato que, se decifrar o "segredo da alma" é o objeto da psicanálise, tal projeto é destinado ao fracasso, já que o que nos caracteriza é a imperfeição, inclusive sexual e de gênero. Fracasso ou impossibilidade investigativa que no romance se confirma com a fórmula "ninguém o saberá jamais", resposta repetida em diversas ocasiões a perguntas tais como: Por quê Dona Laura ignora as escapadas do marido? (*id., ibid.*, p. 18); Quais as motivações de Fräulein ao explicar-se a Dona Laura? (*id., ibid.*, p. 56); Carlos e Fräulein detestavam o último quarto de hora das lições por causa do ditado ou vice-versa? (*id., ibid.*, p. 77); Os chamados instintos de Fräulein seriam "altos ou baixos"? (*id., ibid.*, p. 78);

9 A leitura de Cristiane Rodrigues de Souza parece partir mais do ponto de vista de Elza do que o do narrador e, apesar de em outros momentos adotar uma perspectiva freudiana do romance, não considera a teoria de Freud da bissexualidade levantada pelo próprio narrador, preferindo explicar a indecisão sexual conforme o mito platônico do andrógino que, ao contrário, estaria na origem da *heterossexualidade*: "O mito andrógino e a sensação de falta e de fragmentação, de todo ser humano (SOUZA, 2018, p. 220)". No entanto, o narrador não parece ir nesta direção: "E se quiserem [...] é lembrar a fábula discreta contada por Platão no *Banquete*... Porém o que importa são as afirmações daqueles alemães sapientíssimos [...]" (ANDRADE, 1972, p. 62).

Qual a relação entre família, pátria e futuridade? (*id.*, *ibid.*, p. 96); Por que Fräulein chora quando descobre que não fora a primeira? (*id.*, *ibid.*, p. 103); O prazer que Carlos sente no "quase" do discurso, na hesitação da vontade de confidência diante dos camaradas, seria um prazer consciente ou inconsciente? (*id.*, *ibid.*, p. 106). No limite, tal impossibilidade se aplicaria também a toda busca que se destina a desvendar a alma do brasileiro misturado, o que Macunaíma viria a confirmar.

Se nos fiarmos na explicação oferecida pelo próprio Mário, este "ninguém jamais saberá" é o verdadeiro motivo da "sátira dolorosa" daqueles que hoje "não conseguem mais perceber a verdade de si mesmos" (ANDRADE, 1984, p. 154). Mas se, segundo ele, a verdade dos homens e mulheres modernos tornou-se inescrutável (mas por quê, e desde quando?), qual seria a natureza e a verdade do segredo que a psicanálise supostamente agora se encarregara de decifrar a partir e conceitos como "libido", "inconsciente", "sublimação" e "recalque"?

O sequestro impossível

Prudente de Moraes Neto foi o primeiro, e que eu saiba o único, a chamar a atenção para outro momento freudiano decisivo na narrativa de *Amar, verbo intransitivo*. Segundo ele,

> [...] dois trechos propriamente do romance traem francamente uma influência científica: a amamentação do garoto e o sequestro da palavra "segredo". O último, por mais que se disfarce, com jeito de quem não quer nada e está ali por acaso, ficou positivamente com o rabo de fora. (MORAES NETO, 1927, p. 4).

Ao que parece, o primeiro trecho foi (felizmente) eliminado na segunda edição. Em todo caso, é o segundo trecho que mais interessa, pois aponta para, digamos, a chave (anti)psicanalítica do romance. O autor do comentário não leva adiante seu *insight*, de modo que ficamos sem saber ao certo o que quis dizer, ou seja, o que significaria esse *sequestro* da palavra e, mais especificamente, qual sua relação com a ciência de Freud que, supostamente, promete desvendar os "segredos da alma". Sabemos somente que, de aparência desimportante, o sequestro disfarçado denuncia algo que deveria ter ficado oculto.

O trecho a que Prudente de Moraes se refere é, segundo ele mesmo nota, de uma desimportância notável. Trata-se do momento em que entre Carlos e Fräulein se esconde uma palavra, e que se manifesta apenas na forma de uma rasura: "Nós hoje encontramos uma palavra na lição... Sabemos como é em português, porém não há meios de lembrar. Parece incrível, palavra tão comum... E nem eu nem Carlos!" (*id.*, *ibid.*, p. 112). Em vez de procurar o significado no dicionário, os dois procuram a tradução da palavra rasurada na memória ou, se quisermos, no inconsciente. O caso do esquecimento da palavra em alemão que se recusa a traduzir-se ao português causa uma estranha inquietação no jovem estudante, que resiste antes de finalmente revelá-la à irmã: trata-se de *Geheimnis*, cuja raiz é *Heim*, casa ou lar, vocábulo que ocupa justamente o centro in/familiar do *Unheimlich* de Freud discutido no início desse artigo. Fräulein por fim parece lembrar-se da tradução em português, mas por algum motivo não consegue pronunciá-la: "Por que razão? Estranho... Nota que a boca, a língua se amoldam pra rasgar as consoantes da palavra e uma coisa qualquer proíbe. Carlos? Não, não pode ser Carlos, ela imagina. Porém, o que será? Se irrita" (*id.*, *ibid.*, p. 117). Aliás, diante da proibição, Fräulein irrita-se como anteriormente irritara-se diante da explicação do "DESASTRE" por Sousa Costa: "Aquelas frases sem dicionário nem gramática irritaram-na inda mais", pois "Queria, exigia, sujeito, verbo, complemento" (*id.*, *ibid.*, p. 57). Finalmente, lembrando-se da tradução, juntos, pronunciam-na:

> É segredo! [...] E ambos têm uma desilusão, palavra tão sem significância. Fräulein se admira de não ter dado com ela mais cedo, come calmamente. Carlos acha agora que não tinha razão pros terrores do almoço e do dia, come satisfeito. Nunca ninguém descobrirá!" (*id.*, *ibid.*, p. 118).

A cena poderia suscitar uma quantidade de questões associadas a problemas de tradução, à família e ao familiar, ao nacional e ao estrangeiro, etc., mas acaba se revelando uma questão banal. Assim, entre uma Fräulein irritada em um Carlos amedrontado existia um "segredo" que se revela sem se revelar; na verdade, antes de qualquer segredo há somente uma palavra estrangeira e uma *palavra traduzida mas sequestrada*, para voltar ao termo empregado por Prudente de Moraes. Paradoxalmente, ao ser resgatada deste sequestro, a palavra revela-se vazia e insignificante, e talvez por isso ainda mais secreta, já que segundo o narrador ninguém "descobrirá" (note-se modificação significante das ocorrências anteriores, em que se dizia "saberá"). Quer dizer, talvez alguém – "Sousa Costa, não sei" (*id.*, *ibid.*, p. 118) – descubra-o, mesmo se intuitivamente. Na confusão entre significado e significante, conteúdos ocultos ou revelados, o estranho segredo sem segredo dos lares sagrados e dos seres imperfeitos parece manifestar-se e ao mesmo tempo diluir-se.

Acontece que o suposto gesto freudiano do narrador – e, até certo ponto, de Mário – não pode ser totalmente levado a sério, pois, como se viu, ele mesmo ironiza e questiona o valor e aplicabilidade de conceitos psicanalíticos. Procedimento semelhante ocorre quando em outra ocasião Mário recorre ao conceito psicanalítico comumente traduzido como "recalque" ou "repressão" (em alemão, *Verdrängung*) que, como Telê Ancona Lopez bem demonstra, ele teria buscado não somente nas traduções francesas de Freud, mas também em obras de Georges Politzer e Charles Baudoin (ANCONA LOPEZ 1985, p. 4). A crítica identifica em uma foto de um varal de roupas brancas, tirada por Mário em 1927 (justamente no ano da publicação do romance) a seguinte legenda:

"Roupas freudianas (...) Fotografia refoulenta. *Refoulement*."[10]

O que exatamente teria querido dizer com isso o fotógrafo Mário de Andrade? Qual a relação entre *refoulement* e a intimidade da roupa lavada, assim exposta aos ventos públicos? Haveria por acaso alguma relação entre a roupa cheirosa de Fräulein, beijada por Carlos (ANDRADE 1972, p. 80), e toda a "roupa suja" que se lava em casa, na linguagem popular e do narrador, roupa suja "quotidianizada" no lar e na família dos Sousa Costa (ANDRADE 1972, p. 95)?

Segundo Ancona Lopez, o termo francês *refoulement* "embasaria justamente a expressão 'Sequestro', futuramente tão utilizada" e, segundo ela, surgida em 1931, expressão que Mário teria preferido a "recalque" (ANCONA LOPEZ 1985, p. 4). Telê define-a como aquilo que

> ficou reprimido, tudo o que a impossibilidade de realização sufocou sem conseguir apagar no ritmo da vida mental, tudo o que se refugiou no inconsciente assoma, retorna: é sublimação, deslocamento, projeção, racionalização, os

10 A foto está reproduzida em ANDRADE 1993, p. 14-15.

> mecanismos enfim que a sensibilidade institui e o folclore sabe guardar (*id., ibid.*, p. 4).

Acontece que o uso de "sequestro" na escrita de Mário muitas vezes parece oscilar entre os conceitos psicanalíticos de "recalque" e "sublimação", de modo que nenhum dos dois termos isolados dão conta de seu significado. No artigo de 1931 ("A poesia em 1930") em que, segundo Ancona Lopez, ele teria utilizado o termo pela primeira vez, Mário identifica na poesia de Drummond dois sequestros: "o sexual e o que chamarei 'da vida besta'" (ANDRADE, 1974, p. 35). Segundo ele, sublimar significa o processo segundo aquilo que foi "sequestrado" realiza-se em poesia. Ou seja, no livro de Drummond, "cheio de coxas e especialmente pernas", o sequestro sexual (ao contrário do da vida besta) não teria sido devidamente sublimado, pois "explode com abundância provante" através do desvio (e "na grosseria bem comovente") do olhar cristão do sexo para as pernas (no caso, da mulher). Ao que parece, para Mário "sequestro" é esse desvio do olhar, ou deslocamento de algo que poderá ou não ser adequadamente sublimado (ou seja, transformado em poesia). De acordo com esse critério e definição, o próprio romance de Mário, tão cheio de pernas cruzadas e coxas musculosas, talvez não tenha se realizado enquanto sexualidade devidamente sublimada.

Na verdade, já em dois momentos do próprio *Amar, verbo intransitivo*, ou seja, vários anos antes do ensaio de 1931, Mário já empregara a expressão "sentimentos sequestrados".[11] Primeiramente, quando o narrador analisa o "sentimento inútil, logo sequestrado" de Fräulein, magoada ou enciumada ao ouvir de Carlos que ele "já conhecia o". O objeto direto do verbo conhecer ("amor"? "posse"?) é uma vez mais ocultado, contrariando o desejo de sintaxe de Fräulein e fazendo jus ao título do romance (ANDRADE, 1972, p. 103). Na segunda instância, o termo é diretamente associado à psicanálise, ciência incapaz de traduzir a especificidade ou profundeza da alma brasileira:

> Mas agora se fala tanto nos sentimentos sequestrados... O subconsciente se presta a essas teogonias novas. Fantasia?

11 Aqui suponho que o termo já aparece, e não tenha sido acrescentado na segunda edição. Seria no entanto necessário consultar a primeira edição, à qual não tive acesso.

> Ninguém o saberá jamais. Minha vingança é que Freud não pode ter sensações de tantãs no fundo do mato. Nem pode sentir índios pesados, com dinamismos de ritual, dentro das gâmbias. Aliás nem Fräulein. Por isso é que falando de Carlos fui poeta, inventei (*id. ibid.*, p. 154).

Mas será que se pode mesmo traduzir o "sequestro" de Mário simplesmente como "anseio reprimido, não realizado, que poderá apenas viver na efabulação, na fantasia, no sonho, na alucinação" (ANCONA LOPEZ, 1985, p. 93), mesmo se o próprio Mário o tenha ocasionalmente sugerido? Ou dizer, com Moacir Werneck de Castro, que as noções de "sequestro" e "arquivamento" em Mário de Andrade correspondem aos conceitos psicanalíticos de "recalque" e "sublimação" e, logo, sugerem sua "sexualidade, irrealizada, ou mal realizada", resultado de um "pudor extremo, ao qual os freios sociais da época davam maior força repressiva" (CASTRO, 1989, p. 93)? Nem sempre, ou pelo menos não exatamente.[12] De fato, no já famoso texto em que Mário trata da figura da "dona ausente" e da abstinência sexual e afetiva dos marinheiros, a ausência (sequestro) da mulher está associada com recalque-substituição em alguns casos, ou com sublimação-transformação em casos em que a dona ausente está "reconhecida e aceita como tal" (ANDRADE, *apud* ANCONA LOPEZ, 1985, p. 10). Mas eu sugiro que o termo "sequestro", conforme utilizado por Mário, tem a vantagem de estabelecer um tempo e um espaço de indefinição entre a ausência e a presença, espécie de retiro ou quarentena, forçada ou voluntária, em que o assunto ou desejo secreto é ao mesmo tempo visível e invisível, familiar e estranho, evocado e postergado, talvez incômodo, mas sem ser exatamente desagradável.

Ao mesmo tempo, ao comentar com Manuel Bandeira sua insatisfação com a insistência pela qual o romance era lido pela lente freudiana, Mário se refere a "sequestro" com um sentido que sem dúvida parece aproxima-se ao de "recalque": "Palavra de honra que não sei me analisar bem. Deve ter qualquer sequestro nisso. Em geral chego a perceber quais são os sequestros que me levam a praticar certos atos mas aqui não" (ANDRADE e BANDEIRA, 2000, p. 365). E mais tarde, comen-

12 Em sua dissertação de Mestrado, Luciana Calvalcante Torquato discute esses termos e o papel de Mário na recepção da psicanálise no Brasil (TORQUATO, 2014).

taria ainda com o mesmo Bandeira sobre o "sequestro do corpo pelos que guardam a castidade" (*id., ibid.*, p. 473). Acontece que, para além da doutrina psicanalítica, o termo "sequestro" permanece central, mas com significados mais sutis na obra de Mário. E retorna – e aqui reside a verdade que este artigo quer dizer – na agora famosa carta censurada (sequestrada?) a Bandeira, de 7 de abril de 1928, cuja versão integral foi finalmente publicada em 2015, em que o "segredo" de sua sexualidade supostamente se revelaria. Na primeira versão, censurada, lê-se:

> Desculpe essas banalidades todas que vão por aí. Você inda fala meio irritado em nós vivermos sempre *sequestrados* um diante do outro, por delicadeza de ferir o companheiro. Pode ser. Não é bem *sequestro* porque jamais nós deixamos de nos falar o que era essencial. De que vale o resto desprezível? [...] Está claro que eu nunca falei a você sobre o que se fala de mim e não desminto (*id., ibid.*, p. 386, grifos meus).

Enquanto a versão resgatada continua:

> Mas em que poderia ajuntar em grandeza ou milhoria pra nós ambos, pra você ou prá mim, comentarmos e eu elucidar você sobre a minha tão falada (pelos outros) homossexualidade? Em nada. Valia de alguma coisa eu mostrar o muito de exagêro que há nessas contínuas conversas *sociais*? Não adiantava nada pra você que não é individuo de intrigas sociais. [...] Quanto a mim pessoalmente, num caso tão decisivo pra minha vida particular como isso é, creio que você está seguro que um individuo estudioso e observador como eu, há-de estar bem inteirado do assunto, há-de tê-lo bem catalogado e especificado, há-de ter tudo normalizado em si, se é que posso me servir de "normalizar" neste caso. [...] Ah, Manú, disso só eu mesmo posso falar, e me deixe que ao menos pra você, com quem apesar das delicadezas da nossa amizade, sou duma sinceridade absoluta, me deixe afirmar que não tenho nenhum *sequestro* não. Os *sequestros* num caso como este onde o físico que é burro e nunca se esconde entra em linha de conta como argumento decisivo, os sequestros são impossíveis. Eis aí uns pensamentos jogados no papel

> sem conclusão nem sequência. [...] Conhecer, é possível que você me conheça, porém me compreender... (ANDRADE, 2016, p. 3-4 grifos meus).

Assim, o "segredo" sequestrado pode ser resultado de uma mera delicadeza, uma espécie de cordialidade ou polidez característica da verdadeira amizade, em que nada se oculta, mas ao mesmo tempo nem tudo se revela. O sequestro resguarda a intimidade contra a maledicência e a vulgaridade das "conversas sociais". Ao mesmo tempo, Mário sugere que, se em certos casos, o sequestro é impossível, o mero estudo e análise do assunto proibido – a homossexualidade – assim como a autoanálise não são suficientes para a normalização do desejo sequestrado, ou para a elucidação da palavra intraduzível. No lugar da vulgaridade de uma segredo confessado, Mário prefere a verdade poética que só deve ser dita através de uma figura de linguagem, no caso, o que se chama em retórica de *lítotes*: "eu não desminto".

Antes de concluir, uma palavra a mais sobre o sequestro e a revelação do segredo *de*, ou *em* Mário de Andrade. Se a relação entre "sequestro" e "segredo" em sua escrita é de fato análoga àquela entre "recalque" (*Verdrängung*) e "segredo" em Freud, ao alterar o valor semântico do primeiro termo da oposição, o sentido do segundo (ou seja, do "segredo") já não pode ser exatamente o mesmo. Como se viu, no ensaio sobre o *Unheimlich*, Freud associa o adjetivo *heimlich* ao familiar, doméstico, íntimo e, ao mesmo tempo, ao que se esconde da vista e se mantém em segredo (*Geheimnis*), enquanto *unheimlich* seria aquilo que deveria permanecer secreto, mas que veio à luz e por isso passa ser incômodo, inquietante ou irritante. Além disso, para Freud – e estou ciente de estar correndo o risco de uma inevitável simplificação – o "segredo" está frequentemente associado a "excremento" (palavra com a qual, nas línguas latinas compartilha a mesma raiz , do latim *cretus*, particípio do verbo *cernere*, e que significa "separar"). Especificamente, é a excreção anal que interessa a Freud desde cerca de 1887 (na correspondência a Wilhelm Fliess), quando propõe uma *Drekkologie* (ou seja, coprologia ou "ciência da merda"), até os *Três ensaios sobre a sexualidade* (1905), lido e anotado por Mário, em que o ato de defecar é associado à sexualidade da criança; ou em "Caráter e erotismo anal" (1908), em que discute a sublimação do erotismo anal.

Muito antes, em 1893, Freud se interessava pela "coprolalia", termo usado para descrever a emissão involuntária, ou melhor, indesejada de fortes palavrões de modo compulsivo (FREUD, 1963, p. 53). Segundo ele, nesses casos o próprio esforço em manter uma palavra em segredo pode inverter-se, obrigando o falante a dizer a palavra proibida: "palavras obcenas são segredos que todos nós conhecemos, e cujo conhecimento procuramos esconder uns dos outros" (*id.*, *ibid.*, p. 54).

Em 1937, em seu pequeno volume *Namoros com a medicina* Mário inclui um curioso e bastante divertido ensaio, chamado "A medicina dos excretos". No prefácio do volume, explica-se, de certo modo comprometendo-se e contradizendo-se em relação a sua incapacidade de autoanálise: "Sou duma perfeição prelecional no descrever os sintomas das doenças. Das minhas doenças" (ANDRADE, 1980, p. 8). No ensaio em questão, interessa-lhe sobretudo o "emprego dos excretos na medicina popular brasileira", a "farmacopeia da imundície" (*id.*, *ibid.*, p. 73) e durante várias páginas faz uma "enumeração assustadora de remédios escatófilos" (*id.*, *ibid.*, p. 87). Parte então para uma análise psicocultural da escatofilia e, em particular, a "cropolalia, que é a obsessão de pronunciar sujeiras" (*id.*, *ibid.*, p. 89), já estudada, como se viu acima, por Freud. Segundo Mário, tal obsessão é normal, mas sua manifestação é rara nas "classes mais policiadas", apesar de que, mesmo assim, "qualquer fenômeno social mais violento abre as comportas da coprolalia *sequestrada*" (*id.*, *ibid.*, p. 89, grifo meu). O leitor de Mário de Andrade se lembrará obviamente do momento em *Macunaíma* em que o herói resolve começar uma coleção de "palavras-feias de que gostava tanto":

> milietas delas em todas as falas vivas e até nas línguas grega e latina que estava estudando um bocado. A coleção italiana era completa, com palavras pra todas as horas do dia, todos os dias do ano, todas as circunstâncias da vida e sentimentos humanos. Cada bocagem! Mas a joia da coleção era uma frase indiana que nem se fala (ANDRADE, 1988, p. 54-55).

Ou quando mais tarde, no capítulo XI começa a atirar em Pietro Pietra, primeiramente uma "palavra-feia" e logo toda a sua "coleção de bocagens, e eram dez mil vezes dez mil bocagens" (*id.*, *ibid.*, p. 101); ou ainda quando no capítulo XV, convidado por Oibê a "conversar porcaria", responde:

"– Chi! gosto disso que é um horror!" (*id.*, *ibid.*, p. 141). No ensaio, o autor retorna à cropolalia, esta mania tão macunaímica, a partir de um freudismo talvez propositalmente mal digerido e mal traduzido, enumerando assim, feito Macunaíma, a porcariada popular, como aquelas referentes à "escatofagia" (ANDRADE, 1980, p. 95). E discute as lendas ameríndias coletadas por Koch-Grünberg, inclusive a "mais bem urdida lenda escatológica de Puíto" (*id.*, *ibid.*, p. 98-99) que está também livremente traduzida no capítulo X da rapsódia. O episódio de *Macunaíma*, em que o "desbocado", para referir-se ao buraco na lapela ou "botoeira" introduz e cotidianiza a palavra indígena, pois ninguém sabe tratar-se de, no original em língua estrangeira, uma "palavra-feia", é de certo modo reminiscente do quase intraduzível *Geheimnis* em *Amar, verbo intransitivo*, cujo significado secreto revela-se insignificante.[13] No ensaio em questão, "Puíto", explica, é o "bicho Ânus", pois antigamente os animais e os homens não tinham seu próprio ânus e

---

13 Eliana Robert de Moraes, em palestra na FLIP, fez uma leitura delicada e sugestiva do episódio, em particular em relação ao jogo de substituições do personagem, na sequência "botoeira", "buraco", orifício etc., até chegar a "puíto", cuja função seria substituir o tabu da "palavra sequestrada" que, segundo ela, seria "ânus" ou seu equivalente. A partir daí, toca na questão "do que se pode e do que não se pode falar", enfim do proibido. Concordo com muito do que foi ali apresentado, em particular com a interpretação da atitude do texto e da fala de Mário, situado, como ela mesma coloca muito bem, entre o sugestivo e o recatado, entre o afirmativo e o alusivo. No entanto, devo dizer que a conclusão a que ela chega me parece conter alguma violência epistemológica, para não dizer política. Apesar de compreender as possíveis vantagens de tal descortinamento para uma leitura mais sutil da obra de Mário, confesso que ele me constrange e me faz sentir algo sequestrado, tanto quanto imagino que constrangeria e sequestraria Mário, esta conclusão, assim dita durante uma festa literária e em uma indefinida primeira pessoa do plural: "... cabe a nós dizer hoje o que ficou há tanto tempo proibido de ser dito e lembrar que o nosso grande modernista, que o escritor da nossa gente, Mário de Andrade, era um homossexual, era *gay*, e que há resquícios dessa homossexualidade em toda a sua obra [...] nós não podemos e não devemos mais nos calar sobre a homossexualidade de Mário, mas tampouco podemos e devemos reduzir a sua obra a sua sexualidade [...]". Sem de maneira alguma querer defender uma imaginada ou desejada bissexualidade, assexualidadade, panssexualidade, de Mário, o que sugiro aqui, e nos demais ensaios reunidos nesta segunda parte do livro, é que a tentativa de controle e definição da sexualidade de Mário ao expor-se seu suposto segredo pouco se distingue da atitude anterior ao sequestro.

"parece que defecavam pela boca" (ANDRADE, 1980, p. 99). Ou seja, originalmente éramos todos desbocados feito Macunaíma, ou melhor, descuzados, todos soltávamos bosta pela boca. Pode-se inferir daí que o prazer que todos temos em falar porcaria, em expor aquilo que deveria estar secreto, pelo menos segundo os ameríndios, estaria na memória desta constituição originária dos seres. No final, Mário acrescenta ainda que a crença entre as classes populares de que os excretos podem servir de medicamento guarda algo de "sacrificial", ou seja "o remédio que dói tem um poder, além de curativo, sugestivo, de enorme importância para a cura" (1980, p. 123). Talvez consciente de que seu interesse pelo assunto aproximava-o de uma zona semântica e, por suposto erógena, um tanto perigosa, Mário termina, abruptamente, sequestrando-se a si mesmo, deixando porém "o rabo de fora" em uma bem-humorada advertência: "E agora só me resta uma pequena inquietação. É que, diante destes escritos, não vá a observação exercitada de algum médico, diagnosticar eu seja um escatófilo também. Não creio. E nunca mais porei a mão nestes assuntos, arre!" (*id.*, *ibid.*, p. 124)."

Quanto ao verdadeiro interesse de Mário pela psicanálise, não acredito que tenha se firmado qualquer compromisso; quando muito, não passou de um flerte, um namorico. Desta maneira, quero finalmente sugerir que resistir a uma leitura estritamente psicanalítica da obra e da vida de Mário, tentar decifrar seu segredo, corresponderia a ignorar aquelas possibilidades epistemológicas abertas ou sacrificadas pela escrita e pelo corpo do próprio Mário de Andrade. Enfim, como a tradução do *Geheimnis* de Carlos e Fräulein, o *segredo* de Mário, anteriormente quarentenado e só agora em "domínio público", quotidianizado, banalizado, não deixa de permanecer tão sequestrado quanto intraduzível. Ou se visível, insignificante, conforme for o desejo ou orientação dos 51+ leitores.

Referências

A GOVERNESS. *New York Times*, 30 jul.1933, p. 14.

ALECRIM, Octacílio. *Miss Macunaíma. Revista de Antropofagia*, 2ª dentição, n. 12, *Diário de S. Paulo*, São Paulo, 26 jun. 1929.

ANCONA LOPEZ, Telê Porto. Leituras e criação: fragmentos de um diálogo de Mário de Andrade. *Veredas*: Revista da Associação Internacional de Lusitanistas. Porto Alegre, 2007, p. 260-284.

ANCONA LOPEZ, Telê Porto. Mário de Andrade e a dona ausente. *Revista do Brasil*, Rio de Janeiro, n. 4, 1985, p. 1-8.

ANCONA LOPEZ, Telê Porto. *Mariodeandradiando*. São Paulo: Hucitec, 1996.

ANCONA LOPEZ, Telê Porto. Uma difícil conjugação. In: ANDRADE, Mário de. *Amar, verbo intransitivo*: idílio. Belo Horizonte; Rio de Janeiro: Itatiaia, 1984, p. 9-42.

ANCONA LOPEZ, Telê Porto. Um idílio no modernismo brasileiro. In: ANDRADE, M. de. *Amar, verbo intransitivo*: idílio. Rio de Janeiro: Nova Fronteira, 2013 (versão *e-book*).

ANDRADE, Mário. A poesia em 1930 [1931]. *Aspectos da literatura brasileira*. 5. ed. São Paulo: Martins Fontes, 1974, p. 27-45

ANDRADE, Mário. A propósito de Amar, verbo intransitivo. In: *Amar, verbo intransitivo*. Estabelecimento de texto: Marlene Gomes Mendes. Rio de Janeiro: Agir, 2008. Publicado originalmente no *Diário Nacional*. Rio de Janeiro, 4 dez. 1927.

ANDRADE, Mário. Acusa Mário de Andrade: "todos são responsáveis". Reportagem com Francisco de Assis Barbosa. *Diretrizes*. Rio de Janeiro, ano 7, n. 184, 6 jan. 1944a, p. 1 e 25-26.

ANDRADE, Mário. *Amar, verbo intransitivo*: idílio. São Paulo: Martins Fontes, 1972.

ANDRADE, Mário de. *Carta a Manuel Bandeira de 7 de abril de 1928*. Fundação Casa de Rui Barbosa. Publicada com transcrição e notas de Jorge Vergara, 2016. Disponível em: https://www.researchgate.net/publication/305502589_Carta_de_Mario_de_Andrade_a_Manuel_Bandeira_de_7_de_abril_de_1928.

ANDRADE, Mário. Entrevista por Silveira Peixoto. *Letras Brasileiras*. Rio de Janeiro, abr. 1944b, p. 70-74.

ANDRADE, Mário. *Fräulein*. Trad. Margaret Richardson Hollingsworth. New York: Macaulay Co, 1932.

ANDRADE, Mário. *Macunaíma, o herói sem nenhum caráter*. Org. Telê Porto Ancona Lopez. Brasília: CNPq, 1988. (Coleção Archivos).

ANDRADE, Mário de. *Mário de Andrade fotógrafo e turista aprendiz*. São Paulo: Instituto de Estudos Brasileiros (IEB), 1993.

ANDRADE, Mário. Teutos, mas músicos. In: *Música, doce música*. São Paulo: Martins, 1963, p. 314-318. Publicado originalmente em *O Estado de S. Paulo*, São Paulo, 31 dez. 1939.

ANDRADE, Mário de e BANDEIRA, Manuel. Correspondência Mário de Andrade & Manuel Bandeira. Org.: Marcos Antônio Moraes. São Paulo: Edusp/ Instituto de Estudos Brasileiros (IEB), 2000.

ANDRADE, Oswald. Alvaro Moreyra e outras questões que não são para todos. In: *Telefonema/ Obras Completas de Oswald de Andrade*, v. 10. Rio de Janeiro: Civilização Brasileira, 1976, p. 39-42. Publicado originalmente no *Jornal do Comércio*, São Paulo, 24 mar. 1927.

ANDRADE, Rodrigo M.F. Dois livros de Mário de Andrade. *O Jornal*. Rio de Janeiro, ano 9, n. 2.582, 8 maio 1927, p. 4. http://memoria.bn.br/DocReader/163880/5648

ATHAYDE, Tristão de [Alceu Amoroso Lima]. Os Andrades II. *O Jornal*. Rio de Janeiro, ano 10, n. 2.810. 5 fev. 1928, p. 4.

ATHAYDE, Tristão de [Alceu Amoroso Lima]. Romancistas ao sul. *O Jornal*. Rio de Janeiro, ano 9, n. 2.714, 9 out. 1927, p. 4.

BANDEIRA, Manuel. *Crônicas da província do Brasil*. Organização, posfácio e notas: Júlio Castañon Guimarães. 2 ed. São Paulo: Cosac Naify, 2006.

BANDEIRA, Manuel. *Crônicas inéditas I*. Organização, posfácio e notas: Júlio Castañon Guimarães. São Paulo: CosacNaify, 2008.

BEBEE, Thomas O. From Idylle to idílio: Mário de Andrade's Parody of Hermann und Dorothea. *Goethe Yearbook*, v. 26, 2019, p. 267-282.

BECKER, Nilza de Campos. Fräulein Elza, a personagem expressionista de *Amar, verbo intransitivo*, de Mário de Andrade. *Kalíope*, São Paulo, ano 4, n. 7, jan./jun., 2008.

BERNARDET, Jean-Claude. Uma estética bem comportada. *Opinião*, n. 194, 23 jul. 1976, p. 34.

CASTRO, Moacir Werneck de. *Mário de Andrade*: exílio no Rio. Rio de Janeiro: Rocco, 1989.

CRUZ, Benilton Lobato. *Olhar, verbo expressionista*. O expressionismo alemão no romance "Amar, verbo intransitivo", de Mário de Andrade. Jundiaí: Paco Editorial, 2013.

DUARTE, Paulo. *Mário de Andrade por ele mesmo.* 2ª ed. São Paulo: Hucitec/ Prefeitura de São Paulo/ Secretaria Municipal de Cultura, 1985.

ESCOREL, Eduardo. *Num país como o nosso, o fazer é uma forma de ação útil,* Entrevista a Clóvis Marques. Opinião. Rio de Janeiro, n. 183, 7 maio 1976, p. 19.

FIGUEIREDO, T. L. *Café:* trajeto da criação de um romance inacabado de Mário de Andrade. São Paulo, 2009". Tese (Doutorado). Faculdade de Filosofia, Letras e Ciências Humanas/ Universidade de São Paulo. São Paulo, 2009.

GARCIA, Luiz Fernando. *O idílio entra a tradição e a modernidade:* uma releitura de *Amar, verbo intranditivo,* Mário de Andrade. Unesp, Assis, Tese (Doutorado), 2018.

FIGUEIREDO, Priscila. *Em busca do inespecífico.* Leitura de *Amar, verbo intransitivo,* de Mário de Andrade. São Paulo: Nankin, 2001.

FOOT, Nelson. Coração de Angai. *Revista de Antropofagia,* 2ª dentição, n. 8, *Diário de S. Paulo,* São Paulo, 8 maio 1929.

FREUD, Sigmund. *O Infamiliar* [*das Unheimliche*]. Edição Comemorativa Bilíngue (1919-2019). Seguido de o Homem da Areia de E. T. A. Hoffmann. Trad.: Gilson Iannini e Pedro Heliodoro Tavares. Belo Horizonte : Autêntica, 2019.

FREUD, Sigmund. A case of successful treatement by hypnotism (1893). *Therapy and Technique.* Collier Books: New York, 1963, p. 41-54.

GRIECO, Agrippino. Um grande romancista. *O Jornal.* Rio de Janeiro, ano XI, n. 3.200, 28 abr. 1929, p. 21.

HALABURDA, Carlos. Governmental Fictions: The Naturalist Novel and the Making of Population in Fin-de-Siècle Brazil. *Taller de letras,* n. 66, 2020, p. 167-183.

LUCOTTI, Eugenio. Entre experimentalismo e representatividade: as variantes de *Amar, verbo intransitivo*. *Annali di Ca' Foscari*. Serie occidentale, v. 53, set., 2019.

MAGALDI, Sábato. *Amor ao teatro*. Org.: Edla Van Steen. São Paulo: Ed. Sesc, 2014.

MARQUES, Ivan. Mário de Andrade: centralidade excêntrica. *Luso-Brazilian Review*, v. 55, n. 2, 2018, p. 89-102.

MORAES NETO, Prudente de. Uma questão de gramática: *Amar verbo intransitivo*. *O Jornal*, Rio de Janeiro, ano IX, n. 2.632, 6 jul. 1927, p. 4.

PASCHOA, AIRTON. *Lição de amor*. Blog a terra é redonda, 27 jul. 2020.

RAMOS, Maria Luísa. O latente manifesto. *Ensaios de semiótica*: *cadernos de lingüística e teoria da literatura*, n. 2. Belo Horizonte: Fale/UFMG, 1979.

SCHMIDT, Augusto Frederico. Bibliografia (Mário de Andrade). Rio de Janeiro, *Excelsior*, Rio de Janeiro, ano 1, n. 4, abr. 1928, p. 87.

SOUZA, Cristiane Rodrigues. Mário de Andrade, leitor de Goethe, e as formas do amor em *Amar, verbo intransitivo*. *Estudos Avançados*, v. 32, n. 92, p. 209-228, jan. 2018.

TORQUATO, Luciane Cavalcante. *A recepção da psicanálise no Brasil*: discurso freudiano e a questão da nacionalidade. Dissertação (Mestrado). Universidade Federal de Minas Gerais (UFMG), Belo Horizonte, 2014.

PACIÊNCIA...

Mas um dia afinal toparei comigo...
Tenhamos paciência [...]

Mário de Andrade, "Eu sou trezentos", 1929

Abro este último ensaio com um reparo, seguido de uma citação: *Eu, César Braga-Pinto, não sou homossexual.* Quer dizer: não todo dia; não toda hora; não com todo mundo; e certamente não em todo lugar. Às vezes, chego a me perguntar: será que sou, será que não sou? Mas quando, por hostilidade ou por simpatia, alguém aponta e afirma que sou *gay* ... *eu não desminto.*

A afirmação final, como se terá notado, é uma paráfrase de um trecho da hoje famosa "Carta de Mário de Andrade a Manuel Bandeira de 7 de abril de 1928", censurada por décadas e divulgada na íntegra apenas em 2015: "Está claro que eu nunca falei a você sobre o que se fala de mim, e *não desminto*" (ANDRADE, 2016, p. 3, itálico meu). Na ocasião, a revelação do "segredo" supostamente contido naquela carta foi celebrada por uns, e julgada sem importância por outros. Por minha vez, o que me interessa é justapor esses comentários de jornalistas e críticos (ou, na expressão do próprio Mário, essas "conversas sociais", ou "o que se fala de mim") à maneira oblíqua pela qual o próprio escritor se revela ou se declara ao amigo. Tal declaração apoia-se, sugiro, em uma curiosa figura de linguagem que, em retórica, denomina-se *lítotes* e que, arrisco dizer, é uma das configurações do armário na versão mariodeandradeana. Ao contrário do eufemismo (cuja intenção – mas não necessariamente o resultado – é quase sempre atenuar a violência da linguagem, como em "adamado", "amaneirado", etc.) ou da perífrase (que afirma uma coisa negando o seu contrário, por exemplo: "eu não sou heterossexual" para dizer "eu sou homossexual"), utiliza-se a lítotes quando, seja por ironia, modéstia ou pudor, alguém parece dizer menos do que estaria pensando, ou menos do que seria de bom tom, para, no entanto, enfatizar e demonstrar sua convicção sobre um determinado assunto – no caso, uma acusação. Assim, ao esvaziar a importância e o significado do segredo, do crime, ou do pecado, o "eu não desminto" evita a vulgaridade e a violência de uma confissão. Minha hipótese é que, se na obra ou na biografia de Mário de Andrade há de fato um "armário" onde se esconderia seu desejo secreto e sua sexualidade reprimida, esse armário lhe terá sido tão imposto quanto cuidadosamente, estrategicamente construído por ele mesmo: na forma simples, elegante e recatada de uma lítotes.

Quando Gênese Andrade e Jorge Schwartz me convidaram para participar do monumental volume *Modernismos 1922-2022*, confesso que hesitei, já que não me considero propriamente um especialista em modernismos; no entanto, não pude recusar, e acabei escrevendo um texto, não sobre o objeto da efeméride, que na verdade me interessa menos, mas sobre a obra e, ao mesmo tempo, a figura de Mário de Andrade, conforme construída por ele mesmo e, sobretudo, pelos outros (BRAGA-PINTO, 2022). Na ocasião da *live*[1] de lançamento do livro, logo que comecei a resumir o conteúdo do ensaio (reproduzido aqui no capítulo 6, "O sequestro", mas então *ironicamente* intitulado "A sexualidade de Mário de Andrade: a prova dos nove"), alguém escreveu um comentário no *chat* parabenizando-me por ter finalmente tirado o poeta modernista do armário. Previsível que fosse, o comentário me pegou de surpresa. Quando, dias depois, mais alguns colegas me escreveram, muito generosamente, elogiando o ensaio, alguns deles repisando na questão do armário, cogitei se por acaso (para citar novamen-

1 Jornada Virtual Modernismos", mesa 2, Representatividades. Mediadora: Gênese Andrade. Youtube, Canal Companhia das Letras, 9 fev. 2022. Disponível em: https://www.youtube.com/watch?v=z3cP9lJAo6o..

te Mário) eu não havia sido "transcompreendido" (ANDRADE, 2008, p. 155). Pois acontece que, se não me falha a memória, em nenhum momento o texto *afirma* que Mário era (*ou não era*) homossexual. Como disse, a intenção do subtítulo, "a prova dos nove", era puramente irônica. Eu quis não só fazer uma brincadeira com o "a alegria é a prova dos nove", do celebrado "Manifesto Antropófago" de Oswald, mas também aludir à complexa aritmética identitária de Mário (suas somas, suas multiplicações, suas subtrações), e mesmo àquilo que eu chamaria de "as operações da alegria e da tristeza" em sua obra. O que me interessava era antes de mais nada questionar, *com* Mário: quando se trata de sexualidades, e especialmente de homossexualidades, de que vale a prova? Ou, se há de fato alguma prova, o que ela de fato prova?[2]

Permito-me então retomar aqui o assunto do ensaio. Primeiro, eu me referia, brevemente, aos insultos de que Mário deve ter sido vítima, insul-

---

2 Questão semelhante foi tratada pelo historiador Wallace D. Best (com quem compartilho mais do que minhas opiniões) em relação à sexualidade do escritor norte-americano Langston Hughes (1901-1967), contemporâneo de Mário, ele também mulato/afrodescendente, cuja sexualidade também tem sido objeto de especulações. Como afirma Best, "Hughes's sexuality has been a topic of gossip, rumor, and speculation since the 1920s. And he has been featured in every book, anthology, and literary exhibit on American and African American gay writers since the 1970s" (BEST, p. 29). Mais adiante, Best comenta: "Hughes's life, then, suggests a contextualized spectrum of sexuality rather than one single, unchanging identity. To call him "gay" overlooks and discounts this spectrum. It also misses the point about Hughes's strategy of purposeful evasiveness about identities" (*id.*, *ibid.*, p. 36). E na conclusão do historiador poderíamos ler Mário de Andrade onde está escrito Langston Hughes: "It is possible that Langston Hughes was gay. It is also possible he was not. More likely, his was a sexuality of his own construction that did not conform to anyone's conception of what it meant to be black and sexual at any given time. His evasiveness was not evidence of disingeniousness or of "hiding." It was a space of freedom and performative subjectivity. To be sexually free means just that. For Hughes, religious and sexual identities were suspect categories of experience and ones that restricted human experiences more than created spaces for them. So, seek no more to find Langston Hughes in matters of religion and sexuality. He has already successfully evaded us in these areas. However, in the pursuit, we just might learn something crucial about these key features of the human experience, as well as something critically important about ourselves" (*id.*, *ibid.*, p. 39).

tos por vezes impressos, mas também, sabe-se lá quantas vezes, lançados verbalmente, seja em sua presença ou em sua ausência. Em seguida, propus uma revisão da fortuna crítica mais influente, em particular a que se debruçou sobre sua obra poética, na qual, justificadamente ou não, a identificação entre autor e obra, entre "eu lírico" e "eu empírico", tem criado problemas metodológicos, muitas vezes incômodos. O que eu quis mostrar é como essa tradição crítica (e nunca é demais enfatizar que todos os críticos a que me referi são críticos pelos quais tenho a maior admiração) tem abordado o "x" da sexualidade de Mário, às vezes com cuidado, às vezes com constrangimento, outras com dissimulação e, não raro, em gestos de desqualificação ou obliteração. Mais recentemente, sobretudo desde que a tal carta veio a público (mas em geral lida muito desatentamente), nota-se também certo impulso ou desejo de exposição, ou como se diz vulgarmente, de *tirar o poeta do armário* e logo de se afirmar, sem receio e sem preconceito, sua dita homossexualidade. Eu diria então que foram dois os principais movimentos da crítica e do jornalismo diante do suposto "segredo" de Mário: (1) esvaziamento (a homossexualidade, que seria real, é universalizada e traduzida em simplesmente "sexualidade" e, logo, considerada desimportante); e (2) deslocamento (a homossexualidade é reinterpretada enquanto bissexualidade, pansexualidade, assexualidade, amor platônico, dionisíaco, polimorfismo sexual, sexualidade polivalente, amor pelo todo etc.). Assim, ao longo dessa longa tradição crítica, tanto o segredo do poeta quanto a possibilidade de revelação desse segredo são organizados segundo identidades e condutas, distribuídas ao longo de um extenso espectro que, meio de brincadeira, eu resumi no capítulo anterior, mais ou menos da seguinte maneira: Mário não é; Mário parece, mas não é; Mário não sabe que é, mas sabe – ou não sabe? – que parece; Mário sabe que é ou sabe que parece, mas finge que não sabe, ou não quer saber, ou seja, reprime, sublima ou renuncia; Mário – parece que sabe que é, mas – parece que não quer que outros o saibam; Mário é e sabe, mas não quer que todo mundo saiba – e por isso cala; Mário é, mas não faz; Mário talvez faça, mas isso não quer dizer que ele seja. E por aí vai...

Em suma, ao longo dos anos, o que se nota é um mesmo desejo de controle sobre o segredo da sexualidade de Mário ou, usando a linguagem foucauldiana, a "verdade de seu desejo" (Ver FOUCAULT, 1981). Assim, se é certo que há violência na longa exclusão de qualquer menção à homossexualidade na obra e biografia de Mário de Andrade, não é menor a violência contida na exposição, ou, se quisermos, no impulso de tirar o autor do armário; ou ainda, no que, naquela carta, Mário chama de "socialização absolutamente desprezível de uma verdade inicial". Por isso, mesmo não compartilhando da interpretação reconhecidamente, mas "necessariamente apressada" que Silviano Santiago dá aos personagens de *O cortiço*, de Aluísio de Azevedo, ou sua proposta de uma homossexualidade astuciosa ou malandra como antídoto à homofobia, acho que Mário não discordaria de uma de suas proposições: "A grosseria e a violência linguísticas, responsáveis pela configuração do espaço homossexual como o da marginalidade, é obra única e exclusiva dos heterossexuais" (SANTIAGO, 2004, p. 202). Ou seja, seria muito mais valioso escutar o que o próprio Mário tem a dizer, aliás muito lucidamente, sobre o que ele chama de enorme "ridículo dos socializadores de sua vida social":

> Note as incongruências e contradições em que caem: o caso da "Maria" não é típico? Me dão todos os vícios que por ignorância ou por interesse de intriga, são por eles considerados ridículos e no entanto assim que fiz duma realidade penosa a "Maria", não teve nenhum que não [sic] caçoasse falando que aquilo era idealização para desencaminhar os que me acreditavam nem sei o quê, mas todos, falaram que era fulana de tal (ANDRADE, 2016, p. 3-4).[3]

Ou seja, acusam-no de homossexualidade enrustida *ao mesmo tempo* em que apontam para o suposto objeto de sua paixão heterossexual.

A revisão da fortuna crítica (que, sugiro, esteve quase sempre contaminada pela chamada "intriga social") é com certeza um primeiro passo para que possamos interromper uma tradição cuja perspectiva está limitada pelo que se poderia denominar homofobia e racismo estruturais. Mas ela não é o suficiente. Outra estratégia a que procuro recorrer é a de dissociar Mário de Andrade do contexto modernista, para então buscar na obra do escritor outras genealogias, outras intertextualidades e outros interlocutores, tais como Raul Pompeia, João do Rio, Oscar Wilde e os poetas românticos; ou ainda, por oposição, a tradição naturalista e cientificista na literatura.

3 Na carta, Mário põe sempre o nome da fulana entre aspas..

Quando alguns meses mais tarde o crítico Ivan Marques me convidou para participar de seu dossiê "Modernismo: 100 anos", da *Santa Barbara Portuguese Studies*, vi uma oportunidade de corrigir qualquer mal-entendido ou, talvez, expandir meu argumento, com um ensaio cujo título, espero, não deixaria dúvidas: "A sexualidade de Mário de Andrade: 'ninguém o saberá jamais" (BRAGA-PINTO, 2023), aqui reproduzido como "O segredo". A partir de uma releitura do romance *Amar verbo intransitivo* – aliás, publicado pouco antes da dita carta – procuro explorar duas questões: primeiramente, o chamado freudianismo de Mário; depois, a maneira pela qual o romance discute a própria noção de segredo. Quanto ao freudianismo, eu diria simplesmente que a psicanálise de Mário é uma *psicanálise irônica*, ou, como críticos da época denominaram, um "subfreudismo delirante" (ATHAYDE, 1927, p. 4), um "freudismo abstruso" (GRIECO, 1929, p. 21) ou uma "sátira do freudismo" (ATHAYDE, 1928, p. 4).

Um exemplo, talvez controverso, da psicanálise na versão de Mário de Andrade: a palavra "sequestro", tão frequentemente utilizada por ele, nem sempre (ouso mesmo dizer que quase nunca) poderá ser traduzida como "recalque", "denegação", "repressão" ou "sublimação"; e mesmo se ocasionalmente o próprio Mário sugere que o termo é uma tradução do francês "refoulement" (ver ANDRADE, 1943, p. 9 e ANDRADE, 1993, p. 14-15), em geral seu sentido é deslocado, expandido, e eu diria até *virado do avesso*.

Ainda não tive a oportunidade de conferir se a palavra já aparecia no original de 1927, mas ela aparece mais de uma vez na versão revisada de 1944 sob a forma "sentimentos sequestrados", expressão associada ao "subconsciente". Em todo caso, proponho que o termo "sequestro", no romance, e talvez em todo o pensamento de Mário, está intimamente relacionado com a ideia de "segredo". Chamei a atenção para uma passagem fundamental do livro, a que Prudente de Moraes Neto muito sugestivamente já chamara a do "*sequestro da palavra 'segredo'*" (NETO, 1927, p. 4). Recapitulando: trata-se do momento em que entre Carlos e Fräulein se esconde uma palavra, a qual se anuncia apenas na forma de uma rasura. É Fräulein quem diz: "Nós hoje encontramos uma palavra na lição... Sabemos como é em português, porém não há meios de lembrar. Parece incrível, palavra tão comum ... E nem eu nem Carlos!" (ANDRADE, 1972,

p. 112). Em vez de procurar o significado no dicionário, os dois procuram a tradução da palavra rasurada na memória ou, se quisermos, no inconsciente. O caso do esquecimento da palavra alemã que se recusa a traduzir-se ao português causa uma estranha inquietação no jovem estudante, que resiste, mas finalmente a revela à irmã: trata-se de *Geheimnis*. Fräulein por fim parece lembrar-se da tradução em português, mas por algum motivo não consegue pronunciá-la: "Por que razão? Estranho... Nota que a boca, a língua se amoldam pra rasgar as consoantes da palavra e uma coisa qualquer proíbe". Finalmente, lembrando-se da tradução, juntos, pronunciam-na: "É segredo! [...] E ambos têm uma desilusão, palavra tão sem significância." (*ibid.*, p. 118).

Se o que está sequestrado é o "segredo", ou melhor, a palavra segredo – mas se "segredo" não tem significado ou é in-significante – então o próprio sequestro deixa de ter a importância dada ao recalque ou à proibição a que o texto alude. Ao contrário de "recalque", o termo "sequestro", conforme utilizado por Mário, tem a vantagem de estabelecer um tempo e um espaço de indefinição entre a ausência e a presença, nem dentro nem fora (digamos, do armário); é uma espécie de retiro ou quarentena, forçada ou voluntária, em que o assunto secreto é ao mesmo tempo visível e invisível, familiar e estranho, evocado e postergado, talvez incômodo, mas sem ser exatamente desagradável. Assim também, na carta a Bandeira, ao aludir a sua tão falada (homo)sexualidade, Mário parece sugerir que se "sequestro" é sinônimo de "censura", "não tenho nenhum sequestro não"; mas isso não quer dizer nada, não tem qualquer significância, pois "[o]s sequestros num caso como este onde o físico que é burro e nunca se esconde entra em linha de conta como argumento decisivo, os sequestros são impossíveis" (ANDRADE, 2016, p. 4).

Assim se resume a "psicanálise poético-irônica" inventada por Mário: "Minha vingança é que Freud não pode ter sensações de tantãs no fundo do mato. Nem pode sentir índios pesados, com dinamismos de ritual, dentro das gâmbias. Aliás nem Fräulein. Por isso é que falando de Carlos fui poeta, inventei" (ANDRADE, 1972, p. 154). Ao deslocar a autoridade de Freud de seu eixo científico para o da poesia, Mário é coerente com sua constante desconfiança em relação à ciência, sobretudo quando se trata de sexualidades. De fato, mais de uma vez Mário mostrou-se avesso ao tratamento explícito da sexualidade característica da vertente naturalista da literatura. Ao se referir a Carlos e suas "preferências brasileiras", por exemplo, o narrador resiste à tentação de uma exposição vulgar daquela literatura de teor psicopatológico ou pornográfico que ainda circulava nos meados da década de 20: "Se eu contasse tudo, a verdade, mesmo dosada, viria catalogar este idílio entre os descaramentos naturalistas, isso é impossível, não quero" (*ibid.*, p. 151). Por outro lado, o trecho da carta enviada a Bandeira deixa bem claro que, segundo Mário, o armário não é exclusivo das sexualidades dissidentes, já que "em toda vida tem duas vidas, a social e a particular" (ANDRADE, 2016, p. 3).

Eu diria que tal "absoluta discrição social" é o nome que Mário dá ao seu próprio armário, assim como todos os outros "móveis secretos, ambições desprezíveis, imorais, antissociais e cabotinismos em geral, principalmente esse terrível e deformador de agradar aos outros [...] a origem primeira de todos os nossos gestos de sociedade" (ANDRADE, 1946, p. 73). De modo que, se há opacidade, elipses e, insisto, lítotes em seu discurso sobre o sexo e a sexualidade, não é por recalque, pudor ou moralidade cristã, mas, ao contrário, é resultado de uma estratégia consciente de resistência ao olhar médico-jurídico e normalizador que dá nome às dissidências para tão logo puni-las. Cito mais uma vez a carta: "[...] que um indivíduo estudioso e observador como eu há-de estar bem inteirado dos assuntos, há-de tê-lo bem catalogado e especificado, há-de ter tudo normalizado em si, se é que posso me servir de 'normalizar' neste caso" (ANDRADE, 2016, p. 3).

Não há dúvida que Mário conhecia muito bem toda a literatura e a ciência do sexo produzida ou divulgada a partir da virada do século. Com efeito, será mera coincidência que o autor tenha nomeado o personagem de um conto repleto de homoerotismo como "Túmulo, túmulo, túmulo" (escrito entre 1923 e 1926), com o sobrenome de um dos mais famosos sexólogos da virada do século – mesmo que suas duas obras mais conhecidas, *O instinto sexual* e *A inversão sexual*, tenham sido publicados no Brasil apenas em 1933? Como se sabe, Havelock Ellis é considerado um dos primeiros pensadores que estudaram a homossexualidade, sem, contudo, impor-lhe o estigma da imoralidade, da doença e do crime; aliás, o sexólogo rejeita a paternidade do termo "homossexual" que por vezes lhe é atribuída, palavra que considera "barbaramente híbrida" (ELLIS, 1897, p. 1).

"Túmulo, túmulo, túmulo" abre com uma quase definição de um termo muito recorrente em toda a obra de Mário de Andrade: "paciência", palavra cuja importância já foi intuída no título do livro de Victor Knoll, *Paciente arlequinada*, de 1975. Naquele "caso triste", como o narrador denomina a história, o significado de paciência (com seus limites) está explicitamente associado a vontade, ânimo, perseverança, e se opõe a "covardia": "Eu sempre falo que a gente deve ser enérgico, nunca desanimar, que se entregar é covardia, porém quando a coisa desanda mesmo não tem vontade, não tem paciência que faça desgraça parar" (ANDRADE, 2009, p. 83).

Na introdução de sua recente e belíssima *Antologia erótica*, Eliane Robert Moraes confirma a centralidade desta que ela chama uma "palavra-chave", palavra que aparece brevemente no primeiro prefácio a *Macunaíma* – "uma paciência (muito) piedosa" (ANDRADE, 2015, p. 193)[4] – e que ocupa o título e toda a toda matéria do conto "Frederico Paciência": "aliás, uma composição que deve ter demandado grande paciência de seu criador, pois dela se ocupou durante dezoito anos" (MORAES, 2022, p. 26). Aqui, é, em minha opinião, onde a crítica especializada melhor se aproxima de uma leitura em que a sexualidade e o desejo de Mário (ou em Mário) já não são objeto de escrutínio de um olhar inquiridor ou científico. Ao contrário, desvia-se o olhar para o que que interessa [ou pelo menos o que *me* interessa] ou seja, aquilo que hoje chamamos de a experiência do armário, e que o narrador do conto por sua vez chama de "paciência": palavra que queima, que produz confusão e, sobretudo, causa mal-estar, sofrimento e dor. Palavra confusa, cujos termos correlatos, enumerados pelo narrador, incluem "caçoada", "alegoria" e "assombração insatisfeita". Apenas não sei se eu iria tão longe em dizer, com Eliane Robert Moraes, que no final de "Frederico Paciência" o narrador "desempaca" textualmente o que anteriormente estaria "emperrado", movimento que em termos pessoais o homem não teria conseguido fazer, isto é, a "superação dos apuros que o escritor enfrentou a vida toda por ser homossexual" (*id., ibid.*, p. 32). Primeiro porque, em minha leitura, que leva em conta a recepção, a circulação e as "conversas sociais", tal separação entre autor e obra não é tão nítida. Segundo, porque acredito que aquela conclusão corre o risco de levar-nos de volta ao campo do diagnóstico, da patologia e do crime, da caracterização do escritor como

4 De maneira parecida, no poema "Momento", datado de 16 de setembro de 1928, Mário escreve "Piedade paciente" (ANDRADE, 2013, v. 1, p. 379)..

homossexual mal resolvido, o que provavelmente o deixaria constrangido, talvez mesmo indignado. Lembre-se que ainda em meados da década de 1930, discutia-se a criminalização da homossexualidade, e o artigo 258 do capítulo "Homossexualismo" do projeto de lei da Comissão Legislativa, propunha: "Os atos libidinosos, entre indivíduos do sexo masculino, serão reprimidos quando causarem escândalo público, impondo-se a ambos os participantes detenção até de um ano. Punir-se-á somente o sujeito ativo" (RIBEIRO, 1935, p. 166). Por suposto, em geral quem não sabe ter paciência nem tolerância são os "soldados da polícia" que, em outro conto de Belazarte ("Caim, Caim, Caim", 1926), respondem às súplicas da população que saía em defesa do desespero da mãe diante do filho morto, com violência física e linguística: "Que paciência nem Mané paciência! em vez, davam cada empurrão na pobre" (ANDRADE, 2009, p. 63).

Enfim, valeria a pena rastrear mais longamente o uso da palavra "paciência", assim como sua relação com as dissidências, e a dissidência sexual em particular, em toda sua poesia, ficção, narrativas de viagens, epistolografia, assim como na recepção de sua obra, para melhor compreendermos o sentido e o efeito desse armário tão cuidadosamente elaborado por Mário de Andrade. Limito-me apenas a esboçar uma hipótese. Carregada de sentido religioso, a palavra paciência parece ser o outro lado da tolerância. Em carta a Carlos Drummond de Andrade, Mário explica-lhe o uso do termo, associando-o com a dinâmica da tristeza e da alegria a que me referi no início desse ensaio. Ao aconselhar o amigo, Mário sugere que, para se alcançar a felicidade, mais especificamente, a "felicidade dos hipersensíveis", é necessária a "coragem de si mesmo", "sem se amolar com o que disse fulano e sem pensar no que fulano dirá" (*apud* ANDRADE, C. D., 2015, p. 67). E esclarece o verso "A própria dor é uma felicidade", de seu *Losango Cáqui*, explicando que "a dor é uma compreensão normalizante da vida":

> Sim, porque o homem comum chamará de criancice [...] de eu não cultivar uma dor que me afeta nem que seja morte de mãe ou de amada, de eu ficar contente com qualquer coisa, de eu condescender e me vergar sempre. Vergar é modo de dizer, vergar que é uma infinita paciência com tudo, uma crendice maravilhosa que aceita castigos de são Nicolau, que tem medo de assombrações (*id.*, *ibid.*, p. 68).

Tal resignação ou conformismo estratégico de Mário, a determinação de ser feliz apesar das adversidades, da violência e, quiçá, do preconceito sofrido ou imaginado (as assombrações), sem no entanto abdicar da necessária "coragem de si mesmo", não excluem a utopia de uma felicidade plena, ou mesmo o desejo de uma identidade legível, desejo postergado e ao mesmo tempo usufruído no discurso e no exercício da coragem enquanto paciência: "Eu sou trezentos, sou trezentos-e-cincoenta,/ Mas um dia afinal me encontrarei comigo/ Tenhamos paciência [...]" (ANDRADE, 2013, v. 1, p. 295). Contudo, o tempo presente se impõe enquanto uma prática de uma felicidade imediata, corpórea: "Quem foi que disse que disse que não vivo satisfeito? / Eu DANÇO! [...] Eu danço... Não sei mais chorar!" (*ibid.*, p. 298 e p. 312). Ou, na formulação certeira do já referido Victor Knoll:

> Dor e felicidade: do lado da dor, o Arlequim dilacerado, fragmentado, retalhado em sua existência, escapando de seu limite; do lado da felicidade, o trabalho programado e a construção de um destino. O poeta *costura* a casca do Jaboti. Mas, para construir esse destino o poeta explora as ruas da cidade arlequinal – sua inspiração. E caminha pela cidade *sequestrando* e realizando o amor, dividido e reencontrando a unidade, exercendo a paciência e a preguiça elevada. Uma Paciente Arlequinada (KNOLL, 1975, p. 136).

O que o crítico chama de "casca do Jaboti", poderíamos chamar de "armário". Mas se a "paciência" e a "preguiça", recorrentes em toda a obra de Mário, ocorrem no sentido de "não posso (ou não quero) fazer nada", elas indicam também um gesto de recusa às exigências do outro (heterossexual), a quem se diz, um pouco como na citação de Silviano: "ora, paciência!"; ou, "isso é problema seu". Trata-se de uma forma de resignação, contudo, não de uma resignação passiva, mas sim irônica. Geralmente seguida por um silêncio, "paciência!" funciona também como uma resposta política e poética a uma tentativa de silenciamento que a precede. Ela pode ser lida como uma resposta muito pessoal que Mário oferece à marginalização dos sujeitos e corpos dissidentes, enunciada já no seu "Prefácio Interessantíssimo": "Canto da minha maneira. Que me importa se não me entendem? Não tenho forças bastantes para me universalizar? Paciência" (ANDRADE, 2013, v. 1, p. 74). Enfim, talvez "paciência" não seja nada mais do que uma forma de dizer, muito categoricamente: "eu não desminto".

Em suma, ao me recusar a participar de qualquer esforço de se decifrar a sexualidade de Mário (e a minha), a questão que coloco é também hermenêutica. Ou seja, trata-se de buscar práticas de leitura e interpretação alternativas que renunciem ao desejo de resgatar a verdade, de decifrar o enigma, de revelar o segredo da vida e da obra de um escritor. Proponho ao contrário uma leitura mais epidérmica e, ao mesmo tempo, mais criativa, pois é pelo arrepio da pele e pelo aguçar da imaginação que passa o erotismo. Assim, não me interessa compreender o erotismo, ou a sexualidade de, ou mesmo em Mário; nem converter o desejo de Mário, e muito menos o objeto do desejo de Mário, em objeto de investigação ou militância. O que não quer dizer que Mário e seus desejos, sexuais ou não, fiquem relegados à invisibilidade, e que sua subjetividade não possa ser universalizada, como bem demonstra o "Mário Longínquo", poema de um poeta muito heterossexual como Carlos Drummond de Andrade:

> Mário arco-íris, mas tão exato
> na modenatura de suas cores e dores,
> que captamos a só imagem de alegria
> e azul disciplinado,
> lá onde, surdamente,
> Turvação, paciência e angústia se mesclaram.
> [...]
>
> Vejo-te livre, respirando
> A fina luz do dia universal.
> (ANDRADE, C. D., 2002, p. 480)

Referências

ANDRADE, Carlos Drummond de. *A lição do amigo*: Cartas de Mário de Andrade a Carlos Drummond de Andrade. São Paulo: Companhia das Letras, 2015.

ANDRADE, Carlos Drummond de. Mário Longínquo. *Poesia completa*. Rio de Janeiro: Nova Aguilar, 2002.

ANDRADE, Mário de. A dona ausente. *Atlântico*. Revista Luso-Brasileira. Lisboa: Secretariado da Propaganda Nacional; Rio de Janeiro: Departamento de Imprensa e Propaganda, n. 3, 1943.

ANDRADE, Mário. A propósito de *Amar, verbo intransitivo*. In: *Amar, verbo intransitivo*. Rio de Janeiro: Agir, 2008, p. 153-155. Publicado originalmente no *Diário Nacional*. Rio de Janeiro, 4 dez. 1927.

ANDRADE, Mário. *Amar, verbo intransitivo*: idílio. São Paulo, Martins Fontes, 1972.

ANDRADE, Mário de. *Carta a Manuel Bandeira de 7 de abril de 1928*. Fundação Casa de Rui Barbosa. Publicada com transcrição e notas de Jorge Vergara, 2016.

ANDRADE, Mário de. Do cabotinismo. In: *O empalhador de passarinho*. São Paulo: Martins, 1946, p. 71-74. Publicado originalmente em *O Estado de S. Paulo*, São Paulo, 23 jul. 1939.

ANDRADE, Mário. *Poesias completas*, v. 1. Rio de Janeiro: Nova Fronteira, 2013.

ANDRADE, Mário de. Primeiro prefácio. In: *Macunaíma, o herói sem nenhum caráter*. Estabelecimento de texto: Telê Porto Ancona Lopez e Tatiana Longo Figueiredo. Rio de Janeiro: Nova Fronteira, 2015.

ANDRADE, Mário de. *Mário de Andrade fotógrafo e turista aprendiz*. São Paulo: Instituto de Estudos Brasileiros (IEB), 1993.

ANDRADE, Mário de. *Contos de Belazarte*. Estabelecimento de texto: Aline Nogueira Marques. Rio de Janeiro: Nova Fronteira, 2009.

ATHAYDE, Tristão de [Alceu Amoroso Lima]. Os Andrades II. *O Jornal*. Rio de Janeiro, ano 10, n. 2.810. 5 fev. 1928, p. 4.

ATHAYDE, Tristão de [Alceu Amoroso Lima]. Romancistas ao sul. *O Jornal*. Rio de Janeiro, ano 9, n. 2.714, 9 out. 1927, p. 4.

BEST, WALLACE D. Looking for Langston: Themes of Religion, Sexuality, and Evasion in the Life and Work of Langston Hughes. *The Langston Hughes Review*, v. 25, n. 1, 2019.

BRAGA-PINTO, César. A sexualidade de Mário de Andrade: a prova dos nove. In: ANDRADE, Gênese (org.) e SCHWARTZ, Jorge (cons.).

Modernismos: 1922-2022. São Paulo: Companhia das Letras, 2022, p. 507-545.

BRAGA-PINTO, César. A sexualidade de Mário de Andrade: "ninguém o saberá jamais". In: MARQUES, Ivan (org.) Modernismo: 100 anos. *Santa Barbara Portuguese Studies*, v. 10, n. especial, 2022.

ELLIS, Havelock. *O instinto sexual e a inversão sexual*. Trad.: Álvaro Eston. São Paulo, Companhia Editora Nacional, 1933.

ELLIS, Havelock. *Sexual Inversion*. London: Wilson and Macmilan, 1897.

FOUCAULT, M. De l'amitié comme mode de vie. *Gai Pied*, n. 25, p. 38-39, abr. 1981.

GRIECO, Agrippino. Um grande romancista. *O Jornal*. Rio de Janeiro, ano XI, n. 3.200, 28 abr. 1929, p. 21.

KNOLL, Victor. *Paciente arlequinada.* São Paulo, Hucitec, 1975.

MORAES, Eliane Robert. Apresentação: o dito pelo não dito. *In:* ANDRADE, Mário de. *Seleta erótica.* Org.: Eliane Robert de Moraes. São Paulo: Ubu, 2022.

MORAES NETO, Prudente de. Uma questão de gramática: *Amar verbo intransitivo. O Jornal*, Rio de Janeiro, ano IX, n. 2.632, 6 jul. 1927, p. 4.

RIBEIRO, Leonídio. Homossexualismo e endocrinologia. *Revista Brasileira*, n. 8, mai-jun., 1935.

SANTIAGO, Silviano. O homossexual astucioso: primeiras – e necessariamente apressadas – impressões. *In: O cosmopolitismo do pobre*, Belo Horizonte, Editora da UFMG, 2004.

Alameda nas redes sociais:
Site: www.alamedaeditorial.com.br
Facebook.com/alamedaeditorial/
Twitter.com/editoraalameda
Instagram.com/editora_alameda/

Esta obra foi impressa em São Paulo na primavera de 2023. No texto foi utilizada a fonte Palatino em corpo 10,5 e entrelinha de 13,7 pontos.